Alice Hunter

Die Tochter des Serienkillers

Weitere Titel der Autorin:
Die Frau des Serienkillers

In Vorbereitung:
Die Schwester des Serienkillers

ALICE HUNTER

DIE TOCHTER DES SERIENKILLERS

LIEGT DIR MORD IM BLUT?

THRILLER

Übersetzung aus dem Englischen
von Rainer Schumacher

Lübbe

Titel der englischen Originalausgabe:
»The Serial Killer's Daughter«

Textredaktion: Anja Lademacher, Bonn
Umschlaggestaltung: www.buerosued.de
Einband-/Umschlagmotiv: © Magdalena Russocka/Trevillion Images
Satz: Dörlemann Satz, Lemförde
Gesetzt aus der Adobe Caslon
Druck und Verarbeitung: GGP Media GmbH, Pößneck

Printed in Germany
ISBN 978-3-757-70097-3

2 4 5 3 1

Sie finden uns im Internet unter luebbe.de
Bitte beachten Sie auch: lesejury.de

Für Anne Williams.
Sieben Jahre, und das ist erst der Anfang.
Danke, dass du die wunderbarste aller Agentinnen bist.

Prolog

Der zarte, feine Flügel löste sich mit einem kurzen Ruck.

Konzentriert schob das Mädchen die rosa Spitze ihrer Zunge durch die Lücke, wo noch wenige Tage zuvor ihre Schneidezähne gewesen waren. Mit Daumen und Zeigefinger der einen Hand drückte sie das hilflose Insekt auf den hölzernen Picknicktisch, während die Finger der anderen Hand sich daranmachten, den zuckenden Schmetterling zu zerpflücken.

Ein Kohlweißling. Gewöhnlich, schlicht, nichts Besonderes, hatte ihr Daddy gesagt.

Das Mädchen wusste nicht, was genau ›gewöhnlich‹ hieß, aber die anderen beiden Worte kannte sie.

Vorsichtig zog sie den oberen rechten Flügel mit den beiden auffallenden schwarzen Flecken, die wie leere, tote Augen aussahen, zur Seite, um dem Insekt den unteren Teil des Flügels auszureißen. Das Mädchen war voll konzentriert. Nicht eine Sekunde löste sie den Blick von dem Schmetterling, als sie die andere Hand ein wenig anhob und so den Schraubstock lockerte, in den sie die Kreatur mit ihren Fingern eingespannt hatte. Sie beobachtete, wie das Insekt mit den verbliebenen Flügeln flatterte, erst wild, dann immer langsamer. Wie es schließlich aufgab. Schmetterlinge lebten nur zwei Wochen. Das hatte sie in der Schule gelernt. Es war also nicht so, als würde sie ihn töten.

Sie hatte ihn eher zu etwas Besonderem gemacht.

Eine sanfte Brise wehte den abgerissenen Flügel über den Tisch. Schnell schlug das Mädchen mit der Hand zu, bevor er entkommen konnte, und ein weißes Pulver stäubte zwischen ihren Fingern auf. Sie seufzte. Jetzt war er kaputt. Sie würde einen neuen Schmetterling fangen und noch einmal von vorn beginnen müssen.

Aus dem Küchenfenster schaute ihre Mutter zu. Angst schnürte ihr den Magen zusammen. Etwas Unausweichliches lag darin. Sie kannte dieses Verhalten nur zu gut.

Oh, Gott! Bitte nicht!

Wiederholte die Geschichte sich?

Kapitel 1

JENNY

Mittwoch

Ich starre auf meine Hände. Der goldene Ring ist verschwunden. Mein Herz schlägt wie wild, als ich versuche, mich daran zu erinnern, was ich damit gemacht habe. Dabei fallen mir die dicken, dunklen Ränder unter meinen Fingernägeln auf, die rau und ausgefranst sind, statt manikürt wie sonst. Zitternd halte ich die Hände in die Höhe und versuche krampfhaft mich daran zu erinnern, wie meine Finger so schmutzig geworden sind. Doch mir fällt nichts dazu ein.

Es klopft, und ich zucke zusammen.

»Alles in Ordnung da drin, Liebling? Das dauert ja ewig.« Das ist Mark. Offensichtlich. Wer sollte es sonst sein? Bilder huschen vor meinem geistigen Auge vorbei, wie Käfer auf der Flucht, ich bekomme sie nicht zu fassen, das alles ergibt einfach keinen Sinn.

»Jaja. Alles gut«, lüge ich und starre die grauen Fliesen über dem Becken an. Ich wage es nicht, Mark zu sagen, dass ich mich nicht daran erinnern kann, wann ich aus dem Bett aufgestanden und auf dem kalten Küchenboden zusammengebrochen bin. Ich bin vollkommen steif, und das heißt, dass ich Gott weiß wie lange in der Küche gelegen haben muss, bevor ich mich wieder nach oben geschlichen habe und ins Badezimmer gegangen bin, um mich dort einzuschließen. Ich habe Angst, große Angst, und zwar vor … ja, vor was eigentlich? Vor irgendwas. Vor dem Unbekannten.

Es ist lange her, dass ich zum letzten Mal so einen Blackout gehabt habe. Ich hatte Albträume, aber ich habe nie das Bett oder das Haus verlassen, zumindest nicht seit … *Oh, Gott!* Ich atme tief durch, schlucke und dränge die Panik zurück. Irgendetwas lauert in den dunkelsten Ecken meines Geistes – etwas Böses. Ich kann mich zwar nicht daran erinnern, was das ist – noch nicht –, aber ich bin sicher, dass es sein hässliches Gesicht irgendwann zeigen wird. Und wenn es so weit ist, dann wird es ohne Zweifel überraschend sein, ein Schock.

»Du kommst zu spät, Jen«, sagt Mark in sanftem Ton. Vermutlich fühlt er, dass etwas nicht stimmt. Entweder das oder er hat den Ehering gefunden, den ich verloren habe, und jetzt fürchtet er, dass sich alles wiederholt. Die Erinnerung daran, wie ich mir beim letzten Mal den Ring vom Finger gerissen und nach ihm geworfen habe, ist noch frisch. Ich winde mich innerlich, als ich mich auch an all die Beleidigungen und Schimpfworte erinnere, die aus meinem Mund geströmt sind. Das war definitiv nicht meine größte Stunde.

»Ich bin in einer Minute da. Kannst du dich bis dahin um die Kids kümmern?« Ich bemühe mich, so ruhig wie möglich zu klingen, und das trotz der aufkeimenden Panik. Warum ist mein Ring nicht da, und warum habe ich Dreck unter meinen Fingernägeln?

Gefühlte zehn Minuten schrubbe ich sie mit der Nagelbürste. Erst dann verlasse ich meine Zufluchtsstätte im Badezimmer mit meinem dreckigen Schlafanzug unter dem Arm. Ich klappe den Wäschekorb auf und stopfe den Pyjama unter die anderen Kleider. Ich will nicht, dass Mark ihn sieht.

Was zum Teufel habe ich letzte Nacht gemacht?

Kapitel 2

MARK

Es dauert eine Weile, bis ich klar sehen kann. Ich strecke die Hand aus, doch auf der anderen Seite des Bettes ist nichts. Wie spät ist es eigentlich? Ich bin total groggy. Ohne Zweifel ist die Flasche Rotwein schuld daran, die ich gestern Abend getrunken habe. Ich habe Kopfschmerzen, und ich tue so, als läge das daran, dass ich so viel Schlaf nicht gewohnt bin. Dabei weiß ich ganz genau, dass ich einfach nur einen Kater habe. Unter der Woche zu trinken, war noch nie eine gute Idee. Allerdings scheine ich das jedes Mal wieder zu vergessen. *Es war einfach nur eine Feier*, sagt die Stimme in meinem Kopf. In Wahrheit feiere ich jeden Erfolg gerne, egal wie klein er auch sein mag. Und gestern Abend war es das Treffen mit einem alten Unikumpel, der meine IT-Firma auf ein neues Niveau heben wird. Zumindest hat er mir das wiederholt versprochen. Wie *genau* er das machen will, hat er allerdings nicht gesagt.

Langsam befreie ich mich aus dem verknoteten Laken und schlurfe zum Bad. Das Wasser läuft. Vermutlich macht Jen sich gerade fertig. Ich breche wieder auf dem Bett zusammen, greife nach dem Handy, das auf dem Nachttisch liegt. Ich muss die Augen zusammenkneifen, als ich aufs Display schaue. Es ist sieben Uhr morgens. Verdammt. Mein Wecker hat nicht geklingelt. Nicht, dass ich ein Gewohnheitstier wäre oder so, aber seit zehn Jahren stelle ich den Wecker auf sechs, und jedes Mal klingelt er um diese Zeit – selbst an einem

Morgen wie diesem, wenn ich völlig neben mir stehe. Warum hat er das heute nicht gemacht?

Weil er ausgeschaltet ist.

Das habe doch nicht ich getan … oder?

Ich liege auf dem Bett, habe den Kopf vom Licht weggedreht, das durch die Vorhänge fällt, und versuche, meine letzten Schritte zu rekonstruieren. Jen war schon im Bett, als ich letzte Nacht raufgekommen bin. Sie ist vor mir hochgegangen, während ich mir noch eine Wiederholung von *Breaking Bad* angeschaut habe. Ich habe ihr einen Gutenachtkuss gegeben, mein Handy auf den Nachttisch gelegt, und ich bin sofort eingeschlafen, kaum dass mein Kopf das Kissen berührt hatte. Ich habe nicht auf mein Handy geschaut, und mit Sicherheit habe ich den Wecker nicht ausgestellt. Ich runzele die Stirn und schalte die Wecker-App wieder ein, damit sie wenigstens morgen funktioniert und ich rechtzeitig aus den Federn komme. Jen ist länger im Badezimmer als sonst.

»Alles in Ordnung da drin, Liebling?«, frage ich durch die Tür.

Sie sagt Ja. Ich sage ihr, dass sie spät dran ist, und ich frage mich, ob auch ihr Wecker nicht geklingelt hat. Dann wird mir plötzlich klar, dass ich mich ebenfalls verspäten werde. Jen bittet mich, Ella und Alfie fertig zu machen, und ich unterdrücke ein Seufzen. Ich muss ihnen Frühstück machen und dafür sorgen, dass sie alles für die Schule haben. Das ist das Letzte, was ich jetzt noch brauchen kann. Mein Plan für den Tag ist ohnehin schon den Bach runter. Doch dann, just als ich mich für meine negativen Gedanken tadele und mir sage, der Tag wird, was ich aus ihm mache, da erregt ein Funkeln auf dem cremefarbenen Teppich meine Aufmerksamkeit. Und als ich mich bücke, um das Ding aufzuheben, überfällt mich die

Übelkeit erneut. Ein Stöhnen entringt sich meinen Lippen, als ich das Ding zwischen Daumen und Zeigefinger halte: Jens Ehering.

Scheiße!

Abgesehen davon, dass Jen den Ring bisweilen für die Arbeit abnehmen muss, hat sie ihn in den letzten zehn Jahren unserer Ehe nur ein einziges Mal vom Finger genommen. Und bei dieser Gelegenheit ist die Hölle losgebrochen. Hat sie ihn letzte Nacht wieder nach mir geworfen? Ich kann doch nicht so betrunken gewesen sein, dass ich mich nicht mehr daran erinnere. Es war doch nur eine Flasche Wein. Aber irgendetwas hat Jen dazu gebracht, den Ring abzunehmen, und jetzt versteckt sie sich im Bad.

Ich schaue auf die geschlossene Tür und habe Angst davor, was kommen wird, wenn sie sie öffnet. Dann erinnert mich ein Kreischen von unten daran, dass ich mich mit der Morgenroutine beeilen muss. Ich verlasse das Schlafzimmer und gehe in die Küche. So muss ich mich der Frage nicht stellen, warum Jen mir aus dem Weg geht.

Kapitel 3

JENNY

Dank Mark läuft bereits alles wie geschmiert, als ich in die Küche komme. Ich bin fertig angezogen, habe dick Make-up aufgetragen und ein Lächeln im Gesicht. Ella und Alfie tragen ihre Schuluniformen. Beide sitzen am Tisch und essen Marmite-Toast. Dazu gibt es frischen Orangensaft. Anschließend verfrachten wir sie in den Wagen, und es geht zur Grundschule von Coleton Combe. Eigentlich hätte das heute ausnahmsweise Mark übernehmen sollen, sie dort abzusetzen. Dann hätte ich früher in der Praxis sein und sie nach der Arbeit abholen können. Aber da es schon spät ist und Mark noch immer nicht angezogen, wird wohl beides an mir hängenbleiben.

In Zeiten wie diesen wünschte ich, Mark würde endlich den vielen Platz in unserem Haus nutzen und sich ein Home-Office einrichten. Das würde uns viel Zeit und Mühe sparen, doch er besteht darauf, in dem Büro zu arbeiten, das er in Exeter angemietet hat, weil er Arbeit und Familie voneinander trennen will. Deshalb fährt er gut vierzig Minuten, während meine Praxis nur wenige Minuten entfernt am Dorfrand liegt – kein Verkehr, keine Umleitungen und keine Staus. Daher bringe ich die Kids meist. Aber so wie dieser Morgen läuft, wird es heute nichts mit einem frühen Arbeitsbeginn.

Als ich die Küche betrete, hebt Mark den Blick. Seine großen dunklen Augen sind voller Sorge. »Morgen«, sagt er und stellt den Becher auf den Tisch. Kein ›Liebling‹ wie sonst. Ich schlucke meine Sorgen hinunter und bringe irgendwie eine fröhliche Antwort zustande. Rasch gehe ich zu ihm, beuge mich vor und küsse ihn auf den Mund. Seine Schultern senken sich deutlich, als die Anspannung von ihm abfällt. Offenbar hat er mit einer vollkommen anderen Reaktion gerechnet.

»Und ihr zwei seid wirklich superlieb.« Ich gehe nacheinander zu Ella und Alfie, küsse sie auf den Kopf und zerzause ihnen das dunkle Haar.

»Aaah, Mommy«, stöhnt Alfie und streicht sich das Haar wieder glatt. Ella rollt nur kommentarlos mit den Augen. Mark schaut kurz zu ihnen und dann zu mir. Seine innere Anspannung mag sich ja gelegt haben, aber in der Atmosphäre zwischen uns ist sie noch deutlich spürbar, und mir wird klar, dass ich den ersten Schritt tun muss.

»Ich weiß nicht, was mit den Weckern los war«, wage ich mich vor. »Und tut mir leid, dass ich so lange das Badezimmer blockiert habe. Geh. Mach dich in Ruhe fertig. Ich werde die Kinder zur Schule bringen.« Ich trete hinter Mark und schlinge die Arme um seine nackten Schultern. Mein Blick wandert zu seinem sexy braunen Oberkörper. Er legt die Hand auf meine, und einen Augenblick lang lässt seine Wärme meine Angst dahinschmelzen. Dann leert er seinen Becher in einem Zug und steht auf. Mark ist mehr als einen Kopf größer als ich, und seine Brust- und Armmuskeln sind gut definiert. Er hält sich mit regelmäßigen Besuchen im Fitnessstudio und mit Radfahren fit, und ich liebe es, dass er so kräftig ist. Auch darum habe ich mich vor elf Jahren so sehr von ihm angezogen gefühlt, doch manchmal macht mir diese Kraft auch Angst. So fest entschlossen ich auch gewesen bin, mir einen Lebenspartner zu suchen, der sich möglichst komplett von meinem Vater unterscheidet, die Kraft haben sie gemeinsam.

Rasch schiebe ich diese Gedanken beiseite, als Mark meine Hand nimmt, sie mit der Handfläche nach oben dreht und meinen Ehering hineinfallen lässt. Er schaut mich fragend an.

»Alles okay mit uns, Jen?«

Mir schnürt es den Hals zu. »Ja«, sage ich und blicke ihm in die Augen. »Ich erinnere mich gar nicht daran, ihn ausgezogen zu haben«, gebe ich zu. Ich ziehe den Ring wieder an, und Mark nimmt mich in die Arme. Warm. Sicher ... Oder zumindest war das immer so – und das vor gar nicht allzu langer Zeit. »Ich wünschte, wir könnten den ganzen Tag so dastehen«, murmele ich in seine glatte Brust. Dann löse ich mich von ihm und lächele zu meinem Mann hinauf. Zu dem Mann, der all die Jahre zu mir gestanden hat, zum Vater meiner Kinder. Und er ist ein guter Dad – ein *richtig* guter Dad. Für ihn kommen Ellie und Alfie stets an erster Stelle. Nie erhebt er die Stimme gegen sie oder verliert die Geduld. Er gibt stets sein Bestes. Und er ist präsent. Er verschwindet nicht einfach für mehrere Tage am Stück, wie mein eigener Vater es getan hat. Er lässt sie nicht mit einer gestörten Mutter allein.

Oder vielleicht doch?

Bin ich gestört? Ich habe Albträume – und schlimmer noch: Manchmal weiß ich unerklärlicherweise schlicht und einfach nicht, was ich tue. Immer wieder, so wie letzte Nacht, wache ich nicht in meinem Bett auf und weiß auch nicht, wo ich gewesen bin. Also stimmt wohl tatsächlich etwas nicht mit mir. Aber ich muss einfach glauben, dass ich eine genauso gute Mutter bin wie er ein Vater. Wir sind ein Team. Und das trotz allem, was ich letztes Jahr getan habe. Doch egal wie sehr ich mich auch bemühe, die Erinnerung daran loszuwerden, das

Echo eines Zweifels sitzt tief in meinem Geist wie ein Korken in der Flasche.

»Ich auch, Liebling. Aber die Rechnungen …«

»… bezahlen sich nicht von selbst«, beenden wir den Satz im Chor.

»Schau mal«, sagt Mark. »Wenn da was in deinem Kopf passiert …«

»Wir werden später reden«, unterbreche ich ihn und lächele beruhigend. Ich brauche die nächsten acht Stunden, um mir eine plausible Erklärung auszudenken – einen Grund für meine Gefühle. Einen Grund, der verhindert, dass ich die Wahrheit sagen muss.

Kapitel 4

JENNY

Mir ist heiß, und mein Kopf ist knallrot, als ich mich selbst und die Kinder aus dem Haus und zum Wagen scheuche. Rasch rufe ich Mark noch ein »Tschüss!« die Treppe hinauf. Dann knalle ich die Haustür hinter mir zu und öffne die Beifahrertüren meines Volvo-Kombis.

»Warum fährt Daddy uns nicht?«, fragt Ella, während sie ihren Kindersitz von hinten auf den Beifahrersitz zu manövrieren versucht.

»Äh … Jetzt komm, Missy«, sage ich und runzele die Stirn. »Du weißt, dass du hinten sitzen musst. Das ist …«

»Gesäääätz«, beendet Ella den Satz trotzig und verzieht spöttisch das Gesicht, als sie den Sitz wieder nach hinten wirft. »Aber einen Versuch war es wert.« Mir fällt wieder einmal auf, dass wir als Familie offenbar in der Lage sind, die Sätze des anderen zu beenden, denn das tun wir häufig. Es ist wie ein persönlicher Murmeltiertag.

»Und weil unsere Wecker heute Morgen nicht geklingelt haben. Wir sind spät dran, und Daddy muss um halb zehn auf der Arbeit sein.« Ich bin dankbar dafür, dass Alfie einfach still und leise auf seinen eigenen Kindersitz geklettert ist. Tatsächlich hat er sich schon angeschnallt, ich musste ihn noch nicht einmal darum bitten oder ihm helfen. »Du bist ein braver Junge, Alfie«, lobe ich ihn und funkele Ella tadelnd an. »Siehst du? Dein kleiner Bruder benimmt sich mit seinen sechs Jahren besser als du.«

»*Blablabla*«, erwidert Ella und streckt mir die Zunge raus.

»Igitt! So was Ekliges hast du im Mund?«

»Hahaha, Mommy.«

Ich schwöre, Ella ist schon auf dem Weg zum Teenager, auch wenn sie erst acht ist. Während ich zur Fahrertür gehe, wandert mein Blick wieder zum Haus, und ein schwarzer Müllsack neben den Stufen zur Tür erregt meine Aufmerksamkeit. Den muss ich beim Rausgehen übersehen haben. Jetzt habe ich allerdings keine Zeit mehr, mich darum zu kümmern. Das kann ich später immer noch tun. Meine Hand schwebt über dem Türgriff. Nein. Ich kann das Ding nicht einfach so dort lassen. Ich muss wissen, was das ist – und warum der Sack da liegt.

»Neugier ist der Katze Tod«, murmele ich vor mich hin. »Zwei Sekunden, Kinder«, sage ich und jogge zur Treppe. Auf dem Sack steht nichts, und die grüne Zugschnur ist nicht zugezogen. Er ist nur zugedreht. Vielleicht hat Mark ihn ja dort hingestellt und will ihn später in die Mülltonne werfen. Doch dann erinnere ich mich daran, dass wir keine schwarzen Müllsäcke haben. Ich kaufe immer nur weiße, die perfekt zu meinem Brabantia-Mülleimer passen. Mir dreht sich der Magen um, als ich nach dem Sack greife und eine tief vergrabene Erinnerung wieder nach oben drängt. Er ist ziemlich schwer. Aus irgendeinem Grund zögere ich, und plötzlich will ich gar nicht mehr wissen, was da drin ist.

»Beeil dich, Mommy!«, ruft Ella aus dem Wagen.

»Jaja. Tut mir leid. Ich muss das nur schnell in die Tonne bringen.« Ich nehme den Sack und schaue mich rasch um. Die lange Kieseinfahrt ist leer und von den Nachbarn keine Spur, ihre Häuser sind von hier aus sowieso kaum zu sehen. Ich husche ums Haus herum zu den Mülltonnen. Kaum bin ich außer Sichtweite der Kinder, stelle ich den Sack ab und hocke mich davor. Meine Hände zittern, als ich ihn vorsichtig öffne, und das Adrenalin schießt durch meine Adern. Es ist, als würde mein Körper bereits wissen, was sich darin befindet.

Der Gestank trifft mich zuerst, und ich würge.

»Himmel!« Instinktiv reiße ich den Kopf zurück.

Im Inneren befindet sich ein matschiges Etwas. Es sind die Überreste eines Tiers, Größe und Form nach zu urteilen von einer Katze. Warum zum Teufel sollte uns jemand so etwas vor die Tür stellen? Lebende Tiere habe ich ab und zu schon einmal vor der Tür gefunden, vermutlich von Leuten, die wissen, dass ich Tierärztin bin. Mark hat gescherzt, das sei das Äquivalent zum Baby im Korb vorm Portal der Kirche. Aber die *Überreste* eines Haustiers sind etwas vollkommen anderes. Dafür gibt es keinen Grund – es sei denn, jemand war auf den Schockeffekt aus, den Ekel. Die Tränen brennen mir in den Augen. Wie kann jemand einem wehrlosen Haustier so etwas antun? Ich hoffe nur, das Tier hat nicht gelitten. Ich will den Sack gerade wieder zudrehen, da fällt mir noch etwas auf.

Mein Herz setzt einen Schlag lang aus.

Vorsichtig ziehe ich den Sack wieder runter, und immer mehr von dem verstümmelten Tier wird sichtbar. Sein Schwanz, rot-weiß gestreift, ist neben den Eingeweiden eingerollt. Das Tier an sich ist mehr oder weniger intakt, wenn auch voller Blut.

Das arme Ding. Es ist also definitiv eine Katze.

Aber das ist nicht der Grund, weshalb ich kaum atmen kann.

Es ist der tote Schmetterling auf dem Kadaver.

Ich wanke rückwärts bis zum Haus. Dann muss ich mich übergeben.

Das kann kein Zufall sein.

Irgendjemand weiß Bescheid.

Kapitel 5

JENNY

»Morgen, Jen. Gott sei Dank! Ich habe mir schon Sorgen gemacht.« Hayley springt von ihrem Platz an der Rezeption auf, ihr Stuhl rollt nach hinten. Dann greift sie über den Tresen, um mir ein Blatt Papier zu reichen. »Das sind die Tiere, die heute Morgen operiert werden sollen. Nisha hat die Liste zusammengestellt. Vanessa organisiert den OP, und ich habe sie aufgenommen.« Ihre Stimme klingt abgehackt.

»Vielen Dank. Tut mir leid, dass ich so spät komme.« Ich bin vollkommen verwirrt und nervös. »Ist Samir noch nicht hier?«

»Nein. Und Abi auch nicht. Ich weiß nicht, was heute Morgen los ist. Irgendwie geht alles schief. Du weißt schon … Es funktioniert einfach nicht richtig, wenn wir nicht alle pünktlich sind. Es wäre nicht so schlimm, wenn du nicht unser Angebot vergrößert hättest.« Ihre Wangen leuchten rot in ihrem ansonsten bleichen Gesicht. Sie sieht müde aus. Hayley arbeitet am längsten hier – abgesehen von mir und Samir natürlich. Nach reiflicher Überlegung haben Samir und ich die Tierarztpraxis hier in Coleton Combe eröffnet. Alles begann bei einem Pint und einem großen Glas Wein während eines Dinners zur Feier der Praxiseröffnung eines Kollegen. Damals hatte ich schon länger als Tierärztin gearbeitet, aber immer für andere. An jenem Abend wurde mir plötzlich bewusst, dass ich schon fünfunddreißig war und nicht den Rest meines

Lebens als Angestellte verbringen wollte. Leicht angetrunken habe ich dann Samir meinen ›großen Plan‹ erklärt, der, wie sich herausstellte, genauso die Nase voll von seiner damaligen Praxis hatte. Es war Schicksal, dass wir damals dieses Gespräch führten, dass wir uns in dem Punkt sofort einig waren.

Dank Samirs Eltern und Marks Großeltern, die ihrem Enkel ein beachtliches Vermögen hinterlassen hatten, konnten wir die für die Praxis nötigen Gebäude und das Grundstück kaufen. Mark betrachtete es als Investitionsmöglichkeit in der Hoffnung, dass man hier irgendwann noch ein kleines Gebäude für seine IT-Firma anbauen könnte.

Zu Beginn hatte die Praxis noch nicht einmal Tierarzthelferinnen. Das Einzige, was wir hatten, war eine kleine Kundenliste, und Hayley kümmerte sich um so gut wie alles, während wir unsere tierischen Patienten behandelten. Unser Plan war jedoch immer schon, die Praxis weiter auszubauen, und vor drei Jahren stellten wir schließlich Vanessa ein, die inzwischen unsere Leitende TFA ist. Vor Kurzem ist dann noch Nisha zu uns gestoßen, zusammen mit Abi, die im Moment von Hayley am Empfang ausgebildet wird, aber auch noch die Ausbildung zur Tiermedizinischen Fachangestellten machen möchte. Sie ist klug, voller Leidenschaft und jung genug, um noch ›geformt‹ zu werden. Alles in allem haben wir also eine glückliche kleine Praxisgemeinschaft. Wir kommen gut miteinander aus. Jeder bringt seine Fähigkeiten ein.

Hayley ist jedoch in letzter Zeit ein wenig angeschlagen. Immer wieder leidet sie unter Arthritis, und mir gefällt der Gedanke nicht, dass sie deshalb Stress hat. »Hol dir erst mal einen Becher Kaffee«, sage ich. »Ich werde Samir und Abi anrufen. Ich bin sicher, sie sind schon auf dem Weg und stecken nur im Stau. Vielleicht hat es ja einen Unfall oder sowas gegeben. Für einen Mittwoch ist nämlich verdammt viel los.«

»Wenn, dann auf der Hauptstraße. Viele benutzen den Weg durchs Dorf als Abkürzung auf ihrem Weg in die Stadt.« Hayley schüttelt den Kopf und geht in den Pausenraum, während ich erst einmal tief durchatme und versuche, den Tag wieder unter Kontrolle zu bekommen. Ich habe ein seltsames Gefühl, das ich nicht richtig einordnen kann. Fast wie ein Déjà-vu. Als ich Samir gerade anrufen will, platzt er herein.

»Verdammte Scheiße! Was für ein beschissener Morgen!« Er trägt mehrere Kartons und ein paar Aktenordner, darauf eine Lunchbox mit einem Marvel's Avengers Motiv. Die hat er sich vorübergehend von seinem siebenjährigen Sohn ›geborgt‹, denn Duffy, der Familienhund, ein Cockapoo, hat seine zerstört, als sie unbeaufsichtigt auf dem Tisch stand. Ella und Alfie wollen auch unbedingt einen Hund, aber um ehrlich zu sein, ich habe Angst vor der zusätzlichen Verantwortung. Stattdessen habe ich ihnen einen Hasen versprochen, allerdings ohne einen genauen Zeitpunkt zu nennen. Ich hoffe, so kann ich die Sache noch mindestens ein Jahr hinausschieben.

Ich lächele Samir an und schüttele den Kopf. Sein Gefluche ist nicht schön, aber so, wie er es sagt, fühlt man sich nie beleidigt. Ich glaube, das liegt an seinem Akzent, der selbst den übelsten Ausdrücken einen gewissen Charme verleiht, auch wenn dieser Akzent ein wenig schwächer geworden ist, seit wir gemeinsam in Plymouth studiert haben. Es gibt hier vor Ort keine große indische Gemeinde, und da Samir inzwischen fast zwanzig Jahre in Devon lebt, hat sich sogar der Dialekt der Einheimischen ein wenig bei ihm eingeschlichen. Ich habe ihn zwar gebeten, das Fluchen zu unterlassen, wenn

Patienten da sind – und er hält sich auch daran –, doch wenn wir allein sind, dann lässt er seinen Gefühlen freien Lauf.

»Dann hat's also nicht nur mich getroffen«, sage ich und lege den Hörer wieder auf. »Unser Wecker hat nicht geklingelt. Ich bin mit den Kids zur Schule gerast, habe sie schnell in die Klasse geschubst – trotzdem zu spät natürlich –, nur um dann im Verkehr festzustecken. Dabei passiert das hier eigentlich nie ... Der ganze Tag ist aus dem Ruder gelaufen.«

»Lass das nicht Mark hören. Sagt er nicht immer: ›Der Tag ist, was du daraus machst‹?«

»Ha! Ja, das stimmt.« Ich hebe die Augenbrauen. Samir lacht, als er zur Rezeption geht, sich umdreht und die Schwingtür mit dem Rücken aufstößt. Dann verschwindet er in seinem Behandlungszimmer. Wir sind lange genug befreundet, um uns gegenseitig ein wenig aufziehen zu können. Ich könnte mir keinen besseren Geschäftspartner und Freund wünschen.

Ich richte meine Aufmerksamkeit wieder aufs Telefon und wähle Abis Nummer. Ihr Handy klingelt zweimal. Dann springt der Anrufbeantworter an. Ich hinterlasse ein kurzes ›Ich hoffe, bei dir ist alles okay‹. Allerdings habe ich ein komisches Gefühl dabei. Vielleicht steckt sie ja wirklich einfach nur im Verkehr fest.

Kaum habe ich die Tür meines Behandlungszimmers geöffnet, da werde ich von einem lauten Bellen begrüßt. Überraschung mischt sich mit Erleichterung, als ich sehe, dass Abi bereits da ist und gerade mit einem großen Golden Retriever kämpft. Ich sehe nur Fell und Arme, während sie versucht, das riesige Tier auf eine Waage zu bugsieren.

»Oh! Da bist du ja!«, sage ich, ziehe den Mantel aus und eile Abi zu Hilfe. »Wann hast du dich denn reingeschlichen?«

»Nisha … hat … mich hinten … reingelassen.« Die Worte kommen abgehackt, während Abi mit dem Tier ringt. Ich versuche, nicht zu lachen.

Es bedarf mehrerer Versuche, den Retriever lange genug unter Kontrolle zu bekommen, um ihn zu wiegen, doch schließlich gelingt es uns, und Abi trägt die Daten ins System ein. Dann streicht sie ihre Uniform glatt und zupft ihren Pferdeschwanz wieder zurecht, der sich bei dem Ringkampf gelöst hat.

»Das steht nicht wirklich in deiner Stellenbeschreibung«, bemerke ich. »Trotzdem Danke.«

»Ich wollte helfen. Schließlich war ich ja auch zu spät. Als ich die Patienten im Wartezimmer gesehen habe, hatte ich ein schlechtes Gewissen, und ich dachte mir, ich könnte etwas tun, damit es vorangeht. Aber wenn ich sehe, wie das hier abläuft, dann wäre ich wohl lieber am Schreibtisch geblieben.« Sie wirft den Kopf zurück, lacht verlegen und ist schon zur Tür hinaus.

Viel zu spät wird mir klar, dass ich ihr hätte widersprechen, sie loben sollen, anstatt sie in dem Glauben zu lassen, sie hätte einen schlechten Job gemacht. Aber ich bin in Gedanken nicht wirklich hier. Das muss sich jedoch rasch ändern, denn in zwanzig Minuten werde ich mit Samir und Vanessa unser erstes Tier operieren.

Komm schon, reiß dich zusammen!

*

In einem ruhigen Moment, in der Mittagspause, erscheint das Bild der verstümmelten Katze wieder vor meinem geistigen Auge. Während der Operationen habe ich es verdrängt, aber jetzt drängt es sich wieder in den Vordergrund. Wer tut so was? Wäre der Schmetterling nicht gewesen, ich hätte geglaubt, dass es sich um einen Wildunfall handelt. Dass die Katze vor unserem Haus überfahren wurde, und der Fahrer die Überreste einfach in einen Sack gestopft und vor meine Haustür gelegt hat, weil er davon ausging, ich wäre die Besitzerin. Eigentlich eine naheliegende Erklärung. Doch der Schmetterling hat diese Theorie zerstört.

Der Schmetterling hat alles zerstört.

Die Tür zum Pausenraum fliegt auf, und ich schnappe erschrocken nach Luft.

»Oh … Abi …«, sage ich ein wenig außer Atem. Sie hält einen kleinen, pink gestreiften Karton in den Händen.

»Cremetaschen von Kelly's. Ich konnte einfach nicht widerstehen. Tut mir leid. Deshalb war ich auch zu spät. Ich musste warten, bis sie aufmachten. Und es hat gedauert, bis sie mich bedient haben. Aber es hat sich gelohnt, oder?« Abi schaut mich besorgt an, während sie den Arm ausstreckt und mir den geöffneten Karton anbietet. Glaubt sie, ich würde ihr Vorwürfe machen? So eine Chefin bin ich nicht, hoffe ich zumindest. Ich lächele und versuche, meinen Fauxpas von vorhin damit wiedergutzumachen. Als der lange Ärmel ihres Poloshirts hochrutscht, fällt mein Blick auf Abis Arm, wo eine Reihe dicker weißer Striche zum Vorschein kommt, die parallel über ihren Unterarm verlaufen. *Das sind die Echos eines Traumas*, denke ich voller Sorge und wende mich ab.

»Danke, Abi. Die sehen gut aus.« Ich greife in den Karton, hole eine mit Creme gefüllte Brandteigtasche heraus und beiße hinein. »Oh – mein – Gott!«, sage ich zwischen zwei Bissen. »Seit meiner Kindheit hatte ich die nicht mehr. Meine Mutter hat immer …« Ich lasse den Satz unvollendet.

»Hat immer …?«, hakt Abi nach.

»Oh.« Ich winke ab. »Nichts.« Ich stopfe mir ein weiteres Stück in den Mund, sodass ich nicht mehr sprechen kann. Ich will den Tag nicht noch schlimmer machen, indem ich das Gespräch auf diese Frau lenke. Tatsächlich ist es das erste Mal seit einer gefühlten Ewigkeit, dass ich überhaupt an meine Mutter gedacht habe. Nur dann und wann weckt irgendetwas Willkürliches eine Erinnerung in mir. Meist bleibt alles, was mit meiner Mutter zu tun hat, jedoch im Dunkeln, tief vergraben in den hintersten Ecken meines Verstandes. Es ist nun schon über zwanzig Jahre her, seit ich ihr verhärmtes Gesicht zum letzten Mal habe sehen müssen.

»Ist sie tot?«, fragt Abi in sanftem Ton. Offenbar glaubt sie, das wäre der Grund, warum ich nicht weiterspreche. Natürlich wäre es leichter, wenn ich einfach Ja sagen würde, doch stattdessen sage ich ihr die Wahrheit.

»Nein … oder zumindest glaube ich das nicht. Tatsächlich habe ich keine Ahnung. Wir haben keinen Kontakt.« Ich lächele angespannt.

Wenn Abi von meiner Enthüllung schockiert ist, dann verbirgt sie das gut. »Tut mir leid«, sagt sie. »Das ist traurig.«

Ich zucke mit den Schultern. »Ich nehme an, in vielerlei Hinsicht ist es das, aber ich bin ohne sie besser dran.« Es ist mir unangenehm, mit Abi darüber zu reden. Abi ist noch jung, eine relativ neue Mitarbeiterin und keine Freundin. Aber vielleicht ist das auch genau der Grund, warum ich mich ihr geöffnet habe. Aber mehr muss sie auch nicht wissen. »Hast du eine gute Beziehung zu deiner Mutter?«, frage ich schnell, um nicht mehr über mich sprechen zu müssen.

»Ach, weißt du … Mal so, mal so.« Jetzt winkt Abi ab. »Sie hat ihre guten Momente, aber manchmal habe ich das Gefühl, sie bereut es, mich bekommen zu haben.«

Ich blinzele. Ich weiß nicht, was ich sagen soll. Ich kenne Abis Situation nicht, aber eines weiß ich genau: Auch wenn wir beide eine Rabenmutter haben, ist das nur eine sehr oberflächliche Gemeinsamkeit. Alles andere ist komplett anders. Plötzlich drängt sich wieder eine Erinnerung in den Vordergrund: meine Mutter, die mich von der Haustür wegzieht, als meine Freundinnen auf dem Schulweg vorbeikommen. Sie hat Angst, dass ihr kleines Mädchen weglaufen, dass sie der Enge ihrer vier Wände entkommen und sie allein lassen könnte. »Du bist nicht wie sie«, sagt Mom. »Es ist besser für dich, wenn du zu Hause lernst. Bei mir. Du verbringst doch gerne Zeit mit deiner Mommy, nicht wahr?«

Kurz schließe ich die Augen. Dann suche ich nach einem anderen Thema. »Danke, dass du heute Morgen hilfst. Ich bin froh, dass du dir überlegst, Tierarzthelferin zu werden. Am Empfang zu arbeiten, ist super, aber wie ich sehe, hast du noch ehrgeizigere Ziele.«

»Ja, das habe ich!« Sie strahlt. »Ich wäre gerne wie du. Du hast so einen wunderbaren Beruf, und du hast Familie. Du hast wirklich alles ... Ich bewundere dich sehr.«

»Oh, Abi ... Das ist wirklich sehr freundlich von dir.« Ich lache nervös. Wenn sie wüsste, was wirklich los ist. »Manchmal muss man kämpfen, um seiner Vergangenheit zu entfliehen, und Vertrauen in sich selbst haben.«

»Also an Selbstvertrauen mangelt es mir schon etwas.« Abi senkt den Blick. »Es ist aber auch schwer, seinen eigenen Wert zu erkennen, wenn andere einem ständig sagen, dass man nie etwas erreichen wird«, sagt sie mit zitternder Stimme.

Mir schnürt sich die Kehle zusammen. Abis Worte wecken mein Mitgefühl. »Nun, dann wirst du diese Leute eben eines Besseren belehren, Abi. Ich vertraue dir jedenfalls voll und ganz. Jetzt musst du nur noch Vertrauen in dich selbst haben. Du schlägst dich hier verdammt gut. Ich bin wirklich froh, dass wir dich eingestellt haben.«

»Ja, ich auch.« Abi lächelt mich breit an. Ihre gerade noch so strengen Gesichtszüge – hohe, ausgeprägte Wangenknochen und kleine runde Augen – wirken plötzlich beeindruckend attraktiv. Mit ihrem schwarzen Haar und der cremefarbenen Haut erinnert sie mich an Schneewittchen. Und ich habe es ernst gemeint, dass ich froh bin, sie eingestellt zu haben. Abi hat etwas an sich, das den Wunsch in mir weckt, sie unter meine Fittiche zu nehmen. Aber ich muss zugeben, ich bin nicht sicher, ob es dabei nur um sie geht. Es ist, als wäre ich gezwungen, etwas wirklich Gutes zu tun, um für die Geschichte meiner Familie Buße zu tun, für all das Böse … Ich nehme an, das ist zumindest teilweise auch der Grund dafür, dass ich Tierärztin geworden bin. Ich wollte heilen, wo sie verletzt haben.

Kapitel 6

MARK

Das Herz schlägt mir bis zum Hals. Ich stehe über dem Wäschekorb und kralle die Hand in den Deckel, während ich auf die Kleidung starre. Der Saum von Jennys Pyjama ist mir sofort ins Auge gefallen, als ich meine Jogginghose hineingeworfen habe. Ich wäre fast zusammengeklappt, als hätte mir jemand in den Magen geschlagen. Ich sehe, dass der Stoff feucht ist, und ich sehe auch, dass es sich bei den braunen Flecken um Dreck handelt, und das, ohne den Pyjama aus dem Wäschekorb zu ziehen. Das ist der Pyjama, den Jenny letzte Nacht getragen hat, aber er liegt *unter* der anderen Wäsche. Es sieht so aus, als hätte sie ihn absichtlich versteckt. Dass sie ihren Ehering aus welchem Grund auch immer auf den Boden geworfen hat, muss an sich nicht viel bedeuten, doch sie verhält sich zunehmend sonderbar, und jetzt das hier. Es fällt mir immer schwerer, meine Ängste einfach beiseitezuschieben.

Ich habe immer gewusst, das Jen bestimmte Aspekte ihres Lebens vor mir verbirgt. Bereits als wir uns kennenlernten, hat sie mir erzählt, dass sie eine ›komplizierte und unglückliche‹ Kindheit hatte, weshalb sie auch so schnell wie möglich von zu Hause ausgezogen ist. Sie ist an die Uni gegangen und nie wieder zu ihren Wurzeln zurückgekehrt. Sie hat mir nur das absolute Minimum erzählt, und später haben wir das nie mehr erwähnt. Als wir schließlich geheiratet haben, war kein Verwandter von ihr dabei, nicht ein einziger. Sie wollte es so.

Und bis heute habe ich nie genauer nachgehakt. Selbst, wenn sie nachts von Albträumen heimgesucht wurde und geschrien hat: ›Sie kommen! Sie wollen mich holen!‹ und ›Ich bin nicht wie er!‹, habe ich niemals nachgefragt. Auch wenn ich sie ohnmächtig auf dem Küchenboden gefunden habe oder im Garten, völlig ausgekühlt und zitternd, denn sie hat manchmal Stunden dort gelegen, habe ich sie nicht gefragt, warum sie diese Albträume und Blackouts hat. Ich habe sie nie gefragt, was sie so sehr quält.

Und sie hat auch nie den Versuch unternommen, mir etwas zu erklären.

Das ist eine der ›Großen Unbekannten‹, wie ich das immer nenne, und davon gibt es gar nicht mal so wenige bei meiner Frau. Manchmal frage ich mich, ob sie nur mich im Dunkeln lässt, oder ob sie sich Roisin vielleicht anvertraut. Allerdings hat Jen jedes Mal das Thema gewechselt, wenn wir mit Roisin und Harry, ihrem Mann, zusammen waren und das Gespräch auf unsere Kindheit kam. Also kennt auch Roisin Jen nicht so gut, wie sie vermutlich glaubt. Aber trotz dieser Wissenslücken habe ich Jenny immer unterstützt. Ich habe sie immer geliebt. Ihr vertraut.

Aber sie vertraut mir nicht. Dieser Gedanke nagt schon seit letztem Jahr an mir und droht immer mehr Unheil anzurichten, er droht mich langsam zu vergiften, unsere Ehe zu zerstören, Stück für Stück. Als ich jetzt auf das Bündel Schmutzwäsche starre, wird mir klar, warum Jen sich heute Morgen im Badezimmer eingesperrt hat … warum sie sich vor mir versteckt hat.

Es ist wieder passiert.

Wie konnte mir das nur entgehen?

Du warst betrunken.

Ich schließe den Wäschekorb und lasse mich aufs Bett fallen. Das Schlafwandeln – die Blackouts – es kommt nicht so oft vor. Meist leidet Jen lediglich unter Albträumen. Aber im Laufe des letzten Jahres sind die Blackouts häufiger geworden. Wenn ich mich daran erinnere, dreht sich mir der Magen um. Immerhin war das meine Schuld, auch wenn ich alles dafür getan habe, um zu verhindern, dass Jen sich selbst verletzt. Einmal habe ich sogar die Tür verbarrikadiert. Das hat allerdings nicht ganz so gut funktioniert, denn irgendwann ist Alfie aufgewacht und war vollkommen verzweifelt, weil er nicht in unser Zimmer kommen konnte. Jen war so wütend darüber, dass ich sie seitdem nicht mehr eingesperrt, sondern nur dafür gesorgt habe, dass sie das Haus nicht verlässt und wieder zurück ins Bett findet.

Doch in diesem Fall muss sie mir durchs Netz geschlüpft sein. Soweit ich weiß, ist mir das bis jetzt nur ein Mal passiert.

Ich frage mich, wo sie diesmal hingelaufen ist.

Kapitel 7

JENNY

So schlecht der Tag auch begonnen hat, schließlich hat er ein gutes Ende genommen, und ich bin vollkommen ruhig und entspannt, als ich in die Einfahrt einbiege und neben Marks Audi parke. Vielleicht habe ich heute Morgen ja nur überreagiert – sowohl was meinen Blackout als auch was die verstümmelte Katze betrifft. Schließlich sind die einfachsten Erklärungen oft die richtigen, und ich glaube mehr und mehr, dass ich nur die falschen Schlüsse gezogen habe. Seien wir ehrlich: Es wäre nicht das erste Mal. Nach all der Zeit ist es mehr als unwahrscheinlich, dass jemand aus meiner Vergangenheit herausgefunden hat, wo ich lebe. Ich wohne Hunderte von Meilen entfernt von meiner Heimatstadt und trage auch nicht mehr denselben Namen.

Ich meine, wie hätte das auch irgendjemand herausfinden sollen? Seit elf Jahren halte ich meine wahre Identität sogar vor meinem Mann geheim, und es besteht nicht die geringste Verbindung mehr zwischen mir und meiner Familie. Die Sache mit dem Schmetterling war nur ein dummer Zufall. So muss es sein. Vermutlich war es schlicht Pech, dass er in dem Sack gelandet ist. Ich komme mir total dumm vor, weil ich heute Morgen so übertrieben reagiert habe.

Der Geruch von mariniertem Huhn begrüßt mich, als ich die Küche betrete, und ich atme tief ein.

»Oh, mein Gott! Das riecht einfach göttlich«, sage ich zu

Mark. Er hat einen Kochlöffel aus Plastik in der Hand und trägt eine blaukarierte Schürze. Schwungvoll rührt er im Essen. Alfie und Ella lachen ihn an. Sie sitzen am Tisch und halten bereits das Besteck in der Hand. »Danke, dass du die Kinder abgeholt hast. Hey, Kids!« Ich drehe mich zu den beiden um. »War's schön in der Schule?«

Ella rümpft die Nase, und ich warte darauf, dass sie wie immer antwortet: ›Keine Ahnung, was wir gemacht haben.‹ Doch stattdessen sagt sie: »Ja, war gut. Wir haben ein Biologieprojekt gemacht. Das ist cool.«

»Ach, ja?« Ich hebe die Augenbrauen. Die Freude in ihrer Stimme überrascht mich. In letzter Zeit hat sie nämlich nicht viel Interesse an der Schule gezeigt, was mir Sorgen bereitet hat, auch wenn ich das für mich behalten habe. Ich habe schon geglaubt, dass sie vielleicht gemobbt wird. Aber wie auch immer ... Jetzt scheint sie jedenfalls glücklich zu sein und plappert munter über Habitate oder so etwas und über die charakteristischen Merkmale von Insekten. Ich stelle meine Tasche auf die Arbeitsplatte, gehe zu Mark und gebe ihm einen Kuss. »Und wie war der Tag der Liebe meines Lebens?« Fast wäre ich ob meiner eigenen Wortwahl zusammengezuckt. Es ist schon eine Weile her, seit ich Mark zum letzten Mal so genannt habe, und seinem Gesichtsausdruck nach zu urteilen, weiß er das auch.

»Er war sehr produktiv, wenn auch ein wenig stressig. Und deiner?« Da ist nur der Hauch eines Lächelns auf seinem Gesicht, und ich fühle, dass mehr dahintersteckt, wenn er das so formuliert. Es fühlt sich an, als wäre Mark wütend auf mich, und ich weiß nicht warum. Das mit dem Ring habe ich ihm heute Morgen erklärt und ihn rasch beruhigt, doch da hängt noch etwas Unausgesprochenes in der Luft. Ich trete einen

Schritt zurück und suche in seinem Gesicht nach Hinweisen darauf. Zweifel ergreift von mir Besitz, und meine Nervosität wächst. Meine Muskeln verspannen sich. Es ist, als würde Mark etwas wissen und ich nicht.

»Es war viel los, aber das gefällt mir ja auch.« Ich versuche, so ruhig wie möglich zu sprechen, und das trotz meiner wachsenden Furcht. »Ich glaube, das neue Team funktioniert ganz gut, und mit unserem Neuzugang hatte ich heute ein gutes Gespräch. Sie erinnert mich an mein jüngeres Ich.« Ich stecke den Finger in den Topf mit dem Hühnchen, doch Mark vertreibt mich mit dem Kochlöffel.

»*Neiiin!* Verderben Sie nicht das Spezialgericht des Chefkochs, Mrs Johnson. Du musst warten.« Die Kinder lachen, doch Marks Ton ist scharf, und ich weiß, dass er es ernst meint.

»Tut mir leid«, sage ich und versuche, ihm in die Augen zu schauen, aber er weicht meinem Blick aus. »Verschweigst du mir was?« Ich spreche leise, um Ella und Alfie nicht zu beunruhigen.

»Hast du die Nachrichten noch nicht gehört?« Mark legt den Deckel auf den Topf und geht ins Wohnzimmer. Da ich annehme, dass er nicht will, dass die Kinder hören, was da in den Nachrichten berichtet wurde, folge ich ihm.

»Nein«, sage ich. »Ich habe heute noch kein Radio gehört. Was ist denn passiert?« Wir stehen in der Tür. Der Fernseher läuft, aber der Ton ist abgestellt. Marks Blick huscht hin und her, überallhin, nur nicht zu mir. Ich bekomme einen Kloß im Hals und huste, um ihn wieder loszuwerden. Was auch immer passiert ist, es muss ziemlich schlimm sein, wenn Mark so reagiert. Vielleicht hatte ich ja recht: Es hat heute Morgen tatsächlich einen Unfall gegeben, was auch den dichten Verkehr im Dorf erklärt. Hat es Tote gegeben? Geht es um jemanden,

den ich kenne? Mein Herz schlägt immer schneller …. Oh, Gott … Roisin ist etwas passiert. Wir haben schon seit Wochen nichts mehr voneinander gehört. Aber nein, denke ich. Mark würde nicht so reagieren, wenn meine beste Freundin verletzt oder gestorben wäre. Ich atme tief durch, um mich zu beruhigen. »Was ist denn, Mark? Um Himmels willen, was ist los?«

»Den ganzen Tag über wird schon berichtet, dass eine Frau von hier vermisst wird. Sie ist letzte Nacht nach einem Quizabend im Pub nicht nach Hause gekommen.«

»Du meinst unser Pub? The Union?«, frage ich schockiert. Das kann nicht sein. Nicht hier. Nicht in Coleton Combe … Davon hätte ich mit Sicherheit gehört.

»Ja, The Union«, sagt Mark und schaut mich endlich an. »Offenbar haben sie heute Morgen mit der Suche begonnen, nachdem ihr Lebensgefährte Alarm geschlagen hat.«

»Warum haben wir dann nichts davon mitbekommen?«

»Wir sind spät aufgestanden. Und ich habe so tief und fest geschlafen …«, antwortet Mark und zuckt mit den Schultern. »Du schläfst doch normalerweise nicht so fest. Hast du denn gar nichts gehört?«

Meine Gedanken überschlagen sich. Ich kann ihm jetzt nicht meinen Blackout gestehen – nicht, solange ich noch nicht weiß, was ich getan habe. Also beschließe ich, die Dumme zu spielen. »Nein. Nichts. Und ich habe ausnahmsweise mal gut geschlafen. Deshalb sind wir wohl beide zu spät wach geworden. Du weißt doch, wie das ist … Wenn man erst einmal tief und fest schläft, dann will der Körper mehr davon.« Das jedenfalls sagt Mark in solchen Situationen immer. »Um wen geht es eigentlich? Wer wird denn vermisst?« Mir wird ganz übel, während ich auf seine Antwort warte. Das hier ist ein

Dorf. Hier kennt man sich. Also ist es sehr wahrscheinlich, dass ich den Namen schon einmal gehört habe, den er mir nennen wird.

Mark starrt mich an. Er blinzelt noch nicht einmal. Es ist, als würde er mich analysieren, als versuchte er, hinter meine Augen zu blicken, und ich hoffe bei Gott, dass er nicht findet, was er dort sucht. Schließlich seufzt er und sagt: »Olivia Edwards.«

Mir drehen sich die Eingeweide um, und der Boden wankt unter meinen Füßen. Ich stolpere zum Sofa und lasse mich darauffallen, bevor ich noch ohnmächtig werde. Mein Herz schlägt so heftig, dass mein ganzer Körper bebt, und das Einzige, was ich höre, ist das Rauschen meines eigenen Bluts in den Ohren.

Ja, ich kenne Olivia Edwards. Wir kennen sie beide.

Das ist die Frau, mit der Mark eine Affäre hatte.

Kapitel 8

MARK

Seit ich heute Morgen auf dem Weg zur Arbeit die Nachrichten gehört habe, kann ich an nichts anderes mehr denken. Als ich schließlich mein Büro erreiche, das sich im Gebäude eines Telekommunikationsunternehmens befindet, von dem ich es gemietet habe, pocht mein Kopf wieder, und das trotz des Paracetamols, das ich gegen den Kater eingeworfen habe. Zu dem Zeitpunkt war meine Erinnerung lückenhaft, doch nachdem ich das Murmeln der schockierten und besorgten Dorfbewohner gehört und die Lokalnachrichten gesehen hatte, in denen über Olivias letzten Aufenthaltsort diskutiert wurde, war alles wieder da, und ein neuer Schrecken überfiel mich.

Und jetzt treiben Jennys aschfahles Gesicht und ihre eingefrorenen Gesichtszüge diesen Horror auf die Spitze. Was ich da sehe, ist nicht nur der Schock. Es ist Angst. Ihre Pupillen sind so stark geweitet, dass ihre laubgrüne Iris kaum noch zu sehen ist. Das Herz schlägt mir bis zum Hals. Es ist ein Jahr her, seit ich diesen Ausdruck auf ihrem Gesicht zuletzt gesehen habe. Damals konnte ich sie aus der Trance reißen, indem ich sie an den Schultern packte und schüttelte. Sie hatte absolut keine Erinnerung mehr an die Stunden davor. Ich hatte an diesem Abend getrunken, und sie war aus dem Bett gestiegen, ohne dass ich etwas gehört hätte.

Ich weiß noch immer nicht, wie lange sie schon fort war,

bevor ich aufwachte und den Platz neben mir leer vorfand. Kalt. Mir war keine andere Wahl geblieben. Ich musste sie suchen. Noch immer spüre ich die Panik, die von mir Besitz ergriff, als ich suchend durch die Straßen fuhr. Ich spüre das schlechte Gewissen noch heute, als mir klar wurde, wo ich sie suchen musste. Vor meinem geistigen Auge sehe ich sie dort stehen, in Olivias Garten, in der Hand einen Stein. Und ich schaudere bei der Erinnerung.

Jen sitzt stumm vor mir. Ihre Lippen zittern. Das ganze Dorf und inzwischen auch das ganze Land spricht über Olivias Verschwinden, aber mich interessiert nur, was Jen zu sagen hat.

»Es heißt, sie sei auf offener Straße verschleppt worden.« Ich schaue Jen flehend an und versuche, sie aus ihren Gedanken zu reißen.

»Auf offener Straße verschleppt?«

»Ja. Entführt.«

»Scheiße.«

Muss ich ihr wirklich alles aus der Nase ziehen? »Ich meine, allein die Vorstellung ist doch schon gruselig. In unserem kleinen Dorf? Wer sollte so was tun?«

Jen schüttelt den Kopf und atmet tief durch. »Ja«, sagt sie, blinzelt und richtet sich dann auf. »Aber wir können jetzt nicht darüber reden. Lass uns heute Abend essen gehen. Ich möchte nicht, dass die Kinder mitbekommen, dass etwas nicht stimmt.«

Ich starre sie an. *Essen gehen?* Nach allem, was sie gerade erfahren hat, wie kann sie da so ruhig sein? Doch bevor ich Gelegenheit habe, sie das zu fragen, steht Jen auf und geht in die Küche zurück. Mir hat es die Sprache verschlagen. Keine Ahnung, was für eine Reaktion ich erwartet hatte, diese jedenfalls nicht. Sie verhält sich so, weil sie es bereits gewusst hat, sagt eine leise Stimme in meinem Kopf. Und sie hat sich definitiv seltsam verhalten: der verdreckte Pyjama, ihr Ehering auf dem Boden … »Nein! Tu das nicht«, flüstere ich vor mich hin und reibe mir mit den Händen über den Kopf, um die Stimme zum Schweigen zu bringen. Das war alles nur Zufall. Jen hatte gestern Nacht nur einen Blackout. Das ist alles.

»Kommst du essen?«, ruft Jen aus der Küche.

»Ja … Eine Sekunde.« Ich atme langsam aus und straffe die Schultern. Ich muss mich zusammenreißen. Schließlich geselle ich mich zu meiner Familie am Tisch.

Wir lächeln.

Gezwungen.

Soll ich die Warnlichter wirklich ignorieren, die in meinem Kopf blinken?

Ich schlucke einen Bissen herunter und fühle Jens Blick auf mir, als ich ein paar Schluck Wasser dazu trinke. Ich könnte jetzt wirklich ein Glas Rotwein vertragen, aber ich brauche einen klaren Kopf für den Fall, dass Jen heute Nacht wieder einen Blackout haben sollte. Ich schaue zu ihr hinüber, fange ihren Blick ein, und gefühlt mehrere Minuten lang starren wir einander in die Augen. Unausgesprochen hängt der Vorwurf zwischen uns in der Luft. Ich kann Jen nicht die Schuld für das Misstrauen geben, das das ganze letzte Jahr wie ein Damoklesschwert über unserer Ehe gehangen hat – jedenfalls nicht ausschließlich.

Nicht, wenn ich der Grund dafür bin.

Kapitel 9

JENNY

Die Müdigkeit droht, mich zu verschlingen. Dennoch liege ich wach im Bett, die Augen weit aufgerissen und an die Decke gerichtet. Das Licht der Straßenlaternen fällt durch die Vorhänge in den dunklen Raum und wirft tanzende Schatten an Decke und Wände wie ein Nachtlicht für Kinder, das sie in den Schlaf wiegen soll. Tatsächlich wünsche ich manchmal, ich wäre noch ein Kind, bei dem so etwas funktioniert. Doch dann erinnere ich mich an meine Kindheit, und ich bin froh, dass ich das nicht noch mal durchleben muss.

Mark liegt still neben mir. Wie machen Männer das? Wie können sie einfach so einschlafen, kaum dass man bis zehn gezählt hat? Das ärgert mich ohne Ende. Ich verspüre das Verlangen, ihn zu wecken, damit er meinen schlaflosen Albtraum teilen kann. Ich kann mich schon glücklich schätzen, wenn ich weniger als eine Stunde brauche, um einzuschlafen. Seit den furchtbaren Ereignissen im letzten Jahr sind die Schlafstörungen meiner Kindheit wieder zurückgekehrt. Nächte ganz ohne Schlaf wechseln sich mit solchen voller Albträume und Schlafwandeln ab. Zumindest nehme ich an, dass es sich bei diesen Zeiträumen der völligen Leere, die ich erlebe, darum handelt … Ich habe nie medizinischen Rat gesucht, denn ich hatte immer viel zu viel Angst davor, dass dabei die Wahrheit ans Licht kommt. Also tue ich alles dafür, es vollständig zu verleugnen, jede einzelne dieser Episoden ebenso tief in meinem Inneren zu begraben wie die Erinnerung an die Existenz meiner Eltern.

Mark nennt es meine Blackouts – wenn wir denn überhaupt darüber sprechen. Tatsächlich sind diese Episoden Teil meines Lebens, solange ich denken kann. Aber wenn ich wirklich intensiv darüber nachdenke, dann kann ich ganz genau sagen, wo ihr Ursprung liegt. Und ich bin sicher, sollte ich je zu einem Psychologen gehen, dann würde er ebenso rasch herausfinden, wann all das begonnen hat.

Es hat begonnen, als mir mein Dad zum ersten Mal weggenommen wurde.

*

»Jane! Jane!«

Janes Körper hüpfte auf der Matratze auf und ab, als ihre Mutter an Janes Schultern rüttelte und sie so aus dem Tiefschlaf riss. Sie blinzelte, öffnete die Augen, und vor lauter Angst wurde ihr übel. Das Gesicht ihrer Mutter war nur wenige Zentimeter von ihrem entfernt. Sie war weiß wie ein Geist und ihr liefen die Tränen in kleinen Bächen über die Wangen. Jane schluckte, um einen Schrei zu ersticken.

»Was ist denn, Mommy? Was ist passiert?« Ihre Stimme klang schrill, sie wusste nicht, ob vor Müdigkeit oder vor Angst. Was war hier los? Es war noch nicht Morgen, zu früh, um aufzustehen, denn draußen war es noch dunkel. Jane brauchte nun schon seit einigen Monaten kein Nachtlicht mehr. Endlich fühlte sie sich groß genug, um auf diese zusätzliche Beruhigung zu verzichten. Außerdem hatte sie ja auch noch ihren geliebten zerfledderten Bären. Da brauchte sie nicht auch noch das Licht, sagte Daddy. Jetzt schaltete ihre

Mom die Nachttischlampe an, und Jane fiel auf, dass Mommys Augen rot und groß waren, ihr Mund verzerrt.

»Du musst aufstehen«, flüsterte sie mit heiserer Stimme und riss Jane die Decke weg. Kalte Luft strich über ihre nackten Arme. Ihre Mutter fummelte mit einem Pullover herum. Zitternde Hände versuchten, ihn über Janes Kopf und dann über ihre Arme zu ziehen.

»Mommy! Du machst mir Angst. Träume ich?«

»Das ist kein Traum, Jane.«

»Claire! Wo bist du, verdammt?« Die Stimme ihres Daddys dröhnte durch die stille Nacht. Und während er brüllte, sah Jane, wie blaue Blitze in regelmäßigen Abständen hinter den Vorhängen aufflackerten.

»Ich komme! *Wir* kommen!«

»Ich habe Angst«, sagte Jane noch einmal, als ihre Mutter sie barfuß aus dem Schlafzimmer und dann die Treppe hinunterzog.

»Es ist viel zu spät, verdammt noch mal!«, brüllte Daddy.

Jane konnte ihn nicht sehen. Sie hörte nur seine Stimme, die im Flur förmlich explodierte. Grob zog ihre Mutter ihr die Turnschuhe an, sodass Jane vor Schmerz zusammenzuckte.

»Ich brauche Socken da drin. Sonst bekomme ich Blasen.« Als das Chaos sie vollends überwältigte, traten Jane Tränen in die Augen.

»Keine Zeit. Wir müssen los.«

Jane leistete keinen Widerstand, als ihre Mommy sie am Arm packte und aus dem Flur, durchs Wohnzimmer und in die Küche zog, bis sie schließlich vor der Hintertür standen. »Daddy?« Als er in Sicht kam, schaute sie ihn flehend an. Seine Augen waren groß. Er lächelte nicht, und seine Brust hob und senkte sich im Takt seiner schnellen Atemzüge.

Daddy fürchtete sich auch. Ihn so zu sehen, verdoppelte Janes Angst.

»Hey, Prinzessin.« Er sprang vor und nahm sie in die Arme. »Es tut mir leid. Ich nehme dich mit auf ein Abenteuer, ein Abenteuer in der Nacht.« Seine Arme fühlten sich stark an. Normalerweise hätte sie das getröstet, doch in dieser Nacht war alles falsch. »Hast du alles dabei, Claire?«

Jane schlang die Arme noch fester um den Hals ihres Daddys und klammerte sich mit den Beinen an seine Brust. Auch ihre eigene Atmung ging nun schnell, fast so schnell wie seine. »Will jemand uns wehtun?«

Ihre Frage blieb unbeantwortet. Stattdessen drehte ihr Vater sich um und öffnete die Hintertür. Kalte Luft strömte hinein, wand sich um Jane und raubte ihr kurz den Atem.

Und dann … die Lichter. So viele Lichter blendeten sie, und Schreien erfüllte ihre Ohren. So viele verschiedene Stimmen. Blanke Panik erfasste Janes kleinen Körper, sie kniff die Augen zu, so fest sie konnte. Ein hohes Kreischen hallte in ihrem Kopf.

Und dann fiel sie.

*

»Jen. Jen, Liebes.« Meine Schultern zittern, und mein Körper bebt auf der Matratze.

»Was ist? Müssen wir gehen?« Ich setze mich sofort auf, und das Laken rutscht herunter. Es ist dunkel. Erinnerungen durchströmen mich, und ich springe aus dem Bett und renne zur Tür, in nackter Panik.

»Jen!« Mark steht plötzlich neben mir. Sanft legt er mir die Hände auf die Arme und flüstert mir tröstend ins Ohr. »Du hast nur geträumt, Liebes. Alles ist gut. Du bist in Sicherheit.«

Ich atme langsam und zitternd ein. Es *war* ein Traum. Ich bin jetzt Jenny und nicht mehr die verängstigte, kleine Jane. Alles ist in Ordnung. Mark führt mich wieder zum Bett zurück, und ich lasse mich von ihm zudecken wie ein kleines Kind. Wenn das doch nur in jener Nacht auch so gewesen wäre, als ich acht Jahre alt war. Wenn mein Vater mir doch nicht genommen worden wäre, sodass ich allein mit ihr zurückbleiben musste. Mir läuft ein Schauder über den Rücken, als sich eine Erinnerung an Claire in meinen Nacken krallt. Deutlich sehe ich vor mir, wie sie mich ins Wohnzimmer stößt und mich anbrüllt, ich müsse zu Hause bleiben, zu meinem eigenen Wohl. »Du kannst nicht ausgehen wie die anderen, Jane. Niemand mag dich. Ich bin die Einzige, die dich so sehr liebt, dass sie bei dir bleibt.« Jeder Abend endete damit, dass ich mich im Bett zusammengerollt und in den Schlaf geweint habe. Jeden Abend habe ich mir ein anderes Leben gewünscht.

»Kannst du mich in den Arm nehmen, bis ich eingeschlafen bin?« Ich hebe die Decke hoch und rücke an Mark heran. Dann drehe ich mich auf die Seite, sodass ich mit dem Rücken an seiner Brust liege. Sofort legt er den Arm um meine Hüfte, und wir kuscheln uns aneinander. Ich spüre seinen Atem in meinem Haar und seine Wärme, als er sich an mich schmiegt.

»Ich liebe dich. Das weißt du doch, oder?«, sagt er.

Gerne hätte ich ihm das Gleiche gesagt, doch ich schweige. Die Worte wollen mir einfach nicht über meine zusammengepressten Lippen kommen.

Kapitel 10

JENNY

Donnerstag

»Alles okay heute Morgen?« Mark gesellt sich zu uns an den Küchentisch und setzt sich mir gegenüber. Er spricht uns alle an, aber ich weiß, dass er eigentlich mich meint, wegen letzter Nacht. Im Gegensatz zu den Blackouts erinnere ich mich eigentlich immer daran, wenn ich einen Albtraum hatte. Danach dauert es meist Stunden, bis ich wieder einschlafen kann, und die ganze Zeit denke ich dann an sie, ich denke an meine Mutter. Ich weiß natürlich, dass ich das nicht tun sollte, doch dann und wann übernimmt Mom schlicht all meine Gedanken und hat die Kontrolle über mich. Dann kämpfe ich mit aller Kraft darum, ihr keine Gelegenheit zu geben, mein so sorgfältig konstruiertes Leben zu zerstören. Manchmal gewinne ich, manchmal aber auch nicht.

»Ich kann es kaum erwarten, dass der Tag beginnt«, erkläre ich mit aller Leidenschaft, derer ich fähig bin. »Was meint ihr, Kinder?«

»Ich muss mich heute um Fudge kümmern«, ruft Alfie. Er freut sich sichtlich darauf, das Klassenmaskottchen versorgen zu dürfen, eine Wüstenrennmaus. »Gestern hatte ihn Kaz, und der hat ihn im Klassenzimmer freigelassen!« Er schlägt die Hand vor den Mund. Dennoch hört man ein Kichern. »Deshalb durfte er auch nicht in der Pause auf den Schulhof. Mrs Fleming hat gesagt, bevor er Fudge nicht gefunden hat, darf er gar nicht mehr raus … und das hat ewig gedauert.«

»Nun, dann will ich doch hoffen, dass dir das heute nicht passiert«, sage ich.

»Darfst du ihn auch in den Ferien mit nach Hause bringen?«, fragt Ella. »Ich durfte das ja mal … erinnerst du dich, Mommy? Aber es war schrecklich, weil …«

Sofort erkenne ich, worauf das hinausläuft, und ich werfe Ella einen warnenden Blick zu und fahre mir mit dem Finger über den Hals zum Zeichen, dass sie den Mund halten soll. »Ich glaube nicht, dass die Klassenmaskottchen noch Hausbesuche machen dürfen, Ella … Oder, Alfie?«

»Nein.« Er senkt den Kopf. »*Angeblich* ist es nicht sicher, sie aus dem Schulgebäude zu lassen … das geht nur, wenn einer der Lehrer dabei ist.« Ich lächele, als ich höre, wie er ›angeblich‹ betont. Das ist so süß … und er wird so schnell groß.

»Ich glaube auch, das ist besser so«, sagt Mark und trinkt einen Schluck Kaffee. »Jedes Tier braucht Liebe und Fürsorge. Das stimmt doch, nicht wahr, Mommy?«

Auch wenn ich weiß, dass Mark diese Frage an mich richtet, weil ich Tierärztin bin und weil es offensichtlich mein Job ist, mich um alle Tiere zu kümmern, kommt mir die Bemerkung ein wenig spitz vor. Es ist fast so, als wüsste er, was ich gestern vor unserer Tür gefunden habe, und jetzt gibt er mir die Schuld daran. Aber ich weiß natürlich auch, dass ich nur wegen meines schlechten Gewissens so denke. Vielleicht hat Mark sich ja auf das Tier bezogen, das Ella gerade erwähnt hat, auf den Vorfall letztes Jahr, als unsere Tochter Hammy den Hamster mit nach Hause gebracht hat. Ella hat immer mir die Schuld dafür gegeben, dass der Hamster im Staubsauger gelandet ist. Ihre Entscheidung, Hammy frei im Wohnzimmer herumlaufen zu lassen, ohne mir Bescheid zu sagen, hat sie jedoch nie infrage gestellt.

»Absolut. Alle Tiere sind wichtig. Sogar Fliegen.« Das glaube ich nicht einmal ansatzweise. Ich *hasse* Fliegen.

»Fliegen leben nur einen Monat«, meldet Ella sich fröhlich zu Wort. »Habt ihr das gewusst?«

»Nicht in diesem Haus«, murmelt Mark vor sich hin und zwinkert mir zu. Fast hätte ich laut gelacht.

»Dann sollten sie diesen einen Monat auch genießen können«, sage ich, »und ein schönes Leben haben.«

Ella kichert. »Dann sollten wir ihnen was Süßes kaufen, oder? Leckerlis. So wie du sie immer für die Hunde in der Praxis hast.«

»Also so weit würde ich jetzt nicht gehen. Der Punkt ist, jedes Tier, auch jedes Insekt, ist ein Lebewesen, und Lebewesen haben es verdient, gut behandelt zu werden. Und Alfie … Wenn du heute für Fudge verantwortlich bist, dann heißt das, dass du dich zuerst um seine Bedürfnisse kümmern musst. Es ist natürlich toll, Tiere wie ihn aus dem Käfig zu lassen, aber wenn es nicht sicher ist und Mrs Flemings nicht dabei ist, dann musst du dir etwas anderes ausdenken, um mit ihm Spaß zu haben. Du könntest dir zum Beispiel ein paar alte Papprollen besorgen, eine davon in seinen Käfig legen und zuschauen, wie er da durchrennt. So was in der Art. Okay?«

»Okay, Mommy. Ich werde es richtig machen. Versprochen.«

»Prima. Im Schlafzimmer steht eine alte Posterrolle, und die Küchenrolle ist auch fast aufgebraucht. Die kannst du mitnehmen, wenn du willst.«

Wir beenden das Frühstück, und nachdem Alfie die Papprollen geholt hat, verabschieden wir uns von Mark. Über meinen Albtraum letzte Nacht haben wir nicht gesprochen. Wir haben das genauso beiseitegeschoben wie Olivias Verschwinden. Beide Themen sind einfach sehr schwierig. In den Zehn-Uhr-Nachrichten gibt es nichts Neues zu dem Fall, jedenfalls nichts, was wir nicht schon wissen. Vielleicht hält die Polizei ja Informationen aus ermittlungstechnischen Gründen zurück, oder womöglich hat sie gar keine Spur, keine Theorie und auch keinen Verdächtigen. Wie auch immer, mir gefriert schon bei dem Gedanken an Olivia das Blut in den Adern. Ich hoffe wirklich, dass sie sie bald finden, am besten heute noch.

»Heute könnte es übrigens ein wenig später werden«, sagt Mark, während ich die Kinder zur Tür scheuche.

»Ach, ja? Warum?«

»Erinnerst du dich noch an Brett, meinen alten Freund von der Uni, der mal gesagt hat, er würde mir beim Aufbau meiner Firma helfen? Der, mit dem ich gestern Abend gesprochen habe?«

Mir dreht sich der Magen um. »Vage«, lüge ich. Als Mark telefoniert hat, bin ich einfach rausgegangen. Ich war verärgert, weil er so laut gesprochen hat, dass ich nicht mehr in Ruhe fernsehen konnte. Deshalb habe ich auch nicht viel von dem Gespräch mitbekommen. »Anschnallen nicht vergessen!«, rufe ich den Kindern hinterher, als sie zum Auto rennen.

»Nun, er kommt heute aus Somerset, um persönlich mit mir zu reden. Und du weißt ja, wie das ist … Das Meeting wird im Pub enden.«

»Aber du fährst doch …«

»Oh. Ich werde natürlich vorher vorbeikommen und den Wagen zurückbringen. Wir können dann zu Fuß ins The Union.«

Ich werde ganz traurig, als Mark unseren Pub erwähnt. Ich kann einfach nicht glauben, dass sie ausgerechnet in den Pub wollen, in dem sich Olivia noch so kurz vor ihrem Verschwinden aufgehalten hat.

»Und was genau ist das mit Brett?« Dass Brett ausgerechnet jetzt aus seinem Loch gekrochen kommt, ist kein gutes Timing. Warum dreht sich plötzlich alles um ihn? Das gefällt mir nicht. Mir ist natürlich klar, dass ich mir auch jemanden aus meiner Unizeit als Partner gesucht habe. Ich weiß also aus eigener Erfahrung, wie so was läuft. Aber Samir und ich sind nach unserem Abschluss immer in Kontakt geblieben. Mark hingegen hat vorgestern Abend das erste Mal wieder mit Brett gesprochen, seit wir zusammengekommen sind. Und das war – Moment – vor elf Jahren. Und Brett hat mich damals schon nervös gemacht. Deshalb war ich auch froh, dass die beiden sich aus den Augen verloren hatten. Warum also ist er ausgerechnet jetzt wieder aufgetaucht? Ich wette, Brett hat irgend so ein Schneeballsystem laufen, das schnelles Geld verspricht, und Mark ist naiv genug, darauf reinzufallen.

»Ich habe ihm auch angeboten, hier zu übernachten. Ich dachte, das macht dir nichts aus.«

Was? Es verschlägt mir den Atem. Am liebsten hätte ich geschrien ›Auf gar keinen Fall!‹, aber ich weiß, dass Mark das als Überreaktion werten würde. »Mitten in der Woche?« Ich verziehe das Gesicht. Bei allem, was ich im Augenblick um die Ohren habe, ist es das Letzte, was ich brauchen kann. Was, wenn ich wieder einen Albtraum habe, wenn er hier ist, oder schlimmer noch – einen Blackout? Aber es ist natürlich sinnlos, darüber zu diskutieren. Deshalb hat Mark mir vermutlich auch erst jetzt etwas davon erzählt. Er wollte mich vor vollendete Tatsachen stellen. »Klar. Wenn du das willst.« Und leise füge ich hinzu: »Die Sache ist ja eh gegessen, egal was ich sage.«

Ich schließe die Tür und setze ein Lächeln für die Kinder auf. Allerdings verschwindet es sofort wieder, als ich einen schwarzen Müllsack neben den Eingangsstufen entdecke. Unwillkürlich schnappe ich nach Luft.

Noch einer? Meine Gedanken überschlagen sich. Ich verstehe das nicht. Wer auch immer das tut, kann doch nicht wissen, dass ausgerechnet ich ihn dort finde. Ich verlasse das Haus nicht immer als Erste, auch wenn das in letzter Zeit häufig der Fall war. Beobachtet jemand das Haus? Schon bei dem Gedanken sträuben sich mir die Nackenhaare, und panisch suche ich mit den Augen die Einfahrt ab. Unser Haus steht auf einem von drei großen Grundstücken in dieser Straße. Alle haben sie recht lange Einfahrten, und die andere Seite wird von Bäumen gesäumt. Dahinter erstrecken sich Felder. Es wäre leicht, sich hinter diesen Bäumen zu verstecken und die Häuser auszuspionieren. Ich starre die Einfahrt hinunter. Nur gerade eben kann ich von hier aus die Bäume sehen, und ich frage mich, wie viel von meinem Haus man von dort wohl erkennen kann.

Ich schnappe mir den Müllsack, ohne hineinzusehen, und werfe ihn in die Tonne neben dem Haus. Ich werde mich später darum kümmern. Vor meinem Meeting heute Nachmittag werde ich noch mal kurz zurückkommen. Als ich in den Wagen steige, betrachte ich über den Rückspiegel Ella und Alfie. Meine Unschuldsengel. Ich liebe sie von ganzem Herzen. Dass ihre Mutter den Verstand verliert, wäre wahrlich eine Katastrophe für sie.

Als wir losfahren, schaue ich noch mal zum Haus zurück, und ich frage mich, ob Überwachungskameras wohl teuer sind.

Kapitel 11

JENNY

Die Slade Lane, die Straße, durch die wir normalerweise zur Schule fahren, wird von einem großen LKW blockiert, und am liebsten hätte ich vor Frust geschrien. Warum versuchen diese Dreckskarren immer wieder, durch so enge Straßen zu fahren? Letztes Jahr ist einer dieser LKW in ein Cottage an der Ecke zur Post gefahren. Das Ding hat ein ganzes Stück aus der Wand gerissen. Danach haben die Dorfbewohner eine Petition eingereicht, um ein Durchfahrverbot für Lastwagen zu erreichen, ohne Erfolg.

Der Vorfall hat einer ganzen Reihe von Hausbesitzern einen mächtigen Schreck eingejagt. Ich kann mich noch gut an den Aufruhr erinnern. Caroline Brewer, die ihr ganzes Leben in Coleton Combe verbracht hat, hat eine Kamera vor ihrem Haus installiert und auf die Straße gerichtet – alles angeblich gesetzeskonform –, und gerüchteweise hat sie so ziemlich den ganzen Tag dagesessen, den Verkehr beobachtet, und wann immer ein LKW angefahren kam, ist sie rausgelaufen und hat sich angeschaut, ob er auch sicher an ihrem Haus vorbeikommt. Ich habe laut gelacht, als ich das hörte, aber ehrlich gesagt kann ich ihr das nicht zum Vorwurf machen. Ich hoffe nur, dass der LKW sich in diesem Fall nicht verkeilt hat oder schlimmer noch: dass er nicht wieder in ein Haus gefahren ist.

Irgendwann verliere ich die Geduld und biege nach rechts ab, um das Chaos zu umfahren. Doch kaum bin ich um die

Kurve, da sehe ich, dass das ein Fehler war. Die Polizei hat die Straße in voller Breite mit gelbem Band abgesperrt. An dieser Stelle soll Olivia Edwards entführt worden sein, zumindest geht die Polizei davon aus.

»Verdammt«, knurre ich und versuche, in drei Zügen zu wenden. Tatsächlich werden jedoch sechs Züge daraus. Leise fluche ich vor mich hin, weil der große Kombi für solch ein simples Manöver schlicht nicht geeignet ist, doch ich weiß, dass ich eigentlich aus einem ganz anderen Grund so aufgebracht bin: Der Anblick der Polizeiabsperrung lässt das alles plötzlich real erscheinen, und das vertragen meine Nerven nicht. Das ist Wahnsinn. So etwas ist in Coleton Combe noch nie passiert. Und all die zusätzliche Polizeipräsenz, die Journalisten und Kamerateams, all das hat noch mehr Verkehr verursacht und unser schönes Dorf verstopft. Das ist natürlich ein sehr selbstsüchtiger Gedanke, aber ich bin versucht, in Urlaub zu fahren, bis das alles vorbei ist, nur weg von diesem Chaos. *Falls* es denn vorbeigeht. Aber was, wenn sie Olivia nicht finden? Mir läuft ein Schauder über den Rücken. Ich stelle mir das Schlimmste vor und schüttele rasch den Kopf, um das Bild wieder zu vertreiben.

»Was ist los, Mommy? Was machen wir?«, fragt Alfie.

Ich muss mich zwingen, mich wieder auf das Hier und Jetzt zu konzentrieren. »Ich dachte, auf diesem Weg wären wir schneller. Wegen dem verdammten LKW. Aber da habe ich mich wohl geirrt.« Schweißtropfen sammeln sich auf meiner Stirn. »Es ist heute verflucht warm.«

»Du musst geduldiger sein, Mom«, mahnt Emma. Ich lache kurz auf. Sie hat natürlich recht. Auch wenn ich wenig Schlaf gewohnt bin, muss ich zugeben, dass ich heute besonders gereizt bin.

Ich frage mich, warum?

Ich trommele immer lauter mit den Fingern aufs Lenkrad, bis ich vor mir eine Bewegung sehe. Der Lastwagen kommt durch, und zum Glück hinterlässt er keine Spur der Verwüstung. Als ich die Stelle erreiche, wo er gestanden hat, sehe ich das Problem. Ein Van von ITV-News parkt am Straßenrand und versperrt die Fahrbahn. Ich kralle mich ins Lenkrad. Der Wagen parkt nicht weit von Olivias Haus entfernt. Dann und wann wünscht man sich natürlich, dass in einem verschlafenen Nest wie Coleton Combe mal was passiert, doch diese Art von Aufregung gefällt mir nicht. Das ist ganz und gar nicht, was ich brauche. Plötzlich erinnere mich ich wieder an meinen Albtraum letzte Nacht, und mir wird augenblicklich übel.

*

»Daddy musste weg«, sagte ihre Mom. Die Tränen hatten breite Spuren in ihrem Make-up hinterlassen, und die blasse Haut schimmerte wieder durch. Sie sah wie ein Bacon-Chip aus.

»Warum hat die Polizei ihn mitgenommen?«, fragte Jane. Sie war hinten im Garten ins Gras gestoßen worden, als Männer ihren Daddy umstellt hatten. Sie hatten ihn mit ihren Taschenlampen angestrahlt, und ihre Stimmen waren laut und unheimlich gewesen. Sie hatten ihn angebrüllt: »Auf den Boden! Sofort!« Das war das Letzte, woran Jane sich erinnerte, bevor sie in einem fremden Bett wieder aufgewacht war. Ihre Mommy hatte gesagt, dass sie zehn Stunden geschlafen hätte, doch das konnte Jane kaum glauben. Wie hätte sie nach allem, was passiert war, auch schlafen können? Noch immer schlug ihr vor lauter Angst das Herz bis zum Hals, während sie darauf wartete, dass ihre Mom was sagte … dass sie ihr erklärte, warum die Männer Daddy mitgenommen hatten.

»Er hilft ihnen bei etwas. Das ist alles.«

Jane wusste sofort, dass das gelogen war. »Ich bin acht, Mom. Ich bin kein Baby mehr. Und ich bin *nicht* dumm.«

Claire seufzte und schüttelte den Kopf. »Schau mal ... Wir sind jetzt allein. Wir haben nur noch uns, und deshalb sind auch nur wir noch wichtig. Okay?«

»Nein! Nein, das ist nicht okay. Ich will meinen Daddy. Wo ist Daddy?« Panik keimte in Jane auf, wurde stärker und stärker, bis sie das Gefühl hatte, gleich zu platzen.

»Jane. Süße.« Claire legte den Kopf in ihre Hände. Dann atmete sie tief durch und schaute Jane in die Augen. »Die Wahrheit ist, dein Daddy hat etwas Falsches getan.«

»Was denn?«, verlangte Jane mit tränenerstickter Stimme zu wissen.

»Das ist kompliziert. Er hat versucht, für uns zu sorgen. Er wollte, dass wir genug Geld haben. Also hat er ein wenig genommen. Aber ich fürchte, er hat das mehr als einmal getan, und jetzt muss er das mit seiner Zeit wieder zurückzahlen.«

»Das verstehe ich nicht.«

»Du weißt doch, was ein Gefängnis ist, oder?«

Jane nickte. Ihr Körper war wie betäubt, als wäre sie hier und doch auch wieder nicht. »Da werden Menschen bestraft.«

»Na, ja ... Und zu diesen Strafen gehört auch, dass sie lange weg von ihren Lieben sind.«

»Und wie lange wird Daddy bestraft?«, fragte Jane. Sie sah, wie das Gesicht ihrer Mutter förmlich in sich zusammenfiel. Sie schwieg eine gefühlte Ewigkeit, und Jane drückte ihrer Mutter die Hände auf die Brust. »Wie lange?«, schrie sie.

»Tut mir leid, Jane. Ich weiß, dass du deinen Daddy liebst. Aber ich habe dir ja schon gesagt, wir sind jetzt allein. Es gibt nur noch dich und mich. Daddy kommt nicht mehr zurück.«

Jane spürte, wie ihr Herz immer schneller schlug. Es pochte in ihrer Brust, in ihren Ohren, in ihrem Bauch … überall. Ihr Atem ging immer flacher, und wieder wurde alles schwarz.

*

Auch wenn ich es damals nicht verstanden habe, mein Leben hatte sich auf eine Art und Weise verändert, die ein Kind nie erleben sollte. Als wir schließlich an dem ITV-Van vorbeifahren, streife ich mir mein Haar vor das Gesicht, um es so gut es geht zu verdecken. Schließlich könnten Kameras auf mich gerichtet sein, und ich darf nicht landesweit im Fernsehen auftauchen, denn es besteht die reale Gefahr, dass *sie* mich sieht und aufspürt. Und sollte sie das tun, dann könnte sie durchaus mein Leben zerstören … ein weiteres Mal.

»Ich liebe euch«, sage ich und lächele meine wunderbaren Kinder an, als wir sicher an dem Van vorbei sind. *Unsere* wunderbaren Kinder. Wir sind gute Eltern, Mark und ich. Trotz des emotionalen Ballasts und meiner verkorksten Gene versuche ich stets, alles richtig zu machen. Natürlich weiß ich, dass ich seit der Affäre nicht gerade die beste aller Ehefrauen bin, aber Mark hat gesagt, da sei nicht wirklich etwas gewesen. Schließlich war es nur ein One-Night-Stand. Allerdings fällt es mir noch immer schwer, das zu glauben, auch wenn er mich tatsächlich nicht verlassen hat. Das ist wenigstens etwas. So bleibt mir noch Zeit, ihm zu vergeben.

Olivias Verschwinden ist ein Weckruf für mich. Ihre Entführung hat mich auf ein paar unangenehme Wahrheiten gestoßen. Ich muss lernen, Mark wieder voll und ganz zu vertrauen. Schnell.

Kapitel 12

JENNY

Als wir die Schule erreichen, haben wir noch ein paar Minuten Zeit. Allerdings kann ich Ella und Alfie nicht so schnell absetzen, wie ich gehofft habe, denn ein paar Mütter lauern mir auf, die Tratschtanten. Oder die Schnatternden Schulgänse, wie ich sie gerne nenne. Grundsätzlich versuche ich, der Schulhofpolitik aus dem Weg zu gehen, aber heute infiltriere ich die Gruppe, denn ich will das Neueste über Olivia hören.

Ich kenne alle Eltern, wenn auch mehr oder weniger gut. Wir sind uns auf Schul- oder Dorfevents begegnet, und viele kommen auch mit ihren Haustieren zu mir. Die fünf Frauen, die sich gerade neben dem Tor zusammengerottet haben, sind alle Mütter von Schülern aus Ellas Klasse. Von ihnen erfahre ich, dass Isabella gerade mit Olivias Partner Yannis zu Hause ist. Er ist nicht Isabellas Dad. Keine von uns weiß, wer er genau ist. Oder zumindest redet niemand darüber.

»Habt ihr gewusst, dass sie … Probleme gehabt haben? Ich meine, die Polizei schaut sich doch immer erst die Lebensgefährten an, oder?«, sagt Frankie. Sie arbeitet in der Telefonzentrale der Polizei von Middlemoor in Exeter. Somit ist sie die Einzige hier, die über so etwas wie Insiderwissen verfügt.

»Liv hat mir anvertraut, dass sie sich die ganze Zeit gestritten haben. Sie hat gesagt, Olivia habe ständig versucht, den Frieden zu wahren. Vor allem wollte sie verhindern, dass sie sich vor der kleinen Isabella anschreien.« Ich habe mir schon gedacht, dass Willow, die immer so arrogant rüberkommt und sich für etwas Besseres hält, die Ich-habe-Olivia-am-besten-gekannt-Karte ausspielt, und sie hat mich nicht enttäuscht.

»Klingt wie bei den meisten Paaren«, sage ich und schnaube verächtlich. Das kann ich mir einfach nicht verkneifen. Alle drehen die Köpfe zu mir um und reißen die Augen auf. »Wir streiten uns doch alle mal, oder?« Ich zucke mit den Schultern, doch als keine der anderen Frauen reagiert, rede ich weiter. Ich spüre, wie ich rot werde. »Nur weil sie sich gestritten haben, heißt das nicht, dass er – ihr wisst schon –, dass er etwas mit ihrem Verschwinden zu tun hat, verdammt. Wir sollten keine voreiligen …«

»Wir ziehen keine voreiligen Schlüsse, Jenny. Und wo warst du überhaupt? Du weißt offenbar noch nicht das Neueste.«

Frankies Tonfall lässt mich erschaudern. »Nein. Was ist denn?«

»Die Detectives sind davon überzeugt, dass es sich nicht um einen einfachen Vermisstenfall handelt. Sie glauben, dass Olivia spät am Dienstagabend im The Union war und auf offener Straße entführt wurde, nachdem sie es verlassen hatte.« Fast hätte ich sie unterbrochen und erklärt, dass das schon in den Nachrichten gekommen und damit nichts Neues ist, doch sie ist bereits voll in Fahrt. »Dafür gibt es wohl Beweise, aber Genaueres haben sie noch nicht bekannt gegeben. Sie vernehmen gerade die Angestellten des Pubs und die Nachbarn. Und sie klopfen an jede Tür. Das ist echt unheimlich.«

Was könnten das für Beweise sein? Mein Herz setzt einen Schlag lang aus. *Ich muss weniger Kaffee trinken*, denke ich und rede mir ein, das wäre das Problem. »Ist auch jemand von euch vernommen worden?«, frage ich.

»Ja, ich. Und Rach auch.« Rachel nickt stumm, und Frankie fährt fort: »Die Copper sind einfach überall. Ich nehme an, sie werden jeden Stein umdrehen.«

»Aber soweit du weißt, haben sie noch keine Spur, oder?«, hake ich nach.

»Das ist wirklich seltsam. Wie kann jemand einfach so verschwinden?«, sagt Rachel.

»Denkt denn niemand, was ich denke?«, fragt Zari, die bis jetzt kein Wort gesagt hat, und ihre großen braunen Augen sind voller Sorge. Kurz herrscht Schweigen, und mir zieht sich der Magen zusammen. »Ich denke, wir sollten die Möglichkeit in Betracht ziehen, dass die Polizei nach einer Leiche sucht.«

Wie zur Bestätigung fliegt ein Helikopter über uns hinweg. Unwillkürlich schauen wir alle nach oben. Die auffällige gelbe Lackierung am Dach beweist, dass es sich um einen Polizeihubschrauber handelt. Als er den Dorfrand erreicht, geht er in den Schwebeflug über, offenbar über den Feldern und dem Wald. Schweigend schauen wir zu, wie er langsam zu kreisen beginnt.

»Himmel.« Willow bricht den Bann, und es fühlt sich an, als atme die ganze Gruppe gleichzeitig wieder aus. »Ich will ja niemanden in Panik versetzen, aber wenn sie wirklich glauben, dass Olivia getötet worden ist, sind wir dann nicht alle in Gefahr?«

»Mach dich doch nicht lächerlich. Wir sind hier doch nicht bei *CSI*«, schnappt Frankie. Aber ihre Stimme zittert, und ich spüre förmlich, wie die Atmosphäre sich verändert. Ich schaudere.

»Kein Grund, so abschätzig zu sein.« Willow schürzt die Lippen und schaut uns der Reihe nach an. »Wie auch immer … Es hätte doch keine von uns geglaubt, dass es in Coleton Combe eine Entführung geben könnte – oder einen Mord oder was auch immer. Wenn ich letzte Woche behauptet hätte, dass so etwas hier bei uns geschehen könnte, hätten mich alle für verrückt erklärt. Und jetzt schaut uns an. Also ist es auch nicht weit hergeholt zu glauben, dass das erst der Anfang sein könnte.«

»Der Anfang von was?«, hakt Zari mit großen Augen nach.

»Ach, nichts«, sage ich und trete zwischen die beiden. »Jetzt kommt schon. Es gibt für all das keinerlei Beweise. Wir sollten nicht gleich durchdrehen.«

»Nun, ich sage immer noch, dass wir nicht allein durchs Dorf gehen sollten. Nicht, bevor wir nicht wissen, was mit Olivia passiert ist«, sagt Willow.

»Da hast du nicht ganz unrecht. Vielleicht sollten wir ja so eine Art Schichtdienst einführen. Um sicherzustellen, dass wir nach Einbruch der Dunkelheit mindestens zu zweit unterwegs sind.« Rachels Gesicht ist eine weiße Maske.

»Das klingt ein wenig übertrieben«, sagt Frankie und runzelt die Stirn. »Und außerdem, nur weil Olivia nachts entführt worden ist, heißt das nicht, dass auch andere Frauen auf diese Art entführt werden.«

»Machen das Serienmörder nicht so? Sie gehen doch immer nach dem gleichen Schema vor.«

»Also wirklich, Willow!«, knurre ich mit zusammengebissenen Zähnen. »Ein Serienmörder? Es reicht. Mir ist schon klar, dass hier nie was passiert, aber bitte, meine Damen, bleiben wir doch auf dem Boden. Olivia ist auf dem Weg vom Pub verschwunden, und die Polizei scheint zu glauben, dass sie entführt worden ist – *nicht* ermordet!«

»Aber es werden immer nur reiche Leute oder Kinder entführt, und für gewöhnlich gibt es dann auch eine Lösegeldforderung. Aber Frauen, die einfach so von der Straße ins Auto gezerrt werden … die sind meistens tot, wenn man sie findet.«

Ich starre Willow ungläubig an. Mein Kopf pocht, und ich weiß, dass ich so schnell wie möglich hier weg muss. »Die Arbeit ruft«, sage ich in angespanntem Ton. »Bis morgen.«

»Vergiss nicht, Jenny: Geh nicht alleine raus.«

Ohne darauf zu antworten, mache ich auf dem Absatz kehrt und marschiere zum Auto. Ich springe hinein, schalte das Radio ein und drehe die Lautstärke so weit auf, wie ich kann.

Kapitel 13

JENNY

Der Lärm des Helikopters ist ohrenbetäubend, als ich den Wagen auf meinem Privatparkplatz an der Praxis abstelle, direkt neben Samirs grauem Toyota Prius. Das hohe Heulen des Motors geht mir durch Mark und Bein, und das Dröhnen der Rotorblätter des Hubschraubers, der immer noch über uns kreist, jagt meinen Puls nach oben. Tief fliegende Fluggeräte haben schon immer an meinen Nerven gezerrt. Vermutlich ist auch das eine Angst, die ihren Ursprung in meiner Kindheit hat, wie die meisten meiner Ängste. Aber andererseits ist das wohl bei allen Menschen so. *Es geht nicht immer nur um dich, Jenny. Du bist nicht der einzige Mensch mit einer problematischen Vergangenheit.*

Das Rotorengeräusch scheint näher zu kommen und entfernt sich dann wieder. Ich recke den Hals, um die Maschine zu sehen, während ich zum Eingang gehe, doch da ist nichts. Der Hubschrauber muss sehr tief fliegen, sodass die Bäume die Sicht versperren. Ich stelle mir die andere Seite der Felder vor, den Teil, wo die Weidetore sind. Dort sind mit Sicherheit Dutzende von Polizeifahrzeugen. Vielleicht auch Kriminaltechniker. Ich denke daran, wie Frankie zu Willow sagte, dass das hier nicht *CSI* sei. Frankie hat sie regelrecht angefahren, dabei ist es gar nicht ausgeschlossen, dass uns das hier noch um die Ohren fliegt, genau wie in einer Fernsehserie.

Besonders, wenn sie tatsächlich eine Leiche finden.

Mir läuft ein Schauder über den Rücken. »Ist dir eine Laus über die Leber gelaufen?«, höre ich die Stimme meiner Mutter, und ich zucke unwillkürlich zusammen. Ich nehme an, es war unvermeidbar, dass meine Gedanken in dieser Situation zu ihr wandern – zu ihr und zu meinem Vater. Es ist wirklich schwer, sich in düsteren Stunden nicht an sie zu erinnern. Wenn mich jemand nach meiner Geschichte fragt – was nur selten vorkommt –, dann sage ich den Leuten meist, dass ich zu Hause ausgezogen bin, um an die Universität zu gehen, und dann meine Veterinärausbildung in Devon beendet habe. Anschließend so erzähle ich immer, sei ich geblieben, weil ich mich ins West Country verliebt hätte, um schließlich hier dann auch eine Praxis zu eröffnen. Jeder, der mich gut genug kennt, hat es inzwischen aufgegeben, mich zu fragen, warum ich meine Familie nicht besuche. Mark hat früher immer wieder nachgehakt, doch irgendwann hat meine Reaktion dafür gesorgt, dass auch er kapituliert hat.

Die Wahrheit ist, dass ich sogar noch ein Gap Year eingelegt habe, bevor ich an die Universität gegangen bin. Ich wollte einfach nur so schnell wie möglich weg von meiner Mutter. Ich wollte wieder so etwas wie Selbstvertrauen entwickeln und den Umgang mit anderen Menschen lernen, bevor ich auf andere Studenten traf. Das vor Claire zu verbergen, war eine der größten Herausforderungen meines Lebens. Wie soll man auch Geheimnisse vor jemandem wahren, der einem ständig im Nacken sitzt? Als ich eines Tages sah, dass mein Zimmer durchwühlt war, da wusste ich, dass sie irgendwie gespürt hatte, dass ich etwas vor ihr verheimliche. Aber ich war Claire einen Schritt voraus. Damit hatte ich gerechnet. Claire kannte definitiv nicht *alle* Verstecke, die ich mir als Kind eingerichtet hatte, und glücklicherweise hatte sie so meine Fahrkarten und den Fahrplan nicht entdeckt. Offenbar wusste sie nicht, wie gut sich Dinge in den Hohlräumen unter den Dielen verstecken lassen. Eine Woche später war ich dann weg … und endlich frei.

Ich habe hart gearbeitet und wollte immer besser werden. Allerdings war ich zu Beginn unfassbar schüchtern, was meinen Plänen natürlich nicht zuträglich war. Ich musste mich zwingen, mich zu anderen zu gesellen und mit ihnen zu interagieren. Ich lebte nach dem Prinzip: ›Durch Schein zum Sein‹. Größtenteils hat das auch funktioniert. Aber es war nie einfach. Die schlimmste Last, die mir Claire mitgegeben hatte, waren ihre Lügen. Sie hatten die größten, weitreichendsten und andauerndsten Konsequenzen. »Ich habe nur gelogen, um dich zu beschützen«, hatte sie einmal gesagt. Nein. Sie hatte gelogen, um *sich selbst* zu schützen und mich einzusperren. Zu guter Letzt hat sie mich damit jedoch nur vertrieben. Aber so, wie ich sie kenne, sucht sie mich auch jetzt noch, nach zwanzig Jahren.

Genauso wie die Polizei nach Olivia sucht.

Vielleicht wollte Olivia ja auch flüchten.

Ich gehe zum Empfang, und Hayley gibt mir eine Liste mit den Terminen von heute. »Was ist das da draußen für ein Lärm?«, fragt sie und kneift die Augen zusammen. »Glaubst du, das wird den ganzen Tag so weitergehen?« Sie reibt sich die Schläfen, und mir fallen ihre geschwollenen Fingerknöchel auf.

Ich zucke mit den Schultern. Ich weiß nicht, was ich dazu sagen soll. Wieso sollte ich mehr wissen als sie? Ich frage Hayley, ob es ihr gut geht. Ob die neuen Medikamente wirken, die der Arzt ihr gegen ihre Arthritis verschrieben hat. Auch wenn ich das kaum glaube, so wie ihre Knöchel aussehen. Hayley hat ganz sicher Schmerzen. Sie lächelt schwach.

»Ja, ja. Alles gut, Jenny.«

»Wenn du etwas brauchst, dann lass es mich wissen. Okay?« Meine Worte gehen fast im Lärm des Hubschraubers unter.

»Ich bin nur froh, dass für heute keine OP angesetzt ist«, sagt Hayley und spricht lauter.

»Wir werden die Fenster schließen. Das sollte helfen.« Weder sie noch ich erwähnen den Grund, warum der Helikopter hier ist. Ein Teil des Waldes, über dem er schwebt, gehört uns. Er gehört zu dem Grundstück, das wir gekauft haben und auf dem die Praxis steht. Der Grund dafür ist ein uralter Grundbucheintrag, und wir haben uns schlicht nie darum gekümmert. Ich weiß nur, dass dieser Teil des Grundstücks kein Bauland ist. Samir weiß wahrscheinlich mehr darüber.

»Wenigstens musst du nur heute Morgen hier sein«, sagt Hayley und reißt mich aus meinen Gedanken.

»Das stimmt. Heute Nachmittag bin ich beim monatlichen Treffen des Tierarztverbandes. Ich hoffe, dass sie dort heute ausnahmsweise mal etwas Sinnvolles veranstalten.«

»Wie schafft es Samir eigentlich, sich jedes Mal vor dem Treffen zu drücken?« Hayley schaut mich schief an. Ich lache nur und gehe in mein Behandlungszimmer. Für heute sind keine OPs angesetzt, auch wenn natürlich immer ein Notfall reinkommen kann. Doch zum Glück bleibt es heute Morgen bei den üblichen Untersuchungen. Nachmittags wird dann geimpft, doch darum werden sich die TFAs kümmern. Ich bin erleichtert, dass es heute ein ruhiger Tag zu werden scheint, denn ich glaube, wir sind alle besorgt und nervös und – zumindest in meinem Fall – verängstigt.

Das Geschnatter der Schulgänse geht mir immer wieder durch den Kopf, obwohl ich versuche, mich auf die Haustiere und ihre Besitzer zu konzentrieren. Aber das ist nicht so einfach. Nahezu jeder Kunde erwähnt, wie schrecklich das alles ist, wie schockiert sie sind und wie entsetzt, dass so etwas Furchtbares in unserem netten Dorf passieren kann. Und das auch noch der so ruhigen, unscheinbaren Olivia. »Olivia ist der reizendste Mensch, den ich kenne«, sagt ein Mann. Es gelingt mir weitgehend, den Hubschrauberlärm auszusperren und ein paarmal an etwas anderes zu denken, doch immer nur kurz. Tatsächlich wandern meine Gedanken stets zu der verstümmelten Katze zurück und zu dem, was auch immer sonst noch heute vor meiner Haustür lag. Wenn ich herausfinden will, wer die Müllsäcke da abstellt, dann muss ich entweder die ganze Nacht Wache halten oder mir eine Kamera besorgen. Ich nehme mir vor, Caroline Brewer nach ihrer zu fragen.

Erst um elf Uhr komme ich in der Kaffeepause wieder mit dem ganzen Team im Pausenraum zusammen. Auf dem Tisch liegt eine Zeitung. Auf der Titelseite ist ein Foto von Olivia zu sehen, sie sitzt vor einem Café und lehnt sich in ihrem Stuhl zurück. Ihr langes braunes Haar fällt ihr offen über die Schultern, und ihren Hals schmückt ein hübscher, purpurroter Chiffonschal. Sie lächelt – nein, sie *strahlt*. Ihre weißen Zähne heben sich deutlich von ihrer olivfarbenen Haut ab. Es ist ein wunderbares Foto. Die Schlagzeile dazu lautet:

»Frau auf dem Heimweg auf Dorfstraße entführt«.

Ich beschließe, dass das ein guter Zeitpunkt ist, um mal die Fühler auszustrecken und herauszufinden, was meine Angestellten wissen oder denken. Nisha und Vanessa sitzen zusammen und teilen sich ein Körbchen Erdbeeren. Ich setze mich neben sie.

»Habt ihr zufällig gehört, was vor Olivias Entführung passiert ist?«, frage ich ohne jede Einleitung. Es ergibt auch keinen Sinn, um den heißen Brei herumzureden, denn im Augenblick ist das ohnehin das einzige Thema im Dorf.

»Was meinst du? Glaubst du, dass sie einen Stalker hatte?« Vanessa rümpft die Nase. »Gott! Was für eine schreckliche Vorstellung.«

»Ja, das ist es«, pflichte ich ihr bei. »Aber das würde doch Sinn ergeben, oder? Es ist einfach so … so unwahrscheinlich, dass jemand in einem Dorf wie unserem einfach so entführt wird. Das ist kein typisches Verbrechen in so einem Ort. Also nehme ich an, dass etwas Besonderes an Olivia war … dass sie gezielt angegriffen worden ist.«

»Das klingt logisch. Spontan werden eher Kinder entführt, keine Erwachsenen«, sagt Vanessa nachdenklich und schlägt damit in die gleiche Kerbe wie die Schulgänse. »Du hast recht«, sagt sie voller Überzeugung. »Erwachsene Opfer werden eher von Leuten entführt, die sie kennen. Von jemandem, der von ihnen besessen ist … oder von jemandem, den sie sich zum Feind gemacht haben.«

Bei Letzterem muss ich mich zurückhalten und starre Vanessa an. Hat sie mich komisch angeschaut, als sie das gesagt hat?

Die Leute, mit denen ich zusammenarbeite, wissen nicht, dass Mark Gefallen an Olivia gefunden und dann sogar eine Affäre mit ihr begonnen hat – jedenfalls nicht, soweit ich weiß. Oder zumindest nicht zu der Zeit, als es passiert ist. Aber jetzt frage ich mich, ob Olivias Nachbarn oder die Tratschtanten aus dem Dorf seit ihrem Verschwinden was gesagt haben. In Zeiten wie diesen wühlen die Leute häufig in der Vergangenheit herum. Das weiß ich aus erster Hand. Auch wenn ich das nicht verstanden habe, als es uns passiert ist, ich bin mit viel Hass aufgewachsen, der mir entgegenschlug. Ich dachte immer, der einzige Mensch, der von meinem wachsenden Misstrauen und meiner Paranoia gewusst hat, was Mark und Olivia betraf, wäre Roisin, und die hat mit Sicherheit nichts verraten. Da bin ich sicher. Das erinnert mich daran, dass ich sie unbedingt anrufen und zu einem Kaffee einladen muss – oder besser noch zu einem Wein.

»Das könnte bedeuten, dass wir den Bastard kennen, der dafür verantwortlich ist«, sage ich.

»Himmel! Daran habe ich ja noch gar nicht gedacht.« Vanessa schlägt die Hand vor den Mund.

»Also, das ist mir auch als Erstes eingefallen«, sagt Nisha voller Leidenschaft. »Im Kopf bin ich schon alle möglichen Verdächtigen durchgegangen … Das heißt, nachdem ich ihren Partner von der Liste gestrichen hatte.«

»Weshalb hast du ihn gestrichen?«

»Er hat ein Alibi. Er hat auf ihre Kleine aufgepasst, als Olivia in den Pub gegangen ist.«

Mein angeborenes Misstrauen stellt das sofort infrage. »Okay«, sage ich. Ja, das scheint ein solides Alibi zu sein … Es sei denn, er hat sich rausgeschlichen, als das Kind geschlafen hat. Aber ich nehme an, daran hat auch die Polizei schon gedacht. »Und? Wer steht jetzt noch auf deiner Liste, Miss Marple?«

»Miss wer?«

Mir klappt der Mund auf, und ich schüttele den Kopf. »Was? Du weißt nicht, wer Miss Marple ist? Ich weiß ja, dass ich ein ganzes Stück älter bin als du, aber ich dachte, in diesem Teil des Landes weiß jeder, dass sie eine Figur aus Agatha Christies Romanen ist! Torquay ist immerhin der Geburtsort einer der größten Krimiautorinnen aller Zeiten! Das weißt du doch wenigstens, oder?«

»Okay. Danke für die Literaturstunde. Willst du jetzt wissen, was ich denke, oder nicht?« Nisha hebt die Augenbrauen.

»Wenn du mir versprichst, Agatha später zu googeln. Sprich weiter.«

»Sicher doch, Chefin. Also … Wir wissen, dass Olivia Dienstagabend im Pub gewesen ist. Zur Quiznacht. Und wer leitet das Quiz? Creepy Colin. Mein Verdächtiger Nummer eins. Dann haben wir noch Dopey Dave …«

»Moment, Moment«, sage ich und hebe die Hand. »Hast du jedem Dorfbewohner so einen Spitznamen gegeben?«

»Ja, klar. Dopey Dave ist früher mit Olivia ausgegangen. Das war, bevor Yannis auf der Bildfläche erschienen ist. Und sie hat ihn abgeschossen, und zwar per SMS!«

»Ich dachte, das macht man heute immer so«, sage ich.

»Nein. Das ist brutal! Aber egal … Dopey Dave hat sich anschließend oft im Pub besoffen, Olivia schlechtgemacht und jedem erzählt, dass sie es noch bereuen werde, ihn abserviert zu haben.«

»Das macht dann doch sicher ihn zum Verdächtigen Nummer eins, oder? Er hat ein Motiv. Creepy Colin weniger. Jedenfalls, soweit wir wissen.«

»Hmmm … Aber ich nenne ihn ja nicht umsonst Dopey Dave. Tatsächlich wage ich zu bezweifeln, dass er zu einer Entführung in der Lage wäre.«

»Dafür muss man doch nicht Einstein sein. Man muss nur jemandem eins über die Rübe ziehen und ihn dann wegschleppen. Das ist nicht gerade die Tat eines Superschurken.« Mir wird bewusst, dass ich mich intensiver auf diese Spekulationen einlasse, als gut für mich ist.

»Da hast du vermutlich recht. Aber vielleicht ist der nächste Kandidat ja mehr nach deinem Geschmack.«

»Ich höre«, sage ich.

»Der Schöne George.«

Es folgt ein langes Schweigen, während wir erst einmal verarbeiten, was sie gesagt hat. Wir wissen alle, wen Nisha meint. George Penworth ist neu im Dorf. Zumindest in den Köpfen mancher Leute. Er ist vor zwei Jahren hierher gezogen und um die dreißig Jahre alt. Niemand weiß viel über ihn, und im Laufe dieser zwei Jahre haben sich ein paar Theorien entwickelt, was ihn betrifft. George Penworth ist wortkarg, lebt ziemlich zurückgezogen, aber er geht regelmäßig ins The Union, fast täglich sogar.

»Das ist eine gute Wahl«, bemerkt Vanessa. »Ich bekomme immer eine Gänsehaut, wenn ich ihn sehe. Er starrt immer so, als hätte er einen verdammten Röntgenblick und könnte dich nackt sehen. Er mag ja gut aussehen, aber das ist auch schon alles.«

»Jetzt bringt mal keine Gerüchte in Umlauf, Mädels«, mahne ich. Auch wenn ich glaube, dass Nisha da einen Punkt hat, will ich nicht, dass der Ruf des armen Kerls in den Dreck gezogen wird. Ich weiß aus eigener Erfahrung, dass das nicht gerade spaßig ist. Nur dass es in meinem Fall keine Gerüchte waren – es war die Wahrheit.

»Olivias Eltern sind unsere Nachbarn«, sagt Nisha, und wir alle drehen uns zu ihr um. Ich kann einfach nicht glauben, dass sie das nicht schon längst erwähnt hat. Ich hatte ganz vergessen, dass Nisha vorübergehend zu ihren Eltern gezogen ist. Ich kämpfe gegen den Impuls an, sie zu bitten, ein wenig nachzuforschen. Das wäre allerdings zu seltsam. Aber sie bietet uns ja auch so Informationen an. So erzählt sie uns, dass sie Olivia nur ein paarmal gesehen hat, seit sie bei ihren Eltern wohnt, meist am Wochenende und in Begleitung ihrer kleinen Tochter.

»Hast du da auch Polizei gesehen? Weiß die Presse, dass es Olivias Eltern sind?« Die Dringlichkeit in meiner Stimme überrascht mich.

»Ich bin nicht sicher, was die Presse betrifft, aber Mom hat gesagt, sie habe gestern einen Streifenwagen vor der Tür gesehen.«

»Ich kann einfach nicht glauben, dass die Nachricht gestern nicht früher durchgesickert ist. Ich habe erst davon erfahren, als Mark es mir gestern Abend erzählt hat.« Als ich mich auf dem Stuhl zurücklehne, sehe ich Abis versteinertes Gesicht. Sie hat das ganze Gespräch über geschwiegen. Sie lebt nicht im Dorf, sondern drei Meilen entfernt in der Stadt, aber sie ist auch neu in der Gegend, und deshalb nehme ich an, dass all dieses Gerede von Stalkern und Entführungen sie ein wenig nervös macht. Dazu kommt, dass sie niemanden von Nishas Liste kennt. Also kann sie auch nicht wirklich etwas dazu sagen. Plötzlich habe ich ein schlechtes Gewissen, weil wir ihr nicht nur Angst machen, sondern sie auch langweilen. »Lasst uns von was anderem reden, okay?« Ich springe auf, sammele die Becher ein und bringe sie zur Arbeitsplatte. »Kann wer einen guten Film empfehlen? Mark geht heute Abend mit einem Freund auf Tour, und ich will die Gelegenheit nutzen und mir irgendetwas anschauen, was er nicht ausstehen kann«, sage ich und zwinge mich zu einem Lachen.

Das Knattern des Hubschraubers wird wieder lauter, bis es so klingt, als schwebe er direkt über uns. Wir hören auf zu reden und alle schauen zur Decke. Ich könnte schwören, dass ich spüre, wie der Raum vibriert. Und ich frage mich, warum sie sich auf den Wald fokussiert haben … und warum er jetzt genau hier ist.

Ich schaue auf meine Hände. Meine Finger krallen sich

in die Arbeitsplatte, und wieder denke ich an den Dreck, den ich gestern unter den Fingernägeln gehabt habe. Wo kam der her?

Was auch immer ich getan habe, es nagt an mir, dass Olivia in derselben Nacht verschwunden ist. Es macht mich verrückt.

Kapitel 14

JENNY

Als ich den Deckel hochhebe, steigt mir der ekelhafte Gestank von Fäulnis in die Nase. Heute Morgen, als ich den neuen Müllsack rasch in die Tonne geworfen habe, war mir der Geruch gar nicht aufgefallen. Jetzt hat er jedoch meine volle Aufmerksamkeit, und ich sehe Maden am Deckel wie sich windende Reiskörner. Ich huste und halte mir mit der Armbeuge Mund und Nase zu. In meiner Ausbildung und als Tierärztin habe ich schon mit vielen ekeligen Dingen zu tun gehabt, aber das hier ist etwas anderes. Vielleicht liegt es daran, dass mein Gehirn unwillkürlich all die furchtbaren Dinge aus meiner Vergangenheit heraufbeschworen hat, alles, was ich herausgefunden habe und nun mit dieser verstümmelten Katze in Verbindung bringe. Ich nehme den Arm vom Gesicht und schließe den Deckel wieder. Mein Gehirn sucht panisch nach einer Erklärung dafür. Ich habe die Überreste der Katze erst gestern in die Tonne geworfen. Wie können da schon jetzt so viele Maden sein? Die Fliegen müssen also schon vorher dort gewesen sein und ihre Eier in die Essensreste gelegt haben, die ich nicht auf den Kompost geworfen habe. Entweder das oder die tote Katze war nicht frisch.

Ich bin früher weg von der Arbeit, weil ich noch zum Treffen des Tierarztverbandes fahren will, und ich werde heute Nachmittag auch nicht zurückerwartet. Samir wird meine Termine übernehmen, und die TFAs werden sich um die Impfungen kümmern. Es ist nicht allzu weit zum Treffen, aber es ist schlicht sinnlos, anschließend noch zur Arbeit zu fahren. Im besten Fall hätte ich noch Zeit für einen Patienten, bevor wir die Praxis schließen. So habe ich noch eine Stunde für mich, um den Kadaver sicher zu verpacken. Später, wenn alle die Praxis verlassen haben, werde ich die arme Katze als tierische Überreste markieren, damit sie abgeholt und mit dem ganzen Rest verbrannt werden kann.

Ich breite eine große Plastikplane aus, die ich aus der Praxis mitgebracht habe. Dann hole ich den Sack, der ganz oben liegt, heraus und lege ihn beiseite, während ich mich dem älteren Kadaver zuwende. Ich kippe die Mülltonne auf die Seite und hole den Hausmüll mit einem Besenstiel heraus, um an den Sack darunter zu gelangen. Ich habe ein paar volle Mülltüten obendrauf geworfen, um ihn zu verstecken, sodass Mark ihn nicht sieht, auch wenn er eigentlich nie den Müll rausbringt. Erst jetzt, da der Inhalt der Tonne auf einem Haufen liegt, sehe ich einen weiteren schwarzen Müllsack. Kurz weiß ich nicht, was ich denken soll. Ich schaue zur Seite, um zu sehen, ob ich den neuen wirklich schon rausgenommen habe. Ja, habe ich. Ich runzele die Stirn und starre den anderen an. Er ist ein wenig kleiner als der mit der Katze. Er liegt oben auf dem Haufen. Also muss er weiter unten in der Tonne gewesen sein, als ich sie ausgeräumt habe, und er scheint auch die Quelle für die Maden zu sein.

Mit meiner behandschuhten Hand wische ich den größten Teil der Maden vom Plastik und halte dabei die Luft an, um nicht zu würgen. Dann packe ich ihn vorsichtig an den Ecken, um den Inhalt auszuschütten. Etwas, das ein brauner Hase zu sein scheint – ein bereits ziemlich verrotteter Hase –, landet vor meinen Füßen. Ich taumele zurück, bis ich gegen die Wand pralle. Ich schnappe nach Luft und versuche zu verstehen, was ich da sehe.

Es lag also noch ein Müllsack vor dem Haus, bevor ich den mit der Katze gefunden habe. Aber wann?

Und wer hat ihn in die Tonne gestopft? Der Einzige, der das hätte tun können, ist Mark … oder? Er schien in den letzten Tagen ein wenig sauer auf mich zu sein und hat nicht wirklich viel mit mir geredet. Aber wenn er wirklich den toten Hasen gefunden hat, wäre er damit dann nicht direkt zu mir gekommen? Schließlich bin ich Tierärztin. Doch stattdessen hat er ihn offenbar vor mir versteckt. Ist es wieder so weit, dass wir Geheimnisse voreinander haben? Ich kämpfe gegen die Gedanken in meinem Kopf, die schreien: Du hast schließlich auch Geheimnisse. Warum sollte das bei ihm anders sein? Aber vielleicht hat er ja auch nur vergessen, es zu erwähnen.

Meine Gedanken überschlagen sich, während ich den Müllhaufen nach Hinweisen auf weitere Säcke durchsuche. Zum Glück finde ich keine weiteren Kadaver. Als ich erneut auf den Sack blicke, den ich heute entdeckt habe, ist die Anspannung sofort wieder da. Die Katze von gestern war also kein einmaliger Fall. Daraus folgt, dass ich nicht länger davon ausgehen kann, dass jemand die Katze überfahren und geglaubt hat, sie würde uns gehören.

Nein. Jemand hat es auf uns abgesehen. Auf *mich*.

Habe ich irgendwen verärgert? Ich zerbreche mir den Kopf. Die einzige Person, die mir einfällt, ist Olivia Edwards. Ich erinnere mich wieder an den besorgten Ausdruck auf Marks Gesicht, als er mir von der Entführung erzählt hat. Das war unangenehm für uns beide, aber vor allem mich treibt es weiter um. Mark schien das schon nicht mehr zu kümmern, als er zur Arbeit gefahren ist. Auf dem Weg zum Auto hat er fröhlich vor sich hin gepfiffen. Oder zumindest hat er so getan als ob.

Ich habe Olivia zum ersten Mal gesehen, als sie mit ihrem Familienhund zu einer Vorsorgeuntersuchung in die Praxis gekommen ist. Sie war sehr ruhig, geradezu unscheinbar, und sie hat nicht viel mit mir geredet. Ich erinnere mich noch so gut daran, weil sie mich während der Untersuchung kaum angeschaut hat, und ihre olivfarbene Haut ist jedes Mal rot angelaufen, wenn ich ihr eine Frage gestellt habe. Das war äußerst seltsam.

Olivia verließ das Behandlungszimmer und vereinbarte einen neuen Termin am Empfang, ganz so, wie ich es ihr gesagt hatte. Zufällig kam ich dort vorbei, und ich hörte sie fragen: »Könnte Rex bitte beim nächsten Mal einen anderen Arzt bekommen? Übrigens hatte ich auch diesmal eigentlich einen Termin bei Samir, aber das war er nicht.« Ich habe mich darüber so erschrocken, dass ich rasch weitergelaufen bin, und ich habe mich auch nicht umgedreht, aus Angst, sie könnte mich gesehen haben. Mir ist nicht ein einziger Grund dafür eingefallen, warum sie nicht zu mir in die Sprechstunden wollte – zumindest nicht zu diesem Zeitpunkt.

Natürlich habe ich den Grund dann irgendwann herausgefunden.

Ich kneife die Augen zu und erinnere mich an meinen heiser geflüsterten Vorwurf. Mark war sein schlechtes Gewissen deutlich anzusehen. Ich hatte recht. Dann kam zunächst ein schwaches Leugnen, gefolgt von verzweifelten Entschuldigungen. Mein ganzer Körper war wie taub. Der Schmerz brach sich nicht sofort Bahn, denn ich stand unter Schock. Ich schüttele den Kopf, um die Erinnerung zu vertreiben, und knülle die Säcke zusammen. Dann stopfe ich den einen in den anderen und wickele den ausgeschütteten Inhalt in die Plastikplane, damit ich ihn zum Schluss auch noch in den Sack packen kann. Bilde ich mir vielleicht nur ein, dass ich das Ziel bin? Könnte es nicht auch Mark sein? Ich bin ziemlich schnell zu dem Schluss gekommen, dass diese ›Geschenke‹ für mich gedacht sind, aber ist es womöglich nur mein schlechtes Gewissen, das da spricht? Als ich den Schmetterling sah, haben sich meine lange verschütteten Ängste wieder Bahn gebrochen. Dabei könnte das auch schlicht Zufall gewesen sein. Beim Kadaver des Hasen habe ich zumindest keinen Schmetterling gefunden. Aber der Hase war natürlich auch schon so weit verrottet, dass ich das vielleicht übersehen habe.

Als ich den Restmüll zusammenkratze, fällt mein Blick auf den Sack, in den ich noch nicht geschaut habe. Ich starre ihn an, und aus irgendeinem Grund erwarte ich, dass er sich bewegt – wie in einem Horrorfilm. Er ist ein gutes Stück von mir entfernt, und doch macht er mir Angst. Die Sache hinauszuzögern, ist jedoch auch keine Lösung; aber ich will den Inhalt nicht sehen. Und wenn ich ihn nicht anschaue, dann werde ich auch nicht wissen, was da drin ist … und das ist eine Vorstellung, die mir durchaus gefällt.

Steck den Kopf in den Sand, Jen. Das ist die einzige Lösung.

Vor meinem geistigen Auge erscheint Olivias Gesicht, und ich kneife die Augen zusammen, um das Bild zu vertreiben. ›Mitten auf der Straße entführt.‹ So hat man das in den Nachrichten beschrieben. Allein diese Zeile bringt schon furchtbare Erinnerungen zurück. Ich habe diese Worte schon oft in den Nachrichten gehört und in den Zeitungen gelesen. Ich war siebzehn, als ich die Wahrheit herausgefunden habe. Ich war siebzehn, als mein Leben noch einmal in tausend Stücke zerbrochen ist … als ich meinen Vater zum zweiten Mal verloren habe.

Ich höre ein leises Platschen, als meine Tränen auf einen Plastiksack fallen. Eine furchtbare Hitze steigt mir vom Bauch bis ins Gesicht. Ich hasse es, dass ich gezwungen bin, an meine Eltern zu denken, an meine Ursprünge. Wie ist es möglich, nachdem ich geflüchtet bin, mich versteckt und die Dinge begraben habe, dass die Vergangenheit mir jetzt wieder ihre hässliche Fratze zeigt?

Aber mich einfach zu weigern, den Fakten ins Gesicht zu blicken, wird die Person, die dies getan hat, nicht aufhalten. Dafür muss ich mich dem hier stellen.

Ich gehe zu dem Sack und öffne ihn.

Das buschige, gefleckte Fell ist voller Blut, doch die Form weist mein letztes, ekeliges Geschenk eindeutig als Meerschweinchen aus. Ich runzele die Stirn. Dieses spezielle Tier kommt mir irgendwie bekannt vor, auch wenn mir nicht einfallen will, woher ich es kenne. Vorsichtig hole ich es aus dem Sack, drehe es um und sehe den tiefen Schnitt, durch den man die Eingeweide sehen kann. Ich sauge zischend die Luft ein.

Ein perfekt konservierter Schmetterling ist mit einer Nadel an dem toten Tier befestigt.

Jetzt besteht kein Zweifel mehr. Ich *bin* das Ziel, und sie – wer auch immer ›sie‹ sein mögen – kennen meine Vergangenheit. Sie wissen, was mein Vater getan hat … was er ist.

Meine Mutter hat mich angelogen. Mein Vater sitzt nicht wegen Betrugs im Knast.

Ich bin die Tochter eines Serienmörders.

Kapitel 15

DER SCHMETTERLINGSKILLER

Im Kopf des Serienmörders Paul Slater

Paul Slater, inzwischen fünfundsechzig Jahre alt, sitzt eine lebenslange Haftstrafe wegen der Entführung und des Mordes an fünf Frauen zwischen 1975 und 1987 ab. Während seiner zwölfjährigen Terrorherrschaft hat Slater unter ganz normalen Menschen in Barnsley im Norden Englands gelebt, und alle haben ihn als guten, grundsoliden Familienmenschen erlebt. Er war verheiratet, und er hatte eine Tochter, die er vergötterte. Dass es ihm gelungen ist, so unauffällig zu leben, während er in Wahrheit Frauen gejagt hat, war für alle ein großer Schock.

Wie kann solch ein Monster unter uns wandeln, ohne dass jemand etwas bemerkt? Wie ist das möglich?

Viele haben sich diese Fragen gestellt, und auch die Medien haben nach Antworten darauf gesucht. In Hunderten von Kolumnen wurden Theorien entwickelt und über den Mann spekuliert. In den letzten dreißig Jahren ist viel über ihn geschrieben worden, von Psychologen, Psychiatern, Polizisten, Freunden und sogar von Familienmitgliedern, doch niemand hat je den Menschen befragt, der all die Antworten kennt: Paul Slater selbst.

Bis zu diesem Zeitpunkt.

Kapitel 16

MARK

Am letzten Donnerstag im Monat kommt Jen für gewöhnlich früher zurück. Sie hat da immer ein Tierarzttreffen, und anschließend den Nachmittag frei. Doch als ich mit Brett nach Hause komme, ist alles still. Brett setzt sich an den Küchentisch, während ich uns einen Tee aufsetze. Vielleicht will Jen ja einfach nur Brett aus dem Weg gehen … oder mir. Seit sie das mit Olivia herausgefunden hat, reden wir nicht mehr so oft und offen miteinander. Sie weiß natürlich, dass sie die Vergangenheit lieber ruhen lassen sollte. Wir wollen beide nicht wieder in diese finstere Zeit zurück. Aber manchmal wünschte ich, wir könnten darüber sprechen. Ich bin sicher, wenn wir alles in uns reinfressen, dann werden unsere Sorgen und Fragen immer stärker an uns nagen – wie ein Gift, das nur darauf wartet, uns zu verzehren.

Bis vor Kurzem habe ich ›das Unbekannte‹ bei Jenny einfach akzeptiert. Als wir uns kennenlernten, hat es keine Rolle gespielt. Damals an diesem verschneiten Winternachmittag im März, einen Tag nach meinem 30. Geburtstag. Es war eine Zufallsbegegnung – Schicksal, wie ich das heute nenne. Jens Wagen war auf dem Weg nach Coleton Combe in einer Schneewehe stecken geblieben. Dass die Landstraßen so schmal wären, habe sie überrascht, hat sie gesagt. »Ich bin in meinem Leben bisher immer nur über Hauptstraßen gefahren. Ich kann kaum glauben, dass diese Straßen hier überhaupt für

Gegenverkehr ausgelegt sind!« Sie deutete den schmalen Weg hinunter, wo ihr Wagen festhing, und ich musste mir ein Lachen verkneifen. Sie war blass und hatte die Augen vor Schock weit aufgerissen, als sie mir erzählte, dass irgend so ein Idiot sie einfach von der Straße gedrängt habe. »Dieser verdammte Depp! Der glaubt wohl, ihm gehört die Straße. Der ist einfach in der Mitte gefahren!«

Ich habe gelächelt und ihr angeboten, einen Freund anzurufen, der ihren schwarzen Fiat aus dem Schnee und in eine Werkstatt schleppen könne. »Wenn Sie wieder über diese Straßen fahren, dann sollten Sie wissen, dass die Leute fast immer in der Mitte fahren, denn für zwei Fahrzeuge sind die Straßen einfach nicht breit genug. Wenn Ihnen ein Fahrzeug entgegenkommt, dann müssen Sie notfalls zurücksetzen, bis Sie ausweichen können.« Sie hat mich angeschaut, als hätte ich den Verstand verloren. »Sie können doch rückwärtsfahren, oder?«, habe ich gefragt und breit gegrinst.

Jen wirkte verlegen, was mir verriet, dass sie es nicht konnte. Sie lief rot an und murmelte: »Das letzte Mal bin ich bei meiner Fahrprüfung rückwärts um die Ecke gefahren.«

Und von diesem Augenblick an hatten wir beide eine Verbindung. Jen erzählte mir, dass sie ins Dorf ziehen würde. Also ja, sie würde noch öfter über diese Straßen fahren müssen. Ich erklärte mich bereit, ihr die Gepflogenheiten hier zu erklären und auch, wie man rückwärtsfährt, ohne in einer der Hecken zu landen, und zwar nicht im Zickzack wie die Touristen.

›Das Unbekannte‹ hatte auch keinerlei Relevanz, als sich eine stürmische Romanze zwischen uns entwickelte. Da waren meine Sinne anderweitig beschäftigt. Außerdem hatte meine Mutter sich sofort in Jenny verliebt, und so auch mich davon überzeugt, endlich ›die Eine‹ gefunden zu haben. Es interessierte mich nicht, dass Jen nicht über ihre Eltern reden wollte. Und meine Eltern empfingen Jen mit offenen Armen. Sie hat immer gesagt, für sie seien sie wie die eigenen. Später war Mom dann so mit den Hochzeitsplänen beschäftigt, dass sie ihre eigene Überraschung darüber ignoriert hat, dass Jen ihre Eltern noch nicht einmal zur Hochzeit einladen wollte. Dad hat jedoch darauf bestanden, dass ich es richtig machen sollte, und das hieß, er wollte, dass ich bei Jens Vater um ihre Hand anhalte. Doch die Hochzeit fand ohne Jennys Eltern statt, und irgendwann waren sie dann einfach vergessen. Bis Jen schwanger wurde. Ella war die Kirsche auf der Torte. Meine Mom und mein Dad waren so glücklich, unser kleines Mädchen zum ersten Mal in den Armen zu halten, dass sie einfach nicht verstehen konnten, warum Jen diese Freude nicht mit ihren Eltern teilen wollte.

Ich selbst kann es mir unmöglich vorstellen, kein Teil von Ellas und Alfies Leben zu sein. Ich würde alles tun, um meine Kinder zu beschützen. Wie konnten Jennys Eltern da anders empfinden? Doch offenbar wollten sie nichts mit ihr zu tun haben. Manchmal frage ich mich, ob es in Wahrheit nicht eher umgekehrt ist.

Während ich über das Elternsein nachdenke, wandern meine Gedanken zu Olivia. Was denken ihre armen Eltern wohl gerade? Vermutlich ist es die Hölle. Ich will gar nicht wissen, wie sich das anfühlt. Nie! Von dem Moment an, da ich Ellas winzige Hand in meiner hielt, war ich vollkommen verzaubert und überwältigt. Sie war so perfekt, so hilfsbedürftig. Es war meine Pflicht, dafür zu sorgen, dass ihr nie ein Leid geschieht. Und ist nicht genau das die Pflicht aller Eltern? Das, wonach sie streben? Wie fühlt es sich wohl an, wenn die Eltern ihr Kind im Stich lassen? So hat Jen immer über ihre

Eltern gesprochen – bei den wenigen Gelegenheiten, da sie überhaupt über sie geredet hat. Sie haben sie im Stich gelassen. Das war schlimm. So werde ich nie sein.

Ella und Alfie kommen stets an erster Stelle.

Die beiden waren auch der Grund dafür, dass ich den Ball flach gehalten habe, als Jen mir meine Affäre mit Olivia vorgehalten hat. Ich habe den Kopf in den Sand gesteckt und versucht, die Folgen so gering wie möglich zu halten. Ich weiß aber auch, dass es noch einen anderen Grund dafür gibt, warum ich sie so verzweifelt um Verzeihung angefleht habe. Warum ich sie angelogen und ihr gesagt habe, es sei nur ein One-Night-Stand gewesen. Tatsächlich war es nämlich mehr, aber ich durfte nicht zulassen, dass die Kinder leiden. Unsere Eheprobleme dürfen keine Auswirkungen auf sie haben. Das wäre nicht fair. Sie brauchen uns beide.

»Wo bist du mit deinen Gedanken?«, fragt Brett. Ich drehe mich zu ihm um und schaue ihn fragend an. »Was auch immer es ist, mein Freund, du wirst die Antworten nicht in den Teeblättern finden.«

»Ach, es ist nichts«, sage ich, reiße mich rasch wieder zusammen und reiche Brett mit einem Lächeln den Becher. Ich habe jetzt keine Zeit, um über all das nachzudenken. Ich muss mich auf die Gegenwart konzentrieren. Ich sage ihm, dass ich an das Gespräch denke, das wir führen wollen. Schließlich kann ich auch ihm nicht sagen, was mich wirklich umtreibt. Ich kann mit niemandem darüber reden. Es ist schon seltsam, dass ich in Coleton keine engen Freunde habe. Es gibt niemanden, dem ich mich hier anvertrauen kann. Ich war nie das, was man einen ›ganzen Kerl‹ nennt, noch nicht einmal in der Schule oder an der Uni. Ich habe mich immer mehr zu den Mädchen hingezogen gefühlt, und deshalb habe ich auch meist mit ihnen rumgehangen, anstatt Fußball zu spielen oder mit den Jungs zu raufen. Selbst Brett ist eher ein Bekannter als ein echter Freund. Vermutlich liegt das daran, dass ich drei Schwestern habe. Auch wenn ich damit natürlich nicht sagen will, dass ich ein Frauenheld war. Andererseits hatte ich auch immer eine Freundin. Ich rede einfach gerne mit Frauen, und auch meine Ehe hat nichts daran geändert. Zuerst schien Jen das auch nichts auszumachen. Im letzten Jahr wurde das jedoch zu einem Problem.

Genau genommen seit der Sache mit Olivia.

Ich lausche Brett ein paar Minuten, ohne ihm wirklich zuzuhören. Dann steht er auf und stellt seinen Becher weg. Er reibt sich die Hände genauso wie damals an der Uni: als würde er sich darauf vorbereiten, einen draufzumachen. Ich erstarre und erinnere mich an diese trunkenen, überdrehten Nächte, von denen viel zu viele mit Zerstörung endeten oder Schlimmerem.

Hannah.

Ich sauge zischend die Luft ein. Um der Selbsterhaltung willen war dieser Name bis jetzt in den hintersten Ecken meines Verstandes versteckt, doch in diesem Bruchteil einer Sekunde, in der ich Brett beobachte, kommt alles wieder hoch, und ich schüttele den Kopf. Ich wünschte, ich hätte anders gehandelt.

»Komm schon, Marky Boy. Kopf hoch. Ich dachte, wir wollten feiern.«

»Jaja«, seufze ich. Deutlich höre ich den Mangel an Begeisterung in meiner Stimme, und so füge ich deutlich lebhafter hinzu: »Dann los.«

Während ich mich rasch umziehe, kommt mir in den Sinn, dass Brett vermutlich nicht nur hier rumsitzen und über das

Geschäft sprechen will, und wie immer laufe ich einfach hinter ihm her. Nun ist es ohnehin zu spät, die Pläne zu ändern, und schon sind wir raus und auf dem Weg zum Pub. Erst da kommt mir der Gedanke, dass er vielleicht nicht geöffnet hat. Könnte die Polizei ihn geschlossen haben? Bis jetzt ist mir diese Möglichkeit gar nicht in den Sinn gekommen. Und vielleicht wäre das auch besser so. Wir könnten uns ein paar Bier im Laden holen und mit nach Hause nehmen. Ich bin sicher, Jen macht das nichts aus. Sie kann immer noch in den Hobbyraum gehen und lesen oder eins ihrer Puzzle machen. Sie liebt es, zur Entspannung zu puzzeln, und Gott weiß, Entspannung können wir beide brauchen.

Ich schreibe ihr auf dem Weg eine Nachricht, um sicherzustellen, dass sie die Kinder nachmittags aus der Schule holen kann. Vielleicht dauert das Tierarzttreffen heute ja länger. Ich habe ihr allerdings von meinen Plänen erzählt. Also hätte sie mich in diesem Fall vermutlich schon längst angerufen. Mit Sicherheit würde sie Ella und Alfie nicht vor der Schule warten lassen, besonders, da im Augenblick so viel los ist.

»Und? Bereit?«, fragt Brett, als wir um die Ecke biegen und The Union in Sicht kommt. »Ich habe nämlich nicht vergessen, was für eine Memme du sein kannst.«

Das ist jetzt über zwanzig Jahre her. Trotzdem reitet er noch immer darauf herum. Ich beiße die Zähne zusammen. Am liebsten würde ich ihn zurechtweisen und ihm sagen, dass das nicht stimmt, aber ich will nicht mehr darüber reden. Das ist ein Teil meiner Vergangenheit, den ich lieber vergesse. Ich bin überrascht, dass Brett das offenbar anders sieht.

»Und wie bereit ich bin«, sage ich, beschleunige den Schritt und ignoriere Bretts Seitenhieb. Autos fahren auf den Parkplatz und wieder herunter. Also ist der Pub offen. Er ist somit kein Tatort. Olivia wurde ja auch nicht hier entführt. »Ich freue mich schon darauf zu erfahren, wie du mir Geld verschaffen willst«, füge ich lachend hinzu. Mein lockerer Ton straft mein schlechtes Gewissen Lügen. Ich sollte nicht einfach so weitermachen, als wäre nichts passiert. Olivias Familie wird das jedenfalls ganz sicher nicht tun.

Als wir zum Eingang des Pubs hinunterschlendern, sehe ich einen Streifenwagen an der Straße parken, und fast wäre ich gestolpert. Doch rasch finde ich mein Gleichgewicht wieder und tue so, als wäre alles okay. Trotzdem schaut Brett mich fragend an. Bevor wir durch die Tür gehen, drehe ich mich noch einmal um und sehe einen Polizisten, der an eine Tür klopft. Ein weiterer Beamter steht vor dem Nachbarhaus und spricht mit den Bewohnern. Mir läuft ein Schauder über den Rücken.

Wie lange dauert es wohl noch, bis die Polizei auch vor unserer Tür steht?

Kapitel 17

Oh, mein Liebling, ich werde ihr nie vergeben, was sie getan hat. Ich will, dass du weißt, dass es nicht deine Schuld war. Nichts von alledem.

So fühlt es sich aber nicht an.

Mein Vater – Gott schenke seiner beschissenen Seele Frieden – hat immer gesagt: »Der schlechte Apfel fällt nicht weit vom Stamm.« Ich habe ihn für diese Worte gehasst. Er hat sie mir immer wieder leise und drohend ins Ohr geflüstert, und das bedeutete, er hatte mich bereits aufgegeben. Trotzdem glaube ich an mich.

Ich hoffe, dass er sich geirrt hat … dass du dich geirrt hast.

Vielleicht hat diese Familie nie eine Chance gehabt.

Du siehst immer so schwarz.

Ich möchte, dass du weißt, dass ich dich nie aufgegeben hätte. Egal, was sie dir auch gesagt haben mag, ich wollte Teil deines Lebens sein – doch sie hat es verboten. Sie wollte nicht, dass du von meiner Vergangenheit besudelt wirst. Dabei hat sie ihre eigene wohl vergessen.

Das beschreibt sie sehr gut.

Mord ist erblich, sagt sie, und vermutlich hat sie auch recht damit. Es ist nicht unvermeidlich, dass auch du zur Mörderin wirst, Prinzessin. Die Zukunft ist noch nicht geschrieben.

Ich werde es versuchen, es nicht zu tun, Dad.
Aber vielleicht liegt es mir ja doch im Blut.

Kapitel 18

JENNY

Der Kies knirscht, als ich den Wagen hinter die Well Combe Tierarztpraxis lenke. Ich will nicht im Bereich der Überwachungskamera parken.

»Schauen wir uns die Tiere an?«, fragt Alfie aufgeregt.

»Heute nicht, fürchte ich. Es ist schon geschlossen. Ein andermal, Süßer.« Meine Stimme klingt angespannt. Ich erkläre, dass ich nur etwas reinbringen will, und bitte die beiden, im Wagen zu bleiben. Als ich aussteige, fällt mir auf, dass auf dem Feld links von mir noch immer viel los ist. Allerdings schwebt im Augenblick kein Hubschrauber mehr über dem Wald. Ob das nun gut oder schlecht ist, ich weiß es nicht. Ich hoffe jedoch, dass sie Olivia vielleicht gefunden haben … oder ihre Leiche. Ich schaudere und wende mich ab.

Dann öffne ich den Kofferraum und hole verstohlen den Sack mit den ›Geschenken‹ heraus. Ich gehe zur Hintertür. Dabei wird mir klar, dass unsere Überwachungskamera mich hier sehen kann. Also war es vollkommen sinnlos, dass ich mir so viel Mühe damit gegeben habe, richtig zu parken. Und wenn ich es mir jetzt so überlege … Warum kümmert mich die Kamera überhaupt? Ich habe doch nichts zu verbergen. Dennoch schaue ich mich vorsichtig um und bemerke erst viel zu spät, dass ich gerade deshalb verdächtig aussehe. So als wäre plötzlich ein Streifenwagen hinter einem, dann fährt man auch automatisch anders, selbst wenn man weiß, dass man sich genau an die vorgeschriebene Geschwindigkeit gehalten hat und auch ansonsten alles am Auto in Ordnung ist. Und jetzt, mit den schweren Kadavern, verhalte ich mich genauso verdächtig. Ich muss mich entspannen. Es ist ja nicht so, als würde ich menschliche Körperteile durch die Gegend schleppen. Das sind nur Tiere.

Einmal in der Praxis, schaue ich mich um. Draußen parkt zwar niemand, aber ich will sichergehen. Erst dann gehe ich in den Raum, wo wir die organischen Abfälle entsorgen. Ich klebe einen entsprechenden Sticker auf den Sack und werfe ihn in den speziellen Container, wo alles reinkommt, was verbrannt werden soll. Plötzlich überkommt mich ein derart machtvolles Déjà-vu, dass ich unvermittelt innehalte. Ich versuche, die Erinnerung festzuhalten, doch bevor mir das gelingt, zerrinnt sie mir förmlich zwischen den Fingern. Ich komme eigentlich recht oft hier rein, um tierische Reste zu entsorgen. Deshalb weiß ich nicht, was genau dieses Gefühl gerade jetzt ausgelöst hat. Was war das? Ich schaue zur Uhr. In zehn Minuten wird der Müll abgeholt. Ich habe es gerade noch so geschafft. Jetzt muss ich hier raus, bevor der Hausmeister die Tür für die Müllabfuhr öffnet.

Als ich wieder im Wagen sitze, atme ich erst einmal tief durch. Es ist ein langes erleichtertes Seufzen. Dann spreche ich ein stummes Gebet. Hoffentlich muss ich das nicht noch einmal machen.

»Alles gut, Mommy?« Alfie schaut mich über den Rückspiegel aus seinen Rehaugen an.

»Alles okay, mein Süßer. Ich bin nur ein wenig müde.«

»Das ist, weil du immer aufstehst!« Ella funkelt mich an und zieht die Augenbrauen zusammen.

Ein Schweißtropfen läuft mir über den Rücken und lässt

mich schaudern. Was meint sie mit ›immer aufstehen‹? Ich öffne den Mund, um sie zu fragen, doch dann klingelt mein Handy, und ich hole es aus dem Handschuhfach. Nummer unbekannt. Das ist mit Sicherheit ein Scammer. Ich lege das Handy wieder beiseite und ärgere mich, dass es nicht Mark ist. Auf seine letzte Nachricht habe ich ihm geantwortet, dass ich die Kinder gerne in der Schule abholen kann. Er solle mir nur sagen, wann er wieder nach Hause kommt. Doch ich habe bis jetzt noch keine Antwort bekommen. Vermutlich hat er viel zu viel damit zu tun, mit Brett in Erinnerungen zu schwelgen. Ich starte den Motor und trete ein wenig zu fest aufs Gas. Hoffentlich bleiben Mark und sein Kumpel die ganze Nacht weg. In jedem Fall aber will ich im Bett sein, wenn sie zurückkommen. Ich will Brett weder sehen noch mit ihm reden. Unter normalen Umständen würde mir das schon schwer genug fallen, doch jetzt bin ich definitiv nicht in der Verfassung dazu. Allein bei dem Gedanken an den Kerl wird mir schon schlecht.

Dass Brett ausgerechnet jetzt wieder auftaucht, lässt alle Alarmglocken bei mir schrillen. Bis zu seinem Anruf gestern Abend hatte ich seine Existenz erfolgreich verdrängt. Aber je mehr ich darüber nachdenke, desto seltsamer kommt mir das Ganze vor. Mark hat nicht wirklich Freunde. Er lebt nun schon seit zwanzig Jahren in Coleton Combe und hat noch immer keine engere Beziehung zu irgendjemandem. Er hat mir einmal erzählt, er sei hierher gezogen, weil sich eine seiner Schwestern hier mit ihrer Familie niedergelassen hätte. Doch nicht lange nachdem wir uns kennenlernten, hat sie sich ein Haus im Norden von Devon gekauft … wegen der Schule, hat sie gesagt.

Und ehrlich, wir beide verlassen uns vor allem auf uns

selbst. Als wir geheiratet haben, waren wir so verliebt, dass wir niemand anderen in unserer Nähe wollten oder brauchten. Unsere Ehe war perfekt. Doch nachdem ich Ella geboren hatte, wurde mir klar, dass ich Freundinnen brauchte, andere Frauen, die nachvollziehen konnten, wie sich meine Rolle verändert hatte. Ich habe Roisin in einer Krabbelgruppe kennengelernt … Allerdings hatte sie selbst kein Baby, sie begleitete nur ihre Schwester. Trotzdem hatten wir sofort eine Verbindung zueinander, als wir über ihre Katze gesprochen haben. *Ihr* Baby. Und das sei auch die einzige Art von ›Kind‹, die sie je haben würde, sagte sie, schaute zu Tobias, ihrem kreischenden Neffen, hinüber und rollte theatralisch mit den Augen. »Babys machen viel zu viel Arbeit«, flüsterte sie mir ins Ohr.

»Bekommen wir was Süßes zum Film?«, fragt Ella, kaum dass wir wieder auf der Straße sind.

»Klar. Ich fahre noch kurz beim Laden an der Ecke vorbei.«

Ich habe den beiden gesagt, sie dürften sich einen Film aussuchen – im Rahmen der Altersfreigabe – und auf dem Wohnzimmerboden Tee trinken, genau wie bei einem Picknick. Wenn sie im Bett sind, kann ich immer noch einen Film meiner Wahl schauen. Vanessas Vorschlag – *Game Night* mit Jason Bateman, meinem Jugendschwarm – scheint eine gute Idee zu sein. Nicht zu anspruchsvoll und nicht zu ernst. Mein Hirn kann sich schlicht nicht mehr auf Details konzentrieren oder irgendein Drama ertragen.

Die Geschwindigkeitsbegrenzung im Dorf von vierundzwanzig Meilen die Stunde gibt mir die Gelegenheit, im Vorbeifahren einen genaueren Blick auf Olivias Haus zu werfen. Die Vorhänge sind geschlossen. Ich kann keine Bewegung sehen. Ich schaudere und trete wieder aufs Gas, doch beinahe sofort mache ich eine Vollbremsung, als plötzlich jemand vor mein Auto läuft.

»Himmel!«

»Der Mann ist dumm. Stimmt's, Mommy?«, ruft Alfie von hinten.

»Zum Glück waren wir so langsam«, sage ich und funkele den Mann an, der noch immer vor der Motorhaube steht. Vorwurfsvoll werfe ich die Arme in die Luft, während er mich einfach nur anstarrt. Dann erkenne ich ihn. Das ist George, der Schöne George, wie Nisha ihn nennt. Ich bekomme eine Gänsehaut. Warum schaut er mich so an? Ich lasse den Motor aufheulen, und George geht endlich wieder auf den Bürgersteig und schaut mir hinterher, als ich weiterfahre und vor dem Laden parke. Eigentlich wollte ich die Kinder im Wagen lassen, während ich einkaufe, doch ich bin viel zu nervös, also schleppe ich sie mit.

*

Es ist fast Mitternacht, als ich höre, wie die Männer den Flur betreten. Tiefe Stimmen erfüllen das friedliche Haus. Sie klingen nicht wirklich betrunken, aber beschwipst, und unterhalten sich laut und dröhnend. Ich kann kaum verstehen, was sie sagen, aber ich meine, einen Namen zu hören.

Ich krieche aus dem Bett und schleiche zur Treppe, damit ich besser hören kann. Natürlich. Sie sprechen über Olivia.

Mark mahnt Brett, leise zu sein, und selbstverständlich schürt genau das meine Neugier.

»Glaubst du, sie weiß mehr, als sie sagt?«

Ich nehme an, mit ›sie‹ meint er mich.

»Ich weiß es nicht. Schau mal … Es tut mir leid, dass ich

das erwähnt habe. Ich will nicht darüber reden. Lass uns einfach schlafen gehen.« Ich weiche einen Schritt zurück für den Fall, dass sie plötzlich die Treppe raufkommen und mich entdecken. Doch die Stimmen werden leiser, als die beiden in die Küche gehen. Offenbar will Mark nicht darüber reden. Ich riskiere es, ein wenig weiter hinunterzuschleichen, damit ich sie noch hören kann.

»Kumpel. Ich bin für dich da. Wirklich. Friss das nicht in dich rein. Das ist keine gute Idee. Ein Problem, das man teilt …«

»Da sind einfach ein paar Dinge aus ihrer Vergangenheit, über die sie nicht reden will. Und ja, ich weiß, dass ich mir deswegen vermutlich grundlos den Kopf zerbreche, dass ich aus einer Mücke einen Elefanten mache, aber …«

»Aber was?«

»Die Nacht, in der Olivia entführt worden ist, da hatte sie … da hatte Jen einen Blackout.«

Ich schlage die Hände vor den Mund. Was? Er hat mit Brett nicht nur über die Sache mit Olivia, sondern auch über meine Blackouts gesprochen? Zu hören, wie er das alles irgendeinem Kerl erzählt, mit dem er seit über einem Jahrzehnt nicht mehr gesprochen hat, fühlt sich wie ein Verrat an.

»Ja. Aber das heißt nicht, dass sie etwas getan hat. Ich meine, sie kann Olivia unmöglich entführt haben. Allein die Vorstellung ist schon Wahnsinn.« Mark lacht verlegen, und ich bekomme Gänsehaut.

»Ich höre da ein Aber.«

Es folgt ein längeres Schweigen, und ich höre nur mein eigenes, pochendes Herz. Ich will in gar keinem Fall verpassen, was als Nächstes kommt. Ich muss näher ran. Auf Zehenspitzen und mit angehaltenem Atem schleiche ich die Treppe runter und durch den Flur. Wenn sie jetzt aus der Küche kommen, werde ich einfach sagen, dass ich mir nur ein Glas Wasser holen wollte. Meine Kopfhaut kribbelt, als ich Marks Stimme höre, tief und dunkel. Kaum wiederzuerkennen.

»Ich habe gefeiert und nach unserem Gespräch eine Flasche Wein getrunken. Und tatsächlich erinnere ich mich auch nicht an viel aus dieser Nacht. Doch am Morgen hatte sie sich im Badezimmer eingesperrt, und später habe ich ihre vollkommen verdreckten Kleider im Wäschekorb gefunden.«

Mir zieht sich der Magen zusammen. Scheiße. Deshalb hat er sich also so komisch verhalten. Warum hat er mich nicht zur Rede gestellt?

»Und du glaubst, dass sie draußen war?«

»Ja. Ich habe dieses furchtbare, nagende Gefühl, dass sie etwas gesehen hat … Oder vielleicht hat sie auch etwas damit zu tun.«

»Immer schön langsam, Bruder! Jetzt übertreibst du aber.«

Was zum Teufel? Wie kann er so etwas auch nur denken? Meine Muskeln zucken. Am liebsten würde ich in die Küche stürmen und ihm eine knallen.

»Ich weiß. Und vermutlich irre ich mich ja auch. Wie gesagt zerbreche ich mir wahrscheinlich ganz umsonst den Kopf. Und ich würde noch nicht einmal im Traum daran denken, wenn sie mir nicht unterstellt hätte, dass ich eine Affäre mit Olivia habe.«

Oh, mein Gott! Ich beiße mir auf die Unterlippe. ›Unterstellt‹? Ich kann einfach nicht glauben, dass Mark meine Geheimnisse so schamlos enthüllt und seine eigenen unter den Teppich kehrt. Warum tut er jetzt so, als hätte er nie was mit Olivia gehabt?

»Ich habe ja schon immer gesagt, dass du einen Siebten Sinn hast. Seit der Sache mit …«

»Sprich den Namen ja nicht aus!«

Plötzlich hat Marks Stimme einen scharfen Unterton. Wovon redet Brett da?

»Wie auch immer … Wenn du das Gefühl hast, dass da was nicht stimmt, dann möchte ich wetten, du hast recht.«

»Ich will aber nicht recht haben, Brett. Doch wenn sie es nicht war, dann fürchte ich …«

Stille. Mark ist entweder verstummt oder er flüstert, und ich kann ihn nicht mehr hören. Aber ich kann es ohnehin nicht mehr ertragen, den beiden zuzuhören. Meine Brust hat sich zusammengezogen, und ich atme flach. Ich habe das Gefühl, als hätte er mir einen Dolch ins Herz gerammt. Offenbar bin ich nicht die Einzige, die Vertrauensprobleme hat. Mein eigener Ehemann hält mich für fähig, etwas derart Schlimmes zu tun. Gott allein weiß, was er denken oder tun würde, wenn er wüsste, dass in meinen Adern das Blut eines Serienmörders fließt.

Kapitel 19

JENNY

Freitag

Ich stehe früh auf, noch bevor der Wecker klingelt, lasse Mark schlafen und gehe barfuß nach unten. Gegen drei Uhr nachts ist er endlich ins Bett gewankt. Als er sich zu mir umgedreht hat, habe ich den Alkohol gerochen. Ich hielt die Augen geschlossen, damit er glaubt, ich würde schlafen. Doch ich habe gefühlt, wie er mich anstarrte, sein stinkender Atem wie ein heißes Flüstern an meiner Wange. Ich wusste, dass es eine schlechte Idee war, ihn mit Brett in den Pub gehen zu lassen. Ich habe die Gesprächsfetzen noch immer nicht verarbeitet, die ich gestern Abend aufgeschnappt habe, und ich weiß nicht, wie ich mich verhalten soll. Im Augenblick schiebe ich das alles erst einmal beiseite. Marks Verdächtigungen könnten die geringste meiner Sorgen sein.

Meine Hoffnung, jemanden dabei zu erwischen, wir er mir ein neues ›Geschenk‹ hinterlässt, zerschlagen sich in dem Moment, da ich die Tür öffne. Es ist niemand zu sehen. Aber wie ich befürchtet habe, liegt da wieder ein Müllsack. Ich beiße die Zähne zusammen, balle die Fäuste und renne die Einfahrt hinunter. Ich koche vor Wut. Das kotzt mich allmählich an. Ich schaue die Straße hinauf und hinunter, gehe auf die Straßenseite mit den Bäumen und klettere die Böschung hinauf. Meine nackten Füßen geraten auf dem feuchten Gras immer wieder ins Rutschen. Schließlich bekomme ich einen niedrig hängenden Ast zu fassen, und es gelingt mir, mich weit genug hinaufzuziehen, um über die Felder zu schauen. Abgesehen von ein paar Schafen gibt es dort nichts zu sehen.

Eine Weile starre ich zu unserem Haus zurück und betrachte es aus der Perspektive einer Fremden. Es ist eines der moderneren, exklusiveren Häuser im Dorf. Es schreit förmlich ›Wohlstand‹ mit seinem Doppelgiebel und den riesigen Fenstern, die vom Boden bis unters Dach reichen. Flankiert wird diese beeindruckende Glaswand von einem integrierten Balkon, von dem aus man einen wunderbaren Blick bis nach Dartmoor hat. Das ist nicht unser erstes Haus im Dorf. Ursprünglich haben wir in einem bescheidenen Reihenhaus im Dorfzentrum gewohnt. Da waren wir noch frisch verheiratet. Bevor wir uns kennengelernt haben, hat Mark zur Miete gelebt und ich auch. Wir hatten Glück, dieses Haus kaufen zu können. Es war erst wenige Jahre alt, und wir hatten es schon immer bewundert, doch wir hätten nie zu träumen gewagt, dass wir eines Tages hier leben würden. Ich sage mir selbst immer wieder, dass ich das verdient habe, obwohl uns gerade zu Anfang Marks Großeltern sehr geholfen haben. Wir haben beide hart gearbeitet, um uns die Hypothek leisten zu können. Warum sollte ich da nicht im Luxus leben? Aber natürlich habe ich nie wirklich geglaubt, dass ich das verdient habe. Nichts von alledem.

Doch wenn meine Theorie stimmt, dann ist Sozialneid nicht das Motiv für das, was gerade passiert. Alles deutet in eine furchtbare Richtung. Die Person oder die Leute, die uns diese Kadaver vor die Tür legen, wissen, wer ich bin. Oder besser: Wer ich war. Und sie wollen, dass ich weiß, dass sie es wissen. Aber aus welchem Grund? Wenn sie mir Angst machen wollen, dann hoffe ich, die toten Tiere reichen ihnen.

Aber was, wenn es um Rache geht?

Könnte es ein Verwandter eines der Opfer meines Vaters sein? Allein die Vorstellung erfüllt mich mit Entsetzen. Denn wenn das der Fall ist, dann sind die toten Tiere erst der Anfang.

Dann, als ich die Böschung wieder hinunterklettere, kommt mir eine weitere Möglichkeit in den Sinn. Eine Möglichkeit, die mich erstarren lässt und winzige Schockwellen durch meinen Körper schickt.

Meine Mutter hat mich doch noch gefunden.

Kryptische Nachrichten zu hinterlassen, wäre typisch für sie, und *natürlich* weiß sie das mit dem Schmetterling. Sie wollte mich nie loslassen. Sie hat alles darangesetzt, mich bei sich zu behalten, denn die anderen Leute im Ort hätten sich sogar geweigert, ihr die Uhrzeit zu sagen. Die letzten Beweise dafür, dass sie den Rang des meistgehassten Menschen im Ort erreicht hatte, waren die Graffiti an unserem Haus, die regelmäßigen Beschädigungen an unserem Auto und die Schimpfworte, die ich nachts vor meinem Schlafzimmerfenster hörte. Die Angst, dass ich angegriffen werden könnte, wenn ich draußen spielte, sei der Grund dafür, dass sie mich drinnen festhalten würde, hat sie immer wieder betont. Doch tatsächlich war es ihre Angst, allein in ihrer Hölle gefangen zu sein, die sie dazu bewegt hat, mich nicht gehen zu lassen. Irgendwann ist mir dann klar geworden, dass all die Angriffe und die Beschimpfungen ausschließlich gegen sie gerichtet waren. Mit mir hatte das nichts zu tun. Ich war eine Gefangene in meinem eigenen Heim. Nicht eine einzige ihrer Freundinnen hat zu ihr gehalten. Ich war alles, was ihr noch geblieben war. Und mir war durchaus bewusst, wenn ich gehe, dann würde sie mein Leben zerstören, und sie würde alles tun, um mich zu finden. Das Ganze mag inzwischen zwanzig Jahre her sein, doch irgendetwas sagt mir, dass sie noch immer nicht aufgegeben hat.

Wenn das hier ein Versuch sein soll, mich zurückzugewinnen, dann liegt sie komplett falsch. Aber vielleicht will sie das auch gar nicht. Wahrscheinlich will sie mir einfach nur wehtun, so wie ich ihr wehgetan habe. Sie will mein Leben zerstören, so wie ich ihres zerstört habe. Gerne würde ich sie von meiner Liste der Verdächtigen streichen, aber vor allem will ich nicht mehr dorthin zurück, zu dem Ort, der einst mein Heim gewesen ist. Mein Mund ist wie ausgetrocknet, wenn ich nur daran denke. Auf keinen Fall will ich ihr die Befriedigung geben, plötzlich vor ihrer Tür zu stehen und Fragen zu stellen. Aber vielleicht kann ich jemand anderen überreden, das für mich zu tun. Die Einzige, die ich darum bitten könnte, ist Roisin, und es wäre eine große Bitte. Trotzdem bin ich sicher, dass sie sich für mich ein wenig umhören würde. Als Pharmareferentin fährt sie ständig durch die Gegend, Hunderte von Meilen. Also wäre ein kleiner Umweg für sie wohl kein Problem, nur um mal nachzuschauen, wo meine Mutter die letzten Jahre war. Nur um auf der sicheren Seite zu sein.

Ich werde nie wieder zulassen, dass ich ein Opfer des perversen Verhaltens meiner Eltern werde. Ich muss die Kontrolle behalten. Mit neu gewonnenem Selbstvertrauen marschiere ich wieder die Einfahrt hinauf und schnappe mir den Müllsack auf den Stufen. Er ist leicht. Sehr leicht. Das ist kein Tier. Mark, der Selbstbewusste, und sein Kumpel schlafen noch, genau wie Ella und Alfie. Ich nehme den Sack und gehe damit nach hinten. Ich hätte mir wirklich Schuhe anziehen sollen, bevor ich rausgehe; doch jetzt ist es zu spät dafür, und die Kälte dringt durch meine Haut. Ich öffne die Tür des Schuppens und hebe den Sack auf die Werkbank, die eine gesamte Wand einnimmt.

Es ist zwar eine Erleichterung, dass ich nicht wieder einen Kadaver beseitigen muss. Trotzdem setzt mein Herz bei dem Gedanken daran, was da drin sein könnte, einen Schlag lang aus. Um meinem Kopf nicht allzu viel Zeit zu geben, darüber nachzudenken, greife ich mit zitternder Hand in den Sack. Meine Fingerspitzen berühren etwas Kühles. Etwas Festes. Schnell ziehe ich die Hand wieder zurück. Es wäre wohl besser, das Ding einfach wegzuwerfen, ohne reinzusehen. Ich wünschte, das könnte ich. Doch ich weiß, dann würde ich mir die nächsten Wochen, Monate oder sogar ein Jahr lang den Kopf darüber zerbrechen, was es wohl gewesen sein könnte. Also muss ich nachschauen. Es ist, als würde ich ein Pflaster abreißen. Je schneller ich es mache, desto weniger schmerzt es. Ich stecke meine Hand wieder in den Sack und packe zu. Dann halte ich die Luft an, schließe die Augen und ziehe die Hand langsam wieder heraus.

Einen Augenblick lang halte ich es in der geschlossenen Hand, als hätte man mir gesagt: »Schließ die Augen und öffne die Hand.« Ich bin wieder ein Kind, und meine Mutter hat mir gerade ein Geburtstagsgeschenk gegeben – für gewöhnlich irgendwelche Schreibwaren für den Hausunterricht. Sie hat mir nie etwas Persönliches geschenkt – oder, Gott verhüte, etwas, das einem jungen Mädchen gefällt. Dad ist immer derjenige gewesen, der sich bei Geschenken Gedanken gemacht hat. Er hat Ausflüge mit mir gemacht, mir Eis und Süßigkeiten gekauft und mir verstohlen zugezwinkert, womit er sagen wollte: »Sag nichts deiner Mutter.« Und als er weg war, war auch der Spaß verschwunden.

Vorsichtig öffne ich die Augen.

In meiner Hand liegt ein Silberarmband. Es ist wunderschön gearbeitet mit Diamanten und eleganten, wellenförmigen Kettengliedern. Auf jedem Glied ist ein Wort eingraviert. Das kommt mir irgendwie vertraut vor.

Wo habe ich das schon einmal gesehen?

Ich drehe es in der Hand und lese die Worte: *freundlich, schön, fürsorglich, wunderbar, wertvoll, einmalig*. Dann fällt mir der feine, herzförmige Anhänger auf. Darauf eine Initiale.

O.

Sofort lasse ich das Armband fallen.

Ich nicke wie einer dieser Wackeldackel, die man früher hinten im Auto stehen hatte. Dann atme ich tief durch und versuche, meine Gedanken zu sammeln. Es gehört Olivia. Ich habe Olivias Armband in den Händen gehalten. *Scheiße, Scheiße, Scheiße*. Hat sie das auch in der Nacht getragen, als sie verschwunden ist?

In diesem Fall hat es mir die Person vor die Tür gelegt, die sie entführt hat. Und da es derselbe Müllsack mit dem auffälligen grünen Zugband ist, in dem auch die Tierkadaver gesteckt haben, muss es sich bei dem Entführer und Tiermörder um ein und dieselbe Person handeln.

Aber warum? Das ergibt alles keinen Sinn. Ich laufe im Schuppen auf und ab, und die Bodenbretter beben unter meinen kalten, schmutzigen Füßen. Mir fällt nur ein Grund ein.

Ich bin die Nächste.

Panik keimt in mir auf. Ich habe die Mädels in der Praxis gefragt, ob es irgendwelche seltsamen Vorfälle gegeben hat, bevor Olivia entführt worden ist. Ob sie zum Beispiel einen Stalker hatte. Wenn ja, hat dieselbe Person es jetzt auf mich abgesehen?

Nein. Ich ziehe voreilige Schlüsse. Die Schmetterlinge an

dem Meerschweinchen und der Katze – und vermutlich auch an dem Hasen – waren sehr speziell. Persönlich. Vermutlich hatten sie nichts mit Olivia zu tun.

Aber warum hat man mir jetzt ihr Armband vor die Tür gelegt?

Oder wichtiger noch: Was zum Teufel soll ich jetzt damit tun?

Kapitel 20

DER SCHMETTERLINGSKILLER

Im Kopf des Serienmörders Paul Slater

Paul Slater erhielt seinen Spitznamen, der Schmetterlingskiller, weil er an all seinen Opfern einen Schmetterling mit einer Stecknadel befestigte, ein Vorgehen, das von größerer Bedeutung war, als es zunächst den Anschein hatte. Die Ermittlungen hatten ergeben, dass zwei seiner fünf weiblichen Opfer wegen Straßenprostitution vorbestraft waren. Eine weitere Frau hatte als Escort gearbeitet, und eine andere hatte den Ruf einer Dorfhure. Das führte dazu, dass die Medien Slater den ›Schmetterlingskiller‹ tauften, denn im angelsächsischen Raum werden Schmetterlinge aufgrund ihrer auffallenden Färbung häufig mit Prostitution in Verbindung gebracht, und das schon seit dem Mittelalter. Dass Slater ausgerechnet Schmetterlinge als Visitenkarte missbrauchte, ließ die Ermittler und die Öffentlichkeit vermuten, dass Slater seine Opfer gezielt aussuchte.

Bei seinem fünften und letzten Opfer, Penny Hargreaves, das die Polizei schlussendlich auch auf Slaters Spur führte, lag die Sache jedoch anders. Penny Hargreaves hatte den Ermittlungen zufolge keine regelmäßigen sexuellen Kontakte zu unterschiedlichen Männern. Sie war lediglich mit einem einzigen Mann fremdgegangen. Später fand man heraus, dass es sich bei diesem Liebhaber um Curt Porter handelte, zu der Zeit der Wirt des The Butcher's Arms, eines Pubs, den auch Slater häufig besuchte. Slaters Modus Operandi hatte sich nicht verändert, nur die Wahl seiner Opfer ein wenig. Die Psychologen glaubten, Slater hätte weiter getötet, wäre er nicht gefasst worden. Aber sie glaubten auch, dass sein letztes Opfer eine Zäsur markierte, und zwar in der Wahl seiner Opfer. Wahrscheinlich hätte er sich von da an auf Frauen konzentriert, die fremdgingen. Natürlich sind das alles nur Spekulationen, denn Paul Slater wird nie wieder auf freien Fuß kommen und somit auch keine Chance mehr haben, weiter zu morden.

Aber da ich sehr neugierig bin, was die Theorie der Psychologen betrifft, war auch das ein Thema, das ich mit Paul Slater erkunden wollte, und seine ausführlichen Antworten waren sowohl faszinierend als auch furchterregend.

Kapitel 21

JENNY

Ich will das Armband nicht mit ins Haus nehmen. Schließlich sind alle da. Mark, Brett und die Kinder. Also suche ich im Schuppen nach einem passenden Versteck, wo es niemand finden wird, bis ich es sicher wieder rausholen kann. Vorsichtig wickele ich das Armband wieder in den Müllsack und stopfe das Ganze hinter einen alten Aktenschrank aus Metall. Dort kann ich es leicht wieder rausholen, aber solange niemand den Schrank abrückt, ist es auch nicht zu sehen. Und der Schrank steht jetzt schon über fünf Jahre hier und ist voller Werkzeuge. Den packt bestimmt niemand an.

Nachdem ich über das Gras und ums Haus geschlichen bin, schlüpfe ich wieder hinein und wische mir die nackten, schmutzigen Füße auf der Matte ab. Die harten Borsten tun weh, aber ich will keinen Dreck ins Haus tragen. Wenn Mark sieht, dass ich wieder draußen war, wieder schmutzig bin, wird er viel zu viele Fragen stellen. Andererseits ist es vielleicht gar keine schlechte Idee, meinen Zustand einem Blackout in die Schuhe zu schieben. Dann kann ich keine Fragen beantworten, und Mark würde auch nicht versuchen, Antworten zu erzwingen, denn er weiß, was es heißt, wenn ich einen Blackout habe.

Trotzdem ist es besser, wenn Mark mich gar nicht erst reinkommen sieht, und tatsächlich gelingt es mir, mich just in dem Moment wieder nach oben zu schleichen, als Marks Wecker klingelt. Rasch springe ich unter die Dusche. Das Wasser rauscht in meinen Ohren und verschluckt Marks Worte vor der Tür. Mein Herz schlägt laut in der Brust, während das heiße Wasser über meinen Körper strömt. Ich drehe das Gesicht in den Wasserstrahl und kneife die Augen zu. Meine Gedanken überschlagen sich. Jemand hat Olivias Armband vor meine Tür gelegt und kein weiteres totes Tier, das Vorgehen der unbekannten Person scheint sich dramatisch geändert zu haben. Aber warum zuerst die Tiere? Warum nicht direkt das Armband? Das scheint mir ein wenig übertrieben zu sein, wenn es einfach nur darum geht, meine Aufmerksamkeit zu erregen. Es sei denn … Ist es möglich, dass ich auf die Probe gestellt werden soll? Bevor die Person einen potenziellen Beweis für eine Entführung hinterließ – oder für einen Mord, auch wenn ich das nicht hoffe –, wollte sie vielleicht sicherstellen, dass ich mit den ersten Müllsäcken nicht direkt zur Polizei gehe. Und nachdem ich das nicht getan habe, ist sie selbstbewusst genug geworden, mir jetzt das Armband dazulassen. Sie weiß, dass ich es wahrscheinlich nicht der Polizei übergeben werde, aus Angst, mich selbst zu belasten.

Das alles legt umso mehr nahe, dass es sich um jemanden handeln muss, der weiß, wer ich bin. Allein die Tatsache, dass ich die Tochter eines berüchtigten Serienkillers bin, würde dafür sorgen, dass die Polizei mich unter die Lupe nimmt. Und tatsächlich kann ich nicht mit hundertprozentiger Sicherheit sagen, wo ich in der Nacht von Olivias Entführung gewesen bin, und das heißt, ich kann nicht einfach so mit einem Gegenstand zur Polizei spazieren, der der Entführten gehört, und sagen, das hätte ich zufällig vor meiner Tür gefunden.

Aber ich weiß, dass mein Plan, es zusammen mit all den anderen Dingen zu verstecken, die ich vor Mark verberge, nur eine vorübergehende Lösung ist. Um mich wirklich zu schützen, muss ich es vernichten. Denn wer auch immer diese Dinge vor meine Haustür legt, hat einen guten Grund dafür. Der offensichtlichste wäre, mir Olivias Entführung in die Schuhe zu schieben, und je mehr ich darüber nachdenke, wahrscheinlich auch einen Mord. Denn ich gehe inzwischen fest davon aus, dass man Olivias Leiche finden wird, und die Spuren werden in meine Richtung deuten. Das ist der Plan der unbekannten Person. Das fühle ich. Man wird mir Olivias Tod anhängen wie die Schmetterlinge an die Tierkadaver. Ich bin gebrandmarkt, und mir bleibt nur eines:

Ich muss herausfinden, wer hinter all dem steckt, bevor das alles mein Leben zerstört.

Kapitel 22

MARK

»Das war ein toller Abend, Kumpel. Wir sollten das bald wiederholen.« Brett stopft sich ein Stück Toast in den Mund und spült ihn mit schwarzem Kaffee runter. Allein beim Anblick dreht sich mir schon der Magen um.

»Ja, definitiv.« Ich lächele schwach. »Allerdings sollten wir uns beim nächsten Mal vielleicht ein wenig mit dem Alkohol zurückhalten.«

»Es war der letzte Shot, der dich erledigt hat.« Brett lacht.

»Und wessen Idee war das, verdammt?« Ich bin nicht sicher, warum ich das frage. Die Antwort ist offensichtlich.

»Äääh … deine! Ich glaube, du wolltest mir zeigen, dass du mich unter den Tisch trinken kannst. Das war wohl ein *Epic Fail*, wie die Kids heute sagen.«

Ich schüttele den Kopf und bereue es sofort, denn mein Hirn fühlt sich an, als würde es immer wieder gegen die Schädeldecke knallen. Ich glaube ihm nicht. Ich würde nie ein Wetttrinken initiieren. Ich weiß, wo das hinführt. Ich reibe mir die Schläfen. »Nun, dann danke ich dir dafür, dass du mir gestattet hast, mich zum Deppen zu machen.« Mir fällt auf, dass Brett topfit wirkt. Wie kann er sich so viel Alkohol in den Hals kippen und sich dann a) noch an alles vom Abend zuvor erinnern und b) keinen Kater haben?

»Hach, wie hätte ich da widerstehen sollen? Es ist immer wieder lustig zu sehen, wie du deine Magie bei den Damen spielen lässt, wenn du dich abgeschossen hast. Das war wie eine Reise in die Vergangenheit.«

»Was meinst du damit?«

»Die MILFs haben dir aus der Hand gefressen, mein Freund!«

Die Erinnerungen kehren wieder zurück, und mir wird übel. Was hatte ich da vor?

»Schau nicht so entsetzt drein«, sagt Brett und schlägt mir auf den Rücken. »Das waren doch nur harmlose Flirts. Und die Ladys haben es geliebt.«

Plötzlich erinnere ich mich daran, dass diese ›MILFs‹ eine Gruppe von Müttern aus Ellas Klasse waren. Das war nicht gut. Ganz und gar nicht gut. Was für ein mieses Timing. Wie sieht das aus? Ein verheirateter Mann flirtet mit einer Gruppe Frauen, und das im selben Pub, den Olivia kurz vor ihrer Entführung besucht hat. Doch bevor ich Brett weiter ausfragen kann, kommen Ella und Alfie herein und setzen sich mit zerzaustem Haar und verschlafenem Blick an den Tisch. Hach, die Unschuld der Kindheit. Es ist eine Schande, dass wir irgendwann erwachsen werden, Verantwortung übernehmen und die harten Lektionen lernen müssen. Brett plappert weiter von gestern Abend, und ich huste, um ihm mitzuteilen, er soll den Mund halten. Das ist nicht gerade die Art von Gespräch, die ich vor meinen Kindern führen will.

Brett lacht. »Ach, ja. Verstehe. Du willst nicht, dass deine Kinder wissen, dass Daddy auch ganz lustig sein kann.«

Ich ignoriere Brett, und endlich hat er's kapiert. Er scheint meine Demütigung ein wenig zu sehr zu genießen. Ein echter Freund hätte sich eingemischt. Er hätte mir gestern sagen sollen, dass ich einen Gang zurückschalten muss. Er hätte mich nicht auch noch ermutigen dürfen. Jetzt erinnere ich mich auch daran, dass Brett das Ganze sogar inszeniert hat. Er hat mich angefeuert wie ein wildgewordener Frat Boy. Hat Brett seine Shots überhaupt getrunken? Wenn ich so zurückdenke, dann hat er genau das auch früher schon gemacht. Er hat die Shots auf den Tisch gestellt, aber immer nur einen genommen, während ich zwei getrunken habe. Jeden zweiten hat er einfach hinter sich gegossen oder in ein Pint in der Nähe. Anfangs habe ich das gar nicht bemerkt, doch ein Jahr später hat er das zugegeben, als wir ›Wahrheit oder Pflicht‹ gespielt haben. Bin ich schon wieder auf diesen unreifen Trick reingefallen? Verdammt! Er muss mich für einen richtigen Vollpfosten halten.

Aber warum ist er dann so erpicht darauf, mich bei meinen Geschäften zu unterstützen? Ich komme auch ohne seine Kontakte ganz gut zurecht. Und Bretts Idee, Zweigstellen im ganzen Land zu eröffnen, ist mir ein bisschen zu groß. Ich bin ein Familienmensch. Für mich zählen die einfachen Dinge im Leben. Und doch lasse ich mich auch dieses Mal von Brett verführen. Plötzlich kommen mir Zweifel, während ich zuschaue, wie Brett ein weiteres Stück Toast mit Kaffee hinunterspült. Sein Schlürfen geht mir ein wenig auf den Sack. Vielleicht war es ja doch voreilig von mir, seine Hilfe anzunehmen, denn eigentlich handele ich nur selten impulsiv, und wenn ich es tue, dann … Nun, ich will nicht weiter darüber nachdenken. Es reicht, wenn ich sage, das hat noch nie ein gutes Ende genommen.

Und von einer dieser impulsiven Entscheidungen und ihren Folgen weiß Brett.

Plötzlich will ich ihn einfach nur aus dem Haus haben, bevor Jen zum Frühstück runterkommt. Ich weiß, dass ich gestern Abend zu viel geredet habe, und aus irgendeinem Grund habe ich Angst, dass Brett versuchen könnte, Ärger zu machen, indem er ›ganz beiläufig‹ eine Bemerkung fallenlässt. Ich weiß nicht, warum ich plötzlich dieses Gefühl habe, aber ich ärgere mich über mich selbst, weil ich mich ihm geöffnet und geglaubt habe, dass er mir nur helfen will, mein Geschäft in Schwung zu bringen. Allmählich vermute ich jedoch, Brett stand aus ganz anderen Motiven so plötzlich vor meiner Tür. Es ist eine meiner Schwächen, den Menschen zu schnell zu vertrauen. Ich nehme sie stets beim Wort und glaube alles, was sie mir sagen. Nie habe ich die Menschen richtig hinterfragt.

Dabei sollte man glauben, ich hätte meine Lektion gelernt, als ich mir zum ersten Mal die Finger verbrannte.

Kapitel 23

JENNY

Ich gehe erst im letzten Moment nach unten, denn ich will so wenig Zeit wie möglich mit Brett verbringen. Als ich mich der Küche nähere, zieht sich mir der Magen zusammen. Gar keine Zeit mit Brett zu verbringen, wäre sogar noch besser, nach allem, was ich letzte Nacht mitangehört habe. Ich rausche in die Küche und meide seinen Blick. Dabei bemühe ich mich, so nonchalant wie möglich zu wirken. Mark und Brett sitzen am Tisch und trinken Kaffee, während Ella und Alfie Weetos aus ihren Schüsseln schlürfen.

»Passt auf, dass ihr keine Schokoladenmilch auf eure Schlafanzüge bekommt«, mahne ich und füge fröhlich hinzu: »Morgen zusammen!« Dann gehe ich zur Kaffeemaschine und stehe steif da, mit dem Rücken zum Tisch, sodass ich mich nicht mit den beiden Männern auseinandersetzen muss. Meine Vergangenheit zu verbergen, ist für mich zur zweiten Natur geworden. Es fällt mir inzwischen leicht, sie von dem zu trennen, was ich heute bin. Aber jetzt drohen die Ereignisse der jüngsten Zeit, mein sorgfältig konstruiertes Leben in Stücke zu reißen. Und es wird auch immer schwerer, mein altes Ich zu verstecken. Ich habe das Gefühl, als wären mir meine Sorgen und Ängste deutlich anzusehen, wie frisch gestochene Tattoos auf meiner Haut, und alle drehen sich instinktiv zu mir um. Wenn alles rauskommt, wenn meine kleine Familie, meine Freunde, meine Kollegen und meine Bekannten das von meinem Vater erfahren, dann werden sie auch mich verteufeln. Und wenn Olivia nicht gesund und munter gefunden wird, dann werden alle mit dem Finger auf mich zeigen.

»Alles okay, Jen?«, fragt Mark, aber ich drehe mich nicht um. Langsam gieße ich Kaffee in den Becher. Ich lasse mir so viel Zeit wie möglich damit. Wenn ich Mark anschaue, dann wird er den Schmerz und die Enttäuschung in meinem Gesicht sehen, und ich will vor dem schmierigen Brett keine Szene machen. Gott, ich hoffe wirklich, dass Mark weder geschäftlichen Rat noch Geld von ihm annimmt. Ich habe keinen Bock, den Kerl regelmäßig zu sehen. Allein die Art, wie ihm sein Pony über ein Auge fällt, verärgert mich, wie bei einem Popstar aus den Achtzigern. Ich habe Brett noch nie gemocht, schon von dem Moment an, als wir uns vor all den Jahren kennengelernt haben. Aber möglicherweise war ich da auch ein wenig hart zu ihm. Vor allem haben mich seine Blicke irritiert, die über mein Gesicht wanderten, als würde er mich durchschauen. Auch kann ich mich noch gut an den Schauder erinnern, der mir über den Rücken gelaufen ist, als er später zu mir gesagt hat: »Schön, dich kennengelernt zu haben, Jane … Oh, sorry … Ich meine natürlich Jen.« Dass er ausgerechnet jetzt wieder auftaucht, gleichzeitig mit den toten Tieren vor meiner Tür, macht mich schlicht nervös.

»Jenny?«, fragt Mark noch einmal.

»Jaja … Ich bin nur ein wenig müde«, sage ich leidenschaftslos und starre wie hypnotisiert auf den Dampf, der von meinem Kaffee aufsteigt. Ich weiß natürlich, dass ich es nicht vermeiden kann, mich zu ihnen zu setzen – nicht, wenn auch die Kinder dort sitzen. Also lasse ich mich auf einen Stuhl fallen und wende mich sofort Ella und Alfie zu, um nicht mit den Männern reden zu müssen. Doch als eine kurze Gesprächspause entsteht, meldet Brett sich sofort zu Wort, als hätte er nur auf die Gelegenheit gewartet. Er will mir unbedingt etwas mitteilen … oder was wahrscheinlicher ist, Ärger verursachen.

»Tut mir leid, wenn wir letzte Nacht ein wenig zu laut waren, als wir nach Hause gekommen sind. Schließlich warst du so nett, mich hier übernachten zu lassen. Ich hoffe, ich habe dich nicht gestört.«

Ich lächele ihn verkrampft an, kneife die Augen zusammen und antworte so, wie er es vermutlich erwartet: »Ganz und gar nicht. Ich habe nichts gehört. Um wie viel Uhr seid ihr denn gekommen?«

»Oh, so spät war das eigentlich gar nicht. Halb elf?«, antwortet Mark. Er schaut zu Brett und fordert ihn mit seinem Blick heraus, ihm nicht zu widersprechen.

»Ja, so ungefähr, denke ich«, sagt Brett. »Ihr habt hier ein nettes Lokal, Jenny.«

Irgendetwas an der Art, wie er meinen Namen ausspricht, jagt mir einen Schauder über den Rücken. Ich weiß nicht, was es ist, aber ich traue Brett nicht von zwölf bis Mittag.

Dass er ausgerechnet jetzt auftaucht und sich wieder in unser Leben einmischt, ist einfach falsch. Rasch erledige ich meine morgendlichen Aufgaben, um dann so schnell wie möglich zu fliehen.

*

Ella hält sich an meiner Hand fest, als wir den Schulhof betreten. Das ist äußerst untypisch für sie, und ich frage mich, ob das wohl an den Dingen liegt, die sich die Leute erzählen – erschreckende Dinge über die Ereignisse der letzten Zeit. Wir glauben zwar, die Kinder vor all dem Horror abschirmen zu können, aber ich habe keinerlei Zweifel daran, dass Ella und in geringerem Maße auch Alfie die unausgesprochenen Hinweise bemerken: unsere Körpersprache, das Flüstern, wenn sie knapp außer Hörweite sind. In jedem Fall sollte ich die Situation nicht ignorieren und hoffen, dass das Problem sich von selbst löst. Kinder haben eine gute Intuition, besonders Ella.

»Machst du dir über irgendetwas Sorgen, Ella?«, frage ich und drücke sanft ihre Hand.

Ich höre, wie sie tief durchatmet. Dann erwidert sie den kurzen Druck.

»Isabella kommt nicht mehr zurück«, sagt sie. Sie hat den Kopf gesenkt und setzt ihre Schritte langsam und bewusst. Ich bleibe stehen und hocke mich vor sie. Alfie lasse ich solange los. Sofort ruft er: »Bye, Mom! Bis später!«, und läuft in Richtung Klasse. Ich nehme an, er hat keinen Bock darauf mitanzuhören, wenn wir uns gegenseitig das Herz ausschütten.

»Wie kommst du darauf, Süße?«

Ella zuckt mit den Schultern.

»Hat das dein Lehrer gesagt?«

»Nein. Das hat mir Ethan gesagt.« Sie hebt das Kinn und schaut mir in die Augen. »Und er weiß das, weil seine Mommy ihm das gesagt hat.«

Seine Mom ist Willow. Ich seufze. Warum überrascht mich das nicht? »Ach, Liebling. Ich bin sicher, Isabella wird wieder zurückkommen, genau wie ihre Mommy.« Ich weiß, Letzteres hätte ich besser nicht gesagt, denn Ella wird sich andernfalls an meine Worte erinnern, und das wird ihr Vertrauen in mich untergraben.

»Nein. Das stimmt nicht.« Ein Hauch von Furcht spiegelt sich in ihren Augen – *meine* Furcht. Ich muss schlucken.

»Warum glaubst du, dass das nicht stimmt?« Ich bin nicht sicher, ob ich bereit bin, die Antwort zu hören.

»Weil ihre Mommy tot ist.« Ella löst sich aus meinem Griff, dreht sich um und springt über den Schulhof, als hätte sie sich gerade die Last vom Herzen geredet. Aber mich belasten ihre Worte, als hätte ich Steine im Bauch. Das Blut steigt mir in die Wangen, und ich stürme auf das Grüppchen der Schulgänse zu. Ich durchbreche ihren Kreis und baue mich vor Willow auf.

»Was zum Teufel hast du deinem Sohn erzählt, Willow? Warum hast du ihm gesagt, Olivia sei tot, verdammt?«

»Hallo? Was fällt dir ein, mir so in den Nacken zu springen und mich anzuschreien?« Ihre Augen funkeln. »Ich meine, ich weiß ja, dass es dein Ding ist, Leute öffentlich zu verunglimpfen, aber …«

»Was soll das denn heißen?«, falle ich ihr wütend ins Wort, doch dann wird mir klar, was sie damit meint. Ich laufe knallrot an. Offensichtlich wissen die Leute, dass ich Olivia letztes Jahr konfrontiert habe, und vielleicht wissen sie auch, dass Mark eine Affäre mit ihr gehabt hat. Allerdings hat mir das noch nie jemand ins Gesicht gesagt. Ich schlucke. Mir schnürt es den Hals zu. Die Schulgänse starren mich alle mit offenem Mund an, und vor lauter Scham steigt mir wieder das Blut in die Wangen. »Tut mir leid.« Ich hebe die Hände. »Es war falsch, dich so anzugehen. Es ist nur, dass Ella …« Meine Stimme bricht. »Ella hat gerade gesagt, Ethan habe ihr erzählt, dass Isabella nicht mehr zurückkommt. Und schlimmer noch, sie hat auch gesagt, Olivia wäre tot.«

»Ich kann dir zu einhundert Prozent garantieren, dass sie das nicht von meinem Ethan hat«, sagt Willow. Sie strafft die Schultern und hebt trotzig das Kinn.

»Okay«, sage ich. Ich will ihr widersprechen, aber ich weiß, dass das keine gute Idee ist. »Sie kann es natürlich Gott weiß wo gehört haben, vielleicht sogar bei einem Gespräch unter Lehrern …« Ich lächele entschuldigend.

»Wahrscheinlicher ist, dass sie mitbekommen hat, wie die Polizei ihre Fragen gestellt hat«, sagt Zari. »Sie gehen noch immer von Tür zu Tür.«

Mit ruhigerer Stimme sage ich: »Aber es ist jetzt schon Tage her … Da sollten sie das doch erledigt haben, oder?« Die Gruppe rückt enger zusammen, damit niemand uns belauschen kann. Gott sei Dank haben die anderen Moms meinen Ausbruch rasch vergessen und wenden sich nun dringenderen Fragen zu. Ich kann mir gut vorstellen, dass es noch viele andere Gruppen von Eltern gibt, die gerade etwas Ähnliches tun.

»Offensichtlich nicht. Wahrscheinlich war nicht jeder daheim, als die Polizei geklopft hat. Dann müssen sie noch ein zweites Mal hin oder sogar ein drittes, bis sie mit allen gesprochen haben.«

»Sie können doch nicht das ganze Dorf befragen. Das ist schlicht Ressourcenverschwendung. Sie sollten sich lieber auf die Suche konzentrieren.«

»Von Verschwendung kann keine Rede sein, wenn sie auf diese Art wirklich eine Spur finden«, sagt Zari und hebt die Augenbrauen. »Ich habe gehört, dass sie nach verdächtigen Beobachtungen oder Verhalten in der Gegend fragen, nach allem Ungewöhnlichen in den letzten Tagen vor Olivias Entführung. Ich schätze allerdings, dass sie bis jetzt rein gar nichts gefunden haben, und das ist auch der Grund, warum sie an jedem Haus in der Umgebung klingeln. Sie hoffen, dass irgendjemand etwas gesehen hat oder weiß, egal was. Habt ihr auch den Aufruf im Fernsehen gesehen?«

»Nein, ich nicht«, antworte ich. »Wenn ich ehrlich bin, wusste ich noch nicht einmal, dass es einen geben sollte.«

»Gestern Abend hatten sie im The Union den Fernseher an«, erzählt Zari und schaut mich direkt an. »Wir haben es alle zusammen geschaut.« Die anderen murmeln zustimmend.

Mein Puls setzt einen Schlag lang aus. Die Frauen waren gestern Abend auch im Pub. Ich frage mich, ob Mark und Brett wohl mit ihnen gesprochen und zusammen mit ihnen ferngeschaut haben. Den Blicken nach zu urteilen, die die Frauen sich gerade zuwerfen, lautet die Antwort auf mindestens eine meiner Fragen ja.

»Und? Habt ihr dabei was Neues erfahren?« Ich achte darauf, niemandem direkt in die Augen zu schauen. Ich will nicht, dass sie meine plötzliche Verlegenheit bemerken.

»Nicht wirklich.« Rachels Stimme zittert. »Es war einfach nur herzzerreißend, Olivias Eltern vor der Kamera weinen zu sehen. Es ist einfach furchtbar, dass sie das ertragen mussten. Und wenn ihr mich fragt, war es auch falsch. Man hätte erwarten können, dass Yannis sich vor die Kamera stellt.«

Willow schnaubt verächtlich. »Wahrscheinlich hatte er einfach Angst, sein Gesicht zu zeigen. Die Leute hätten automatisch den Entführer in ihm gesehen – oder Schlimmeres. Es ist doch immer der Ehepartner …«

»Jaja«, sage ich gedankenverloren. Das hat meine Mutter auch mal gesagt, als wir so einen Aufruf im Fernsehen angeschaut haben. »Das sind doch Krokodilstränen«, hat sie gesagt. »Schau ihn dir doch nur mal an. Der verlogene Bastard. Er war's. Das ist doch offensichtlich.« Ironischerweise hat sie diese Worte nie mehr gesagt, nachdem man Daddy festgenommen hat. Das hatte sie nicht kommen sehen. Ihr eigener Mann war plötzlich der Mörder gleich mehrerer Frauen, und sie hatte noch nicht einmal etwas geahnt. Ist es wirklich so viel einfacher, andere zu verurteilen? Ihre Makel und Fehler zu sehen? Ist es einfacher, Lügen zu erkennen, die einem ein Fremder erzählt, als jemand, der einem nahesteht? Claire hat ihm das nie verziehen. Sie hat ihm vertraut, und er hat sie verraten. Er hat uns alle verraten.

»Dein Mark war übrigens in Hochform«, sagt Frankie und reißt mich damit aus meinen Gedanken. »Zwinker-Zwinker.« Sie kichert zusammen mit den anderen und stupst Willow mit dem Ellbogen an.

»Das heißt?«, frage ich mit zusammengebissenen Zähnen. Ich kämpfe gegen den Drang an, einfach wegzugehen.

»Ich weiß ja, dass er schon immer … du weißt schon … *freundlich* gewesen ist, aber dass er so mit uns geflirtet hat, hat mich schon überrascht, zumal wir ja mit dir befreundet sind. Es war, als wollten er und sein Kumpel uns abschleppen.«

Jedes einzelne Wort trifft mich wie ein Schlag. »Aber ich wette, du hast ihn eiskalt abblitzen lassen, Frankie.« Mein Tonfall ist scharf, giftig. Ich bin wütend auf Mark, aber mehr noch auf die Frauen hier. Vor meinem geistigen Auge sehe ich sie wie läufige Hündinnen um ihn herumlaufen. Aber bevor ich weiter darüber nachdenken oder es sogar weglachen kann, was natürlich vorzuziehen wäre, dränge ich mich an Frankie vorbei und verlasse die Gruppe. Ich laufe, bis ich außer Sichtweite bin.

Dann, in der Abgeschiedenheit meines Autos, breche ich in Tränen aus.

Kapitel 24

JENNY

Die Tränen verschleiern mir die Sicht, und mein Herz schlägt doppelt so schnell wie normal, als ich das Gaspedal durchtrete und durchs Dorf rase. Das ist dumm und unverantwortlich, zumal es hier von Polizei nur so wimmelt, aber ich kann nicht anders. Es ist, als hätte mein Verstand sich ausgeschaltet, und bevor ich michs versehe, bin ich unterwegs Richtung Praxis. Und auf dem gesamten Weg dorthin nehme ich alles nur verschwommen wahr.

Irgendetwas auf der Straße erregt meine Aufmerksamkeit, und ich lege eine Vollbremsung hin. Mit quietschenden Reifen komme ich zum Stehen. Der Sicherheitsgurt schneidet in meine Brust, als ich nach vorne geschleudert werde. Dann lockert er sich wieder, als ich nach hinten falle. Mein Kopf schlägt auf die Kopfstütze, und ich atme tief ein.

Ich reibe mir die Brust, löse den Sicherheitsgurt und beuge mich zur Windschutzscheibe vor. Ich sehe einen Hasen, der versucht, in eine Hecke zu hoppeln. Er ist schwer verletzt. Ich schalte das Warnblinklicht an und steige aus. Meine Beine zittern unkontrolliert, als ich versuche, das verängstigte Tier zu fangen. Der Hase zittert ebenfalls. Er steht unter Schock, lahmt und sein Hinterlauf blutet. Irgendjemand muss das Tier angefahren haben und dann einfach weitergefahren sein. Der Hase windet sich in meinen Händen, um sich zu befreien. Er versteht nicht, dass ich ihm nur helfen will. Manche Tiere tun das, glaube ich. Am Anfang wehren sie sich zwar auch, doch dann überkommt sie eine zenhafte Ruhe, als hätten sie plötzlich erkannt, dass sich jemand um sie kümmern und sie heilen wird.

Vorsichtig setze ich den großen, braunen Feldhasen in den Transportkäfig, den ich für Notfälle immer im Kofferraum habe. Dann klettere ich wieder hinters Lenkrad und fahre weiter in Richtung Praxis – langsam diesmal und vorsichtig. Als ich mit dem Hasen in die Praxis komme, empfängt mich Samir. Er werde sich sofort um ihn kümmern, sagt er, und ich solle mir erst einmal eine Tasse Tee holen. Vanessa nimmt mich am Arm und führt mich in den Pausenraum. Ich muss wirklich schlimm aussehen, dass sie so reagieren. Hoffentlich denken sie, es ginge bei alldem nur um den Hasen, und stellen mir keine Fragen. Sie gehen ja ohnehin davon aus, dass ich ihn angefahren habe, und ich habe dem auch nicht widersprochen, da mir jede Kraft dazu fehlt. Sollen sie ruhig denken, dass ich wegen eines verletzten Tieres so neben mir stehe und nicht wegen eines verletzten Egos.

Ich kann an nichts anderes mehr denken als an Mark und wie er gestern Abend im Pub mit den Schulgänsen geturtelt hat. Mein Herz schlägt immer schneller, und Frankies Worte hallen durch meinen Kopf: »Es war, als wollten er und sein Kumpel uns abschleppen.«

Warum tut er mir das an?

*

Es dauert, bis das Adrenalin wieder abebbt, das nach den Ereignissen heute Morgen durch meine Adern geströmt ist. Jedes Mal, wenn ich mich ein wenig beruhigt habe, sehe ich erneut das Bild von Mark und den Müttern vor mir. Den ganzen Tag über spielen meine Hormone verrückt. Doch jetzt bin ich erst einmal erschöpft und dankbar dafür, dass die Sprechstunde gleich vorbei ist.

»Das ist der Letzte heute«, sage ich und seufze erleichtert, als ich mit Nisha einen aufgeregten Border Terrier in mein Behandlungszimmer führe.

»Oh. Nicht laut ihm hier«, erwidert Nisha und nickt zum Computer.

Ich schaue ihr über die Schulter und auf den Bildschirm. Das kann nicht stimmen. »Ich dachte, die Untersuchung ist erst morgen«, sage ich und runzele verwirrt die Stirn.

»Ich rufe mal am Empfang an«, sagt Nisha und drückt den Knopf der Sprechanlage auf dem Schreibtisch. Ich nehme den Hund und hebe ihn auf den Untersuchungstisch. Er gehört Mrs Harris, einer älteren Dame aus dem Dorf. Irgendjemand hat ihr aus einem völlig unverständlichen Grund ausgerechnet einen Border empfohlen. Ein solcher Hund passt definitiv nicht zu einer Frau in den Siebzigern, die unter einer lähmenden Platzangst leidet. Ihr Nachbar hat ihn heute gebracht, denn Mrs Harris hat Angst, dass er zu wenig Bewegung bekommt und deshalb adipös werden könnte. Ich untersuche ihn, während ich auf Nisha warte, und rasch komme ich zu dem Schluss, dass das mit der Fettleibigkeit vermutlich stimmt.

»Nish«, sage ich. »Kannst du einen Diätplan für Buddy hier zusammenstellen? Ein paar Fitnessübungen wären auch nicht schlecht.«

»Äh … Klar … Sicher. Und tut mir leid, aber es stimmt, es ist noch ein Patient im Wartezimmer.«

»Ich verstehe das nicht«, sage ich leicht gereizt. Ich schaue zur Uhr. »Wir haben noch exakt zehn Minuten, bis wir schließen. Da macht man doch keinen Termin mehr.«

»Es war ein Versehen, Jenny.« Nisha zuckt mit den Schultern.

»Wie das? Ach, egal ... Mach du hier alles fertig, und ich sehe mal nach dem Patienten.«

Ich will schon rausstürmen, doch Nisha greift nach meinem Arm. »Sei nicht zu hart zu ihr. Sie lernt noch.«

»Ah ... Ich verstehe.« Ich schüttele Nisha ab und gehe zum Empfang. Der Hund liegt im Wartezimmer unter dem Stuhl seines Herrchens. Ken Frances, der Wirt des Pubs, liest in einem Haustiermagazin. Ich gehe hinter den Empfangstisch und beuge mich über Abi, die gerade meine Notizen zu dem Border Terrier eingibt. »Du bist doch schon lange genug hier, um das zu wissen, Abi.« Ich versuche, leise zu sein, doch ich weiß, dass ich so auch härter klinge. Meine Stimme klingt sogar in meinen Ohren drohend. Aber ich versuche nicht, etwas daran zu ändern. »Verdammt noch mal ... Ich muss hier pünktlich raus, und jetzt komme ich wegen deines Fehlers zu spät. Meine Kinder warten sicher schon.«

»Oh, mein Gott. Tut mir leid.« Abis Gesicht fällt förmlich in sich zusammen, und ich bekomme ein schlechtes Gewissen. Fehler passieren. Das sollte ich wissen. Aber aus irgendeinem Grund verhindert dieses Wissen nicht, dass ich mich wie eine Bitch benehme, und jetzt lasse ich meine Wut auch noch an der Falschen aus. Trotzdem lasse ich nicht locker.

»Nun, für Entschuldigungen ist es jetzt ja wohl zu spät, nicht wahr? Ich kann Mr Frances ja nicht einfach wegschicken.«

»Ich kann ihm doch erklären, dass es mein Fehler war«, bietet Abi an und will schon aufstehen. Ich lege ihr die Hände auf die Schultern und drücke sie wieder runter.

»Nein. Ich werde einen Patienten nicht für deinen Fehler

büßen lassen«, erkläre ich streng, doch dann füge ich mit einem Lächeln hinzu: »Wir alle machen irgendwann mal etwas falsch.« Als würde das die Wogen glätten. Abi starrt mich entsetzt an. Sie sieht aus, als würde sie gleich in Tränen ausbrechen. Manchmal macht es mir Angst, wie ähnlich ich meiner Mutter sein kann.

»Ich könnte in der Schule anrufen und erklären, warum du später kommst.« Abis Stimme zittert.

»Der ganze Sinn dieser nachschulischen Aktivitäten ist es, dass Eltern, die arbeiten müssen, ihre Kinder später als üblich abholen können. Es wird nicht gern gesehen, wenn man auch dann noch zu spät kommt.« Wäre Hayley hier, dann würde ich sie bitten, die Kinder für mich abzuholen. Das hat sie in der Vergangenheit schon öfter getan. Aber Hayley hatte einen Arzttermin und ist deshalb früher gegangen, und anderen will ich meine Kinder nicht anvertrauen.

»Ich werde ihnen klarmachen, dass das nicht deine Schuld ist«, sagt Abi. »Ich rufe jetzt an, okay?«

»Bitte«, antworte ich gereizt. »Die Nummer steht in der Datenbank, in der Familiennotfallliste.« Ich mache auf dem Absatz kehrt und setze ein breites Lächeln auf, um Ken Frances und seinen schwarzen Labrador zu begrüßen, der Whiskey heißt und sofort zu mir rennt und mich leckt, als wäre ich ein alter Freund.

»Braver Junge.« Ich kraule ihn hinter den Ohren. Mein Ärger ebbt sofort ab, wie so oft, wenn ich bei Tieren bin. Tiere haben die großartige Eigenschaft, Menschen zu beruhigen und ihnen den Stress zu nehmen. Deshalb sind wir Briten ja auch ein Volk von Tierfreunden. Allgemein gesprochen zumindest. Meine Gedanken wandern zu all den armen, verstümmelten Kreaturen vor meiner Haustür, und ich schüttele den Kopf, um diese Bilder wieder loszuwerden. »Okay. Bitte, folgen Sie mir zum Röntgen, Ken. Sie können mir helfen, ihn richtig zu platzieren, aber dann müssen Sie draußen warten. Ich will Sie ja nicht radioaktiv verseuchen.«

»Nein, meine Gute. Wer will das schon? Hier sind auch so schon genug seltsame Dinge im Gange, nicht wahr.« Ich nehme an, damit meint er Olivias Entführung, auch wenn ich die Situation nicht gerade als ›seltsames Ding‹ bezeichnen würde. Ich öffne den Mund, um ihn zu fragen, ob er etwas Neues gehört hat, doch dann halte ich mich zurück. Hätte er etwas zu sagen, dann würde er es genießen, es mir ausführlich mitzuteilen. So ist er einfach.

Nachdem ich die Röntgenaufnahmen gemacht habe, gehe ich zur Tür und rufe Abi über die Schulter hinweg zu, dass sie abschließen soll. Ich habe keine Zeit mehr. Ich bin schon über eine halbe Stunde zu spät. Wahrscheinlich habe ich mich ein wenig aggressiv ausgedrückt, auch wenn ich das nicht so gemeint habe, und da ich Abi auch nicht angeschaut habe, glaubt sie vermutlich, ich wäre noch immer wütend auf sie. Dabei weiß ich genau, dass eigentlich Olivia, die makabren ›Geschenke‹, die Schulgänse und Marks kindisches Verhalten für meine Gefühlsschwankungen verantwortlich sind. Im Wagen schreibe ich rasch eine SMS.

Können wir uns treffen? Ich muss ein freundliches Gesicht sehen xx

Und ich könnte Roisins Schulter wirklich brauchen, denn mit Mark kann ich nicht sprechen. Außerdem ist sie die Einzige, die weiß, was ich durchgemacht habe, nachdem ich von Marks ›Ding‹ mit Olivia erfahren habe. Ich muss das alles mit meiner engsten Freundin teilen. Sonst explodiere ich. Und wenn das Verhalten, das ich gerade an den Tag gelegt habe, ein

Vorbote davon ist, dann kann das nicht mehr lange dauern. Ich bin angewidert und schockiert von meinem Wutausbruch – fast so schockiert wie Abi. Ich muss meine Emotionen wieder in den Griff bekommen, ansonsten muss ich mir keine Gedanken mehr darüber machen, dass gerade eine fremde Person mein Leben zerstört. Das schaffe ich dann auch selbst.

Kapitel 25

DER SCHMETTERLINGSKILLER

Im Kopf des Serienmörders Paul Slater

Paul Slaters Verbrechen, die er an Frauen verübte, zeichneten sich durch ein Maß an Gewalt und Brutalität aus, das in einem krassem Gegensatz zu dem Leben des Familienmenschen stand, den er stets gespielt hat. Seine Aggressivität war ein Charaktermerkmal, das einfach nicht zu dem Bild passen wollte, das andere in seiner Gemeinde von ihm hatten. Bis zu seiner Verhaftung hat man ihn immer wieder zusammen mit seiner Frau und seiner Tochter gesehen, auch wenn auffällig ist, dass er weit häufiger nur *mit seiner Tochter Jane unterwegs war. Als er nach seiner Beziehung zu ihr befragt wurde, hat Paul Slater stets geschwiegen. Er hat nie über sie gesprochen, keinerlei Einzelheiten über sein Leben als Vater preisgegeben. Im Laufe der Jahre haben die Medien sich hauptsächlich auf seine Opfer und deren Familien fokussiert, wie auch auf Pauls Frau Claire und darauf, welchen Einfluss die Verbrechen ihres Mannes auf sie hatten. Über Jane, die zum Zeitpunkt der Verhaftung ihres Vaters acht Jahre alt war, wurde jedoch nur wenig geschrieben.*

Bei seinem Prozess 1988 wurde Paul wiederholt zu seiner aggressiven Natur befragt. Er beantwortete die Fragen des Staatsanwalts so knapp wie möglich. Ohne Zweifel hatte sein Anwalt ihn darauf vorbereitet. Natürlich boten auch Psychologen ihre Expertise an, und zusammen mit den vorliegenden Beweisen und aufgrund der Befragungen von Pauls Nachbarn und Kollegen zeichneten sie das Bild eines Mannes, der zu Wutausbrüchen neigte. Es war, als hätte Paul zwei klar voneinander getrennte Persönlichkeiten. Einige Leute verbürgten sich für seine gutmütige Natur, andere sagten genau das Gegenteil aus. Pauls Anwalt wiederum hat nachdrücklich darauf hingewiesen, dass Letztere sich erst nach Pauls Verhaftung, Anklage und der fortgesetzten Medienberichterstattung zu Wort gemeldet hätten.

In diesem Buch wird Paul in seinen eigenen Worten erzählen, warum dieses Bild ungenau und irreführend war. Er wird leugnen, je die Beherrschung verloren zu haben. Tatsächlich wird er erklären, dass er jeden Aspekt seines Lebens, jede seiner Handlungen und sein Verhalten stets unter Kontrolle hat. Denn das hat er gelernt.

»Um zu tun, was ich getan habe«, sagte er, »braucht man nicht nur eine ruhige Hand, sondern auch einen ruhigen Geist.« Er gab zu, dass es für andere so ausgesehen haben muss, als würde er die Kontrolle verlieren, doch seien Sie versichert: Paul war – und ist – ein Mann, der nur seine wahren Gefühle zeigt, wenn ihm nichts anderes mehr übrig bleibt. Manipulation und Nötigung waren damals seine wichtigsten psychologischen Waffen. Sie sind es noch heute.

Kapitel 26

MARK

Der Cursor schwebt über dem Link zu dem Artikel. Als ich schließlich darauf klicke, zieht sich mir die Brust zusammen. Die Seite erscheint, und Olivias Gesicht füllt den Bildschirm. Sofort klicke ich auf X, um die Seite wieder zu verlassen. Ich kann den Anblick ihrer makellosen Haut nicht ertragen, ihre gefühlvollen Augen und die weichen, vollen Lippen – nicht, ohne ein Bedauern zu empfinden, das an meinem Gewissen nagt. Meine Schuldgefühle drohen, mich zu verschlingen.

Es gibt keine neuen Entwicklungen. Dessen bin ich sicher. Das hätte ich auf der Fahrt ins Büro im Radio gehört. Ich war neugierig, wollte die Einzelheiten nachlesen. Die Schlagzeile des Artikels lautete: »Hatte Olivia Edwards eine Affäre?« Aber allein das war schon zu viel für mich. Mein Magen liefert mir den Beweis. Oder vielleicht liegt es ja auch an meiner Persönlichkeit. Vielleicht bin ich einfach nur zu schwach.

Ich stehe auf und gehe zu dem großen Fenster, von wo aus ich bis hinter die Kathedrale von Exeter sehen kann. Von hier oben ist das Gewusel unten auf der Straße vollkommen lautlos. Ein Heer von Ameisen geht dort seinen Geschäften nach. Die Welt um sie herum ist ihnen egal. Scheinbar zumindest. Ich bin eigentlich recht sicher, dass dem nicht so ist. Ich stelle mir vor, wie es wohl sein würde, jeden Gedanken der Menschen dort unten zu hören, all ihre Sorgen und Wünsche. Mein Kopf würde wahrscheinlich explodieren.

Was mich betrifft, so zerbreche ich mir über vieles den Kopf – tatsächlich sogar über so vieles, dass mein Verstand die einzelnen Sorgen nicht mehr voneinander trennen kann. Sie sind ineinander verschlungen wie eine Rolle Stacheldraht, und ich fürchte, ich werde dieses Chaos nie auflösen können. Ich habe mir das selbst eingebrockt. Jahrelang habe ich glücklich den Kopf in den Sand gesteckt und alles ignoriert, was auch nur ansatzweise nach einem Problem aussah. Weil es leichter war, stimmt's? Wenn man Probleme ignoriert, dann verschwinden sie auch. Sie schmelzen dahin und lösen sich schließlich in Luft auf, und zurück bleibt ein glücklicher, zufriedener Familienmensch.

Aus eben diesem Grund habe ich auch das neueste Problem ignoriert und dasjenige, das daraus entstand, dass Jen mir peinliche Fragen stellte. Und jetzt ist da noch das größte Problem von allen.

Jetzt ignoriere ich gerade die Tatsache, dass ich glaube, meine Frau könnte Olivia Edwards etwas angetan haben.

Kapitel 27

Erinnerst du dich noch an unsere kleinen Ausflüge?

An die, die wir Mom verheimlicht haben? Ja, daran erinnere ich mich.

Du hast immer Sachen gesammelt – alles vom Boden aufgehoben, egal ob einen Tannenzapfen, ein Blatt oder einen Stein. Du hast alles aufgehoben, in deinen Rucksack gesteckt, mit nach Hause genommen und dann versteckt.

Und sie hat jedes meiner Verstecke gefunden und die Sachen weggeworfen.

Weißt du eigentlich, dass ich deine Zeichnungen verwahrt habe? Die Zeichnungen, die du mir schicken durftest. Und ich weiß, warum deine Mutter dir erlaubt hat, ausgerechnet diese Zeichnungen zu schicken. Es waren die mit den Strichmännchen. Zwei davon halten sich an der Hand. Das dritte steht am Rand. Diese Person scheint nicht wirklich Teil der Familie zu sein. Da die Figuren alle gleich groß sind, bin ich natürlich davon ausgegangen, dass ich die Figur am Rand bin. Ich habe deine Hand nicht mehr gehalten, weil ich dich verlassen habe. Deshalb hat Mom es dir erlaubt. Sie wusste, dass ich genau das denken würde, und dass es mir wehtun würde. Doch ein paar Jahre später erkannte ich, dass ich mich geirrt habe.

Denn wer, glaubst du, war die Person am Rand? War es Dad?

Nein, es war sie. Deine Mutter war die Figur am Rand. Es ist schon verrückt, dass du ausgerechnet diese Bilder schicken durftest, weil sie glaubte, die Figur wäre ich. Sie hat gedacht, so könne sie es mir heimzahlen. Sie war schon immer eifersüchtig auf uns, Prinzessin, denn sie konnte nie in unsere Blase eindringen.

Das erklärt eine Menge. Es war schrecklich für sie, dass du plötzlich weg warst, denn sie konnte nicht wirklich in deine Fußstapfen treten. Sie waren viel zu groß. Es war schrecklich für sie, dass ich sie nicht genauso geliebt habe wie dich, Dad.

Kapitel 28

JENNY

Ich lege mein Handy auf die Arbeitsplatte und schließe es ans Ladegerät an. Dann gehe ich und schaue nach den Kindern. Seit sie aus der Schule gekommen sind, waren sie sehr ruhig. Besonders Ella schien sauer auf mich zu sein, weil ich zu spät gekommen bin. Auf der gesamten Heimfahrt hat sie kein Wort mit mir gesprochen, und dann ist sie einfach in ihrem Zimmer verschwunden. Gerade beobachte ich sie von der Tür aus. Sie sitzt an ihrem Tisch und schreibt. Als sie mich bemerkt, schirmt sie das Notizbuch mit ihrem Arm ab wie ein Prüfungsblatt, damit niemand abschreiben kann. Ich frage sie einfach, ob sie okay ist, und als sie mit einem scharfen ›Ja‹ antwortet, gehe ich wieder und schaue nach Alfie.

Mark kommt spät heim. Das ist auch früher schon gelegentlich passiert, wenn er so sehr in seine Arbeit vertieft war, dass er die Zeit aus den Augen verloren hat, aber heute fühlt es sich irgendwie anders an, so als würde Absicht dahinterstecken. Mark war heute Morgen beim Frühstück auffallend verlegen, und ich habe das zunächst auf Bretts Anwesenheit geschoben. Immerhin war mir das ja auch unangenehm. Jetzt bin ich allerdings sicher, dass Mark so verlegen war, weil er Angst hatte, Brett würde sich verplappern und von Marks ›Flirterei‹ mit den Schulgänsen erzählen. Er wird sicher eine Entschuldigung parat haben, wenn er nach Hause kommt, er wäre auf der Arbeit aufgehalten worden oder irgend so was. Oder vielleicht ist ihm ja wirklich etwas dazwischengekommen. Das war bei mir heute Nachmittag ja auch so, und ich habe ja kein Monopol auf Überraschungen.

Ich finde Alfie im Garten. Dort hat er sich aus einem alten Zelt eine Höhle gebaut, und jetzt stellt er dort seine Spielzeugsoldaten auf. Sie haben einst Mark gehört, und er hat sie in der Garage aufbewahrt – allzeit bereit, wieder gegeneinander zu kämpfen. Ich lehne mich an den Rahmen der Terrassentür und denke bei mir: Genauso fühle ich mich auch. Ich sollte meine Reihen schließen und in die Schlacht ziehen. Nur dass ich meine Feinde nicht kenne. Das muss ich ändern.

Da die Kinder beschäftigt sind und Mark noch nicht hier ist, gehe ich in die Garage und krame in der Kiste herum, die mit »Relikte« beschriftet ist. Tatsächlich gibt es noch mehrere solcher Kisten, die wir noch nicht durchgeschaut haben, obwohl wir schon seit sechs Jahren in diesem Haus leben. Ich finde Marks Jahrbücher aus der Schule und lasse mich fast darauf ein, sie durchzublättern, doch im letzten Moment halte ich mich zurück. Dafür habe ich jetzt keine Zeit. Ich grabe weiter nach dem, was ich suche, und schließlich hole ich es triumphierend heraus. Unsere alte Videokamera. Ich krame noch nach dem Ladegerät, und schließlich seufze ich erleichtert, als ich es ganz unten in der Kiste finde. Jetzt muss ich sie nur noch auf dem Balkon über der Einfahrt installieren.

*

Es ist ein Wunder, aber das Ding funktioniert tatsächlich noch. Ich musste es nur einstecken, denn den Akku zu laden, würde eine Ewigkeit dauern. Zum Glück ist das Kabel lang genug, um die Kamera auf dem Tisch zu positionieren, den ich auf den Balkon geschleppt habe. Allerdings hat die Kamera keine Nachtsichtfunktion. Deshalb schalte ich die Außenbeleuchtung von ›Sensor‹ auf ›An‹. Natürlich besteht die Möglichkeit, dass das Licht die Person abschreckt, aber die sensorgesteuerte Beleuchtung hat sie ja auch nicht gestört. Also hoffe ich, dass es keinen Unterschied macht. Zumindest, solange Mark sie nicht wieder auf ›Sensor‹ schaltet.

Schließlich, um halb neun, kommt Mark durch die Tür. Sein Gesicht ist angespannt und seine Augen trüb und müde, als er in die Küche schlurft und eine kurze Entschuldigung murmelt, bevor er nach oben verschwindet, um sich umzuziehen. Die Kinder haben bereits gegessen und sind im Bett. Also essen nur wir zwei zusammen. Als Mark wieder zurückkommt, trägt er eine Jogginghose und ein Sweatshirt, und schweigend tische ich den aufgewärmten Eintopf auf. Die Anspannung ist groß, und so tauschen wir nur ein paar knappe, oberflächliche Worte über die Qualität des Essens aus, mehr nicht. Wir fragen noch nicht einmal ›Wie war dein Tag?‹. Es ist, als hätten wir beide Angst, den Elefanten im Raum zu benennen. Es ist ein Patt. Später schauen wir Netflix, um keine neuen Nachrichten zu Olivia sehen zu müssen. Zwar wollen wir beide wissen, ob es neue Entwicklungen gibt, aber wir wollen ihr Gesicht nicht auf dem Bildschirm sehen oder unsere wachsende Furcht davor anerkennen, dass man sie tot auffinden wird.

Um elf Uhr gehen wir ins Bett, sagen uns nach einem flüchtigen Kuss Gute Nacht und drehen einander den Rücken zu. Der Graben zwischen uns wird immer größer, und als mir das klar wird, erfüllt mich ein tiefer Schmerz. Ich drehe mich auf den Rücken, schlinge die Arme um den Bauch, und Tränen sammeln sich in meinen Augen. Schließlich fallen die ersten und fließen über meine Nase und Wangen. Ich drehe mich zu Mark um und starre in der Dunkelheit seinen Hinterkopf an. Ich strecke die Hand aus, um ihn an der Schulter zu berühren, doch rasch ziehe ich sie wieder zurück. Gibt es überhaupt noch einen Ausweg für uns?

Während ich wach daliege, das feuchte Kissen an meinem Gesicht, lausche ich Marks tiefem Schnarchen. Und meine Gedanken wandern zu der Videokamera auf dem Balkon.

Kapitel 29

JENNY

Samstag

Als ich wieder zu mir komme, liege ich auf dem Küchenboden. Das ist jetzt schon das zweite Mal in dieser Woche, denke ich erschrocken.

Rasch stehe ich auf und mustere mich von Kopf bis Fuß. Ich trage meinen Schlafanzug. Der Saum ist an beiden Beinen feucht und der ursprünglich weiße Stoff braun. Oh, Gott! Ich war draußen. Ich schaue mich in der Küche um, aber mir fällt nichts Ungewöhnliches auf, und die Terrassentür ist geschlossen. Ich habe keine Erinnerung daran, ob ich sie geöffnet und dann wieder zugemacht habe. Ich überprüfe, ob sie abgeschlossen ist. Nein. In dem Fall ist es sehr wahrscheinlich, dass ich hier raus- und wieder reingegangen bin, denn Mark und ich schauen eigentlich immer nach, ob alles abgeschlossen ist, bevor wir ins Bett gehen.

Ich höre einen dumpfen Knall, und ich laufe nach oben für den Fall, dass schon jemand auf ist. Dabei achte ich sorgfältig darauf, keinen Lärm zu verursachen. Ich will nicht so erwischt werden. Das muss eines der Kinder gewesen sein, das ein Spielzeug aus dem Bett geworfen hat, denn als ich oben ankomme, ist alles wieder ruhig. Ich seufze zitternd.

Nachdem ich wieder in unser Schlafzimmer geschlichen bin und den verdreckten gegen einen sauberen Schlafanzug getauscht habe – und ich denke daran, ihn diesmal nicht in den Wäschekorb zu werfen –, gehe ich zur Balkontür. Auch die ist eigentlich immer abgeschlossen, denn ich will nicht riskieren, dass die Kinder einfach so hinauslaufen. Ich habe schon so einige Horrorstorys von Kindern gehört, die vom Balkon gefallen sind. Deshalb haben wir von Anfang an darauf geachtet, Ella und Alfie klarzumachen, dass sie immer auf ihre Sicherheit achten müssen, und den Schlüssel der Balkontür verstecken wir an einer Stelle, die sie nicht so ohne Weiteres erreichen können. Jetzt strecke ich die Hand aus, nehme den Schlüssel in seinem Versteck vom Haken, öffne die Tür und gehe zum Tisch hinaus.

Die Kamera läuft nicht mehr, aber es sieht so aus, als hätte sie mehrere Stunden Material gesammelt. Als ich den Knopf drücke, um zurückzuspulen, bekomme ich eine Gänsehaut. Es dauert eine gefühlte Ewigkeit, bis das Band wieder zum Stillstand kommt. Das typische Surren weckt Erinnerungen an die Technologie meiner Kindheit. Ich habe Angst nachzusehen, ob die Kamera etwas eingefangen hat. Natürlich hätte ich auch erst vor die Haustür gehen können, um nachzuschauen, ob dort etwas liegt, doch dazu bin ich viel zu aufgeregt. Schließlich klickt es. Okay. Es ist so weit. Der Augenblick der Wahrheit.

Ich nehme die Kamera, setze mich auf einen Balkonstuhl und lege mir das Gerät auf den Schoß. Es wackelt, so sehr zittern meine Beine. Es ist kühl in der frischen, klaren Morgenluft, aber meine Haut ist heiß und feucht. Jeder Muskel ist verspannt. Ich drücke auf ›Play‹ und warte, bis das wackelige, körnige Bild sich aufgebaut hat. Einen Augenblick lang glaube ich, dass das Gerät nichts aufgenommen hat, dass ich nur meine Zeit verschwendet habe, doch dann sehe ich zwei geparkte Fahrzeuge und die lange Einfahrt. Ja! Es hat funktioniert.

Ich schaue mir die Aufnahme ein paar Minuten lang an

und sehe, wie die Zeitanzeige in der Ecke herunterläuft. Schließlich spule ich vor. Es ist äußerst unwahrscheinlich, dass die Person vor Mitternacht erschienen ist. Ich halte die Aufnahme mehrmals an und lasse sie dann weiterlaufen. Gerade will ich aufhören, weil ich glaube, dass Mark oder die Kinder mich hier draußen erwischen werden, wenn ich noch viel länger bleibe. Außerdem ist die Kälte inzwischen durch den Schlafanzug gedrungen, und ich zittere am ganzen Leib.

Doch dann sehe ich einen Schatten auf dem Bildschirm. Er bewegt sich. Ich schaue genauer hin, und mein Herz setzt einen Schlag lang aus.

Die Gestalt ist eine Frau. Das erkenne ich an ihrer Statur und der Art ihrer Bewegungen. Und sie trägt etwas, das ein weißer Pyjama zu sein scheint.

»Oh, nein.« Ich schnappe nach Luft. Ich kann das nicht glauben.

Das bin ich!

Ich habe mich selbst aufgenommen, während ich einen Blackout hatte.

Ich drücke auf ›Stopp‹ und lasse mich auf den Stuhl zurücksinken. Die Enttäuschung raubt mir alle Kraft. Ich habe so sehr darauf gehofft, den jemanden überführen zu können. Mein Atem kondensiert vor mir, während ich immer tiefer atme. Und plötzlich wird mir klar, was das heißt. Meine Blackouts und alles, was ich in dieser Zeit tue, waren stets ein Mysterium für mich. Obwohl man mir ein paar Dinge erzählt hat, so habe ich mich selbst doch nie gesehen. Ich hatte nie irgendeinen Beweis aus erster Hand. Jetzt habe ich zum ersten Mal die Gelegenheit, mich bei einer dieser Episoden selbst zu sehen. Ich beuge mich vor und drücke wieder auf ›Start‹. Das Gesicht nur wenige Zentimeter vom Bildschirm entfernt, starre ich fasziniert auf mein Bild und verfolge meinen Weg von der Hintertür – denn aus dieser Richtung bin ich in den Bereich der Kamera getreten – bis zur Einfahrt. Ich bin überrascht, wie schnell ich mich bewege, bevor ich aus dem Sichtfeld der Kamera verschwinde.

Wo zum Teufel will ich hin?

Ich rutsche auf dem Plastikstuhl herum, um meine Muskeln etwas zu entspannen. Ich warte. Die Uhr auf dem Bildschirm läuft weiter. Zwei Minuten vergehen, dann vier, fünf … Was könnte ich in dieser Zeit alles gemacht haben? Zu Fuß dauert es ungefähr so lange bis ins Dorfzentrum, aber ich bin doch sicher nicht im Schlafanzug durch die Straßen von Coleton Combe gelaufen. Wie peinlich wäre das? Jeder könnte mich sehen und darüber sprechen. Dann wäre ich gezwungen, die Wahrheit zu erzählen und zuzugeben, dass ich schlafwandle. Allein bei dem Gedanken wird mir schon schlecht. Ich habe diese Dinge für mich behalten, seit ich acht Jahre alt war. Nur meine Mutter wusste davon und jetzt Mark. Oh, und nun auch Brett natürlich, wenn ich sein Gespräch mit Mark gestern richtig verstanden habe. Aber es wäre furchtbar, wenn alle davon erführen. Das ganze Dorf würde über mich lachen.

Ich spule weiter vor und sehe schließlich, wie ich wieder zurückkehre. Ich war insgesamt elf Minuten weg, und mir fällt auf, dass ich jetzt langsamer gehe. Und als das Bild ein wenig klarer wird, sehe ich auch, dass ich etwas in den Armen halte.

Mein Herz setzt mehrfach aus. Ich kann es nicht genau erkennen – die Bildqualität ist zu schlecht –, aber ich trage etwas, das schwer zu sein scheint, und das Bündel hebt sich dunkel von meinem hellen Pyjama ab.

Bin *ich* diejenige, die uns die Müllsäcke vor die Tür stellt? Warum um Gottes willen sollte ich mir selbst so etwas antun?

Doch dann sehe ich, dass ich nach links abbiege, und wieder bin ich außer Sicht. Ich glaube nicht, dass ich zu unserer Tür gegangen bin. Es ist jedoch durchaus möglich, dass ich unter den Balkon gegangen bin. Ich spule zurück und schaue noch einmal genauer hin. Es sieht eher so aus, als würde ich neben das Haus gehen … zu den Mülltonnen.

Ich ziehe den Stecker der Kamera, nehme sie und laufe ins Gästezimmer. Dort verstaue ich sie unter der alten Kommode – vor mindestens sechs Jahren hatte ich sie eigentlich restaurieren wollen, als ich ein Hobby gesucht habe und Shabby Chic in Mode war. Dann ziehe ich Sandalen an und schleiche zur Hintertür.

Draußen schaue ich mich erst einmal um, bevor ich zu den Mülltonnen gehe. Ich weiß eigentlich nicht warum. Erwarte ich, dass sich hier jemand aufhält? Jemand, der mich aus einem Versteck heraus beobachtet? Mit einem mulmigen Gefühl im Bauch hebe ich die Deckel der Mülltonnen hoch.

Nichts.

Ich bin verwirrt. Wenn ich das, was ich da getragen habe, nicht in den Müll geworfen habe, wo ist es dann?

Mein Herz schlägt immer schneller. Ich laufe zur Vordertür.

Auf den Stufen liegt ein neuer Müllsack.

Ich erstarre, und die Tränen treten mir in die Augen.

Außer mir hat die Kamera niemanden aufgenommen. Niemand hat sich dem Haus über die Einfahrt genähert. Nur ich. Aber ich war so sicher, dass ich hintenherum gegangen bin. Also wenn nicht ich es war, die die Müllsäcke hier abgestellt hat …

Es muss jemand aus dem Haus gewesen sein.

Um nicht auf Video aufgenommen zu werden, hätte der-

oder diejenige einfach nur die Tür öffnen und den Sack auf die Stufen stellen müssen.

Und die einzige andere Person, die das hätte tun können, ist Mark … oder?

Kapitel 30

DER SCHMETTERLINGSKILLER

Im Kopf des Serienmörders Paul Slater

Laut den Akten – denjenigen zumindest, die die Polizei freigegeben und über deren Inhalt die Medien berichtet haben – war Paul Slaters erstes Opfer Harriet Jennings. Er vergewaltigte sie 1975 und ermordete sie anschließend. Paul berichtete exklusiv für dieses Buch, dass sein kriminelles Verhalten sich schon wesentlich früher manifestierte, und zwar bereits in seiner Kindheit – genauer gesagt 1968, als Paul elf Jahre alt war und sein erstes Opfer erst zehn.

Paul wurde von seiner Mutter großgezogen. Seinen Vater hatte er nie kennengelernt. Stattdessen musste er mitansehen, wie ständig andere Männer bei seiner Mutter ein und aus gingen, denn so verdiente sie ihr Geld. Von seinem fünften Lebensjahr an wurde er in einen Schrank gesperrt, wann immer seine Mutter ihre ›Freunde‹ unterhielt, und mit einer Tracht Prügel bedroht, sollte er auch nur den kleinsten Laut von sich geben.

Im Laufe der Jahre wurde ihm allmählich klar, dass seine Mutter Geschlechtsverkehr mit all diesen Männern gehabt hatte. Er erzählte, dass er sich daran erinnere, sechs Stunden am Stück im Schrank verbracht zu haben, mit nicht mehr als einem Glas Wasser. In dieses Glas musste er auch urinieren. Der Nahrungsmangel und die generelle Vernachlässigung führten zu Problemen in der Schule. Er wurde gemobbt, schlief in der Klasse ein, versagte in jedem Fach und zog sich daraufhin immer mehr in sich zurück. Und in seinem Kopf schmiedete er Pläne, wie er anderen wehtun konnte, nur um selbst auch einmal die Kontrolle zu haben.

Er enthüllte, dass es sich bei seinem ersten Opfer um ein Mädchen aus der Klasse unter ihm handelte. Obwohl sie jünger war, verspottete sie ihn, vermittelte ihm das Gefühl, unzulänglich zu sein. Schließlich beobachtete er, wie sie mit den anderen Jungs flirtete. In den Pausen stand sie stets im Mittelpunkt. Und Paul beobachtete auch, wie sie mit verschiedenen Jungs hinter dem Fahrradschuppen verschwand, um dort mit ihnen zu knutschen. Er wartete wochenlang, bis sie endlich einmal allein nach Hause ging. Er kannte ihren Heimweg, kannte das Feld in der Nähe des verlassenen Steinbruchs. Sie nutzte den Weg als Abkürzung, und Paul wusste, dass er keine bessere Gelegenheit bekommen würde als dort. Mit elf Jahren hatte er seine Mutter schon oft beim Sex mit Fremden gesehen, doch das war nicht das, was er wollte. Er wollte dem Mädchen wehtun.

Paul griff sie von hinten an, sprang ihr in den Rücken und drückte sie zu Boden, mit dem Gesicht direkt in den Dreck. Dann schlug er sie auf den Hinterkopf, bis sie bewusstlos war und sich nicht mehr rührte. Er berichtete mir, wie er sich in diesem Moment fühlte, gab zu, dass er sich stark fühlte, doch er erklärte auch, dass es mehr war als nur das. Das Wichtigste für ihn war, all die aufgestaute Wut loszuwerden, all die Scham und den Schmerz.

Als sein Opfer sich nicht mehr rührte, riss er ihr die Bluse herunter und drehte sie um. Mit den Fingern fuhr er über die glatte Haut am Bauch, und er beschrieb ausführlich das schier unglaubliche Gefühl der Ruhe, das ihn dabei überkam.

Und als wollte er Pauls Gedanken bestätigen, die Schönheit und Gelassenheit dieses Akts, landete ein Schmetterling auf dem Mädchen, und Paul betrachtete ihn wie verzaubert. Dann, ohne wirklich darüber nachzudenken, hob er die Hand und schlug zu, bis der Schmetterling vollkommen flach auf dem Bauch seines Opfers ruhte.

Paul hat erzählt, dass er diesen Moment immer und immer wieder durchlebt hat. Einen solchen Frieden hatte er noch nie empfunden. Alles war vollkommen still … genau wie der Schmetterling und das Mädchen.

Natürlich wissen wir, dass dieses Opfer den Angriff niemals angezeigt hat. Auch hat Paul Slater ihr nie wieder etwas angetan. Ganz anders als bei seinen späteren Opfern.

Denn – so viel kann ich heute exklusiv enthüllen – dieses Opfer war Claire Woods.

Und fünfzehn Jahre später wurde sie Pauls Frau.

Kapitel 31

JENNY

Nachdem ich mir den Müllsack geschnappt habe, marschiere ich zur Mülltonne, ohne mir den Inhalt anzusehen. Ich werfe das Ding einfach rein und knalle den Deckel mit aller Kraft zu. Natürlich könnte das die anderen im Haus wecken, doch das ist mir egal. Nachdem ich mich selbst auf dem Video gesehen habe, herrscht Chaos in meinem Kopf. Ich war so sehr erpicht darauf, die verabscheuungswürdige Person zu finden und auf Film festzuhalten, die mir das antut, dass ich überhaupt nicht daran gedacht habe, dass auch ich auf dem Video landen könnte. Und definitiv habe ich nicht einen einzigen Gedanken daran verschwendet, dass es Mark gewesen sein könnte, der mir die makabren Pakete vor die Tür gelegt hat. Ein Brennen breitet sich in meinem Magen aus, als ich darüber nachdenke, was das bedeuten könnte.

Ich bin nicht leise, als ich wieder in unser Schlafzimmer zurückkehre und ins Badezimmer stapfe. Laut klappere ich herum, reiße die Tür der Dusche auf, schalte wütend das Wasser an, schnappe mir nacheinander Duschgel, Shampoo und Conditioner und knalle sie wieder hin. Ich schnaube laut, und als ich fertig bin, stürme ich aus dem Badezimmer und werfe die Tür hinter mir zu.

Mark ist nicht im Bett, und das soll mir nur recht sein. So sieht er meinen kindischen Trotzanfall wenigstens nicht. Oder vielleicht hat er gerade deswegen das Schlafzimmer bereits verlassen. Ich bleibe in jedem Fall und suhle mich zwanzig Minuten lang in Selbstmitleid, bis der Frust förmlich aus meinem Körper sickert und ich mich wieder beruhige – oder zumindest beruhige ich mich so weit, dass ich den Tag überstehen kann.

Wenn ich keinen Notdienst in der Praxis habe, sind die Samstage der Familie vorbehalten. Schwimmen, Freizeitparks, Radfahren … Das sind unsere typischen Aktivitäten.

Aber offenbar nicht heute.

Mark liegt auf dem Sofa, die Arme hinter dem Kopf verschränkt. Seine Füße baumeln über der Lehne, und er schaut sich eine Sportübertragung an. An den Kindern bin ich auf meinem Weg die Treppe runter vorbeigekommen. Beide sind in ihren Zimmern. Alfie spielt mit seinen Hot Wheels Autos, und Ella ist in ein Buch vertieft. Ich bin verwirrt. Ich fühle mich vollkommen losgelöst, als stünde ich am Rand einer Klippe.

Mark hört mich nicht näher kommen. Also nehme ich mir einen Moment, bevor ich mich ankündige, lehne mich an den Türrahmen und beobachte ihn. Seit der Sache mit Olivia ist all meine Unsicherheit wieder zurückgekehrt. Und dann haben die Schnatternden Schulgänse gestern auch noch Öl ins Feuer gegossen, als sie mir Marks Verhalten am Abend zuvor unter die Nase gerieben haben. Ich hatte das Gefühl, sie würden mich verspotten. Mich lächerlich machen. Aber ich bin eine starke, erfolgreiche Frau. Ich lasse mich nicht so einfach zum Narren halten. Doch als ich Mark jetzt so anschaue und mir überlege, dass er mir wahrscheinlich die Müllsäcke vor die Tür stellt, da wird mir klar, dass er genau dasselbe tut: Er hält mich zum Narren.

Aber warum?

Vielleicht will er mich ja verlassen. Für Olivia. Was, wenn sie beide eine feste Beziehung wollen und nicht nur eine flüchtige Affäre? In meinem verdrehten Kopf ergibt das plötzlich Sinn. Sie haben gemeinsam einen Plan geschmiedet. Wenn sie mir Olivias Entführung in die Schuhe schieben, mich aus dem Spiel nehmen, dann können sie ungestört zusammen sein. Und tatsächlich könnte dieser Plan auch aufgehen. Seien wir ehrlich: Im echten Leben sind schon bizarrere Dinge passiert. Aber natürlich müsste sie dann auch irgendwann ›gefunden‹ werden, und dann wäre ich wieder vom Haken. Also würde es schlussendlich auch nicht funktionieren.

Es sei denn, sie würden zusammen verschwinden: neue Namen, neue Identitäten, neue Leben. Bei mir lief das genauso. Es ist also machbar. Aber damals hatte ich auch noch keine Kinder. Da war es wesentlich einfacher, neu anzufangen. Ella und Alfie durchs Land zu schleppen, wäre weit schwieriger gewesen. Und Mark würde die Kinder nie verlassen. Nie, nicht, niemals. Darauf würde ich mein Leben verwetten.

Ich zwinge diese paranoiden Theorien aus meinem Kopf, betrete das Wohnzimmer und beuge mich vor, um Mark auf die Stirn zu küssen. Erschrocken zuckt er zusammen.

»Ich habe gar nicht gehört, wie du reingekommen bist.« Er schwingt die Beine vom Sofa und setzt sich auf. »Guten Morgen.«

»Hey«, sage ich. »Willst du heute nicht raus?«

»Willst *du*? Ich habe angenommen … Du weißt schon … Wegen der Sache …« Er schaut mich verlegen an. Gott, können wir jetzt noch nicht einmal mehr ihren Namen aussprechen? Ist sie jetzt nur noch ›die Sache‹?

»Es könnte uns ein wenig ablenken. Um ehrlich zu sein, würde ich gerne mal raus aus dem Dorf. Hier bekomme ich

Platzangst. Jeden Tag wimmelt es hier nur so von Polizei und Medienvertretern. Das ist wie in einer Seifenopfer.«

»Ja, da hast du wohl recht. Wie wäre es, wenn wir die Fahrräder rausholen und in den Haldon Forest fahren?«

Da ist nicht der Hauch von Sorge in seiner Stimme oder auf seinem Gesicht. Sollte Mark wirklich derjenige sein, der heute Morgen den Müllsack abgestellt hat – und auch an den anderen Tagen –, dann müsste mir doch etwas an seiner Körpersprache auffallen … oder? Müsste ich ihm dann nicht das schlechte Gewissen an den Augen ablesen können? Ich bin sicher, dass genau das letztes Jahr der Fall war, als die Affäre rausgekommen ist und ich überzeugt war, dass er mich sofort verlassen würde. Dann hat er tagelang versucht, mir deutlich zu machen, dass er nicht die geringste Absicht hätte, mich zu verlassen, und dass das mit Olivia nur eine einmalige Sache gewesen wäre. Irgendwann habe ich ihm geglaubt. Zumindest oberflächlich betrachtet. Tief in meinem Inneren wird mir allmählich klar, dass das Misstrauen und die Zweifel geblieben sind, und obwohl er es nie wirklich zugegeben hat – oder sie –, bin ich sicher, dass es mehr als nur ein One-Night-Stand war. Ich denke, er hat so verzweifelt versucht, mich davon zu überzeugen, dass es nichts Ernstes war, dass er es irgendwann selbst geglaubt hat.

»Klar«, sage ich. »Ich platze zwar nicht gerade vor Energie, aber wenn wir eine leichte Strecke nehmen …« ›Nicht vor Energie platzen‹ ist maßlos untertrieben. Ich pfeife aus dem letzten Loch. Tatsächlich ist das schon seit Jahren mein Normalzustand. Die Schlaflosigkeit ist mörderisch. Kein Wunder, dass man Schlafentzug als Foltermethode einsetzt.

Mark steht auf. »Ich hole die Fahrräder aus der Garage und lade sie auf den Wagen. Kannst du die Kinder fertig machen? Frühstücken können wir ja auf dem Weg.«

Ich schaue ihm hinterher. Dann laufe ich die Treppe rauf und rufe den Kindern zu, sie sollen in fünf Minuten fertig sein. Alfie und Ella freuen sich schon auf ein Frühstück bei McDonald's, aber ich würde lieber meine eigenen Zehennägel essen als diesen Dreck. Also schlage ich vor, stattdessen etwas aus dem kleinen Laden am Wald zu holen, doch das ruft nur Enttäuschung hervor. Egal ... Wenn wir erst einmal im Wagen sind, kommen sie schon darüber hinweg.

Innerhalb von zehn Minuten sitzen wir alle im Auto und sind angeschnallt. Auf meine Bitte hin fährt Mark. Ich hasse es, wenn das Dach von vorne bis hinten beladen ist. Ich kann dann nie abschätzen, wie hoch der Wagen wirklich ist, und ich habe Angst, dass wir bei einer Windbö im Graben landen könnten. Tatsächlich ist mir das schon mal passiert, und bis heute zieht Mark mich damit auf.

»Wir müssen auch noch tanken«, sagt er und biegt in eine Texaco-Tankstelle ein. »Mommy hat ihn wieder leergefahren.« Er lächelt mich an. Ich beuge mich zu ihm, um einen Blick auf die Anzeige zu werfen. Ich schwöre, dass der Tank noch ein Viertel voll war. Schließlich fahre ich nie weit, weshalb ich beim letzten Mal auch nur für zwanzig Pfund getankt habe.

»Das ist komisch«, sage ich. »Hast du meinen Wagen benutzt?«

»Äh ... Wie denn? Du bist damit doch jeden Tag in die Praxis gefahren.«

»Ach ja.« Ich runzele die Stirn und steige aus. »Möchtet ihr zwei was zu trinken von hier?«, frage ich durchs Fenster. Alfie und Ella schütteln die Köpfe. Also merke ich mir die Nummer der Zapfsäule und gehe rein, um zu bezahlen, sobald Mark fertig ist.

»Guten Morgen, Jennifer«, sagt Kam, als ich den Tresen erreiche. Ich habe schon oft versucht, ihn dazu zu bringen, dass er mich Jen oder Jenny nennt, ohne Erfolg. Aber wenigstens nennt er mich inzwischen nicht mehr Mrs Johnson.

»Hi! Alles gut?« Ich stelle mich an die Kasse und schaue zu Mark hinaus, der noch Benzin zapft.

»Geht so. Sie wissen schon. Es gibt gute und es gibt schlechte Tage«, antwortet Kam. Sein Blick ist traurig, und ich will nicht weiter nachhaken. Ich weiß, dass er und seine Frau schon seit Jahren kaum über die Runden kommen. Der Benzinpreis, die Konkurrenz an den Supermärkten … All das setzt sie schwer unter Druck. »Nyras Mutter ist krank, und sie verbringt immer mehr Zeit bei ihr, um ihr zu helfen. Ich glaube, meine Schwiegermutter wird zu uns ziehen müssen. Das ist natürlich nicht ideal, da wir ja über der Werkstatt wohnen. Für eine ältere Dame, die sich nicht mehr so gut bewegen kann, ist das einfach nichts.«

»Oh, Kam … Tut mir leid, das zu hören. Vielleicht können die Behörden ja helfen.«

»Das dauert alles viel zu lang. Allein der Papierkram …« Er schüttelt den Kopf.

Ich höre das ›Pling‹, das mir verrät, dass Mark den Tank gefüllt hat. »Und? Wie viel kostet mich mein Mann?« Ich lache, doch das Lachen bleibt mir im Hals stecken, als ich sehe, wie eine Frau zu Mark tritt. Kam folgt meinem Blick und reißt die Augen auf.

»Diese Frau spricht mit jedem meiner Kunden«, sagt er.

»Warum?«

»Ich glaube, sie ist eine Reporterin. Sie versucht, etwas zu Olivia herauszufinden.«

Mir wird eiskalt. »Wirklich? Können Sie ihr nicht einfach sagen, sie soll gehen?«

Kam zuckt mit den Schultern. »Sie ist wenigstens allein, nicht wie in den Läden im Dorf. Da wimmelt es nur so von denen.«

»Das ist ja furchtbar. Olivias Leben ist plötzlich eine öffentliche Angelegenheit.«

»In der Tat. Aber ich nehme an, auf diese Weise werden sie auch ein paar nützliche Informationen finden, die sie auf die richtige Spur bringen – auf Olivias und die des Monsters, das sie entführt hat.«

»Hat die Polizei schon irgendetwas Neues bekannt gegeben? Glauben Sie, die haben schon eine Spur?«

»Na ja, Ihre Angestellte war heute Morgen hier. Nisha. Und die hat gesagt, sie habe die Polizei bei Mrs Brewer gesehen. Sie waren zu zweit.« Kams Stimme nimmt einen neuen Tonfall an. Er klingt fast aufgeregt, und mir wird klar, dass er genauso zum Tratschen neigt wie fast alle anderen im Dorf auch.

»Bei Caroline Brewer?«

»Ja. Die mit der Kamera vor dem Haus. Und es sah wohl so aus, als wäre das nicht einer dieser anderen flüchtigen Besuche gewesen, die sie sonst im Dorf machen. Sie gingen tatsächlich rein.«

Ich muss das erst einmal verarbeiten. Das sind echte Neuigkeiten. Bis jetzt ist die Polizei einfach nur von Tür zu Tür gegangen, und das war's. Sie haben ihre Handvoll Fragen immer nur draußen gestellt. Wenn sie jetzt bei Mrs Brewer reingegangen sind, dann aus gutem Grund. Sicher wollten sie ihre Kameraaufnahmen sehen.

»Alles okay, Jen?« Marks Stimme reißt mich aus meinen Gedanken.

»Was? Jaja. Tut mir leid. Ich habe nur ein wenig mit Kam geplaudert. Bezahlt habe ich schon.«

»Dann sollten wir jetzt besser los«, sagt Mark. »Moment … Ich hole noch schnell ein paar Flaschen Wasser.«

Ich verabschiede mich von Kam und gehe. Dabei achte ich sorgfältig darauf, nicht zu der Journalistin zu schauen, die mich aufmerksam beobachtet. Da bin ich mir sicher. Sie sollte besser nicht zu mir kommen. Ich laufe zum Wagen und steige ein. Rasch schließe ich die Tür und drehe mich zu den Kindern um. Wenn die Frau eine Kamera hat, dann möchte ich nicht, dass sie mein Gesicht aufnimmt. Nicht, dass sie einen Grund hätte, uns zu fotografieren, aber sicher ist sicher. Mark steigt ebenfalls ein und gibt mir die Flasche. Ich beuge mich vor, um sie im Fußraum zu verstauen. Außerdem bleibe ich so außer Sicht. Ich warte, bis Mark vom Hof gefahren ist; dann richte ich mich wieder auf und frage ihn, was die Journalistin gewollt hat.

»Ach, das Übliche … Du weißt schon.«

»Nein, das weiß ich eben nicht, Mark. Und ›üblich‹ ist so etwas hier ganz und gar nicht.«

»Sie hat gefragt, ob ich Olivia gekannt habe …«

»Und was hast du gesagt?«

Mark wirft mir einen vernichtenden Blick zu. »Wenn du mich zu Ende reden lassen würdest …«

»Entschuldige. Bitte, sprich weiter.«

»Ich habe ihr gesagt, dass ich sie kenne und dass wir in der Vergangenheit ein-, zweimal miteinander gesprochen haben.«

»Warum hast du ihr das gesagt? Bist du dumm, oder was?«, zische ich.

»Beruhige dich, Jenny.« Mark schaut mich aus den Augenwinkeln heraus an. Dann wirft er einen Blick in den Rückspiegel, ohne Zweifel, um zu sehen, ob die Kids etwas mitbekommen. Er hasst es, sich vor ihnen mit mir zu streiten. Mir geht es genauso.

»Du hättest überhaupt nichts sagen sollen. Kein einziges Wort«, fahre ich ihn an. Dann schalte ich wieder in den Mommy-Modus und stimme den Song der Johnson-Familie an, den wir immer auf der Fahrt singen, um die Stimmung zu heben.

Aber innerlich schreie ich.

Diese Ratten machen aus den kleinsten Informationsfetzen eine Exklusivstory. Und Mark hat dieser Tussi freiwillig so einen Fetzen gegeben. Das reicht, damit sie weitergräbt. Wenn er schon etwas sagen musste, dann hätte er ihr erklären sollen, er habe Olivia nicht gekannt. Aber so ... Und dann bin ich der Frau auch noch gezielt ausgewichen und habe mein Gesicht weggedreht. Da müssen doch die Alarmglocken klingeln. Erfahrene Reporter sind intuitiv. Sie haben in ihrem Leben schon alles gesehen, was das menschliche Verhalten zu bieten hat. Und jetzt wird sie das, was Mark gesagt hat – stellvertretend auch für mich – nutzen, um es ganz beiläufig in die Gespräche mit den anderen armen Seelen einfließen zu lassen, die ihr hier an der Tankstelle in die Fänge geraten.

Und bevor wir uns versehen, wird sie von meinem Streit mit Olivia hören, und dann werden sowohl die Presse als auch die Polizei wissen, dass sowohl ich als auch Mark ein Motiv hatten, Olivia etwas anzutun.

Kapitel 32

JENNY

Auf dem Parkplatz von Haldon Forest ist wie immer viel los, aber die Fahrradstrecke, die wir uns ausgesucht haben, ist die leichteste und am wenigsten befahren. Mark übernimmt die Führung; dann folgen Ella und Alfie, und ich bilde die Nachhut. Irgendwann haben wir festgestellt, dass das die sicherste Formation ist, denn ich bin nicht nur langsamer als Mark, sondern auch aufmerksamer. Ich sehe bereits, ob jemand stürzt, bevor er fällt. Wir verhalten uns beide, als wäre dieser Ausflug nichts anders als der Familientrip letzte Woche, auch wenn wir beide wissen, dass dem nicht so ist.

Vor dem Blackout Dienstagnacht, bevor ich von Olivias Entführung erfahren habe, hatte unser Leben einfach seinen Lauf genommen. Ja, es war alles andere als perfekt, besonders nicht nach dem ›Schlagloch‹ – wie ich es gerne nenne – auf dem Weg im letzten Jahr. Aber ich hatte wirklich das Gefühl, wir würden darüber hinwegkommen. Es bestand durchaus die Hoffnung, dass wir unsere Ehe wieder auf ein solides Fundament stellen und dass ich mein Vertrauen in Mark zurückgewinnen kann. Jetzt bin ich mir jedoch nicht mehr so sicher, ob Mark dieses Vertrauen auch verdient hat. Ich stelle immer mehr infrage, wie es jetzt weitergehen soll. Ein Leben ohne Mark ist zwar unvorstellbar, aber ich weiß nicht, ob unsere Beziehung das überleben kann. Werden wir es als Paar schaffen?

Ich starre auf Marks Rücken dort vorne. Ich beobachte, wie

seine muskulösen Beine arbeiten, und der Gedanke von früher an diesem Tag kehrt wieder zurück. Wenn auf dem Video nicht zu sehen war, wie jemand einen Müllsack gebracht hat, ich aber trotzdem einen gefunden habe, dann *muss* ich daraus schließen, dass Mark ihn vor die Tür gestellt hat.

Seit die Lügen meiner Mutter ans Licht gekommen sind und wie sie und mein Vater mich hintergangen haben, fällt es mir ohnehin schwer, anderen zu vertrauen. Nachdem ich Mark kennengelernt hatte, habe ich mein Vertrauen aufgebaut wie ein Streichholzhaus. Vorsichtig, ganz vorsichtig habe ich ein Stöckchen auf das andere gestapelt, bis mein Haus fast fertig war, nur das Dach war noch nicht vollendet. Dann, letztes Jahr, ist auch noch das Gebäude beschädigt worden, und jetzt regnet es herein.

Es gibt jedoch keinen Beweis dafür – jedenfalls noch nicht –, dass ich die letzten Streichhölzer nicht doch noch bekommen werde, um das Dach zu reparieren. Das Einzige, was mich davon abhält, es wirklich zu vollenden, bin ich selbst. Ja, Mark hat einen Fehler begangen. Er hat unser glückliches Familienleben für etwas riskiert, das er ein Versehen genannt hat, einen Ausrutscher. Aber er hat es zugegeben. Er hat sich einer schwierigen Situation gestellt, und jetzt sollte ich das auch tun. Meine Vergangenheit verhindert, dass ich Mark genug vertraue, um ihm zu sagen, was ich ihm schon vor unserer Hochzeit hätte sagen sollen. Ich lasse zu, dass die Tatsache mein Leben bestimmt, dass ich die Tochter eines Mörders bin. Nach mehr als zwanzig Jahren, in denen ich mir ein Leben aufgebaut habe, eine Karriere und eine Familie, bin ich schwach und unterwürfig. Aber wenn ich Mark die Wahrheit sage, dann werde ich meinen Eltern die Kontrolle wieder entreißen, zumindest subjektiv betrachtet.

Doch um über dieses neue Schlagloch fahren zu können, muss ich es ein für alle Mal einebnen.

Der Wald wird dichter. Der Wind rauscht in den Bäumen, und Laub rieselt zu Boden. Langsam schweben die Blätter um uns herum, während wir durch sie hindurchfahren, und ich schaue nach oben und atme die frische Luft ein. Ich fühle mich genauso leicht wie dieses Laub. Es ist, als wäre mir eine furchtbare Last von den Schultern gefallen. Es ist an der Zeit, den Lügen ein Ende zu bereiten und das Narrativ zu ändern. Heute Abend werde ich Mark alles beichten.

Mark hat mir einmal gesagt, sollte ich fallen, würde er mich auffangen. Und wider alle Erwartung hoffe ich, dass er genau das jetzt tun wird.

*

Zwei Stunden nach unserer Radtour durch den Wald sind wir wieder zu Hause und ich habe allen Essen gemacht, die Kinder gebadet und sie ins Bett gebracht. Mein Plan, ist sicherzustellen, dass sie schlafen; dann werde ich Mark und mir ein Glas Wein eingießen, mich zu ihm setzen und ihm sagen, dass ich ihm etwas Wichtiges zu sagen habe. Mir wird schlecht. Was, wenn mir das um die Ohren fliegt? Ich erwarte von ihm, dass er mich versteht, dass er mich unterstützt und liebt, auch wenn ich ihn elf Jahre lang getäuscht habe. Und das, nachdem ich so eine große Sache daraus gemacht habe, dass er mich letztes Jahr hintergangen hat. Aber natürlich habe ich keine Ahnung, wie er reagieren wird, wenn ich ihm sage, dass mein Vater ein Serienmörder ist. Das macht nicht nur unser Ehegelübde zur Farce, sondern auch unser ganzes gemeinsames Leben bis zu diesem Punkt. Vermutlich wird er wütend sein, vor allem angesichts der Tatsache, wie ich ihn nach seiner Nacht mit Olivia behandelt habe.

Vielleicht werde ich jetzt den größten Fehler meines Lebens begehen. Na ja, den zweitgrößten … Der größte war, ihm das nicht schon längst gestanden zu haben.

Ich lecke mir die Lippen. Sie sind trocken und rissig. Ich muss erst etwas trinken, um den Mut aufzubringen, das durchzuziehen. Ich höre Mark die Treppe herunterkommen. Wie jeden Abend hat er nach Alfie und Ella gesehen und ihnen einen Gutenachtkuss gegeben. Ich laufe in die Küche, öffne den Kühlschrank und trinke den Wein direkt aus der Flasche. Dann fülle ich zwei große Gläser. Schließlich leere ich meins sicherheitshalber zur Hälfte und fülle es wieder auf, bevor ich die Gläser ins Wohnzimmer bringe und sie auf den weißen, polierten Kaffeetisch stelle. Die Flüssigkeit schwappt hin und her, so sehr zittern meine Hände.

Mark schaut zu mir herauf und kneift die Augen zusammen. »Was willst du denn damit?«

»Wir haben doch Wochenende«, antworte ich. Mein Puls rast. Ich spüre ihn in meinem Hals.

Jetzt! Tu es! Jetzt!

Ich schnappe mir mein Glas und trinke einen weiteren kräftigen Schluck.

»Jen …« Marks Stimme ist voller Sorge. »Was ist denn los?«

»Ich muss dir etwas sagen«, erkläre ich. Meine Brust hebt und senkt sich. Mein Atem ist flach.

Mark beugt sich vor. Er erkennt sofort, wie ernst es ist. »Okay. Ich höre.« Er wirkt ruhig, aber ich weiß, dass er genauso viel Angst hat wie ich. Nur weiß er noch nicht, warum. Ich stelle mein Glas wieder auf den Tisch und halte es dabei so fest, dass ich Angst habe, es zu zerbrechen.

Ich atme tief durch.

Ein dreimaliges lautes Klopfen an der Haustür lässt mich innehalten. Eine Sekunde lang starren wir beide uns an. Dann klopft es erneut und ich springe auf, das Blut rauscht in meinen Kopf und mit ihm der Alkohol. Mark streckt die Hand aus, damit ich nicht das Gleichgewicht verliere.

»Ich gehe schon«, sagt er.

»Nein, nein. Schon in Ordnung. Bleib du hier. Ich werde abwimmeln, wen auch immer ich antreffe.« Ich will nicht, dass Mark sich bewegt. Ich muss so schnell wie möglich weiter mit ihm reden, bevor ich wieder dichtmache.

Ich öffne die Haustür in der festen Absicht, den oder die Besucher rasch wieder loszuwerden.

Zwei Polizeibeamte stehen dort nebeneinander, in den Händen Klemmbretter, und in nur einem Augenblick zieht mein ganzes bisheriges Leben an meinem geistigen Auge vorbei. Es ist meine Vergangenheit als schneller Film, wie ein Instagram Reel im Kopf.

»Hi. Kann ich Ihnen behilflich sein?« Meine Stimme klingt angespannt. Ich lalle leicht, aber ich schaue den beiden in die Augen.

»Ja. Bitte, entschuldigen Sie die Störung, äh …« Der jüngere Mann schaut auf sein Klemmbrett und hebt dann wieder den Blick. »Mrs Jennifer Johnson?«

Ich schlucke, bevor ich das bestätige, und ich warte, was er zu sagen hat.

»Ist Ihnen bekannt, dass am Dienstagabend gegen 23:45 Uhr eine Frau – Olivia Edwards – auf der Slade Lane entführt worden ist?«

Als gäbe es auch nur einen einzigen Menschen im Dorf, der das nicht weiß. »Ja, das ist mir bekannt«, bestätige ich dann auch und füge hinzu: »Allein der Gedanke ist schon schrecklich, dass so etwas in Coleton Combe passieren kann.« Das ist die Wahrheit. Ich hätte mir nie träumen lassen, dass dieses friedliche, schrullige Dorf der Schauplatz eines solchen Verbrechens sein könnte.

»Schock und Unglaube sind die häufigsten Reaktionen, mit denen wir in der Gemeinde konfrontiert waren. Aber jeder arbeitet mit uns zusammen, damit wir Olivia wohlauf und gesund finden und die Person zur Rechenschaft ziehen können, die für all das verantwortlich ist.«

»Natürlich«, sage ich und nicke. Die Worte des Beamten klingen wie auswendig gelernt, aber ich nehme an, das ist auch das hundertste Mal, dass er sie sagt.

»Jen?«, höre ich Mark durch den Flur rufen.

»Bitte, entschuldigen Sie«, sage ich zu dem Beamten. Ich drehe mich um und rufe Mark zu, dass ich mit der Polizei spreche. »Ich mach das schon.« Mit einem schwachen Lächeln schaue ich die Beamten an, während ich höre, dass Mark sich hinter mir nähert. Mir fällt auf, dass die Beamten mir weder ihre Ausweise gezeigt noch ihre Namen genannt haben. Und sie sind zu zweit. Dabei weiß ich von anderen, dass immer nur ein Beamter von Tür zu Tür geht. Kam hat allerdings vorhin erwähnt, dass zwei Beamte ins Haus von Caroline Brewer gegangen sind, aber das war das erste Mal, dass ich von so etwas gehört habe.

Ich nehme also an, dass die Beamten aus einem guten Grund hier sind. Sie wollen uns nicht einfach die paar Fragen stellen, die sie auch allen anderen gestellt haben. Sie sind auf der Suche nach einer ganz spezifischen Information.

Scheiße. Ich wette, das war dieses Journalistenweib von der Tankstelle. Hatte ich recht mit dem, was als Nächstes passieren würde? Die Polizei ist hier, weil die Frau herausgefunden hat, dass ich einen Streit mit Olivia hatte. Sie weiß von Marks Affäre, und jetzt hat sie diese Info an die Ermittler weitergegeben. Meine Angst ist Realität geworden. Die Polizisten sind hier, weil sie glauben, dass ich ein Motiv gehabt habe, Olivia zu entführen.

Kapitel 33

MARK

Seit Olivias Entführung habe ich damit gerechnet. Die Nachbarschaftsbefragungen sind schon länger *das* Thema im Dorf, und jetzt sind wir dran. Sie haben sich Zeit gelassen, bis sie zu unserem Haus gekommen sind, denn wir wohnen ein wenig weiter weg vom Dorfzentrum – von der Stelle, wo Olivia zum letzten Mal gesehen worden ist. Wenn es stimmt, was ich gehört habe, stellen die Beamten in jedem Haus dieselben, allgemeinen Fragen. So geht die Polizei in solch einem Fall immer vor. Trotzdem bin ich nervös. Ich will, dass das vorbei ist. Unter anderem auch, weil Jen angetrunken ist. Ich muss sicherstellen, dass ich das Reden übernehme.

Zu Anfang sind die Fragen recht simpel. Die Beamten wollen wissen, wer wir sind, wie lange wir hier schon leben und wer genau hier alles wohnt. Dann fragen sie, was wir in der Nacht von Olivias Verschwinden gemacht haben. Haben wir vielleicht etwas Ungewöhnliches bemerkt? Am Tag zuvor oder an dem Tag selbst? Tatsächlich gelingt es mir meist zu antworten. Jen sagt nur mal Ja oder Nein. Oder sie nickt, wenn ich was sage. Doch dann ändert sich der Fokus der Fragen. Die Beamten wenden sich direkt an Jen und verhindern aktiv, dass ich mich einmische.

»Und sind Sie sicher, dass Sie das Haus abends oder später in der Nacht nicht noch mal verlassen haben? Für einen Besuch im Laden vielleicht oder für einen Spaziergang?«

»Ich bin sicher«, antwortet sie.

»Gilt das für sie beide?« Der Polizist blickt von Jen zu mir.

»Seit wir von der Arbeit gekommen sind, waren wir hier, den ganzen Abend und die ganze Nacht. Erst am nächsten Morgen sind wir wieder rausgegangen«, erkläre ich selbstbewusst.

Doch die nächste Frage raubt mir den Atem.

»Waren Sie je im Haus von Olivia Edwards, Mrs Johnson?«

Oh, nein! Warum fragen sie das? Ich weiß, dass das nicht zum üblichen Fragenkatalog gehört, denn bis jetzt hat der andere Bulle immer alles auf seinem Klemmbrett abgehakt. Da gibt es keine weiteren Kästchen mehr. Diese Frage hat der Mann gestellt, der offenbar der Vorgesetzte ist. Jetzt hält er seinen Stift in der Hand und wartet auf Jens Antwort. Ich fühle ihr Zögern, und ich schwöre, ich fühle auch, wie sich ihre Muskeln verspannen. Letztes Jahr hat sie Olivia besucht. Sie hat vor Wut gekocht und gesagt, Olivia habe mich ihr weggenommen, und sie hat sie mit einer Flut von Schimpfworten eingedeckt. Oder zumindest hat Olivia mir das später so erzählt. Jen hat nie etwas dazu gesagt.

»Ein Mal, glaube ich. Irgendwann letztes Jahr«, antwortet sie vage. Zum Glück hat sie nicht gelogen. Ich bin sicher, das wussten die Beamten bereits.

»In letzter Zeit aber nicht? Sind Sie sicher?«

Es folgt eine längere Pause, in der Jen so tut, als müsste sie nachdenken.

»Ich glaube nicht«, sagt sie schließlich. »Manchmal komme ich auf dem Weg zur Schule bei ihr vorbei. Unsere Kinder, Ella und …«

»… Alfie. Ja, wir wissen, dass Ihre Kinder hier auf die Schule gehen.«

Dümmlich klappe ich den Mund auf. Ich bin überrascht.

Erstens, weil die Beamten offenbar ihre Hausaufgaben gemacht haben. Sicher haben sie nicht den Hintergrund jeder Familie überprüft. Warum bei uns? Und zweitens, warum hat Jen gesagt, sie würde mit den Kindern *gehen*? Ich kann mich nicht erinnern, wann sie das letzte Mal zu Fuß gegangen sind. Sie fährt die Kids eigentlich immer, denn sonst würde sie zu spät zur Arbeit kommen.

»Okay. Vielen Dank für Ihre Zusammenarbeit. Wir bleiben in Verbindung.«

Und noch einmal … Ich bin sicher, dass sie das nicht in jedem Haus sagen.

Sie wissen etwas.

*

Jen stürmt sofort ins Wohnzimmer zurück, nachdem ich die Polizisten hinausgelassen habe. Ich lege meinen Kopf gegen das Holz der Tür, um mich zu sammeln. Ich habe Jens Aussage bestätigt, dass sie die ganze Nacht im Bett gewesen wäre, obwohl ich weiß, dass das nicht stimmt. Ich habe ihren verdreckten Schlafanzug gefunden. Sie hatte einen Blackout und war eindeutig draußen. Ihr Ehering lag auf dem Boden. Und jetzt, nachdem die Polizei gefragt hat, ob sie am Abend von Olivias Verschwinden draußen gewesen und ob sie je in Olivias Haus gewesen wäre, da klingeln bei mir die Alarmglocken. Es deutet einfach alles auf Ärger hin.

Und was wollte Jen mir erzählen? In jedem Fall war es etwas Ernstes. Ich habe gesehen, wie sie den Wein heruntergekippt hat, noch bevor sie überhaupt begonnen hatte. Und das heißt, worum auch immer es geht, es ist schlimm. Sie hat *Angst*, es mir zu sagen.

»Kommst du wieder rein?«, ruft Jen.

Ich will nicht. Je länger ich dieses Gespräch hinauszögern kann – vorzugsweise für immer –, desto länger kann ich auch die Fakten aus meinem Kopf fernhalten. Wer mich kennt, sagt oft, wie gelassen ich doch sei, doch um ehrlich zu sein, bin ich einfach nur feige. Problemen aus dem Weg zu gehen, hat für mich schon immer funktioniert. Das kann ich gut. Warum sollte ich das jetzt ändern?

Dabei ist es genau dieses Denken, was uns an diesen Punkt geführt hat. Genauer gesagt: Dieses Denken hat dafür gesorgt, dass ich inzwischen an meiner eigenen Frau zweifele. Hätte ich mich den Tatsachen früher gestellt, hätte ich sie wegen bestimmter Ereignisse zur Rede gestellt, dann wäre mir jetzt einiges klarer, was Jen angeht. Aber nein. Ich habe nicht eine einzige der Fragen gestellt, die ich hätte stellen müssen. Warum hat sie ihren Heimatort verlassen und ist nie wieder zurückgekehrt? Warum besucht sie ihre Eltern nie? Warum hat sie solche Albträume? Nicht ein einziges Mal habe ich das Gespräch gesucht. Einfach, weil es leichter für mich war.

Aber jetzt kann ich nicht mehr ignorieren, was hier passiert. Ich kann nicht ignorieren, was die Polizisten angedeutet haben, und wenn ich angesichts des Blackouts eins und eins zusammenzähle, dann ist das Ergebnis fürchterlich. Ich erinnere mich an ein Ereignis im letzten Jahr: Jen im Pyjama und in Olivias Garten. Sie hat einen Stein in der Hand und starrt durchs Fenster. Ich kneife die Augen zusammen, um das Bild auszublenden. Und dann ist da ein weiteres, verstümmeltes Tier in der Mülltonne. Warum hat sie mir nichts davon erzählt? Angewidert von meinem Fund, habe ich das arme Ding einfach unter all dem anderen Müll begraben, und seitdem habe ich darauf gewartet, dass sie mir erklärt wie und warum.

Nichts. Noch nicht einmal ein Flüstern. Jen verhält sich einfach nur seltsam, und jetzt glaube ich auch den Grund dafür zu kennen: Sie hat Angst vor dem, was sie bei ihren Blackouts tut.

Hat meine Frau Olivia entführt?

Das ist eine Frage, die ich nicht länger aus meinem Kopf verdrängen kann. Ich muss mich ihr stellen, mit ihr umgehen. Das Wichtigste ist jetzt, meine Familie zu beschützen, sie zusammenzuhalten, auch wenn ich meine Frau verdächtige, einem anderen Menschen etwas angetan zu haben … Oder ist es vielleicht eher so, dass ich meine Kinder vor ihr beschützen muss?

Jen ruft wieder meinen Namen und erscheint dann neben mir. Sie legt mir die Hand auf die Schulter, aber ich drehe mich nicht um.

»Mark … Alles okay?«

»Nicht wirklich. Nein.«

Sie lehnt sich an meinen Rücken. Die Wärme ihres Körpers ist mir wohlvertraut und spendet mir ein wenig Trost. Sie schlingt die Arme um meine Hüfte und verschränkt die Finger auf meinem Bauch. Ich greife nach unten und lege meine Hände auf ihre. Ich liebe Jen von ganzem Herzen. Wie kann ich nur glauben, dass diese liebe, liebende Frau eines solchen verabscheuungswürdigen Verbrechens fähig ist? Verdreckte Kleidung und seltsames Verhalten machen sie noch lange nicht zu einer Verbrecherin. Die Frau zu verdächtigen, mit der ich seit elf Jahren zusammen bin, die Mutter meiner Kinder, ist verdammt weit hergeholt. Was für ein Mann bin ich, dass ich überhaupt darüber nachdenke?

*

Ich liege neben ihr auf dem Rücken, und ich weiß, dass sie auch wach ist, denn ihre Atmung ist nicht wirklich ruhig. Aber wir schweigen beide. Vermutlich geht auch Jen die Ereignisse noch einmal durch. Ich versuche, die Fakten so objektiv zu betrachten, wie ich kann, und meine Emotionen rauszuhalten. Ich kenne die Historie von Jens Blackouts und ihr Verhalten, das sie in der Vergangenheit während dieser Episoden gezeigt hat – und an den speziellen Blackout in der Nacht von Olivias Entführung erinnere ich mich auch. Und ich weiß, wie sie auf Olivia reagiert hat, als sie die Sache mit der ›Affäre‹ herausbekam. So nennt sie das noch immer, obwohl ich ihr mehrmals gesagt habe, dass das so nicht stimmt. Jen war wütend, *sehr* wütend, und wichtiger noch: Sie wollte Olivia zur Rede stellen, und das hat sie dann auch getan. Neben ihren mitternächtlichen Ausflügen ist sie auch am helllichten Tag zu Olivias Haus gestürmt und hat sie als Schlampe beschimpft, die unsere Ehe zerstören will. Ich erinnere mich daran, wie sehr mich ihre Aggressivität schockiert hat, denn so hatte ich meine Frau noch nie gesehen, weder vorher noch seitdem.

Dann sind da die verdreckten Sachen im Wäschekorb und ihr erratisches Verhalten. Das meiste hiervon ließe sich gut erklären. Und ehrlicherweise hätte ich nie auch nur einen Gedanken daran verschwendet, dass sie etwas damit zu tun haben könnte, wäre da nicht dieser Blackout gewesen. Und ist es nicht mein eigenes schlechtes Gewissen, was mich an ihr zweifeln lässt? Hätte ich ihr keinen Grund gegeben, mir zu misstrauen, dann wäre das alles nie passiert.

Im Zweifel für den Angeklagten … Das schulde ich Jen.

Solange keine echten, handfesten Beweise ans Licht kommen, werde ich Jen den Rücken stärken. Denn wenn es hart auf hart kommt und die Polizei plötzlich auch mich befragt, dann brauche ich Jen. Ich brauche ihre Aussage, dass ich ebenfalls die ganze Nacht im Bett gewesen bin. Denn nach dieser Nacht, als ich mich betrunken und geglaubt habe, bis morgens früh geschlafen zu haben, da ist mir eine schreckliche Erkenntnis gekommen. In Wahrheit hatte ich viel mehr getrunken, als ich gedacht habe. Die Beweise lagen offen vor mir, als ich nach dem Fund des toten Tiers in Panik geraten bin und den Kadaver in die Mülltonne geworfen habe: zwei leere Wodkaflaschen. Und ich bin in dieser Nacht auch aufgestanden. Ich war es, der den Wecker ausgestellt hat. Auch daran habe ich mich plötzlich wieder erinnert.

Jedoch kann ich mich nicht mehr daran erinnern, was genau ich getan habe, nachdem ich aufgestanden bin.

Kapitel 34

JENNY

Sonntag

Als ich schließlich eingeschlafen bin, habe ich von toten Tieren geträumt, die wieder zum Leben erwachten und aus der Erde stiegen wie in einem Film von Stephen King. Das alles geschah in unserem Haus – im Garten –, und alles war so real, dass ich auf dem Weg zum Schuppen den feuchten Boden unter meinen nackten Füßen gespürt habe. Doch bevor ich ihn erreichte, kratzte etwas an meinem Knöchel. Ich konnte gerade noch rechtzeitig nach unten schauen, um eine verdreckte Hand zu bemerken, die aus dem Rosenbeet ragte. Sie packte mich und zog mich in die Erde, zu Olivia Edwards faulendem Leib. Olivias Lippen – gespannt, rissig, fast, als wären sie verbrannt – waren zurückgezogen und ihre Zähne entblößt. Sie schlugen aufeinander wie bei einem Zombie kurz vor dem Angriff.

Erfolglos versuchte ich, ihre Hand von meinem Knöchel abzuschütteln, um mich zu befreien. Zu guter Letzt musste ich ihren Arm abreißen, um zu fliehen. Als ich mich aus der Erde nach oben gearbeitet hatte, hielt ich ihr silbernes Armband noch in der Hand. Die Anhänger funkelten im Mondlicht. Endlich wache ich auf und schnappe nach Luft. War ich wirklich draußen? Ich suche meinen Schlafanzug nach Dreck ab und dann meine Füße. Schließlich lasse ich mich erleichtert wieder ins Bett sinken. Es war alles nur ein Albtraum.

Nach dem Besuch der Polizei hatte ich nicht mehr den

Mut, meinen Plan in die Tat umzusetzen und Mark von meiner Kindheit zu erzählen – von meiner manipulativen, herrschsüchtigen Mutter und meinem Vater, dem Mörder. Das Timing war einfach mies. Ich hatte Angst, er würde mir dann nicht mehr glauben, dass ich nichts mit Olivias Entführung zu tun habe. Besonders, da er weiß, dass ich an diesem Tag nicht die ganze Zeit im Bett war, dass ich einen weiteren Blackout hatte.

Bevor ich mich schlafen legte, habe ich eine SMS von Roisin bekommen. Wir haben uns für heute verabredet, nach dem Mittagessen. Sie hat vorgeschlagen, dass wir uns in der Stadt treffen, aber ich wollte es lieber privat halten. Also habe ich gesagt, ich käme zu ihr. Mark wird die Kinder zu einem Besuch bei seinen Eltern mitnehmen. Also habe ich ein wenig Zeit, bevor ich mich um die Sache mit dem Armband kümmern muss. Ich habe das Gefühl, dass es im Schuppen nicht mehr sicher ist, dass es dort viel zu leicht zu finden ist. Ich glaube, das hat mir auch dieser Traum mitteilen wollen. Entweder das oder ich habe wirklich etwas mit Olivias Entführung zu tun. Sollte die Polizei ihre Leiche finden, verkohlt und vergraben, dann werde ich auf der Stelle tot umfallen.

*

Ich fahre zu Roisins Haus in Topsham, ein atemberaubendes Gebäude, das direkt am River Exe liegt. Jedes Mal, wenn ich dort bin, will ich nie wieder gehen. Nicht, dass Sie mich missverstehen, ich liebe mein Haus, aber die spektakuläre Aussicht auf den Fluss und die Haldon Hills in der Ferne haben mich schon immer fasziniert. Wir sitzen auf der überdachten Terrasse, ein kleines, sonniges Plätzchen, wo es fast immer hell und warm ist. Ich halte mein Gesicht in die Sonne und stelle mir einen Moment lang vor, dass alles in meinem Leben in Ordnung ist.

»So … Was ist los?«, bricht Roisin den Zauber. »Ich meine, ich nehme an, dass du dir etwas von der Seele reden musst, korrekt?« Für den Bruchteil einer Sekunde glaube ich, einen Hauch von Verärgerung in Roisins Stimme zu hören, doch dann erkenne ich, dass es einfach nur Sorge ist. Als ich mich zum letzten Mal selbst eingeladen habe, hatte ich gerade erst herausgefunden, dass Mark mich betrügt. Für gewöhnlich warte ich, bis Roisin mich einlädt, oder wir treffen uns in der Stadt, trinken einen Kaffee und plaudern, gelegentlich auch zu viert – sie und ihr Partner Harry, Mark und ich.

Ich atme tief ein und wieder aus. Zweimal.

Roisin schiebt ihre Sonnenbrille auf den Kopf und schaut mich mit großen Augen an. »Ich sollte mich wohl auf etwas Gigantisches vorbereiten«, sagt sie und lacht verlegen.

»Bitte, entschuldige. Ich sollte dich nicht damit belasten.« Ich beuge mich vor und lege die Hände um das Glas auf dem Tisch.

»Nein, nein … Schon okay … Sollte ich mir lieber noch etwas Wein holen, bevor du mir die volle Ladung gibst?«

Ich lächele sie an und nicke. »Das wäre klug«, sage ich.

Roisin geht zur Schiebetür und verschwindet für ein paar Sekunden. Dann kehrt sie mit einer ganzen Flasche Wein wieder zurück. Sie füllt ihr Glas und streckt dann die Hand aus, um auch mir nachzuschenken. Rasch halte ich die Hand darüber.

»Besser nicht. Eins reicht. Ich muss noch fahren. Schon vergessen?«

»Natürlich. Tut mir leid. Du machst mich einfach nur nervös.« Sie trinkt einen kräftigen Schluck, behält das Glas in der Hand und schaut mich über den Tisch hinweg an. »Okay. Schieß los.«

»Du hast sicher von der vermissten Frau aus meinem Dorf gehört«, beginne ich wohlwissend, dass wir uns dazu schon online ausgetauscht haben. »Weißt du, wer sie ist?«

Roisin lehnt sich zurück und öffnet den Mund. Sie stottert und schüttelt den Kopf. »Ich … Nein … Zumindest nicht zu Anfang, inzwischen aber schon. Scheiße. Ist sie es?«

»In der Tat.« Ich hebe die Augenbrauen und warte auf Roisins Reaktion.

»In den Nachrichten hieß es, sie sei entführt worden, Jen. Gott sei Dank ist das nicht direkt passiert, nachdem du sie wegen Mark zur Rede gestellt hast. Sonst …« Sie kneift die Augen zusammen. »Moment mal. Ich weiß, das ist schrecklich, aber warum machst du dir so einen Kopf, dass du deswegen hergekommen bist?«

Es ist, als würde sie es bereits ahnen. Als würde sie es in den Knochen spüren, dass da mehr dahintersteckt.

»Nun, hauptsächlich, weil ich mir Sorgen mache, dass die Polizei ein wenig gräbt und die Geschichte herausfindet … Dann werden sie uns genau unter die Lupe nehmen.« Ich drehe mein Glas auf dem Tisch und wage es nicht, Roisin in die Augen zu schauen.

»Oh, Gott. Das war respektlos von mir. Bitte, entschuldige«, sagt sie. Ich höre sie tief einatmen, bevor sie fortfährt: »Okay … Nun … Das sollte doch egal sein, oder? Nur, weil du das mit der Affäre herausgefunden hast, heißt das noch lange nicht, dass du auch ein Motiv hast, sie zu entführen, Jen. Das ist doch verrückt. Und das Ganze ist jetzt ein Jahr her. Das ist vorbei. Dazu kommt …« Sie beugt sich vor, legt die Hand auf meine und zwingt mich, ihr in die Augen zu sehen. »Sie ist auf offener Straße entführt worden, Liebes. Spät in der Nacht. Ich nehme an, da waren Mark und du zu Hause im Bett. Wenn die Polizei euch also unter die Lupe nehmen sollte, dann werden sie herausfinden, dass ihr noch nicht einmal in der Nähe wart. Korrekt?« Sie hält kurz inne und schüttelt meine Hand, um eine Antwort zu provozieren. »Korrekt? Jen?« Roisins Stimme klingt flehend. Verzweifelt will sie, dass ich ihr zustimme. Aber ich kann nicht. Ich bleibe stumm.

»Verdammt noch mal, Jen! Sag mir, dass du in dieser Nacht nicht in der Nähe warst.«

»Ich brauche eine Freundin, Ro«, sage ich. »Bitte. Wirst du mir zuhören und nicht sofort wegrennen, wenn ich es dir erzähle?«

Roisin wird kreidebleich, und sie zieht die Hand zurück. Ich sehe, wie sie schluckt und dann die Lippen schürzt. Sie überlegt, ob sie wirklich hören will, was ich zu sagen habe. Das kann ich ihr nicht zum Vorwurf machen. Wenn ich ihr das erzähle, ziehe ich sie mit rein. Ich werde sie bitten, niemandem ein Wort zu sagen. Ich werde sie sogar bitten, für mich zu lügen. Das wird eine große Belastung für unsere Freundschaft werden, aber mir bleibt keine andere Wahl. Roisin ist alles, was ich habe. Aber ihr von Olivia zu erzählen, von den verstümmelten Tierkadavern vor meiner Haustür, von dem Armband … das ist nur die halbe Geschichte. Weil ich ihr niemals erzählen werde, wer mein Vater ist, sieht sie nicht das ganze Bild. Wie kann ich da erwarten, dass sie mir hilft?

Vielleicht sollte ich ja nicht so selbstsüchtig sein. Indem ich mir alles von der Seele rede, belaste ich Roisin, und das ist nicht fair. Es könnte sich als die schlechteste Entscheidung herausstellen, die ich je getroffen habe. Roisin ist meine beste

Freundin, meine einzige. Wenn ich ihr von meiner Vergangenheit erzähle, ihr sage, wer ich wirklich bin, würde ich all das riskieren. Sobald sie das herausfindet, könnte sie sich von mir distanzieren, mir sagen, dass sie nichts mehr mit mir zu tun haben will. Oder schlimmer noch: Sie könnte es anderen erzählen, und dann hätte ich mich unfreiwillig geoutet. Ich bin sicher, wenn sie wüsste, dass ich die Tochter des Schmetterlingskillers bin, wäre auch die Polizei an mir interessiert – sehr interessiert sogar. Mein Vater mag hinter Gittern sitzen, er kann keine Grausamkeiten mehr begehen, aber Olivia entspricht seinem Opfertypus. Sie würden ganz sicher einen genaueren Blick auf mich werfen. Und vielleicht werden sie dann glauben, dass ich da weitermache, wo mein Vater aufgehört hat.

Tatsächlich läuft jedoch alles auf eine einzige Frage hinaus: Kann ich Roisin mein Schicksal anvertrauen?

Kapitel 35

~~DER SCHMETTERLINGSKILLER~~

~~Im Kopf des Serienmörders Paul Slater~~

Er glaubt, die gedruckten Auszüge, die ich ihm gezeigt habe, sind Teil des endgültigen Manuskripts für sein Buch, das in achtzehn Monaten veröffentlicht werden soll. Er glaubt, ich würde ihm das komplette Manuskript noch zeigen, bevor ich es an meinen Verlag schicke.

Aber ich habe gar keinen Verlag …

Und ich schreibe nicht wirklich sein verdammtes Buch.

Als ich zum ersten Mal im Gefängnis war, um den Mann zu besuchen, den die Medien den Schmetterlingskiller getauft hatten, saß er am Tisch, die Schultern selbstbewusst gestrafft und die Arme locker übereinandergelegt. Der Tisch sollte uns trennen und Paul auf sicherem Abstand halten, auch wenn das – wo ich jetzt darüber nachdenke – nicht wirklich ein Schutz gewesen wäre. Hätte er gewollt, er hätte einfach die Arme ausstrecken und mich packen können. Und so war es sehr beruhigend, Vollzugsbeamte in der Nähe zu wissen, sodass er keinen größeren Schaden hätte anrichten können – nehme ich zumindest an.

Ich war bei diesem ersten persönlichen Treffen nervös, sehr *nervös sogar. Bis dahin hatten wir nur über Briefe miteinander kommuniziert und kürzlich das erste Mal auch telefoniert. Ich hatte auch noch nie zuvor einen Fuß in ein Gefängnis gesetzt. Wie zu erwarten, konnte Paul mich jedoch rasch beruhigen. Auch wenn er alles dafür tat, seine Dominanz zur Schau zu stellen, war es ihm doch auch wichtig, dass ich mich in seiner Gegenwart wohlfühlte. Ausgehend davon, wie wir bisher miteinander gesprochen hatten, nahm ich an, dass er seine Geschichte unbedingt erzählen wollte, jedoch ohne die Kontrolle über die eigene Erzählung aufzugeben, über mich und über die Art, wie ich alles darstellen, was ich erwähnen und was ich verschweigen würde.*

Und das war in Ordnung für mich. Ich wollte, dass er glaubt, er habe die Oberhand, das Kommando. Und na ja … das war wohl auch so. Er würde mir ohnehin nur sagen, was er mir sagen wollte. Aber ich war diejenige, die darüber entschied, was aufgeschrieben wurde und auf welche Weise. Ich war diejenige, die darüber bestimmte, was ich mit den Informationen machen würde. Ich werde ihm immer wieder kleine Schnipsel von dem zeigen, was ich schreibe – genug, um es so aussehen zu lassen, als würde ich einen professionellen Job machen. Mit der Einleitung schien er in jedem Fall zufrieden zu sein. Und ich betonte, dass ich ihm das endgültige Manuskript wie besprochen und von meinem Lektor abgesegnet vorlegen würde. Er ist davon überzeugt, ich würde das alles aus Liebe tun.

Und das tat ich auch … wenn auch anders, als er denkt.

Kapitel 36

JENNY

Montag

Als ich an diesem Morgen unter der Dusche stehe, ist mein Kopf nicht mehr ganz so voll und mein Körper nicht mehr so angespannt. Während ich Frühstück für alle mache, summe ich sogar die Melodie vor mich hin, mit der mein Handy mich geweckt hat, ein echter Ohrwurm. Vielleicht hat das Gespräch mit Roisin gestern mir ja doch geholfen. Zu guter Letzt habe ich ihr eine abgespeckte Version erzählt. Dass mein Vater ein Serienmörder ist, habe ich einfach ausgelassen. Stattdessen habe ich die Lüge wiederholt, die meine Mutter mir erzählt hat, als sie ihn geholt haben: Ich habe ihr gesagt, dass er ein Betrüger ist.

Allerdings habe ich Einzelheiten über das Leben mit meiner Mom preisgegeben, nachdem mein Vater in den Knast gekommen ist. Ich habe Roisin erzählt, dass ich eine Gefangene in meinem eigenen Haus gewesen bin, wie ich schließlich entkam und mir einen neuen Namen zulegte, damit meine Mutter mich nicht mehr finden konnte. Dad und ich hatten das gemeinsam. Beide waren wir unserer Freiheit beraubt worden. Ich habe auch meine Angst mit ihr geteilt, dass Mom mich finden und mein Leben noch einmal zerstören könnte. Nachdem ich Roisin all das erzählt hatte, konnte ich sie dann auch um den Gefallen bitten, auf den ich so verzweifelt angewiesen bin, seit die Tierkadaver mit den Schmetterlingen vor meiner Tür aufgetaucht sind.

Roisin hat mich entsetzt und offenen Mundes angestarrt, als ich ihr meine Geschichte erzählt habe, und als ich fertig war, sind ihr die Tränen über die Wangen gelaufen. Nach einem weiteren Glas Wein, um sich ›erst mal zu erholen‹, hat sie mich umarmt und mir gesagt, wie sehr es sie betroffen gemacht hätte zu hören, was meine Mom mir angetan hat, sodass ich bisher noch nicht einmal mit meiner besten Freundin darüber sprechen konnte. Aber falls Roisin das persönlich gekränkt haben sollte, wusste sie ihren Schmerz gut zu verbergen. Sie war so verständnisvoll und tröstend, dass ich wünschte, ich hätte es ihr schon früher erzählt. Sie hat sich bereiterklärt, meine wahre Identität zu verschweigen, und wichtiger noch: Sie hat gesagt, sie würde meine Mutter besuchen, um ein paar Nachforschungen anzustellen. Auch wenn die jüngsten Entwicklungen nicht länger darauf hindeuten, dass sie etwas mit den makabren Geschenken vor der Tür zu tun hat, nagt der Verdacht noch immer an mir. Ich werde das Gefühl einfach nicht los, dass sie mich gefunden hat.

So erleichtert, wie ich mich heute Morgen fühle, kann ich mir gut vorstellen, wie viel besser es doch gewesen wäre, das alles auch Mark zu erzählen. Doch ihm würde ich auch wirklich alles erzählen wollen, und ich weiß, wie viel schwerer das wäre.

»Mom? Kannst du mich heute Morgen am Tor absetzen und nicht mit reingehen?«, fragt Ella. Ich spüle gerade das Frühstücksgeschirr. Mark hat den Tisch schon verlassen und ist nach oben gegangen, um Alfie zu helfen. Er hat kaum ein Wort mit mir gewechselt. Ich schaue Ella fragend an.

»Oh? Warum?« Ella hat mich noch nie gebeten, sie einfach abzusetzen und direkt wieder zu fahren. Da stimmt doch was nicht.

Ella zuckt mit den Schultern. Sie versucht, lässig rüberzukommen, aber ihre Augen erzählen eine andere Geschichte. »Ich bin nicht Alfie. Du musst nicht mit mir kommen. Ich bin jetzt schon groß.«

Das hört sich zwar absolut vernünftig an, aber ich fühle irgendwie, dass mehr dahintersteckt. Sie will mich vom Schulhof fernhalten. Dort rotten sich jetzt schon seit ein paar Tagen die Mütter zusammen, um über Olivias Entführung und andere Entwicklungen zu diskutieren. Das ist mit Sicherheit eine Belastung für die Kids, besonders da Isabella nach wie vor nicht in die Schule kommt. Vermutlich fragen sie sich, was da los ist.

»Machst du dir wegen irgendetwas Sorgen, Ella?«

»Nein«, schnappt sie und verzieht das Gesicht.

»Okay. Nun, ich muss doch aber Alfie reinbringen, Liebes. Also …«

Ella schnaubt. »Dann lass mich zuerst gehen. Und du kannst ja den anderen Eingang nehmen.«

Offensichtlich will sie um jeden Preis verhindern, dass ich an ihrem Ende des Schulhofs auftauche. Jetzt bin ich sicher, dass es ein Problem gibt. Was soll ich nicht sehen? Wieder frage ich mich, ob sie wohl gemobbt wird. Leider ist diese Sorge von den Ereignissen der letzten Zeit überschattet worden. Ich habe sie einfach beiseitegeschoben und mich um meine eigenen Ängste gekümmert. Ich fühle mich schrecklich. Wie habe ich meine Bedürfnisse nur über die meiner Tochter stellen können? Andere Kinder könnten sie mobben, und es ist ihr peinlich, mir davon zu erzählen. Und jetzt hat sie Angst, dass ich das sehen könnte und … Ja, was? Dass ich die Kinder zur Rede stellen könnte? Ich weiß natürlich, wie peinlich es ist, wenn Eltern sich derart öffentlich einmischen. Ich kann mich noch gut an das Entsetzen auf Ethans Gesicht erinnern, als seine Mutter Willow sich in einen Streit zwischen ihm und einem seiner Klassenkameraden eingemischt hat. Ich nehme an, Ella würde es genauso ergehen, sollte ich etwas Ähnliches tun.

Also nicke ich, und Ella ist offensichtlich erleichtert. Sie hüpft aus der Küche, und ich höre sie die Treppe rauflaufen. Ich werde auf direktem Weg zum anderen Ende der Schule fahren, aber ich werde die Augen offen halten. Ich muss wissen, ob mein Mädchen gemobbt wird, und falls ja, dann muss ich ein paar ernste Worte mit dem Klassenlehrer wechseln. Kurz denke ich, meine Mutter muss etwas Ähnliches durchgemacht haben, als mein Vater verhaftet worden ist. Ich habe sie gehasst, als sie mich aus der Schule genommen hat, denn ich hielt ihr Handeln für egoistisch. Aber vielleicht war das auch nicht ganz korrekt. Es ist durchaus möglich, dass sie mich nur beschützen wollte. Rasch schiebe ich den Gedanken wieder beiseite.

Mark kommt die Treppe heruntergelaufen und geht direkt zur Tür.

»Tschüss!«, rufe ich. »Ich wünsche dir einen schönen Tag.«

Ich höre, wie er stehen bleibt. Dann macht er wieder kehrt und kommt zu mir. »Tut mir leid. Ich war in Gedanken … Ich weiß nicht.« Er küsst mich auf die Wange, und ich seufze.

»So weit sind wir also schon, ja?« Ich schaue ihm in die Augen … oder zumindest versuche ich das, aber er macht es mir schwer, indem er überall hinschaut, nur nicht zu mir. Ist das sein schlechtes Gewissen?

»Um ehrlich zu sein, kämpfe ich gerade ein wenig«, sagt er leise.

»Okay. Dann sind wir schon zwei.« Mein Gesicht glüht. Es kostet mich all meine Willenskraft, diese Gelegenheit nicht zu nutzen und ihn wegen seines unangemessenen Flirts mit den Schulgänsen zur Rede zu stellen. Ich habe allerdings keinen Bock auf den Fallout. Also lenke ich das Thema auf die Kinder. »Ella ist übrigens auch nicht sie selbst, weißt du? Wir müssen wirklich …«

»… alles so normal wie möglich gestalten?«, beendet Mark den Satz für mich. Dann schaut er mir endlich in die Augen. »Ich weiß nicht mehr wirklich, was ›normal‹ überhaupt heißt, Jen.«

»Nun, dass du nicht mit mir sprichst, hilft dabei auch nicht gerade.« Ich senke den Blick.

»Und dass du mitten in der Nacht verschwindest, auch nicht.«

Ich reiße den Kopf wieder hoch. »Ich bin nicht verschwunden. Ich war nur …« Nur was? Was habe ich in jener Nacht gemacht? »Ich war nur hier unten. In der Küche.«

»Ich rede nicht von letztem Dienstag«, sagt Mark in scharfem Ton. »Ich meine letzte Nacht, die Nacht davor und was weiß ich wie viele andere noch. Ich verliere allmählich den Überblick, Jen.«

»Wovon redest du da?« Ich starre ihn ehrlich erstaunt an. Was versucht er mir zu sagen? Aber Mark schüttelt nur den Kopf, dreht sich um und geht, ohne etwas zu erwidern. Ich bleibe verwirrt zurück, und meine gute Laune ist nur noch eine ferne Erinnerung.

*

Es hat eine Ewigkeit gedauert, bis ich in der Nähe der Schule einen Parkplatz gefunden habe. Das Parkplatzproblem ist mittlerweile so schlimm, dass es nur eine Frage der Zeit ist, bis es hier knallt, oder schlimmer noch: bis ein Kind angefahren wird. Ich nehme Alfie und Ella an den Händen und bringe sie über die Straße. Als wir auf der anderen Seite sind, reißt Ella sich sofort los, und ich tue, worum sie mich gebeten hat. Ich lasse sie weiterrennen und winke ihr hinterher, während ich Richtung Nebeneingang gehe und dabei zusehe, wie sie durchs Haupttor verschwindet. Dann gehe ich weiter zu Alfies Klasse. Wie immer hüpft er fröhlich neben mir her. Zum Glück scheinen wenigstens ihn die Ereignisse der letzten Woche nicht zu belasten. Eine Sorge weniger also. Denn mein Kopf ist mehr als ausgelastet damit, über Marks Worte nachzudenken.

Wie kommt er darauf, dass ich letzte Nacht einen Blackout hatte? Vielleicht verwechselt er die Nächte ja wirklich, denn er hat selbst gesagt: ›… letzte Nacht, die Nacht davor und was weiß ich wie viele andere noch‹. Natürlich könnte er sich auch auf Freitagnacht bezogen haben. Da habe ich mich ja selbst auf dem Video gesehen. Es deutet jedoch nichts darauf hin, dass ich das Schlafzimmer auch in den letzten beiden Nächten verlassen habe. Ich hatte zwar diesen Albtraum, aber ich habe nachgesehen: Mein Pyjama war sauber und auch sonst deutete nichts darauf hin, dass ich draußen gewesen bin. Mark muss sich irren.

Als ich wieder gehe, schaue ich mich auf dem Schulhof um und hoffe, Ella zu sehen. Tatsächlich entdecke ich eine kleine Gruppe Kinder am hinteren Zaun, und ich kneife die Augen zusammen, um zu sehen, ob Ella dabei ist. Ich gehe ein paar Schritte näher heran. Ja, sie ist da. Ich beobachte sie ein paar Augenblicke lang, kann aber nichts Ungewöhnliches feststellen. Vielmehr scheint sie das Sagen zu haben. Ich lächele. Meine Sorge wegen des Mobbings hat sich erledigt.

Als ich mich umdrehe, sehe ich die bekannte Herde Schulgänse, und wider besseren Wissens gehe ich zu ihnen. Das ist ein wenig peinlich nach ihrem fröhlichen Bericht über Marks Flirtversuche im Pub, aber genau deshalb will ich ihnen zeigen, dass mich das nicht verunsichert. Es ist wichtig, dass sie nicht merken, wie sehr mich das in Wahrheit getroffen hat.

»Guten Morgen, meine Damen«, sage ich und lächele. »Was gibt es heute Neues?«

»Noch immer nichts«, antwortet Rachel. »Also ehrlich. Das ist doch lächerlich. Wie kann jemand spurlos verschwinden? Und das in Coleton Combe! Sie ist jetzt seit einer Woche nicht aufzufinden, und die Polizei hat noch immer nichts Neues?«

»Vielleicht ist sie ja gar nicht entführt worden«, sage ich. Alle drehen sich zu mir um und schauen mich stirnrunzelnd an. »Was denn?«, sage ich. »Denkt doch mal darüber nach. Die Polizei scheint keinen Verdächtigen zu haben. Sie haben niemanden verhaftet oder auch nur zum Verhör einbestellt, wenn ich mich nicht irre. Ist das nicht seltsam? Vielleicht ist sie ja aus freien Stücken verschwunden. Vielleicht will sie ja nicht gefunden werden.« Ich hebe dramatisch die Augenbrauen. Ich bete nun schon länger, dass diese Theorie stimmt. Dann wäre ich vom Haken. Sollte die Polizei herausfinden, dass Olivia freiwillig verschwunden ist, dann weiß ich mit Sicherheit, dass ich während meines Blackouts Dienstagnacht nichts Seltsames getan habe. Plötzlich läuten die Alarmglocken in meinem Kopf, und eine innere Stimme widerspricht mir: *Aber du hast Olivias Armband, und das könntest du dir auch selbst vor die Tür gelegt haben.*

»Nein. Ich glaube nicht, dass das stimmt, Jenny«, erwidert Frankie. »Es gab einen Aufruf ihrer Eltern im Fernsehen.

Von Anfang an wimmelt es hier nur so von Polizisten, und sie sind immer noch in der Gegend. Ich glaube nicht, dass die Behörden so viele Ressourcen für eine Erwachsene aufgeboten hätten, die sich einfach unsichtbar gemacht hat. Du? Sie müssen irgendeinen Beweis dafür gefunden haben, dass sie entführt worden ist. Außerdem hätte sie Isabella nie zurückgelassen.«

Das sind natürlich berechtigte Einwände. Also pushe ich meine Theorie nicht weiter, sondern höre mir stattdessen die Theorien der anderen an. In der Tat ist es extrem unwahrscheinlich, dass Olivia auf dem Heimweg vom Pub plötzlich beschlossen hat, sich einfach aus dem Staub zu machen, ihre Tochter bei ihrem Freund zurückzulassen und mit jemand anderem durchzubrennen.

»Hatten wir jetzt eigentlich alle Besuch von der Polizei?«, fragt Zari.

Alle nicken, ich eingeschlossen.

»Und? Glaubt ihr, das war's? Haben sie jetzt das ganze Dorf durchkämmt?«, fragt Rachel.

Ich will fragen, ob sonst noch jemand von zwei Beamten besucht worden ist, aber ohne zu verraten, dass es bei uns so war. Also nutze ich die Gelegenheit, um das beiläufig in die Diskussion einzuwerfen. »Ich habe gesehen, dass sie jetzt zu zweit von Haus zu Haus gehen. Vielleicht heißt das ja, dass es bald vorbei ist. Am Anfang haben sie ihre Kräfte aufgeteilt.« *Gut gemacht, Jen.*

»Was meinst du damit?« Willow schaut mich mit großen Augen an. »Zu mir ist nur ein Beamter gekommen.« Die anderen murmeln zustimmend. Das ist beunruhigend. Ich hatte auf eine andere Reaktion gehofft.

»Das einzige Mal, dass ich zwei Beamte gesehen habe, war

bei Caroline Brewer, und das auch nur wegen ihrer Kamera«, sagt Willow.

Mir dreht sich der Magen um. Jetzt werde ich definitiv nicht mehr zugeben, dass bei uns zwei Beamte gewesen sind … oder dass sie gesagt haben, wir bleiben ›in Verbindung‹. Aber ich bin neugierig. Ich will wissen, was Willow über die Kamera weiß. Also hake ich nach.

»Kam von der Tankstelle hat mir das auch erzählt«, sage ich. »Wisst ihr, ob die da was Interessantes gefunden haben?«

»Caroline hat mir erzählt, dass sie alle Aufnahmen von letzter Woche bis zum Tag der Entführung mitgenommen haben, also acht Tage insgesamt. Ich nehme an, die gehen sie jetzt Bild für Bild durch und suchen nach allem, was ihnen verdächtig erscheint.«

»So, wie es aussieht, hat die Kamera auch Olivias Vorgarten aufgenommen«, ergänzt Zari.

Rachel schüttelt den Kopf. »Nein, das glaube ich nicht. Die Nachbarn gegenüber von Caroline haben einen tierischen Aufstand gemacht, als sie das Ding installiert hat. Sie haben sie gebeten, den Winkel zu ändern, denn ihnen gefiel die Vorstellung nicht, dass die Kamera auch auf sie gerichtet ist. Es gibt ja schließlich auch genug Gesetze, was den Schutz der Privatsphäre betrifft.« Rachel ist nicht die Einzige, die sich daran erinnert, aber ich schweige, denn ich will nicht, dass sie jetzt das Thema wechseln. Ich habe das Gefühl, dass Caroline zu Beginn zwar getan hat, was ihre Nachbarn wollten, doch dann hat sie den Winkel wieder geändert, ganz langsam, denn sonst hätte sie die Straße nicht weit genug im Blick gehabt, um die näher kommenden LKW rechtzeitig zu sehen. Und das heißt, dass einige Gärten durchaus auf den Aufnahmen zu sehen sind. Und Olivias Garten könnte einer davon sein.

»Ja, das stimmt. Aber ich nehme an, auch die Straße und der Weg zu Olivias Haustür sind für die Beamten interessant«, sagt Zari.

Ich erinnere mich sofort daran, dass die Polizisten gefragt haben, ob ich jemals in Olivias Haus gewesen bin, und ich wanke ein paar Schritte weg von der Gruppe. Wann bin ich zum letzten Mal durch diese Straße gegangen? Ich habe den Polizisten erzählt, dass ich mit den Kindern ein paarmal auf dem Schulweg dort vorbeigegangen bin, doch tatsächlich habe ich sie fast das gesamte letzte Jahr mit dem Auto gebracht.

»Alles okay mit dir, Jenny?«

»Jaja. Alles gut«, bringe ich mühsam hervor. »Es ist nur ein wenig spät. Ich muss los.« Ich drehe mich um und verlasse den Schulhof. Mir platzt der Kopf.

Kapitel 37

MARK

Als ich sicher bin, dass Jen gefahren ist, um die Kinder in die Schule zu bringen, mache ich kehrt und stelle den Wagen auf die andere Seite des Hauses, damit Jen ihn nicht sehen kann, sollte sie auf dem Weg zur Praxis noch einmal hier vorbeikommen. Ich bin zwar ziemlich sicher, dass sie das Dorf auf der anderen Seite verlässt, aber wer weiß schon, was ihr gerade im Kopf herumgeht.

Ich begebe mich direkt nach oben und durchsuche Jens Nachttisch. Nachdem ich gut eine Minute darin herumgekramt habe, wird offensichtlich, dass ich nichts Interessantes finden werde. Aber sie würde dort ja auch ganz sicher nichts verwahren, das sie verstecken will. Ich gehe zum Kleiderschrank, und mein Fuß stößt gegen eine wackelige Diele, als ich nach dem obersten Regal greife. Nichts. Ich weiß allerdings auch nicht, wonach ich suche oder was ich zu finden glaube. Ich verliere noch den Verstand. Ich denke ständig, dass Jen etwas mit Olivias Entführung zu tun hat, und ich versuche, Dinge zu finden, die schlicht nicht da sind. Mein Herz ist schwer. Jenny ist ein guter Mensch. Sie liebt unsere Kinder und hilft Tieren, während ich einfach nur ein schrecklicher Ehemann bin. Warum mache ich das überhaupt?

Ich trete vom Schrank zurück und schicke mich an, das Schlafzimmer wieder zu verlassen.

Aber irgendetwas zerrt an meinen Gedanken. In der Tür

bleibe ich noch mal stehen und lehne mich an den Rahmen. Ich übersehe da was.

Die lockere Diele!

Ich gehe wieder hinein, hocke mich hin und streiche mit den Händen über den Teppichboden in diesem Bereich. Da ist tatsächlich eine lose Diele neben Jens Nachttisch. Soweit ich weiß, könnte das schon bei unserem Einzug so gewesen sein, aber das Haus war damals noch fast neu. Also bezweifele ich das. Ich konzentriere mich auf den Rand des Teppichbodens, und mein Herz setzt einen Schlag lang aus. Er ist ausgefranst, als wäre er mehr als einmal angehoben worden. Langsam ziehe ich daran, bis er sich löst. Darunter kommen die Dielen zum Vorschein, und ich knie mich neben den Teppichboden, damit er nicht wieder zurückfällt. Die lose Diele ist deutlich zu erkennen. Sie ist definitiv schon früher herausgenommen worden.

Mir ist bewusst, wenn ich die Diele jetzt anhebe und etwas finde, dann gibt es kein Zurück. Kurz halte ich inne und kaue auf meiner Unterlippe, während ich das Pro und Contra der Aktion durchgehe. Schlimmstenfalls war's das für unsere Ehe und unser Leben. Natürlich könnte ich den Teppichboden auch einfach wieder zurücklegen, nie wieder nachsehen und einfach weitermachen wie bisher, ohne auch nur einen Gedanken daran zu verschwenden, was Jen dort verbergen könnte. Aber es ist ohnehin schon alles anders, angespannt, und es ist schon jetzt unmöglich, einfach so weiterzumachen, ›ohne einen Gedanken daran zu verschwenden‹. Ich trage meine Zweifel, meine Fragen und meine Sorgen schon eine ganze Weile mit mir herum. Vielleicht bin ich ja einfach nur feige. Schon wieder. Denn wenn ich etwas finde, dann muss ich auch etwas tun. Dann kann ich nicht länger den Kopf in den Sand stecken.

In einem Anfall von Wut auf mich selbst und meine Feigheit beuge ich mich vor, drücke meine Fingernägel in den Spalt und packe die Diele mit den Fingerspitzen, bis ich sie anheben kann. Ich hätte mir ein Messer oder eine Schere als Hebel holen sollen, aber ich bin erstarrt, unfähig, mich hier wegzubewegen, bevor ich diese Diele angehoben habe.

Dann gibt die Diele schließlich nach und ich lege sie auf die Seite, starre in den dunklen Hohlraum darunter und hoffe wider alle Vernunft, dass das alles ist: ein leerer, dunkler Raum. Nichts. Dann kann ich die Diele einfach zurücklegen und mir wieder Gedanken darüber machen, warum ich meiner Frau nicht traue.

Aber da ist etwas.

Ich atme tief ein, halte die Luft an und stecke die Hand in das Loch. Es ist tiefer, als ich gedacht habe. Meine Finger berühren etwas, das ein Stapel Papier zu sein scheint. Ich ziehe die Hand heraus, lege einen Stapel Briefe beiseite, die mit einer Schnur zusammengebunden sind, und stecke die Hand wieder hinein. Ich taste herum. Hoffentlich ist das alles. Ich will die Hand gerade wieder zurückziehen, als ich erneut etwas finde. Diesmal ist es aber kein Papier, sondern Plastik. Ich hole einen kleinen Gegenstand heraus, der in einer viel zu großen schwarzen Mülltüte steckt.

Mir zieht sich der Magen zusammen, Übelkeit steigt in mir auf. Ich schlucke ein paarmal und lehne mich dann ans Bett. Der Gegenstand liegt auf meinem Schoß. Ich starre ihn an und überlege, was ich tun soll. Ich habe Angst. Aber wovor?

Ich bin einfach nur erbärmlich, doch tief in meinem Inneren weiß ich bereits, dass das übel ist. Ich habe jetzt keine Zeit, um über die Konsequenzen nachzudenken oder für Nostalgie. Ich darf nicht zulassen, dass meine Gedanken jetzt wieder zu den wunderbaren Momenten unserer Ehe zurückkehren, und ich darf auf keinen Fall darüber nachdenken, was mein Tun für unsere Kinder bedeutet, unsere Familie. Es ist eigentlich ganz einfach. Ich muss es wissen.

Ich öffne den Müllsack und schütte den Inhalt auf dem Teppich aus.

Ich höre mein eigenes, schnelles Atmen. Ich schnaube förmlich, und gleichzeitig brennen mir die Tränen in den Augen. Ich stütze die Ellbogen auf die Knie und lege den Kopf in die Hände.

Warum hat Jen Olivias Armband?

Ich krame in meinen Erinnerungen und versuche, ein Bild von Olivia heraufzubeschwören, wie ich sie zum letzten Mal gesehen habe. Hat sie dieses Armband getragen? In jedem Fall hat sie es oft angezogen, aber ich kann definitiv nicht sagen, ob sie es immer getragen hat. Mit Sicherheit gibt es eine gute Erklärung für meinen Fund. Es muss einfach eine gute Erklärung dafür geben!

Das Armband war unter den Dielen versteckt. Was für eine gute Erklärung sollte es da wohl geben?

Vielleicht hat Jen es ja gestohlen. Das wäre immer noch besser als die Alternative. Jen war verletzt und wütend, als sie mich zum ersten Mal verdächtigt hat, eine Affäre zu haben. Es ist durchaus möglich, dass sie das damals gemacht hat, dass sie Olivia irgendwie eins auswischen wollte.

Ja, so muss es gewesen sein. Der Müllsack ist ein wenig verstaubt. Er könnte schon länger dort gelegen haben.

Der Gedanke beruhigt mich und ich entspanne mich wieder ein wenig. Aber ich weiß auch, dass ich Jen irgendwann darauf ansprechen muss. Ich kann das Armband nicht einfach wieder unter die Diele legen und es vergessen. Also hebe ich das Armband auf und benutze dabei unbewusst den Müllsack, um es nicht direkt berühren zu müssen. Dann richte ich meine Aufmerksamkeit auf die Briefe.

Ich ziehe den obersten Brief aus dem Stapel, drehe ihn in der Hand und runzele die Stirn. Sie sind nicht an Jenny adressiert. Habe ich mich geirrt? Ist es möglich, dass nichts von dem, was ich gefunden habe, mit ihr zu tun hat? Ich habe die falschen Schlüsse gezogen. Diese Briefe und das Armband waren schon hier, als wir das Haus gekauft haben. Erleichterung macht sich in mir breit, und ich lache. Was bin ich doch für ein Idiot. Ich habe mich selbst umsonst verrückt gemacht.

Wenn die Briefe nicht Jenny gehören, und wenn sie sie nicht versteckt hat, dann ist es auch unwahrscheinlich, dass sie etwas mit dem Armband zu tun hat. Vermutlich sieht es dem von Olivia einfach nur ähnlich. Das ist alles nur Zufall. Ein schrecklicher Zufall zwar, aber ein Zufall. Doch letztendlich ist meine Neugier doch zu groß, und so ziehe ich ein gefaltetes Blatt Papier aus dem Umschlag und beginne zu lesen.

Kapitel 38

JENNY

»Hayley hat sich krankgemeldet«, begrüßt mich eine hohe panische Stimme, kaum dass ich durch die Tür trete.

»Oh. Guten Morgen, Abi«, sage ich. »Das tut mir leid zu hören. Hat sie wieder einen Arthritis-Schub?«

»Ja. Sie hat auf den Anrufbeantworter gesprochen.« Abi deutet aufs Telefon. »Das heißt, ich bin heute allein.«

Jetzt ergibt ihr nervöser Tonfall Sinn. Ich lächele Abi beruhigend zu. »Du wirst schon zurechtkommen, Abi. Betrachte das als Gelegenheit, alles zu zeigen, was du gelernt hast. Du schaffst das.«

»Ich weiß dein Vertrauen zu schätzen«, sagt sie und schaut mich mit großen Augen an. »Allerdings glaube ich, dass dieses Vertrauen unangebracht ist. Bis jetzt habe ich noch nie etwas ohne Hayleys Hilfe gemacht …«

»Atme, Abi. Atme. Geh es langsam an. Du kannst nicht wirklich etwas falsch machen.« Noch während ich das sage, erinnere mich an den späten Termin gestern, als ich Abi den Kopf gewaschen habe. Vermutlich ist genau das der Grund für ihre Panik. »Und wenn doch etwas schiefgeht, dann verspreche ich dir, dass ich diesmal nicht schreien werde.« Ich lege ihr die Hand auf den Arm. »Das war nicht in Ordnung von mir. Bitte, entschuldige. Ich will mich nicht rechtfertigen, aber ich habe in letzter Zeit so viel um die Ohren …« Mehr will ich nicht teilen. Also belasse ich es dabei.

»Okay. Ich will dich nicht enttäuschen. Ich bin nur ein wenig sensibel, wenn mich jemand anschreit. Ich weiß. Ich muss härter werden. Aber es erinnert mich immer daran, wie meine Mom es genossen hat, mir zu sagen, wie nutzlos ich bin, dass meine Schwester so viel besser ist.«

»Du bist genauso gut wie deine Schwester …«

»Nun, ehrlich gesagt: Das weißt du nicht.« Sie stößt ein kurzes Lachen aus. »Ich kann mich nicht wirklich mit ihr vergleichen. Glaub mir. Das habe ich mein ganzes Leben lang versucht.«

Ich winde mich innerlich, als ich höre, dass Abi so wenig Selbstbewusstsein hat. Und ich habe dieses Gefühl auch noch verstärkt und das, obwohl ich es so gut nachvollziehen kann. Ich bin ein schrecklicher Mensch. Dabei zeige ich auf der Arbeit normalerweise kaum Emotionen. Arbeitgeber zu sein heißt, dass man gewisse Grenzen einhalten muss, doch in diesem Moment fühlt es sich irgendwie richtig an, sie zu überschreiten. Ich lege Abi den Arm um die Schulter und drücke sie an mich.

»Bitte, verzeih mir, dass ich so eine furchtbare Chefin bin. Du machst das hier wirklich gut, Abi, und ich bin dir sehr dankbar für deine harte Arbeit. Du wirst auch heute am Empfang gute Arbeit machen. Ich glaube sogar, dass es dir ganz guttun wird, Hayley mal nicht ständig im Nacken zu haben. Du schaffst das. Okay?«

»Okay. Ja. Ich schaffe das. Danke, Jenny. Und du bist keine furchtbare Chefin. Ich werde mich ganz schön ranhalten müssen, wenn ich irgendwann mal so beliebt und erfolgreich sein will wie du. Ich wette, deine Mom ist stolz auf dich«, sagt sie und wird sofort knallrot. »Oh … Äh … Tut mir leid …«, murmelt sie. »Ich habe ganz vergessen, was du gesagt hast.«

»Schon gut«, erwidere ich und gehe nicht weiter darauf ein. Sie hat sich gemerkt, dass ich schon seit Jahren nicht mehr mit meiner Mutter gesprochen habe. Damit hatte ich nicht gerechnet. Und die Tatsache, dass meine Mom absolut nicht stolz auf mich wäre, bleibt unausgesprochen. Claire war fest davon überzeugt, dass ich nicht intelligent genug war, um etwas aus mir zu machen. Sie hat immer gesagt, es sei einfach nur Glück gewesen, dass ich Tierärztin werden konnte. Oder aber sie hat es umgedreht und erklärt, das hätte ich nur ihr zu verdanken. Mir zieht sich der Magen zusammen, als ich mich an den Tag erinnere, als ich ihr meinen Traumjob verraten habe. »Dafür bist du nicht klug genug, Jane«, hat sie gesagt, mich mit ihren knochigen Händen gepackt und mir in die Augen gestarrt. Und als ich erwiderte, dann solle sie mich doch wieder in die Schule schicken, da hat sie die Nüstern gebläht und ist aufgesprungen, als hätte sie einen elektrischen Schlag bekommen. »Jane! Du weißt doch, dass Mommy dich beschützt. Ich habe alles dafür geopfert, dass du in Sicherheit bist, und ich mache alles, was auch ein Lehrer tun würde. Sei nicht so undankbar.« Dann sind die Tränen geflossen, und ich musste mich entschuldigen und sie umarmen.

Ich blinzele die Erinnerung weg. »Okay. Lass uns anfangen.«

Bevor ich in mein Behandlungszimmer gehe, schaue ich noch bei den anderen vorbei, um sicherzustellen, dass sie da sind. Kurz spreche ich mit Samir. Morgen haben wir ein Meeting, damit wir alle up to date sind. Einem Impuls folgend gehe ich in den Raum mit den organischen Abfällen. Da war ich zum letzten Mal, als ich die Müllsäcke mit den Kadavern entsorgt habe. Jetzt bin ich überrascht, Nisha dort zu treffen. Sie beschriftet eine gelbe Tonne, die auf dem Tisch steht.

»Guten Morgen, Nisha. Ist alles für die OP bereit?«

»Oh, verdammt.« Nisha wirbelt zu mir herum und drückt sich die Hand auf die Brust. »Hast du mich erschreckt. Ich habe dich gar nicht gehört.«

»Tut mir leid. Sind Schrecksekunden am Morgen nicht genau dein Ding?«

»Oh, Gott. Nein. Mir schlägt das Herz bis zum Hals«, antwortet sie und lacht. Rasch schiebt sie die Tonne beiseite und greift nach einer zweiten. »Und ja, alles ist bereit. Soll ich noch irgendwas tun?«

»Könntest du mir die OP-Listen für die nächsten Wochen ausdrucken, bitte?«, frage ich und trete näher zu ihr. Nisha nickt und versucht mich anzusehen und gleichzeitig die Tonne zu beschriften.

»Klar. Mach ich. Und wie ich gesehen habe, fehlt Hayley heute. Soll ich später auch an den Empfang und Abi helfen?«

»Nein. Nicht nötig. Danke, aber ich denke, es ist ganz gut für Abi, wenn sie mal allein arbeitet. Das wird ihr ein wenig Selbstvertrauen geben …« Noch während ich das sage, bemerke ich, dass Nisha einen Gefahrenaufkleber an der gelben Tonne befestigt hat. Dabei hatten wir gar kein Tier, dessen Krankheit als gefährlich für Menschen eingestuft werden kann. »Oh! Pass auf. Das ist der Falsche«, sage ich rasch. »Tut mir leid. Ich störe dich. Du musst dich konzentrieren.«

»Wirklich?« Nisha starrt den Aufkleber an. »Verdammt. Stimmt.« Sie verzieht das Gesicht, reißt den Aufkleber wieder ab, zerknüllt ihn und wirft ihn in den Papierkorb. »Bitte, entschuldige. Multitasking ist nicht mein Ding.« Sie macht einen Haken in der Abfallliste.

»Okay. Aber vergiss nicht: Wir dürfen hier nichts verwechseln. Wie du weißt, gibt es alle möglichen Regeln und Gesetze dafür.« Wenn der Kadaver eines verstorbenen Tieres als ›GEFÄHRLICH‹ eingestuft wurde und in der normalen Tonne landet, anstatt korrekt entsorgt zu werden, dann ist das ein Problem, aber umgekehrt ist es genauso: ein Kadaver, der als ›GEFÄHRLICH‹ ausgezeichnet wurde, aber … In jedem Fall würde es dem ehemaligen Besitzer nicht gefallen, wenn das geliebte Haustier nicht wie vereinbart in einem Krematorium landet, sondern auf einer Sondermülldeponie. Ich lächele, um meinen plötzlichen Ärger über Nishas Nachlässigkeit zu verbergen. Dann fällt mir auf, dass da eigentlich nichts mehr in den Kühlschränken sein dürfte, was ausgezeichnet werden muss. »Haben sie nicht alle organischen Abfälle mitgenommen?«

»Tut mir leid. Das hier habe ich übersehen«, sagt Nisha und nickt zu der Tonne, die vor ihr steht. »Ich glaube, ich brauche noch eine Tasse Kaffee, bis ich richtig wach bin«, sagt sie und klebt ein neues Label auf die Tonne, bevor sie sie in den großen Kühlschrank schiebt. »Ich will ja nicht auch noch bei der OP Mist bauen.«

Habe ich in letzter Zeit öfter mal übersehen, dass die Regeln nicht genau befolgt wurden, weil ich in Gedanken so oft woanders war? Ich sollte aufmerksamer sein. Vielleicht brauchen meine Angestellten ja einen kleinen Auffrischungskurs in Sachen Recht und Gesetz. Meine Schultern sind verspannt. Wir alle ein wenig abgelenkt. »Also, im Moment könnte ich es wirklich nicht brauchen, wegen eines Kunstfehlers verklagt zu werden. So viel steht fest«, sage ich und reibe mir die Schläfen.

»Das kann ich mir denken. Das Dorf ist auch so schon häufig genug in den Schlagzeilen.« Nisha lässt die Schultern hängen und dreht sich zu mir um. »Olivias Eltern tun mir einfach nur leid. Ernsthaft … Sie sehen aus, als wären sie in der letzten Woche um zwanzig Jahre gealtert. Ich kann einfach nicht glauben, dass die Polizei noch immer keine Spur hat.«

»Vielleicht sagen sie ja auch nur einfach nichts.«

»Kann durchaus sein.« Nisha zuckt mit den Schultern. »Die Leute gehen bei Olivias Eltern ständig ein und aus. Ich weiß gar nicht, wie sie mit dieser Art von Aufmerksamkeit fertigwerden. Meine Mom hat gesagt, Mrs Edwards verlasse das Haus gar nicht mehr, und Mr Edwards verbringt angeblich Stunden im Garten, hinten in seinem Schuppen.«

Nishas Fehler ist längst vergessen, als ich mich plötzlich frage, ob sie wohl auch von Caroline Brewers Überwachungskamera weiß. Ich will sie gerade danach fragen, als mir auffällt, dass uns die Zeit davonrennt. Wenn ich nicht bald anfange, meine Termine abzuarbeiten, werde ich der Liste den ganzen Tag lang hinterherlaufen. Also beende ich das Gespräch und gehe direkt in mein Behandlungszimmer. Vanessa wartet dort auf mich. Ein Tier liegt bereits auf dem Tisch, und der intravenöse Zugang ist gelegt. Als ich mit der Operation beginne, kommt mir ein Gedanke. Wenn die Polizei die Überwachungskameras im Dorf überprüft, kommen sie dann auch hierher? Die Aktivität auf den umliegenden Feldern legt nahe, dass dieses Areal von Interesse ist. Also ist es auch wahrscheinlich, dass sie alle möglichen Kameras in der Gegend überprüfen. Und da die Überwachungskameras der Praxis auf die Straße und das Feld rechts dahinter ausgerichtet sind, bieten sie einen Winkel, der die Beamten in jedem Fall interessieren wird.

Das plötzliche Interesse der Polizei an Videoaufnahmen macht mich total nervös. Wenn die Kamera mich eingefangen hat, als ich Donnerstagnachmittag die Müllsäcke gebracht habe, dann muss ich dafür sorgen, dass die Aufnahmen so schnell wie möglich gelöscht werden. Nicht, dass ich deswegen schuldig wirken würde oder so, aber ich will auch nicht die Aufmerksamkeit auf mich lenken. Ich habe keine Lust, noch einmal von der Polizei befragt zu werden, zumal ich nicht sicher bin, ob ich den Beamten einen guten Grund dafür nennen könnte, warum ich tierische Abfälle *in* die Praxis gebracht habe, wo sie normalerweise doch *hinaus*befördert werden. Kaum bin ich fertig, überlasse ich Vanessa die postoperative Überwachung und schleiche nach vorne.

*

Wie sich herausstellt, ist es ganz gut, dass Hayley nicht da ist. Sie hätte sofort bemerkt, dass da etwas nicht stimmt, wenn sie gesehen hätte, dass ich die Videos auf dem Computer durchgehe, doch Abi ist neu und naiv. Sie kommt gar nicht erst auf die Idee zu hinterfragen, warum ich die Aufnahmen durchgehe. Und sollte sie mich doch fragen, dann werde ich ihr wohl eine plausible Erklärung geben können.

»Abi, könntest du mir bitte einen Tee machen?«, sage ich und setze mich an den äußeren Computer, dessen Bildschirm von Abi weggedreht ist. Auch wenn jemand reinkommt, kann er nichts sehen.

»Kommst du zum Lunch nicht in den Pausenraum?« Abi steckt ihr Haar hinter die Ohren und steht auf.

»Gleich. Ich muss noch ein paar Sachen erledigen.«

»Oh. Kann ich helfen? Das macht mir nichts aus, und du hättest …«

»Das ist sehr nett von dir, aber das kann ich leider nicht delegieren«, sage ich und seufze übertrieben.

»Okay. Ich mache dir den Tee?«

»Ja. Danke«, antworte ich, ohne nachzudenken. Dabei mag ich eigentlich gar keinen Tee. Ich warte, bis Abi gegangen ist, dann klicke ich auf das Icon der Überwachungskamera. Ich weiß, was ich suche, und deshalb finde ich auch rasch die Datei mit dem entsprechenden Zeitstempel. Dann, nach kurzem Spulen, halte ich das Video an. Meine Finger zittern. Ich schaue gut zehn Sekunden auf den Bildschirm, bis etwas zu sehen ist. Mein Volvo fährt auf den Parkplatz. Ich parke ihn außerhalb des Sichtfelds der Kamera, wusste aber offensichtlich schon damals, dass ich der Kamera nicht gänzlich ausweichen kann. Schließlich sehe ich mich am Hintereingang, in der Hand den Müllsack. Ich winde mich innerlich, als ich sehe, wie ich direkt in die Kamera blicke und mich dann nervös umschaue. Genau diesen Teil der Aufnahme schneide ich aus und drücke auf ›Löschen‹. Anschließend mache ich das Gleiche mit dem Abschnitt, in dem zu sehen ist, wie ich wieder rauskomme.

Sollte irgendjemand einen Grund haben, die Aufnahmen zu überprüfen, dann könnte er natürlich bemerken, dass ein paar Minuten fehlen, aber hoffentlich wird die Polizei gar nicht erst nachsehen, denn es geht ja hier nicht um den Zeitpunkt, der für die Ermittlungen relevant ist. Erleichtert will ich den Ordner schließen, als mir plötzlich ein Thumbnail von letzter Nacht auffällt. Die Aufnahme umfasst die Zeit von 22:00 Uhr bis 10:00 Uhr heute Morgen. Ich erinnere mich an Marks Worte über meine nächtlichen Aktivitäten, und klicke voller Neugier auf die Datei. Ich spule vor, aber nur im Zweifachmodus, damit ich nichts verpasse. Frame für Frame beobachte ich die Schatten, die sich über das Bild bewegen. Füchse, Hasen und andere nachtaktive Kreaturen huschen durchs Bild, bis die Uhr auf 02:55 Uhr steht.

Mein Herz setzt einen Schlag lang aus.

Ich klicke auf ›Stopp‹ und spule dann ein Stück zurück.

Erneut schaue ich auf die Zeitanzeige.

02:55 Uhr, heute Morgen.

Das kann unmöglich stimmen. Ich gehe die Aufnahme noch ein drittes Mal durch, spule wieder zurück und halte zum exakt selben Zeitpunkt wieder an. Es ist kein Fehler.

Ich bekomme Kopfschmerzen und drücke die Finger in die Schläfen, während sich meine Gedanken überschlagen. Auf den Aufnahmen ist wieder mein Auto zu sehen. Deutlich sind die letzten Zeichen des Nummernschilds zu erkennen: EZS. Ich lasse mich auf dem Stuhl zurückfallen. Ich kann unmöglich heute Morgen hier gewesen sein. Ich bin im Bett aufgewacht, und nichts hat darauf hingedeutet, dass es wieder passiert ist: keine seltsamen Flashbacks, kein Nebel im Kopf, keine unerklärlichen blauen Flecken und keine feuchte, verdreckte Kleidung. Aber Marks Bemerkung heute Morgen … Er hat von letzter Nacht gesprochen, der Nacht davor …

Und selbst ich kann den Beweis vor meinen Augen nicht einfach ignorieren. Nervös sehe ich mich um und schaue dann weiter, Frame für Frame, das Gesicht nur noch wenige Zentimeter vom Bildschirm entfernt, mit zusammengekniffenen Augen und voller Angst, ich könnte etwas Wichtiges verpassen. Was mache ich da an der Praxis? Ich kann keine Bewegung erkennen. Es sind nur die Hintertüren des Gebäudes zu sehen. Dann bewegt sich das Auto, als wäre jemand ausgestiegen. Aufmerksam schaue ich hin, aber ich sehe nicht, dass ich näher ans Gebäude herangehe.

Was heißt das? Bin ich auf die Felder gegangen?

Mein Bauch verkrampft sich. Es gab keinen Grund für mich, auf die Felder zu gehen. Aber es gab auch keinen Grund, zur Praxis zu fahren. Dieser Gedankengang ist also sinnlos. Ich muss irgendwie herausfinden, warum ich hergekommen und wo genau ich hingegangen bin.

Sechzehn Minuten und dreiunddreißig Sekunden später sehe ich, dass sich das Auto wieder bewegt. Da muss ich wohl wieder eingestiegen sein. Dann fährt der Wagen los.

Mein Puls pocht in meinem Kopf, und ich lösche die Datei. Das sind jetzt schon zwei Aufnahmen, die ich gelöscht habe. Jetzt ist mir richtig übel, und ich klicke das Video weg, lehne mich zurück und schlinge die Arme um die Brust. Langsam schaukele ich auf dem Stuhl hin und her. Nebel senkt sich über meine Gedanken und … ich gerate in Panik.

Was habe ich getan?

Abi kommt wieder zurück und stellt einen Becher vor mich hin. »Jenny? Alles okay mit dir?«

»Oh … Äh … Danke. Tut mir leid. Da hat sich was ergeben. Ich muss los.«

»Ich hoffe, es ist nichts Ernstes.« Abi hebt besorgt die Augenbrauen.

»Ich … Ich bin nicht sicher. Tut mir leid. Kannst du Samir und den Mädels sagen, dass ich …« Ich suche einen plausiblen Grund dafür, warum ich einfach weglaufe. Schließlich entscheide ich mich für eine Version der Wahrheit. »Es geht um etwas Persönliches«, sage ich.

Ich fahre los, die Straße runter und dann aus dem Dorf. Und ich fahre und fahre immer weiter.

Kapitel 39

Du glaubst mir vielleicht nicht, aber ich habe immer versucht, dich vor alldem zu beschützen.

So wie an dem Tag, als du mich mitten in der Nacht geweckt und versucht hast, mit uns zu verschwinden, bevor die Polizei dich verhaften kann? Ich hatte den Eindruck, da wolltest du nur dich selbst retten.

Ich weiß, das war eine falsche Entscheidung. Ich hatte immer nur dein Wohlergehen im Sinn. Ich wollte nicht, dass du wegen des Menschen leidest, der ich war. Du bist doch meine kleine Prinzessin. Das warst du immer, und das wirst du auch immer sein, egal wie alt du bist. Die Zeit, die ich mit dir verbracht habe, war die schönste meines Lebens. Die Erinnerung daran hilft mir durch die finstersten Zeiten hier.

Es ist nur eine Schande, dass meine Erinnerungen an dich – an uns – durch das ruiniert worden sind, was du getan hast, wer du bist. Mir hilft das nicht durch die finstersten Zeiten. Mich zieht diese Erinnerung herunter. Ich fühle mich schlecht. Ständig muss ich hinterfragen, wer ich eigentlich bin.

Ich habe nie von dir gesprochen, weil ich nicht will, dass irgendjemand das, was ich sage, gegen dich verwendet. Du bist das Einzige, was ich für mich behalten habe, egal wie sehr die Psychologen, meine Mitinsassen und die Journalisten mich unter Druck setzen. Sie versuchen mit allen Mitteln, mich dazu zu verführen, ihnen zu sagen, was wir zusammen getan haben, wie wir unsere Zeit verbracht haben. Sie wollen, dass ich ihnen sage, du hättest etwas gesehen, dass du irgendwie etwas damit zu tun hattest. Sie sind voller Hass. Egal, was ich sage, sie drehen mir die Worte im Mund um.

Sie drehen dir die Worte im Mund um? Ich habe doch wirklich nichts gesehen. Ich hatte nicht die geringste Ahnung, was du machst. Wie könnte ich?

Kein Wunder, dass du unter Albträumen leidest. Meine arme Prinzessin. Es tut mir ja so, so leid. Ich wünschte, ich könnte dir helfen.

Kapitel 40

MARK

Es ist zehn Uhr, und ich habe keine Lust mehr, zur Arbeit zu fahren. Ich sitze mit gespreizten Beinen auf dem Boden, um mich herum die Briefe, und ich lehne mich schlaff ans Bett. Trotz all der Probleme, mit denen Jen und ich im letzten Jahr zu kämpfen hatten, habe ich mir nicht einen Moment lang ein Leben ohne sie vorgestellt. Mein kurzer Flirt mit Olivia war genau das: ein Flirt. Ein flüchtiges Verlangen. Ich bin nicht dumm. Ich weiß, dass alle Ehen auch immer Arbeit bedeuten. Mir ist durchaus bewusst, dass es mehr als unwahrscheinlich ist, nie einen anderen Menschen attraktiv zu finden, nur weil man verheiratet ist. Jeder fühlt sich hin und wieder zu anderen hingezogen, egal ob körperlich oder emotional. Im Falle von Olivia war es Ersteres … oder zumindest sage ich mir das immer wieder.

Wenn ich darüber nachdenke, wie es weitergehen soll, fühle ich mich vollkommen leer. Wie betäubt. Mein Kopf ist voller Zweifel. Zweifel an mir, Zweifel an Jen und Zweifel an unserer Zukunft. Olivia …

»Gott, Olivia. Wo zum Teufel steckst du?« Ich vergrabe den Kopf in den Händen. Es muss etwas passieren. Ich muss etwas tun, um meine Vermutungen entweder zu bestätigen oder zu zerstreuen. Plötzlich bin ich voller Energie und springe auf. Wenn diese Briefe – und das Armband – den früheren Besitzern des Hauses gehören, dann dürfte es doch nicht so schwer sein, sie zu finden. Ich kann mich nicht an ihre Namen erinnern, dafür muss ich in unseren Papieren nachsehen, die Gott weiß wo sein können.

Am besten frage ich einfach mal in der Dorfpost nach. Die Postmeisterin dort ist schon seit Jahren hier, ihr ganzes Leben, soweit ich weiß. Ich laufe die Treppe runter, werfe mir die Jacke über, schnappe mir meine Schlüssel und gehe raus. Kurz schaue ich zum Wagen, gehe aber an ihm vorbei. Der Fußmarsch wird mir helfen, einen klaren Kopf zu bekommen. Außerdem findet man im Dorfzentrum nur schwer einen Parkplatz, zumal im Augenblick auch noch besonders viel los ist. Auf dem Weg überlege ich, welche Fragen ich der Postmeisterin stellen will, nicht nur was die ehemaligen Eigentümer unseres Hauses betrifft, sondern auch zu Olivia, wenn es mir denn gelingen sollte, das Gespräch in diese Richtung zu lenken. Ich muss ein Gefühl bekommen, wie es um ihren Fall steht. Das wäre ein echter Bonus.

Um zur Post zu gelangen, muss ich an Olivias Haus vorbei. Es sei denn, ich mache einen riesigen Umweg, doch dann würde ich mich der Post aus der entgegengesetzten Richtung nähern. Das wäre einfach lächerlich, und sollte mich jemand sehen und erkennen, dann würde er sofort wissen, dass ich Olivias Straße mit Absicht gemieden habe, und das wiederum würde unnötig Aufmerksamkeit auf mich lenken. Aber jede Person – also jeder normale Dorfbewohner, der nichts zu verbergen hat – würde zu Olivias Haus schauen, wenn er daran vorbeigeht, angesichts der Tatsache, dass das die größte Story ist, die es je im Dorf gegeben hat. Und wenn ich dann daran vorbeigehe, ohne den Kopf zu drehen, würde das Verdacht erregen? Oh, Mann. Mir sinnlos den Kopf zu zerbrechen, scheint meine neue Lieblingsbeschäftigung zu sein.

Aber ich habe mal in einer True-Crime-Sendung gesehen, wie die Polizei einen Verdächtigen mit einem Polizeihubschrauber durchs Dorf verfolgt hat, und vor allem erinnere ich mich daran, wie ein Polizist in der Sendung erwähnt hat, dass der Mann nicht einmal den Kopf gehoben hat, sondern mit gesenktem Haupt durch die Straßen geschlichen ist. »Die meisten Menschen, die einen Helikopter über ihrem Kopf hören«, hat er erklärt, »schauen ganz automatisch nach oben.« Und dass der Kerl genau das *nicht* getan hat, hat die Beamten davon überzeugt, dass er definitiv ihr Mann ist. Mit diesen Gedanken im Hinterkopf schaue ich zu Olivias Haus, als ich daran vorbeigehe, und schüttele dann sanft den Kopf. Sollte mich jemand beobachten, wird er nur denken, ich sei traurig, weil sie noch immer nicht gefunden wurde, genau wie alle anderen in Coleton Combe auch.

Ich frage mich, ob Jenny auch hier vorbeigekommen ist, und falls ja, ob sie es genauso gemacht hat.

»Guten Morgen, Teresa«, sage ich, als ich die Post betrete und mir eine Zeitung aus dem Regal nehme. Kurz werfe ich einen Blick darauf und gehe dann zum Tresen.

»Oh. Man sieht Sie wirklich selten um diese Zeit«, sagt sie. »Haben Sie heute frei?«

»So was in der Art. Ich mache heute einfach mal Homeoffice.«

»Nicht viel zu tun, oder?«, bemerkt Teresa, lacht und deutet auf die Zeitung.

»Ich mache nur Pause. Ich brauchte was frische Luft und wollte ein freundliches Gesicht sehen. Da dachte ich, ich komme mal vorbei und besuche meine Lieblingspostmeisterin.«

»Schmeicheln Sie mir ruhig. Ich mag das.« Teresa zwinkert

mir zu. Sie ist Ende sechzig, und sie wird hier arbeiten, bis sie nicht mehr kann. Sie hat die Post von ihrem Vater geerbt und leitet sie in der dritten Generation. Aber leider wird diese Familientradition mit Teresa enden. Sie und ihr verstorbener Mann haben keine Kinder. Jetzt denkt Teresa viel darüber nach, was wohl mit dem Laden passiert, wenn sie mal nicht mehr ist, und sie hofft, dass die Dorfgemeinschaft die Post weiterführen wird, denn sie ist das eigentliche Zentrum von Coleton Combe. Das war schon immer so, und es wäre eine Schande, wenn es sie nicht mehr gäbe. Wenn ich so darüber nachdenke, dann könnte das ein interessantes Projekt für mich sein.

Aber ich schweife ab. Ich darf nicht vergessen, weshalb ich gekommen bin.

»Teresa, du weißt das sicher …«, beginne ich.

Ein Hauch von Aufregung huscht über ihr Gesicht. »Vermutlich.« Sie lacht. »Ich weiß alles.« Ich stutze bei dieser Bemerkung, und mir läuft ein Schauder über den Rücken. Weiß sie von mir und Olivia? Weiß sie, dass Jenny es herausgefunden hat? Rasch schüttele ich den Gedanken ab und fahre fort:

»Ich kann mich beim besten Willen nicht an den Namen des Ehepaars erinnern, dem unser Haus vor uns gehört hat. Wissen Sie das noch?«

Teresa hebt die Hand vors Gesicht und denkt kurz nach. Ich warte nervös, dass ihre Falten von der Stirn verschwinden und ihr Blick mir verrät, dass sie sich erinnert.

»Wissen Sie«, sagt sie schließlich, »diese Leute haben sehr zurückgezogen gelebt. Sie haben sich nie wirklich in die Dorfgemeinschaft integriert. Wenn ich mich recht entsinne, war ihr Name ein wenig seltsam … Irgendetwas mit Essen …«

Aufmerksam beobachte ich Teresa, während ihr Gehirn arbeitet. Wenn sie mir nicht helfen kann, dann mit Sicherheit jemand vom Gemeinderat. Als unser Haus gebaut wurde, haben mehrere Dorfbewohner Einspruch dagegen erhoben. Da muss es doch Aufzeichnungen geben. Aber Bauherr war eine Immobilienfirma, und es kann natürlich sein, dass nirgends der Name der ersten Käufer auftaucht. Sollte das der Fall sein, dann werde ich mich an den Notar wenden müssen, der den Verkauf geregelt hat. Er kann mir mit Sicherheit auch eine Kopie des Grundbucheintrags besorgen. Ich habe nur gehofft, dass es über Teresa schneller geht.

»Vergessen Sie's, Teresa. Irgendwann, wenn ich nicht mehr daran denke, fällt es mir sicher wieder ein. Das ist ja öfter so.«

»Läuft Jenny deshalb nachts im Pyjama durch die Straßen? Weil sie sich an was erinnert?« Sie sagt das ohne Hintergedanken, doch mein Schock ist mir deutlich anzusehen. Ich hatte ja keine Ahnung, dass außer mir noch jemand anders sie während ihrer Episoden beobachtet hat. Ich stottere und stolpere über meine eigenen Worte, als ich antwortete.

»Oh … Machen Sie sich keinen Kopf«, versucht Teresa, mich zu beruhigen. »Mein Harold hat auch darunter gelitten. Das war wirklich übel. Immer wieder hat er nachts das ganze Haus zusammengeschrien, und oft habe ich ihn auch dabei erwischt, wie er rauswollte. Nackt!«

»Wirklich?« Ich weiß nicht, wie ich darauf reagieren soll. Ich hatte keine Ahnung, dass man Jenny bei ihren nächtlichen Ausflügen gesehen hat.

Als ich gehe, ruft Teresa mir hinterher: »Butternut!« Sie schaut mich triumphierend an. »Ich wusste doch, dass der Name was mit Essen zu tun hatte.«

Ich gehe wieder zu ihr zurück. »Super«, sage ich. Aber das ist nicht der Name auf den Briefumschlägen. »Hatten sie Kinder?«

»Nicht, soweit ich mich erinnere. Nein«, antwortet Teresa. »Die Dörfler haben sich immer gewundert, warum sie ein so großes Haus haben wollten, obwohl sie nur zu zweit waren.«

»Vielleicht haben sie ja deshalb nicht so lange hier gewohnt. Vielleicht haben sie das Haus ja nur erworben, um es gewinnbringend weiterzuverkaufen.«

»Diese verdammten Zugezogenen«, knurrt Teresa. »Wir waren wirklich froh, als Sie und Jenny das Haus gekauft haben. Wenigstens haben Sie eine Geschichte hier mit Ihrer Schwester und so.«

»Ja, uns hat das auch gefreut.« Ich lächele. »Ihnen sind nicht zufällig auch die Vornamen eingefallen, oder?«

»Ich glaube, der von der Frau war ziemlich kurz … traditionell, wissen Sie?«

Ich will ihr keine Namen suggerieren. Also schweige ich, während sie nachdenkt.

»Joan … Nein, das stimmt nicht. Jean vielleicht? Tut mir leid, Mark. Ich glaube, mit dem Nachnamen habe ich mein altes Hirn schon überfordert.«

»Ha! Kein Problem. Sie haben mir schon sehr geholfen. Danke. Ich wünsche Ihnen noch einen schönen Tag«, sage ich, nicke Teresa zum Abschied zu und gehe. Der Nachname mag ja nicht gestimmt haben, aber der mögliche Vorname der Frau klingt zumindest ähnlich wie der auf den Briefen. Es ist also weiterhin möglich, dass die Briefe und damit auch das Armband den Vorbesitzern gehören.

Als ich ungefähr die Hälfte der Straße hinaufgegangen bin, bleibe ich unvermittelt stehen. Vor Olivias Haus parkt ein Auto, und irgendetwas sagt mir, dass das eine Zivilstreife ist. Ich beobachte, wie zwei Leute das Haus verlassen. Eine Frau in einem grauen Hosenanzug und ein Mann im dunklen

Blazer gehen langsam zu dem Fahrzeug. Das sind Detectives. Die Frau schaut sich lässig um. Dann steigt sie auf der Beifahrerseite ein, und für den Bruchteil einer Sekunde treffen sich unsere Blicke. Ich schlucke, wende mich aber nicht ab, es würde nur Verdacht erregen. Die Frau dreht sich zu ihrem Partner um, und sie scheinen kurz miteinander zu reden, bevor er losfährt. Ich könnte schwören, dass ich ihren Blick auf mir fühle, als sie an mir vorbeifahren. Dann dreht der Wagen und kommt noch ein zweites Mal an mir vorbei, bevor er den Hügel hinauffährt und schließlich außer Sicht verschwindet.

Haben sie Olivias Lebensgefährten schlechte Nachrichten überbracht?

Suchen Sie jetzt vielleicht keinen Kidnapper mehr, sondern einen Mörder?

Kapitel 41

Die Ermittlungsakten zum Mord an Paul Slaters erstem Opfer lesen sich wie trockene Details, lassen jedes Gefühl außen vor, erläutern nicht die psychologischen Aspekte seines Handelns. Die Vorgeschichte zu Harriet Jennings Entführung wird nur in Stichworten abgehandelt und die Umstände ihres Todes in den nüchternen Worten eines Autopsieberichts. Nur kalte, harte Fakten. Paul Slater hingegen beschreibt seinen ersten Mord vollkommen anders.

»Ich hatte sie schon eine Zeit lang beobachtet«, erzählte er nur. »Sie hatte mir erzählt, dass sie sich prostituiert und ihr Kind häufig allein zu Hause lässt, während sie für irgendwelche Typen mit tiefen Taschen die Beine breitgemacht hat. Sie hat mich angewidert. Das Kind musste gerettet werden. So eine Mutter würde ihm kein gutes Leben ermöglichen. Also habe ich sie mir geschnappt. Sie war nichts Besonderes, nur eine übertrieben geschminkte Frau ohne jede Selbstachtung. Ich habe sie besser gemacht. Als ich mit ihr fertig war, war sie schöner. Sauberer. Reiner. Ich habe ihr einen Gefallen getan.«

*

Paul schien mit dem neuesten Auszug aus seinem Buch glücklich zu sein, den ich ihm gezeigt habe. Mein ›Wip‹, wie ich es nannte, kurz für ›Work in progress‹. Ich hatte im Vorfeld viel über das Schreiben von Büchern recherchiert und versuchte, die korrekten Fachbegriffe zu benutzen – damit es so klang, als wüsste ich, was ich tat. Aber ich sagte ihm auch, dass ich noch verhältnismäßig neu im Job wäre, um meine Wissenslücken zu erklären, sollte er mir eine Frage stellen, die ich nicht beantworten konnte. Als er mich fragte, ob ich den Teil über sein erstes Opfer noch ein wenig tweaken könnte, erklärte ich mich dazu bereit. Natürlich werde ich es nicht tun. Zu dem Zeitpunkt, für den er den ersten fertigen Entwurf erwartet, werde ich bereits alles haben, was ich von ihm brauche. Also ist das egal.

Ich stellte ein Jahr lang Nachforschungen an und plante alles genau. Ich habe mir gut überlegt, wie ich einen Serienmörder dazu bringen kann, sich mir zu öffnen. Ich hatte nichts mit Medien zu tun. Ich war weder Journalistin noch Schriftstellerin. Ich war jedoch eine attraktive Frau, und Paul Slater saß schon dreiunddreißig Jahre im Knast. Also bin ich davon ausgegangen, dass er einsam war. Er hat nie Besuch bekommen – das war leicht herauszufinden –, und deshalb würde er mit Sicherheit darauf brennen, mich kennenzulernen.

Ich wollte so tun, als hätte er Chancen bei mir, ein Gedanke, der mich zugleich erregte und abstieß. Selbstverständlich hatte ich keinerlei Interesse an dem Mann – nicht auf diese Art –, und ich fühlte mich auch recht sicher dabei, denn ich wusste, dass ich es nie mit ihm würde ›tun‹ müssen. Er würde nie aus dem Knast kommen, und zum Glück sind Intimbesuche im Gefängnis in Großbritannien kein Thema. Ich konnte einfach so tun, in Briefen oder Anrufen. Selbst von Angesicht zu Angesicht konnte ich so tun, als wäre ich an ihm interessiert, und Flirten ist eine Fähigkeit, die ich schon lange einsetze, um zu bekommen, was ich will. Und ich verstand es, mich aufreizend anzuziehen.

Die Psychologen gingen fest davon aus, dass Paul Slater weiter getötet hätte, wenn er nicht gefasst worden wäre. Aber sie glaubten auch, dass die Wahl seines letzten Opfers eine Zäsur darstellte. Das war eines der Dinge, die ich mit ihm für ›das Buch‹ diskutieren wollte.

Als es dann jedoch so weit war und ich dem Mann direkt gegenübersaß, hat es mich doch sehr viel stärker belastet, als ich gedacht hatte. Es dauerte ganze zwei Besuche, bis ich genug Selbstvertrauen gefasst hatte, um die Fragen zu stellen, auf die ich Antworten haben musste. Dabei deutete nichts darauf hin, dass er mich erkannte oder misstrauisch war. Es ist mühsam, alles niederzuschreiben, was er sagte, und das musste ich, denn aus offensichtlichen Gründen durfte ich keine Aufnahmegeräte mit ins Gefängnis bringen, um unsere Gespräche mitzuschneiden. Sobald ich wieder zu Hause war, ordnete ich meine Notizen und ergänzte sie aus meinen Erinnerungen in dem Versuch, alles so gut es ging zu Papier zu bringen.

Nach dem heutigen Besuch konnte ich eine der wichtigsten Fragen auf meiner Liste abhaken. Der heutige Tag war ein Sieg. Ein Durchbruch. Ich glaube, er beginnt tatsächlich, mir zu vertrauen. Wenn alles gut geht, wird es nicht mehr allzu lange dauern, bis ich meinen nächsten Zug planen kann.

Kapitel 42

JENNY

Neben Marks Audi parkt ein weiteres Fahrzeug in der Einfahrt. Deshalb parke ich so hinter Marks Wagen, dass das fremde Auto ohne Probleme zurücksetzen und vorwärts aus der Einfahrt fahren kann. Die Straße ist ziemlich schmal, man fährt besser nicht rückwärts hinaus. Ich kenne den blauen Vauxhall nicht, und es ist auch niemand vor der Tür, also sind wohl alle im Haus.

»Kommt, Kinder. Rein mit euch und ab in eure Zimmer. Hausaufgaben machen.«

»Ich brauche Hilfe bei Mathe«, sagt Alfie.

»Probier es erst mal selbst, Süßer.« Ich hole die Ranzen raus und gebe sie den Kindern.

»Ich habe nichts auf«, erklärt Ella.

»Schön. Dann lies was.« Es tut mir leid, dass ich so kurz angebunden bin, aber ich habe ein flaues Gefühl im Magen, und das ist eine Warnung, dass hier etwas nicht stimmt. Mein Bauch hat für gewöhnlich recht. Langsam nähere ich mich der Haustür. Fast fürchte ich mich vor dem, was mich dort drinnen erwartet. Es würde mich fast freuen, wenn es Brett wäre. Das Unbekannte macht mir wesentlich mehr Angst.

Als ich den Flur betrete, höre ich mehrere Stimmen in der Küche. Eine gehört Mark, die anderen – eine männliche und eine weibliche – kenne ich nicht. Die Kinder laufen in Richtung der Stimmen. Sie wollen unbedingt ihren Daddy sehen.

Ich seufze, weil sie meine Anweisungen einfach so ignorieren, laufe ihnen aber nicht hinterher, sondern versuche herauszuhören, worum es sich bei dem Gespräch dreht. Doch jetzt sind die Kinder in der Küche, und damit hat sich das Gespräch erst einmal erledigt.

Ich zögere. Meine Beine wollen sich nicht bewegen, aber mir bleibt keine Wahl. Ich muss auch in die Küche gehen.

Die Frau trägt einen grauen Hosenanzug und eine ockerfarbene Bluse unter dem offenen Jackett, dazu Pumps mit nicht allzu hohem Absatz. Sie lehnt an der Arbeitsplatte. Ihr Blick fliegt förmlich zu mir herüber, als ich den Raum betrete, und sie stößt sich von der Arbeitsplatte ab und strafft die Schultern, als wäre gerade ihr Vorgesetzter hereingekommen. Ihre Hand schießt sofort vor, während sie ein paar selbstbewusste Schritte auf mich zu macht.

»Detective Sergeant Davis.« Ihr strenges Auftreten macht mir sofort Angst. Ihr Handschlag ist fest, und der Blick ihrer dunkelbraunen Augen bohrt sich in meine. Wir sind ungefähr gleich groß und ähnlich gebaut, aber sie scheint ein paar Jahre jünger zu sein. Ihre makellose, olivfarbene Haut strahlt förmlich, und die Falten in ihren Augenwinkeln sind nicht annähernd so tief wie bei mir. »Wir haben Ihrem Mann gerade gesagt, dass wir nach dem letzten Besuch unseres Teams hier, am Samstag, noch ein paar Fragen haben«, erklärt sie. Ihr Lächeln ist viel zu breit, einstudiert. Das ist ohne Zweifel Teil ihres Repertoires. Das ist die Art von Lächeln, an die ich mich noch gut aus meiner Kindheit erinnere, und das lässt mich schaudern … genau wie damals. Nervös schaue ich zu Mark hinüber, doch der zuckt nur mit den Schultern.

»Jennifer Johnson«, sage ich mit einem Selbstvertrauen, das ich nicht empfinde.

»Und ich bin Detective Constable Bishop«, sagt der Mann. Er bietet mir nicht die Hand an, sondern bleibt sitzen. Auch er hat ein völlig glattes Gesicht. Nicht ein einziger Bartstoppel ist auszumachen. Vermutlich ist er nicht viel älter als zwanzig. Sein Anzug scheint eine Nummer größer zu sein als nötig und sieht aus, als käme er von Next. Und entweder ist er neu im Job, oder aber er ist schlicht ignorant, wenn er es noch nicht einmal für nötig hält aufzustehen, um mich zu begrüßen.

»Wie können wir Ihnen behilflich sein?« Ich schaue wieder zu Mark. Warum sagt er nicht einfach so was wie: »Ja, Detectives. Wie können wir Ihnen helfen?« Das würde doch schon reichen. Er lässt mich einfach im Regen stehen und starrt durch mich hindurch. Ich frage mich, wie lange die Beamten wohl schon hier sind. Hatten sie schon ein längeres Gespräch mit Mark, bevor ich gekommen bin? Mein Mund ist wie ausgetrocknet, und das Schlucken fällt mir schwer. Hat Mark ihnen von meinen Blackouts erzählt? Dass ich vielleicht auch durchs Dorf gewandert sein könnte, als Olivia entführt wurde?

»Ja, das hoffen wir«, antwortet DS Davis. Ich kann ihren Akzent nicht einordnen. In jedem Fall stammt sie nicht aus der Gegend hier. »Wie Sie sicherlich wissen, sind unsere Beamten von Tür zu Tür gegangen und haben Erkundigungen eingezogen, und bei einem dieser Besuche ist etwas zutage gekommen, etwas … Interessantes. Da setzen wir nun an, und deshalb sind wir hier.«

Ihre Stimme geht im Rauschen des Bluts in meinen Ohren unter. Das hat etwas mit Caroline Brewers Kamera zu tun. Mit Sicherheit. »Ja, natürlich. Hat mein Mann Ihnen schon etwas zu trinken angeboten, Detectives?« Ich spiele auf Zeit, aber ich nehme an, dass man das in dieser Situation auch so macht. Ich erinnere mich jedenfalls noch gut daran, dass es auch die Strategie meiner Mutter gewesen ist, wenn die Beamten kamen. Himmel! Wissen diese Detectives, wer ich bin?

»Nicht nötig. Danke«, sagt DS Davis. »Es wird nicht lange dauern.«

Kurz breitet sich Optimismus in mir aus. Ich lächele und warte auf die Frage.

»Wo waren Sie in …?« DS Davis hält kurz inne und holt ein kleines Tablet aus ihrer Tasche. In dieser Pause hat mein Kopf die fehlenden Worte bereits ergänzt. Wo war ich in der Nacht von Olivias Entführung. Aber das wissen sie, denn das habe ich den Beamten schon Samstag gesagt.

»In der Nacht von Freitag, dem 12. August?« DS Davis konzentriert sich wieder auf mich.

»Oh. Ich weiß nicht«, antworte ich ehrlich verwirrt. Ich war fest davon überzeugt, dass sie nach der Nacht der Entführung fragen würden, nicht nach Gott weiß wie vielen Tagen davor. »Das ist schon ein paar Wochen her.«

»Ja. Schreiben Sie vielleicht Tagebuch? Oder haben Sie was auf Ihrem Handy?«, schlägt DS Davis vor. Dann wartet sie, während ich nachschaue. Ich habe nichts für diesen Tag notiert, weder tagsüber noch abends, aber ich habe das Gefühl, dass es nicht gut für mich wäre, das zuzugeben.

»Auf meinem Handy ist nichts. Aber ich benutze die Kalenderapp auch nicht.« Das stimmt. Da kann sie also auch nichts reininterpretieren.

»Was ist mit Ihnen, Mr Johnson?«, fragt DC Bishop. Er sitzt noch immer, aber sein Notizbuch liegt jetzt auf dem Tisch, und er schaut ernst drein. »Haben Sie vielleicht etwas zu dem Abend notiert?«

Mark zögert mit seiner Antwort. Und in dieser winzigen

Zeitspanne wird mir klar, dass er mir nicht helfen wird. In einem selbstbewussten Tonfall, der mich schaudern lässt, erklärt er schlicht: »Nein. In meinem Kalender steht auch nichts, was Jenny betrifft. Allerdings gibt es da eine Markierung für den Tag, aber ich glaube, das hatte mit etwas anderem zu tun. Ich glaube, da war ein Meeting oder so.«

»Abends?«

»Das weiß ich nicht genau. Tut mir leid. Ich erinnere mich nicht.« Er hat sich also entschlossen, vage zu bleiben. Meine Enttäuschung muss mir deutlich anzusehen sein, denn Mark schaut zu mir und kneift leicht die Augen zusammen. Ich fühle, dass er versucht, sich stumm bei mir zu entschuldigen, doch das reicht mir nicht. Meine Brust brennt wie Feuer. Ich bin ganz allein. Mein Mann hat mich in die Scheiße geritten.

»Okay. Vielleicht können Sie das ja noch für uns herausfinden. Das würde uns bei unseren Ermittlungen sehr helfen.«

»Ja, natürlich«, sagt Mark.

DS Davis richtet ihre Aufmerksamkeit wieder auf mich. »Mrs Johnson. Jennifer.« Sie lächelt süßlich. Die Vorbereitung auf den Schlag, der unweigerlich kommen wird. »Wir haben Aufnahmen einer Kamera von einem Haus gegenüber dem von Olivia Edwards, und darauf ist eine Frau zu sehen, die dort lauert und Ihrer Beschreibung entspricht.«

Die Art, wie sie ›lauert‹ sagt, klingt für mich wie eine offene Drohung, und plötzlich werden meine Knie weich, und ich habe das Gefühl, als könnte ich mich nicht mehr aufrecht halten. Aber wenn ich mich jetzt setzen würde, sähe das schlecht aus. Also drücke ich einfach die Knie durch in der Hoffnung, nicht auf dem Küchenboden zusammenzubrechen. Ich muss es vorsichtig angehen. Tatsächlich sollte ich wohl besser gar nichts sagen, und wenn, dann nur in Gegenwart eines Anwalts, denn bei den Fragen der Beamten geht es um mehr als nur darum, Informationen zu sammeln. Sie versuchen zu beweisen, dass ich vor Olivias Entführung bei ihrem Haus gewesen bin. Sie versuchen, mich aufs Glatteis zu führen. Es ist genau wie bei meinem Vater. Er hat immer gesagt, dass die Cops es auf ihn abgesehen hatten, dass sie ihn und meine Mutter manipulieren würden, damit sie ihnen Zeug erzählen, das ihn in ein schlechtes Licht rückt. Auch wenn es kaum noch ein schlechteres Licht als das gab, welches die Serienmorde auf ihn warfen. Zwar ist es seinem Anwalt gelungen, ein paar der Beweise für unzulässig erklären zu lassen, weil sie nicht auf gesetzeskonforme Art beschafft worden waren; doch genutzt hat es nicht viel. Dabei hat er erklärt, dass mein Vater in einigen Fällen sogar freigesprochen worden wäre, hätten die Beamten sich bei den Verhören an Recht und Gesetz gehalten.

Ja, mein Vater hat mehrere Frauen umgebracht, und doch hätte er mit einigen dieser Morde durchkommen können, wäre sein Anwalt bereits bei den ersten Verhören anwesend gewesen. Auch wenn er eindeutig für sämtliche Morde verantwortlich war, hätte er juristisch gesehen nicht für alle verurteilt werden dürfen.

Doch wenn ich jetzt auf einen Anwalt bestehe, dann lenke ich alle Aufmerksamkeit auf mich. Dann könnte ich mir genauso gut eine Pistole an den Kopf halten und sagen: »Schuldig.« *Bleib einfach vage.* Solange ich nicht mehr über die Videoaufnahmen weiß, will ich nicht kategorisch erklären, dass ich dort war oder auch nicht. Ich will den Detectives nicht in die Hände spielen.

»Die meiner Beschreibung entspricht?« Ich lege den Kopf auf die Seite. »Was meinen Sie damit?«

Kurz schauen die beiden Detectives einander an. »Ungefähr Ihre Größe, schlank gebaut, schulterlanges, kupferblondes Haar«, antwortet Davis. »Sie schienen zuerst an Olivia Edwards' Haus vorbeizugehen. Dann haben sie kehrtgemacht, kurz auf der Straße gestanden und sind dann in den Garten gegangen.«

»Sie meinen *die Person auf den Bildern* scheint das getan zu haben. Sie wissen nicht, ob ich das war, Detective.« Die Ruhe in meiner Stimme spiegelt sich nicht in meinem Körper wider. Mein Puls rast, und meine Lunge brennt. Wie kann sie es wagen, das so auszudrücken? Am liebsten hätte ich sie rausgejagt.

»Ja, natürlich. Die Person auf den Bildern«, wiederholt Davis. »So … Erinnern Sie sich daran, zum angegebenen Zeitpunkt an Olivias Haus gewesen zu sein?«

»Nein. Ich habe keinerlei Erinnerung daran. Ich weiß auch nicht, warum ich vor ihrem Haus ›lauern‹ sollte. Und erst recht habe ich keine Ahnung, warum ich in den Garten gehen sollte.«

»Sie und das Opfer waren nicht befreundet?«

Ich zucke mit den Schultern. »Nicht wirklich. Nein. Wir hatten nicht viel miteinander zu tun.« Allmählich verliere ich die Geduld. Ich werde ihnen gleich vorschlagen müssen, dass sie mich schon aufs Revier bestellen müssen, wenn sie mich weiter verhören wollen. Und vielleicht sollten sie mir auch meine Rechte vorlesen. Aber es ist, als hätten die Beamten meine Gedanken gelesen. DC Bishop schiebt den Stuhl zurück und steht auf.

»Danke, dass Sie sich Zeit für uns genommen haben, Jennifer«, sagt er.

Ich öffne den Mund, um etwas darauf zu erwidern, besinne mich dann jedoch eines Besseren. Ihre Taktik hat jedenfalls nicht funktioniert. Ich habe ihnen nicht unbeabsichtigt etwas gegeben, was sie gegen mich verwenden können. Dafür müssen sie sich schon mehr anstrengen.

Als sie weg sind, drehe ich mich zu Mark um. »Danke für deine Unterstützung.«

»Schau mal. Ich wusste nicht, was ich sagen sollte. Tut mir leid. Vielleicht hätte ich alles nur noch schlimmer gemacht, wenn ich etwas gesagt hätte.«

»Schlimmer? Wie das, Mark? Sie glauben offensichtlich, dass ich in Olivias Garten war, und das eine Woche vor ihrer Entführung. Sie glauben, dass ich etwas damit zu tun habe. Und dass du nicht hinter mir stehst, sah nicht gerade gut aus. Oder warst vielleicht sogar du es, der sie auf diese Spur gebracht hat?«, spucke ich. Ich koche förmlich vor Wut. »Seien wir ehrlich. Als die Polizei am Samstag zum ersten Mal danach gefragt hat, da hast du sofort gedacht, das ich es gewesen bin.«

»Das ist nicht fair, Jen. Und wo wir schon bei Vorwürfen sind … Vielleicht glaube ich ja wirklich, was auf diesen Aufnahmen zu sehen ist. Es wäre auch nicht das erste Mal. Selbst Teresa von der Post hat schon gesehen, wie du während deiner angeblichen Blackouts mitten in der Nacht im Pyjama durchs Dorf gewandert bist.«

»Während meiner *angeblichen* Blackouts? Okay. Ich verstehe. Jetzt kommt also alles raus, nicht wahr?«

»Sag du es mir, Jen. Du scheinst schließlich diejenige zu sein, die Sachen verschweigt.«

Heiße Tränen laufen mir übers Gesicht. Wut und Angst sind eine mächtige Mischung.

»Mommy?«, sagt eine leise Stimme hinter mir, und ich wirbele herum. Da steht Alfie, die Augen weit aufgerissen. »Warum schreist du?«

»Ja, Jen«, zischt Mark, tritt an mich heran und beugt sich zu mir. »Warum schreist du?«, flüstert er mir ins Ohr. »Habe ich vielleicht einen Nerv getroffen?«

Ich weiche zurück und funkele ihn an.

»Du weißt nichts über mich. Gar nichts«, sage ich.

»In dem Punkt sind wir uns einig.« Er drängt sich an mir vorbei und nimmt Alfies Hand. Ich höre ihn leise mit unserem Sohn sprechen, während er ihn hinaufführt. Ich bleibe allein zurück, und plötzlich fühle ich mich sehr, sehr verwundbar.

Kapitel 43

JENNY

Seine Hände waren zwar groß, aber auch sanft, wenn er sorgfältig die Flügel ausbreitete, ablöste und symmetrisch auf Nadeln steckte. Sie schaute fasziniert zu, voller Ehrfurcht für die Sorgfalt und Detailversessenheit ihres Vaters. Sie liebte den Ausdruck auf seinem Gesicht bei der Arbeit. Er war so friedlich und ruhig. Auch sie schaute er manchmal so an. Als sie von der Tür zurückwich, blieb sie mit dem Ellbogen an der Türklinke hängen und schrie vor Schmerz auf. Der Gesichtsausdruck ihres Vaters änderte sich sofort. Er zog die Lippen hoch wie der Nachbarhund, wenn sie an dessen Tor vorbeiging. Seine Wangen wurden rot. Dann schlug er hart mit den Händen auf den Tisch und warf den Schmetterling auf den Boden.

»Jetzt schau dir nur mal an, was du getan hast!«

Sofort füllten sich Janes Augen mit Tränen, und sie wich zurück. Aber sie wandte sich nicht ab, denn dafür hatte sie viel zu viel Angst. »T… Tut mir leid. Tut mir leid. Ich wollte doch nur zuschauen.«

Als hätte er einen Schalter umgelegt, änderte sich das Gesicht ihres Vaters erneut. »Na ja. Neugier ist ja auch nichts Schlechtes«, sagte er. »Komm her.« Er lächelte und winkte sie zu sich. Sie entspannte sich wieder und kam näher. »Willst du mal sehen, wie man das macht?«

»Ja, bitte.«

»Dann brauchen wir ein neues Exemplar. Das hier ist ruiniert. Hol deinen Mantel. Aber sei still. Lass dich nicht von deiner Mutter erwischen. Okay?«

»Ja, Daddy.«

Kurz darauf kehrte Jane im Mantel wieder zurück. »Wird das auch eines unserer Geheimnisse?«, fragte sie.

»Ja, meine Prinzessin. Das wird es.«

*

Die Kälte dringt durch den dünnen Stoff und bringt mich wieder zu Bewusstsein.

Ich bin im Gartenschuppen.

Warum bin ich hier? Die letzten paar Male bin ich auf dem Küchenboden aufgewacht, aber ohne mich daran zu erinnern, wo ich während des Blackouts gewesen bin. Jetzt frage ich mich, ob ich direkt in den Schuppen gegangen bin, als ich das Haus verlassen habe. Ich schaue mich im schwachen Mondlicht um, das durch das Fenster fällt. Soweit ich sagen kann, sieht alles aus wie immer. Alles ist genau da, wo es sein soll. Dann fällt mein Blick auf eine schwarze Keramikkatze, die unter einer Holzbank hervorlugt. Ich erinnere mich nicht daran, sie je gesehen zu haben, aber vielleicht hat Mark sie dort hingelegt. Ich runzele die Stirn, krieche zur Bank und greife nach der Katze. Und im selben Augenblick blitzt eine Erinnerung auf. Das Gewicht in meiner Hand fühlt sich vertraut an. Sammle ich während meiner Blackouts willkürlich Dinge aus den Gärten fremder Leute? Ich bin im Moment viel zu müde, um weiter darüber nachzudenken, und so lege ich die Katze wieder zurück und stehe auf.

Ich nehme an, diese Episode ist auf den Besuch der Polizei und Marks mangelnde Unterstützung zurückzuführen. Seine bitteren Worte und die Art, wie sich sein Gesicht verhärtete, als er mich angeschaut hat, trieben mich noch um, während ich wach neben ihm im Bett lag. Selbst in der Zeit kurz nach seiner Affäre hat er sich mir gegenüber nie so verhalten. Irgendetwas ist da kaputtgegangen, und ich bin nicht sicher, ob wir uns je davon erholen werden. Wir mögen noch im selben Bett schlafen, aber wir könnten nicht weiter voneinander entfernt sein. Und ich wette, dieses Schlafarrangement wird auch nicht mehr lange so bleiben. Das ist der schlimmste Zustand, in dem meine Ehe je gewesen ist, und ich weiß nicht, wie wir da wieder rauskommen sollen. Selbst wenn ich jetzt reinen Tisch mache und Mark die Gründe für mein Verhalten in letzter Zeit erklären würde, wird das nichts ändern, im Gegenteil … Vermutlich wird dann alles nur noch schlimmer. Es wäre das endgültige Aus für unsere Ehe.

Mein Körper fühlt sich schwer an, als würde ich im wörtlichen Sinn von etwas heruntergedrückt. Ich schlurfe zum Fenster und sehe die Silhouette des Hauses vor dem dunkelblauen Himmel. Es ist noch immer Nacht oder vielleicht auch sehr früh am Morgen. Ich habe mein Zeitgefühl verloren. Als ich an mir hinunterschaue, entdecke ich Kratzer an meinen Armen. Sie brennen, als ich mit den Fingern darüberstreiche. Und sie sind frisch. Winzige Blutstropfen sind zu sehen, doch die Wunden sind nur oberflächlich. Und soweit ich sagen kann, stammen sie nicht von menschlichen Fingernägeln. Ich atme langsam ein. Das ist wenigstens etwas. Aber irgendwo habe ich diese Kratzer abbekommen, und da sie nicht von einem Menschen zu stammen scheinen, muss ein Tier dafür verantwortlich sein. Die Frage ist also: Was habe ich getan, um sie mir zu verdienen, und was ist mit dem Tier passiert?

Es gibt nichts, was darauf hindeutet, dass ein Tier im

Schuppen gewesen ist. Ich schaue mich um. Ja, das scheint sicher. Alles ist ausgesprochen sauber und ordentlich. Ich habe nichts durcheinandergebracht. Zeit, sich wieder reinzuschleichen. Das wird mit jeder Episode herausfordernder, und da ich immer häufiger einen Blackout habe, muss ich mich mit diesen Schwierigkeiten immer öfter auseinandersetzen. Ich sollte mir eine Notfalltasche in den Schuppen legen, mit einem Schlafanzug, Feuchttüchern, um mich zu reinigen, und einem Paar Schuhe, damit meine Füße nicht wieder schmutzig werden. Das würde mir zumindest helfen, Zeit zu sparen, und ich würde nicht mehr zu den unmöglichsten Zeiten im Bad hocken. Ich nehme mir vor, das so schnell wie möglich in die Tat umzusetzen, während ich auf Zehenspitzen durch das kalte, feuchte Gras schleiche und über die Terrasse ins Haus gehe. Die Terrassentür ist offen, wie immer, wenn ich draußen aufgewacht bin. Also muss ich das Haus auch jedes Mal auf diesem Weg verlassen haben.

Meine nackten Füße machen kaum Geräusche, als ich über den Marmorboden zur Treppe schleiche. Ich habe kein Handy dabei und somit auch kein Licht. Ich kann es mir jedoch nicht leisten, die Lampen einzuschalten. Also taste ich mich an der Wand entlang und suche mir so den Weg zurück ins Schlafzimmer.

Als ich oben ankomme, blendet mich ein Licht.

»Wo warst du denn diesmal?«, erschreckt mich Mark mit seiner tiefen Stimme.

»Scheiße, Mark! Was machst du da?«

»Ich habe zuerst gefragt«, sagt er und richtet die Taschenlampe seines Handys auf mein Gesicht.

Ich hebe die Hand, um meine Augen abzuschirmen, und blinzele. »Kannst du das Ding mal wegnehmen?« Ich gehe an ihm vorbei, die Augen zusammengekniffen, doch er packt mich am Arm und dreht mich zu sich um.

»Wir müssen reden. Jetzt.« Er zieht mich zur Treppe zurück, und ich stolpere ihm hinterher.

»Bleib bitte stehen.« Mir treten die Tränen in die Augen. Mark ist mich noch nie körperlich angegangen. Das macht mir Angst, und seine Wut ist förmlich greifbar. In diesem Moment habe ich wirklich das Gefühl, dass er mich hasst. Als wir im Flur ankommen, nimmt er meine Hand und zieht mich zum Wohnzimmer.

»Setz dich. Da hin«, befiehlt Mark und stößt mich grob, sodass ich aufs Sofa falle. »Und wir werden uns nicht hier wegbewegen, ehe du mir nicht alles erzählt hast.«

»Ich weiß nicht, was du meinst.«

»Spiel jetzt nicht die Unschuldige, Jen. Du weißt verdammt genau, was ich meine. Du hattest wieder einen Blackout. Wo bist du aufgewacht?«

Bevor ich antworte, denke ich erst einmal nach. Ich könnte natürlich ehrlich sein, denn ich weiß, dass da nichts Belastendes im Schuppen ist. Ich muss jedoch die Folgen meiner Antwort abwägen, denn ich weiß auch, dass die Polizei mich beim nächsten Verhör ordentlich in die Mangel nehmen wird. »Im Schuppen«, sage ich schlicht.

»Wirklich?« Mark klingt ungläubig. Ich schüttele den Kopf, schaue ihm ins Gesicht und sehe nur Verachtung.

»Ja. Wirklich. Also kein Grund zur Sorge«, schnappe ich.

»Man hat dich im Dorf gesehen, weißt du? Und das heißt, dass du viel weiter weg gehst, als du sagst.«

Der Mund bleibt mir offen stehen, und ich versuche, meine Überraschung zu verbergen, indem ich mich verteidige. »Als ich *zugebe*? Du weißt doch, dass ich nicht die geringste Ahnung habe, wo ich bei einem Blackout gewesen bin. Es ist also nicht gelogen, wenn ich sage, ich sei im Schuppen gewesen. An mehr kann ich mich nicht erinnern.«

»Nein.« Mark beginnt, auf und ab zu laufen. »Ich glaube nicht, dass das stimmt. Du verbirgst etwas vor mir, Jen. Das weiß ich. Warum vertraust du mir nicht genug, um mir das zu erzählen?«

»Nun, wenn du unbedingt über Vertrauen sprechen willst …«

»Es reicht!« Mark springt auf mich zu und schreit mir ins Gesicht. Speichel fliegt auf meine Haut. »Hör auf damit! Hör auf damit, so zu tun, als gehe es hier um mich, um diesen *einen* Fehler, den du nicht vergessen kannst. Hier geht es um *dich*. Und darum, ob ich das Gefühl habe, dass meine Kinder in diesem Haus noch sicher sind.«

Der Schock trifft mich wie ein Schlag. Wovon redet er da? »Unsere Kinder *sind* sicher. Das waren sie immer, Mark«, zische ich langsam und ruhig. Wie kann er es nur wagen, ihre Sicherheit infrage zu stellen.

»Tut mir leid, Jen, aber das sehe ich anders. Und da du nicht in der Lage zu sein scheinst, die Wahrheit zu sagen, bin ich derjenige, der sie beschützen muss.«

Ich springe vom Sofa und baue mich vor ihm auf. Ich will ihm widersprechen, doch mir ist klar, dass er die Oberhand hat. Ohne alles zu erzählen, hier und jetzt, habe ich kein Gegenargument. »Ich brauche deine Unterstützung, Mark«, flüstere ich und schaue ihn flehend an. »Diese Blackouts sind furchterregend. Auf dem Küchenboden oder im Garten aufzuwachen, mit schmutzigen Kleidern und manchmal nach einer Stunde … Das ist die schlimmste Erfahrung, die du dir vorstellen kannst. Aber ich habe nie unsere Kinder in Gefahr gebracht. Nur mich selbst.«

Marks Gesichtszüge entspannen sich ein wenig, doch seine Wut erfüllt noch immer den Raum. Mark ist ein guter Mann. Er neigt nicht dazu, die Fassung zu verlieren oder gar aggressiv zu werden, und deshalb weiß ich, dass er auch Angst hat. Die Detectives haben ihn genauso eingeschüchtert wie mich, und genau wie ich versucht er nun, seine Emotionen in den Griff zu bekommen. Das darf ich nicht vergessen.

»Ich weiß aber nicht, wie ich dir helfen soll«, sagt er. »Und angesichts der Tatsache, wie heftig diese Blackouts sind, dass du dich nicht erinnerst …. Ich … Nun, ich …« Sein Gesicht fällt förmlich in sich zusammen, und mir zieht es den Magen zu.

»Du was?«, hake ich nach.

»Ich frage mich, ob du Olivia in dieser Nacht etwas angetan hast. In der Nacht ihres Verschwindens hattest du ja auch einen Blackout. Und da Teresa schon mal gesehen hat, wie du nachts durchs Dorf gewandert bist, warum sollte es nicht auch in dieser Nacht so gewesen sein?«

»Okay. Mir ist klar, wie schlecht das aussieht. Aber denk doch mal darüber nach, Mark. Denk nach.« Ich klopfe mir mit dem Finger an die Schläfe. »Wie sollte ich in Trance und im Pyjama eine Frau überwältigen? Und selbst wenn mir das gelingen würde … was dann? Dann müsste ich sie in meinem Zustand durchs Dorf und an eine Stelle schleppen, wo die Polizei sie nicht finden kann. Wie soll das gehen? Das ist unmöglich.«

Mark starrt mich an und schweigt. Ich spinne meinen Gedanken fort.

»Um sie entführen zu können, hätte ich einen Plan gebraucht – einen Fluchtweg –, und zu Fuß wäre das eine ziemliche Herausforderung. Wer auch immer Olivia entführt hat, er muss ein Auto gehabt haben. Dass die Polizei mich auf dem Video in Olivias Garten gesehen hat, hat gar nichts zu bedeuten.«

»Das ist ja auch nur das, was sie uns mitgeteilt haben, Jen. Du weißt doch, dass sie nie alles preisgeben.«

»Hätten sie mehr, dann hätten sie mich verhaftet.«

Einen Augenblick lang schaut Mark nachdenklich drein. Dann entspannt sich sein Gesicht. »Ja, das stimmt.«

»Wegen des ganzen Stresses habe ich mehr Blackouts als sonst.« Ich gehe zu Mark, schlinge die Arme um seine Hüfte und lege mein Gesicht auf seine Brust. »Wenn du mir hilfst, wenn du mir nicht weiter Vorwürfe machst, dann hört das vielleicht auf. Und dann musst du dir auch keine Sorgen wegen der Kinder machen.«

»Bitte, entschuldige«, sagt Mark. Er dreht mein Haar in seinen Fingern und küsst mich auf den Kopf.

»Können wir jetzt bitte wieder ins Bett gehen?«, frage ich. Mark lächelt schwach. Ich glaube, für den Augenblick habe ich ihn auf meine Seite gezogen. Ich habe die Saat des Zweifels in seinem Kopf gesät und ihm ein schlechtes Gewissen gemacht, weil er auch nur einen einzigen Gedanken daran verschwendet hat, dass ich etwas mit Olivias Entführung zu tun haben könnte. Das erinnert mich an die Manipulationen meiner Mutter. Bin ich etwa wie sie? Egal. Darüber kann ich mir jetzt keine Gedanken machen, denn möglicherweise muss ich diese Taktik noch einmal einsetzen, da sein Verdacht gegen mich ohne Zweifel zurückkehren wird. Wie viel Zeit bleibt mir noch? Als wir auf dem Weg ins Schlafzimmer an der Haustür vorbeikommen, fällt das Licht der Straßenlaterne durchs Glas und auf die ersten Stufen. »Unser Leitstern«, sage ich.

Mark bleibt unvermittelt stehen und schaut zur Tür. Ich

spüre, wie sein Arm von meiner Schulter gleitet, und er tritt einen Schritt von mir zurück. Ich bin wie erstarrt. Was macht er da?

»Komm, Liebling«, sage ich und strecke die Hand nach ihm aus. »Die Kinder werden bald wach sein, und wir werden uns einfach nur Scheiße fühlen. Nutzen wir die paar Stunden, die uns geblieben sind, um den nächsten Tag zu überstehen.«

Mark zögert. Er steht noch immer zwischen mir und der Haustür.

»Sicher«, sagt er schließlich. Er atmet tief ein und geht zur Treppe. Für den Bruchteil einer Sekunde schaut er mir in die Augen, bevor er meine Hand nimmt, und wir gehen ins Bett.

Kapitel 44

MARK

Ich warte, bis ich sie tief und rhythmisch atmen höre, bevor ich wieder aus dem Bett steige. Nachdem ich das Schlafzimmer still und leise durchquert habe, gehe ich raus und zum Balkonfenster. Von hier kann ich die Einfahrt nicht deutlich sehen. Es war Jens Bemerkung, dass Olivias Entführer einen Wagen gehabt haben muss, die mich hierhergeführt hat. Einmal, letztes Jahr, wollte ich morgens zur Arbeit, und ihr Wagen hatte meinen blockiert. Sie parkt immer neben mir. Dafür ist auch genug Platz. Tatsächlich können vor unserem Haus sogar drei Fahrzeuge bequem nebeneinander parken. Doch damals stand ihr Volvo schief, sodass ich meinen Wagen nicht wenden konnte, um rauszufahren. Ihre Erklärung damals war plausibel, doch plötzlich stelle ich sie infrage, denn das Ganze ist unmittelbar nach einem Blackout passiert.

Ich halte die Luft an, nähere mich dem Fenster und spähe vorsichtig hinaus. Ich bete, dass ich den Volvo sicher geparkt neben meinem Wagen sehe.

Mein Herz setzt einen Schlag lang aus.

Der Volvo parkt schief hinter meinem Audi.

Das war definitiv nicht so, als wir ins Bett gegangen sind.

Jen muss bei ihren Blackouts Auto fahren.

Kapitel 45

JENNY

Dienstag

Während des Frühstücks herrscht ein unangenehmes Schweigen. Mark nimmt kaum Blickkontakt zu mir auf. Das ist inzwischen zur Normalität geworden. Sein Gesicht wirkt – genau wie meins – ausgemergelt und müde. Die Folgen der Diskussion am frühen Morgen sind ihm deutlich anzusehen. Ich weiß, dass ich den ersten Schritt machen muss ... schon wieder.

»Wir sollten mal wieder ausgehen«, sage ich und beobachte Mark über den Rand meines Kaffeebechers hinweg. Wie wird er reagieren? Sein Gesichtsausdruck bleibt gleichgültig. Er zuckt nur mit den Schultern und beißt in seinen Toast.

»Ich bin sicher, deine Eltern würden gerne Babysitter spielen«, mache ich einfach weiter, obwohl es Mark ganz offensichtlich an Enthusiasmus mangelt.

»Dann mach«, sagt er ohne jede Begeisterung.

Ich stehe auf und spüle meinen Becher ab. Dabei wende ich Mark und den Kindern den Rücken zu, und meine Augen füllen sich mit Tränen. Ich sollte etwas essen, aber ich habe keinen Appetit. Als ich mich wieder umdrehe, denke ich über meine Familie nach, die hier wie jeden Tag am Tisch sitzt. Vor noch gar nicht allzu langer Zeit war das gemeinsame Frühstück das Normalste der Welt. Doch seitdem hat sich so viel verändert, und im Augenblick ist es nur eine Änderung zum Schlimmeren.

»Wann fährst du uns in die Schule, Daddy? Das hast du uns schon ewig versprochen«, sagt Ella plötzlich.

»Stimmt.« Mark beugt sich zu Ella und lächelt breit für seine Tochter. »Wie wäre es mit heute?«

»Wirklich?«, ruft Alfie und rutscht aufgeregt auf seinem Stuhl herum.

»Yeah!« Ella reckt die Faust in die Luft. Von wem hat sie das denn?

»Oh … Äh …«, murmele ich. Plötzlich wird mir klar, dass ich außen vor bin. »Daddy muss früh los. Wirklich. Um zur Arbeit zu …«

»Nein.« Mark hebt die Hand. »Ich will meine Süßen heute in die Schule bringen. Die Arbeit kann warten.«

Mir fällt auf, dass er von *seinen* Süßen spricht, und meine Muskeln verspannen sich. Nach dem Gespräch mit ihm, in dem er gesagt hat, die Kinder wären nicht mehr sicher bei mir, ist das ein verdammt schlechtes Timing.

»Natürlich …« Endlich dreht er sich zu mir um. »Natürlich musst du dafür zuerst deinen Wagen umstellen, Jen. Du hast ihn offenbar einfach abgestellt und mich zugeparkt.« Er lächelt spöttisch, als seine Worte die Luft durchschneiden. Sie treffen mich wie ein Schlag.

Scheiße. Ich habe während eines Blackouts wieder den Wagen benutzt. Und Mark weiß das jetzt. Ich kann nirgends hin. Ich sitze in der Falle.

Wortlos verlasse ich die Küche und gehe zu dem Tisch im Flur, über dem meine Autoschlüssel an einem Haken an der Wand hängen. Wo sind sie? Vielleicht stecken sie ja noch im Zündschloss. Als ich die Haustür öffne und einen Schritt hinausmache, fällt mir sofort der schwarze Müllsack auf. Dieser Tag kann nicht mehr schlimmer werden.

Bevor ich den Sack hinten verstecke, werfe ich einen Blick hinein. Die steife Katze kommt mir vertraut vor. Oh, Gott! Bitte, lass das nicht die Silber-Tabby der Nachbarn sein. Steckt ein Schmetterling an dem Tier? Nein, wie es aussieht, diesmal nicht. Aber da befindet sich etwas anderes an dem matten Fell der Katze. Es sieht wie Papier aus. Mein Puls steigt. Es könnte ein Zettel sein. Vielleicht finde ich jetzt endlich heraus, wer mir das antut. Ich ducke mich zwischen die Mülltonnen, und während ich sorgfältig darauf achte, die Katze nicht mit bloßen Händen zu berühren, drehe ich den Müllsack so, dass ich einen besseren Blick auf das arme Tier werfen kann.

Ich bin enttäuscht. Das ist kein Notizzettel. Das ist nur ein Stück eines Etiketts, so wie diejenigen, die wir in der Praxis für giftige Abfälle benutzen, und das ist die Katze, die Samir eingeschläfert hat. Da bin ich mir ganz sicher. Bin *ich* diejenige, die zur Praxis fährt und dort die toten Tiere holt? Das ist bizarr. Warum sollte ich das tun, Trance hin oder her? Aber ich habe den Beweis mit eigenen Augen gesehen: meinen Wagen, der früh am Morgen auf den Parkplatz der Praxis fährt. Was für eine Erklärung sollte es sonst dafür geben? Plötzlich erinnere ich mich an meinen Vater in seinem Schuppen. Ich sehe mein siebenjähriges Ich, das ihn fasziniert beobachtet.

*

»Komm«, sagte er und winkte Jane mit dem Finger. Vorsichtig trat sie einen Schritt näher heran, die Augen weit geöffnet.

»Die beißt nicht, Prinzessin. Das kann sie nicht mehr. Komm.«

Jane warf einen Blick auf das Tier, das auf der Arbeitsplatte lag. Dann kam sie noch ein Stück näher. Sie wollte sehen, was ihr Vater damit machte. »Ist das eine Katze?«

»Ja. Sie hat den Sampsons nebenan gehört.«

»Was ist mit ihr passiert?«

»Ich nehme an, sie ist überfahren worden. Das dumme Ding saß immer mitten auf der Straße. Nichts schien es zu kümmern. Es war klar, dass es sie eines Tages erwischt.«

Jane legte den Kopf auf die Seite und musterte die Katze von Kopf bis Schwanz. »Sie ist aber nicht zerquetscht.«

»Nein. Sie ist perfekt, nicht wahr? Nun, abgesehen davon, dass sie eine einfache Tabby ist.«

»Eine einfache Tabby?«

»Ja, Tabbys gibt es hier in Massen. Sie sind in keiner Weise ungewöhnlich. Noch nicht jedenfalls.«

»Was willst du damit machen?«

»Ich mache sie besonders«, antwortete ihr Vater und setzte das Skalpell am Bauch der Katze an.

Jane riss den Kopf zurück, als die Klinge durch Fell und Haut schnitt, doch dann gewann die Neugier die Oberhand, und sie drehte sich wieder um. Ihr Dad lächelte.

»Das ist mein Mädchen«, sagte er. »Später werde ich dir noch etwas viel Besseres zeigen.«

*

Ich wische mir mit dem Handrücken die Tränen ab. Ich hätte mir jedes Mal aufschreiben sollen, wann ich einen Blackout gehabt habe und wann die Müllsäcke gekommen sind, denn jetzt weiß ich nicht genau, ob sie tatsächlich immer nach einer Episode aufgetaucht sind. Könnte ich sie mir wirklich selbst vor die Tür gelegt haben? Seit ich weiß, was für schreckliche

Verbrechen mein Vater begangen hat, plagen mich Schuldgefühle, und ich habe mein ganzes Leben damit verbracht, vor meiner Vergangenheit zu fliehen. Da ist es durchaus möglich, dass ich mich noch immer verantwortlich fühle und mich irgendwie selbst bestrafen will. Jedenfalls ist das der einzige Grund, den ich mir vorstellen könnte, so etwas zu tun. Mein Unterbewusstsein will mich mit allen Mitteln leiden lassen. Und außerdem … Wenn ich es nicht war, wer dann?

Ich muss dringend mit Roisin sprechen. Vielleicht hat sie inzwischen etwas herausgefunden, was das Gegenteil beweist, auch wenn die Theorie, dass meine Mutter für die Tierkadaver verantwortlich ist, auf meiner Liste immer weiter nach unten rückt. Realistisch betrachtet kann es nur die Person gewesen sein, die Olivia entführt hat.

Oder Mark.

Dieser Gedanke ist mir zum ersten Mal gekommen, als ich den anderen Sack in der Mülltonne gefunden habe, jedoch habe ich ihn damals erst einmal beiseitegeschoben. Aber wenn ich jetzt so darüber nachdenke … Das ist die beste Methode, mich in den Wahnsinn zu treiben, mich als die Böse dastehen zu lassen, als Rabenmutter. Vielleicht war das ja schon die ganze Zeit über Marks Plan, mich aus der Familie herauszudrängen und sicherzustellen, dass er das Sorgerecht für Ella und Alfie erhält. Das wäre natürlich feige, aber andererseits war er schon immer so. Er wählt immer den Weg des geringsten Widerstands.

Kapitel 46

JENNY

Auf der kurzen Strecke zur Arbeit überfällt mich ein ungutes Gefühl. Es macht mich nervös, dass Mark gerade in der Schule ist und vermutlich munter mit den Schulgänsen plaudert. Kokett und zuvorkommend wie sie sind, werden sie es genießen und dafür sorgen, dass er nicht so schnell aufhört. Aber im Augenblick gibt es Wichtigeres, worum ich mich kümmern muss. Ich muss noch einmal die Aufnahmen der Überwachungskamera an der Praxis durchsehen. Wenn ich feststelle, dass ich letzte Nacht wieder auf den Parkplatz gefahren bin, dann habe ich den definitiven Beweis dafür, dass ich das alles selbst getan habe. Die wichtigere und beunruhigendere Frage ist jedoch, ob das auch bedeutet, dass ich für Olivias Entführung verantwortlich bin, und dieser Frage kann ich nicht ewig aus dem Weg gehen. Ich muss wissen, womit ich es zu tun habe, wozu ich fähig bin.

»Jen, findet das Meeting heute statt?«, fragt Samir in derselben Sekunde, da ich den Empfang betrete, sodass ich nicht direkt weiter zum Computer mit den Videos gehen kann.

»Ja, klar«, antworte ich. Ich erinnere mich gar nicht daran, diesen Termin für heute angesetzt zu haben, aber ich muss dafür sorgen, dass hier weiter alles glattläuft.

»Ist eigentlich alles in Ordnung mit dir?« Samir legt besorgt die Stirn in Falten. »Du bist in letzter Zeit nicht du selbst.«

»Wirklich? Es geht mir gut. Echt. Ich habe nur Schlafprobleme.«

Abi kommt an den Empfang und gesellt sich zu uns. »Guten Morgen zusammen«, ruft sie fröhlich. Am liebsten würde ich laut seufzen. Ich weiß, dass ich jetzt definitiv keine Zeit mehr haben werde, die Aufnahmen durchzugehen. Das muss ich auf später verschieben.

»Morgen, Abs. Schön, ein lächelndes Gesicht zu sehen«, sagt Samir und schaut mich demonstrativ an.

»Ich liebe den Morgen. Das ist die beste Tageszeit.« Abi schenkt Samir ein breites Lächeln.

»Das ist schön zu hören. Okay … Ich sollte jetzt wohl alles vorbereiten. Wir sehen uns dann beim Mittagessen. Zum Meeting. Okay, Jen?«

Verdammt! Die Mittagspause ist vermutlich meine einzige Chance, an den Computer zu kommen und die Dateien in Ruhe zu durchsuchen. »Äh … Jaja. Es sei denn, wir machen das direkt nach der ersten OP.«

Samir macht ein Gesicht, als würde er darüber nachdenken. »Schauen wir einfach mal, wie der Morgen so läuft.« Und mit diesen Worten ist er verschwunden. Samirs Kommentar, dass ich nicht ich selbst wäre, entbehrt nicht einiger Ironie, denn auch er ist nicht so fröhlich und gesellig wie sonst. In der letzten Woche ist er Unterhaltungen meist aus dem Weg gegangen, und auch ansonsten ist sein Verhalten eher untypisch gewesen.

»Alles okay mit dir?«, fragt Abi. »Du siehst müde aus.«

»Oh, ich schlafe nie wirklich gut. Ich bin es gewohnt, nur ein paar Stunden die Augen zuzumachen. Kann schon sein, dass ich noch ein wenig schlimmer aussehe als sonst, wenn du es schon für nötig hältst, das zu erwähnen.« Ich stoße ein kurzes, unehrliches Lachen aus.

»Du solltest es mal mit Lavendelöl versuchen. Oder Hypnose vielleicht?«

»Danke, Abi. Im Lauf der Jahre habe ich schon so gut wie alles versucht.«

Vanessa stürmt durch die Tür. Ihr Gesicht ist hart, ihre Haltung steif. Ich sacke innerlich zusammen. Ich habe das Gefühl, alles fällt allmählich auseinander. »Was ist los, Vanessa?«, frage ich.

»Nish ist so unsensibel«, sagt sie und gestikuliert in Richtung Eingang. Nisha folgt ihr dichtauf. Ihr Gesicht ist ebenfalls wie versteinert.

»Nein, Vanessa. Ich bin nicht unsensibel. Du bist nur überempfindlich. Das war nur eine Bemerkung, mehr nicht. Himmel! Jeder hat doch seine eigene Theorie zu Olivia. Du doch sicher auch, oder?«

»Was ist los, Mädels? Kommt schon. Wir sollten nicht streiten. Es ist auch so schon genug los. Wir müssen zusammenhalten«, mahne ich.

»Soll ich uns noch einen Tee machen, bevor wir mit den OPs beginnen?«, fragt Abi freundlich. Ich bin froh, dass wenigstens eine von uns gut gelaunt ist und mir helfen kann, die Situation zu entschärfen.

»Danke, Abi. Ich glaube, das ist eine gute Idee.«

»Da muss was im Wasser sein«, sagt Abi. »Heute sind wohl irgendwie alle mit dem falschen Fuß aufgestanden.« Sie lächelt und geht um Vanessa und Nisha herum, die den Weg zur Tür versperren. Ich sehe die Wut in Nishas Augen, als Abi auf sie zukommt, doch sie tritt beiseite, um sie vorbeizulassen.

»Vielleicht schlafen wir ja alle schlecht seit Olivias Verschwinden«, sage ich. Die Atmosphäre ist angespannt, fast so schlimm wie bei mir zu Hause. Das kann ich nicht zulassen.

Etwas in meinem Leben muss auch positiv sein. Ich brauche einen Ort, an dem ich mich wohlfühle und wo ich ich selbst sein kann. »Hat eine von euch in nächster Zeit Urlaub?«

»Ich habe nächsten Monat eine Woche frei«, antwortet Nisha. Sie scheint darauf zu brennen, dieses Gespräch zu beenden und endlich in ihr Behandlungszimmer zu kommen. Immer wieder wandert ihr Blick zur Tür.

»Nein«, sagt Vanessa. »Für mich gibt es bis Oktober keinen Urlaub mehr. Aber das macht mir nichts aus. Ich bin ohnehin lieber hier und arbeite. Ansonsten ist in meinem Leben ja auch nichts los.«

»Manchmal ist es aber ganz gut, ein wenig Abstand zwischen die Arbeit und die eigenen vier Wände zu bringen, auch wenn man keine Pläne hat.«

»Wenn man Familie hat vielleicht. Und Freunde.« Vanessa schaut Nisha aus zusammengekniffenen Augen an. Das führt nirgendwohin. Vielleicht brauchen die beiden einfach nur ein wenig Abstand voneinander.

Abi kehrt mit einem Tablett voller Becher zurück. Sowohl Vanessa als auch Nisha nehmen sich einen und ziehen sich dann stumm in die verschiedenen Behandlungszimmer zurück. Ich frage mich, was Nisha wohl gesagt hat, dass Vanessa so wütend ist. Das passt gar nicht zu den beiden. Normalerweise sind sie bei der Arbeit sehr gesellig, und ich weiß, dass sie sich auch häufig nach der Sprechstunde sehen. Außerdem halte ich es für sehr unwahrscheinlich, dass Nisha sich unsensibel geäußert hat, denn sie lebt direkt neben Olivias Eltern. Aber wenn ich jetzt so darüber nachdenke, war sie auch verdammt enthusiastisch, als sie bei unserem Gespräch im Pausenraum ihre Liste von Verdächtigen zusammengestellt hat.

Abis Stimme dringt durch meine Gedanken. Sie redet

schon länger, doch ich habe ihr nicht zugehört. »… musst aus dir herausgehen. Wie wäre es nach der Arbeit mit einem Drink?«, fragt sie.

»Oh … Äh … Ich kann nicht. Wirklich. Ich muss die Kinder abholen, Abendessen machen … Aber Danke für das Angebot.«

»Okay. Für mich ist das natürlich leicht. Ich habe ja keine Verpflichtungen. Aber um ehrlich zu sein, ab und an muss ich einfach mal raus aus meiner Wohnung. Es ist so laut dort. Über mir toben Kinder, und unter mir dröhnt Musik. Ich lebe eingequetscht zwischen Nachbarn aus der Hölle. Ich verbringe sowieso schon nicht allzu viel Zeit zu Hause. Ich gehe so viel wie möglich aus. Solltest du deine Meinung ändern, hier ist meine Handynummer.«

»Oh, die hab ich schon. Danke«, sage ich.

»Das ist meine neue«, erwidert Abi und hält einen Post-it-Zettel in die Höhe, auf den sie ein paar Zahlen gekritzelt hat. »Ich habe mein Handy fallen gelassen. Das Display ist kaputt. Also habe ich die Gelegenheit genutzt und auch den Provider gewechselt.«

Als Abi die Hand mit dem Zettel ausstreckt, fallen mir neue Schnitte und Flecken an der Innenseite ihres Handgelenks auf. Sofort bekomme ich ein schlechtes Gewissen, als mir klar wird, dass mein Verhalten letzte Woche mit daran schuld sein könnte. Ich frage mich, ob ich meinen Verdacht, dass sie sich selbst verletzt, wohl mal ansprechen sollte. Natürlich könnte ich mich auch irren, aber mein Bauch sagt mir, dass ich richtigliege.

»Danke«, sage ich und nehme den Zettel. »Ich werde die neue Nummer auch in unser System eintragen.«

Wir schauen einander in die Augen; dann beginnt Abi zu

arbeiten. »Weißt du was?«, sage ich und beschließe, in diesem Augenblick das Richtige zu tun. »Scheiß drauf. Ist halb acht okay für dich? Dann sind die Kinder im Bett, und Mark sitzt vor dem Fernseher. Er ist letztens schon ausgegangen. Jetzt bin ich dran.«

Abi strahlt. »Das wäre toll! Ja.«

»Dann abgemacht. Sollen wir uns im The Union treffen? Weißt du, wo das ist?«

»Ja. Auf dem Weg zu Kelly's Bäckerei komme ich da oft vorbei«, antwortet sie. Sie lacht und legt sich die Hand auf den Bauch, als hätte sie von ihren Ausflügen zur Bäckerei schon zugenommen. »Aber bist du sicher, dass du da hin willst?«

Kurz denke ich darüber nach, bevor ich antworte, dass ich tatsächlich ins The Union gehen möchte. Vielleicht kann ich da ja auch ein paar entscheidende Informationen zu Olivias Entführung bekommen. Mit Sicherheit ist es *das* Thema an der Bar, und ich bin sicher, dass Ken, der Wirt, nur allzu gerne redet. Abi scheint sich ehrlich zu freuen. So habe ich heute wenigstens eine Person glücklich gemacht.

Als ich in meinem Behandlungszimmer ankomme, ist Vanessa gerade damit beschäftigt, die Instrumente zu sortieren.

»Alles okay mit dir, Liebes?«, frage ich.

»Ja. Tut mir leid wegen vorhin. Das war einfach unprofessionell«, sagt sie und schaut mürrisch drein. »Ehrlich. Ich wollte keinen Streit. Sie hat einfach nur den falschen Knopf gedrückt. Das ist alles.«

»Was zum Teufel hat sie denn gesagt?«

Vanessa zuckt mit den Schultern, und ich nehme an, dass sie nicht weiter darauf eingehen wird. Doch dann verhärtet sich ihr Gesichtsausdruck, und sie lässt alles raus: »Sie ist so … so … so voyeuristisch. Sie saugt das alles förmlich auf und genießt den

Trubel, den Olivias Entführung verursacht hat – die Medien und so, du weißt schon. Und wir haben zwar alle über mögliche Verdächtige spekuliert, doch es war Nisha, die das Ganze so richtig ins Rollen gebracht hat.« Vanessa atmet tief durch. Ich will etwas darauf erwidern, doch sie kommt mir zuvor. »Wie auch immer … Als wir heute früh zusammen zur Praxis gegangen sind, da hat sie irgendeinen Scheiß über Mr Edwards erzählt, er würde sich seltsam verhalten und so. Sie hat gesagt, er verschwinde immer wieder in seinem Schuppen und gehe den Medien und auch der Polizei aus dem Weg. Also, so hat sie erklärt, müsse er wohl etwas mit dem Verschwinden seiner Tochter zu tun haben. Diesmal ist sie wirklich zu weit gegangen, Jenny. Sie ist geradezu besessen davon. Sie sitzt wortwörtlich jede Nacht bei ausgeschaltetem Licht an ihrem Schlafzimmerfenster und beobachtet den Garten von Olivias Eltern. Sie stalkt den armen Mr Edwards. Also ja, da habe ich ein wenig die Fassung verloren und ihr vorgeworfen, unsensibel zu sein.«

Mein Handy vibriert in der Handtasche. Ich krame danach, während ich Vanessa weiter in die Augen schaue. Sie ist knallrot im Gesicht, und ihre Wut lässt keinen Deut nach. Ich schaue aufs Display. Die Nachricht ist von Roisin.

RUF MICH AN.

Mein Herz rast. Hat sie etwas herausgefunden?

Ich höre Vanessa nicht länger zu, sondern gehe im Geiste alle möglichen Gründe durch, warum Roisin möchte, dass ich sie anrufe. Erst als ich merke, dass es vollkommen still im Raum ist, wird mir bewusst, dass Vanessa auf eine Antwort wartet.

»Oh … Tut mir leid, Vanessa. Ich habe versucht, das alles zu verarbeiten. Ich sehe das genauso. Nishas Besessenheit scheint ein ganz neues Level erreicht zu haben.«

»Du weißt doch, dass man sagt, der Täter kehrt immer zum Tatort zurück, dass er sich in die Ermittlungen einmischt und solches Zeug. Vielleicht weiß sie ja tatsächlich mehr, als sie uns sagt.« Vanessa stolziert aus dem Raum, und ich höre, wie sie den ersten Patienten ruft.

Vanessa hat zwar recht, wenn sie sagt, das ein Täter häufig zum Tatort zurückkehrt und versucht, irgendwie Teil der Ermittlungen zu werden; aber anzudeuten, dass Nisha genau das macht, weil sie etwas mit Olivias Entführung zu tun hat, geht dann doch ein wenig zu weit. Ich muss die beiden mal zur Seite nehmen, bevor das Ganze völlig aus dem Ruder läuft.

*

Der Morgen vergeht wie im Flug. Die geplante Operation ist gut verlaufen, und trotz meiner Befürchtungen, dass die Situation mit Vanessa und Nisha außer Kontrolle geraten könnte, hat es keine weiteren Dramen gegeben. Was natürlich nicht heißt, dass es in der Mittagspause nicht noch zu einer Szene kommen könnte. Ich frage mich, ob Samir weiß, was los ist. Seit heute früh habe ich ihn nicht mehr gesehen, also mache ich mich auf die Suche nach ihm. Er sollte auch wissen, was hier vor sich geht. Vielleicht wird er das Meeting ja verschieben, wenn ich ihm erkläre, dass ich fürchte, alles könnte außer Kontrolle geraten, sollte keiner von uns dabei sein, um den Frieden zu wahren.

Zum Glück sieht Samir das genauso, und er erklärt sich bereit, im Pausenraum den Aufpasser zu spielen, und das gibt mir endlich die Gelegenheit, die Kameraaufnahmen zu überprüfen. Eine Minute lausche ich an der Tür des Pausenraums, dann gehe ich zum Empfang. Ich beuge mich über die Tastatur und klicke auf den Ordner mit den Videoaufnahmen. Als ich gerade die Datei von letzter Nacht öffnen will, fliegt die Tür auf, und ich zucke unwillkürlich zusammen. Rasch minimiere ich die Ansicht, und jemand spricht. Ich drehe mich um und ziehe zischend die Luft ein.

»Du hast mich erschreckt«, sage ich.

»Das sehe ich«, sagt Hayley. »Du siehst aus, als hätte ich dich mit den Fingern im Cookieglas erwischt.« Sie nickt zum Computer.

»Ha! Wenn es doch nur echte Cookies wären! Wie fühlst du dich? Wir haben dich vermisst.«

»Oh, nicht so gut, wenn ich ehrlich bin. Ich war bei meinem Hausarzt, doch der hat mir gesagt, er könne nicht viel tun. Ich muss da einfach durch. Du weißt ja, wie das ist. Es geht immer weiter.« Sie seufzt.

»Das tut mir leid, Hayley. Das muss frustrierend sein. Können wir etwas tun, um dir das Leben zu erleichtern?«

»Deshalb bin ich hier. Ich wollte nur was recherchieren, wenn das okay ist. Ich weiß, offiziell bin ich krankgeschrieben, aber ich will mal nach so Sachen wie Ergotherapie und so suchen – nach besserem Equipment für meine Arbeit hier. Ich will euch nicht im Stich lassen und länger krankfeiern als unbedingt nötig.«

»Oh, bitte. Mach dir deswegen keinen Kopf. Wir schaffen das schon. Wirklich. Abi schlägt sich fabelhaft am Empfang.« Ich sehe Hayleys besorgten Gesichtsausdruck, und ein wenig zu spät wird mir klar, dass ich genau das Falsche gesagt habe. Im Prinzip habe ich impliziert, dass wir jetzt auch ohne sie zurechtkommen. »Auch wenn sie dir ganz offensichtlich«, flüstere ich hinter vorgehaltener Hand wie ein Kind, »nicht das Wasser reichen kann.« Ich lächele und hoffe, die Katastrophe noch einmal abgewendet zu haben. Das ganze Team wird sich nur noch in den Haaren liegen, wenn das so weitergeht. Es ist, als würde ich über rohe Eier laufen.

»Ich freue mich, dass sie zurechtkommt. Ich habe mir schon Sorgen gemacht.« Hayley erwidert das Lächeln, setzt sich hinter den Empfang und beginnt zu ›recherchieren‹. Offenbar bekomme ich wieder keine Gelegenheit, mir die Videos anzusehen.

»Dann lasse ich dich mal in Ruhe«, sage ich und gehe nach draußen. Wenn ich diese Aufgabe nicht erledigen kann, wende ich mich einfach der nächsten zu. Als ich außer Hörweite bin, rufe ich Roisin an.

»Claire kommt und geht immer früh am Morgen«, erzählt mir Roisin, als ich sie frage, wie meine Mutter ihren Tag verbringt. »Doch in der ganzen Zeit hat sie nicht ein einziges Mal die Stadt verlassen. Aber sie hat sich mit jemandem im Park getroffen. Ich konnte leider nicht näher ran, aber es schien eine andere Frau zu sein. Das Gespräch wirkte hitzig.«

»Das klingt genau nach meiner Mutter«, sage ich mit von Sarkasmus triefender Stimme. Allein der Gedanke an sie macht, dass meine Haut juckt, doch sie in meinen Kopf zu lassen, weckt heiße Wut in mir, die ich nur schwer unter Kontrolle halten kann. »Könnte das jemand gewesen sein, den sie bezahlt, um mir die toten Tiere vors Haus zu legen?«

»Möglich ist das. Tut mir leid, dass ich nichts Genaueres rausgefunden habe …«

»Das muss dir nicht leidtun. Vielen Dank, dass du das für mich gemacht hast, Ro. Ich weiß das wirklich zu schätzen. Ich habe sonst niemanden, an den ich mich wenden kann.«

»Hätte ich der mysteriösen Frau folgen sollen?«

Ich denke darüber nach. Ja, es hätte hilfreich sein können,

aber ich habe ohnehin schon ein schlechtes Gewissen, weil ich Roisin da mit reingezogen habe. Ich kann nicht noch mehr von ihr verlangen. »Vermutlich hat das ohnehin nichts zu bedeuten. Wahrscheinlich war sie nur eine Freundin oder so. Ich nehme zumindest an, dass meine Mutter inzwischen wenigstens ein paar Freunde gefunden hat, seit ich sie vor zwanzig Jahren verlassen habe.«

»Hast du eigentlich noch Kontakt zu deinem Dad?«

Roisins Frage trifft mich vollkommen unerwartet. Ich stolpere über meine eigenen Worte und platze heraus: »W... Was? Gott! Nein!«

Ich habe das alles nicht durchdacht. Als ich Roisin Einzelheiten über meine Mutter erzählt und ihr verraten habe, wo ich gelebt habe und aufgewachsen bin, gab ich ihr alles an die Hand, was sie brauchte, um herauszufinden, dass mein Vater ein Serienmörder ist. Und weil sie nach ihm fragt, vermute ich sogar, dass sie es schon weiß. Doch bevor Roisin noch eine weitere Frage stellen kann, beende ich das Gespräch.

Über meinen Vater will ich nicht mit ihr diskutieren.

Kapitel 47

Ich habe gerade einen weiteren Besuch hinter mir, und mir dreht sich noch immer der Kopf von dem, was Paul mir heute erzählt hat. Ich habe die wichtigsten Punkte schon während des Gesprächs aufgeschrieben, doch es waren so viele Informationen, dass ich nicht alles notieren konnte. Also habe ich versucht, die Einzelheiten im Kopf zu behalten, und all meine Erinnerungen in mein Handy diktiert, kaum dass ich im Auto saß.

Ich habe sie für einige Zeit beobachtet. Ich war geradezu besessen davon. Man könnte sagen, es war ein wenig wie ein Sport für mich: das Ziel beobachten, planen wie, wo und wann, und den Plan dann ausführen. Der Vorlauf war meist das Aufregendste. Die Vorfreude war wie eine Droge, die mich high gemacht hat. Lange nach der ersten Begegnung nährte mich dieses Gefühl noch, bevor ich den Drang verspürte zu handeln. Dann, wenn die Wirkung dieser Droge nachließ, war auch die Vorfreude dahin. Ich musste einen Schritt weitergehen, um wieder high zu werden. Also habe ich sie mir geholt.

Aber erst, nachdem ich drei Frauen entführt hatte, ist mir klar geworden, dass ich noch etwas anderes brauchte. Ich brauchte ein neues Hochgefühl, und dafür musste ich größere Risiken eingehen. Sie wieder laufen zu lassen, war nicht befriedigend für mich.

Ich musste töten.

Und als das Töten seinen Reiz verloren hatte … Nun, da hat sich alles geändert. Da habe ich meinen großen Fehler begangen. Es hat mir nicht mehr gereicht, sie zu stalken, zu entführen und umzubringen. Ich musste sie besser machen, schöner, einmalig. Es hörte auf, ein Sport zu sein.

Ich begann mich als Schöpfer zu betrachten. Als Künstler.

Und Kunst muss ***gesehen*** *werden, damit man sie wertschätzen kann.*

Kapitel 48

MARK

Die Kinder sind total aufgeregt, als ich sie in die Schule bringe. Ich fahre sie nur selten. Deshalb sind sie so gut drauf. Es ist schön, vor allem Ella so zu sehen. Sie ist in letzter Zeit irgendwie distanziert. Nach ein paar Minuten munteren Geplappers beruhigen sie sich allmählich, aber noch bevor ich ein vernünftiges Gespräch mit ihnen führen kann, sind wir schon da. Die Parksituation ist ein Schock für mich. Ich habe schon oft gehört, wie Jen sich darüber beschwert, aber es selbst zu sehen, öffnet mir die Augen. Ich bin aber wohl nicht in der Position, mich darüber zu beschweren, denn wir wohnen nur zehn Minuten zu Fuß von hier entfernt und sollten das Auto eigentlich gar nicht benutzen. CO_2-Abdruck und so … Was bin ich nur für ein Beispiel für meine Kinder?

»Wisst ihr, Kinder, wir sollten lieber zu Fuß zur Schule gehen. Zumindest manchmal.«

»Mommy sagt das auch immer«, seufzt Alfie.

»Dann sagen wir einfach, wir haben keine Zeit zum Laufen«, fügt Ella hinzu.

»Nun ja … Ich denke, was das betrifft, könnten uns einige Veränderungen bevorstehen«, sage ich und steige aus, wobei ich denke: *Und ich glaube nicht, dass Mommy sich darüber freuen wird.* Ich atme tief durch, doch so nimmt das Chaos in meinem Bauch nur noch zu. Ich konzentriere mich auf meine Umgebung. Ich habe ganz vergessen, wie laut und chaotisch ein Schulhof am Morgen sein kann. Ich wünschte, ich hätte nur halb so viel Energie wie diese Kids. Ich schaue mich um, weiß nicht mehr, wo ich überhaupt hin muss.

»Du musst da lang«, sagt Ella und schiebt mich mit beiden Händen an. »Ich bin zu alt, um noch reingebracht zu werden, aber Mommy nimmt immer Alfie an die Hand.«

»Oh … Okay, Süße … Ich sehe dich dann später. Ich wünsche dir einen guten Tag.« Als ich mich vorbeuge, um sie zu küssen, weicht sie zurück. »Nicht *hier*, Daddy!«

Ich nehme an, die Tage, da ich mein kleines Mädchen zum Abschied drücken und küssen kann, sind vorbei. Ein Gefühl des Verlusts zerrt an meinen Eingeweiden. Sie ist erst acht, und ich dachte, mir würde noch eine Weile bleiben, bis sie keine körperlichen Liebesbezeugungen mehr von ihrem Daddy will. Aber vielleicht ist das ja auch ganz gut so. Heutzutage sollten Kinder selbst entscheiden dürfen, ob und wann sie von Familienmitgliedern umarmt und geküsst werden wollen. Ich schaue zu Alfie. Er hebt den Kopf.

»Mich darfst du drücken, Daddy. Ich bin noch nicht zu alt dafür.«

Mein Herz schmilzt dahin, und ich tue genau das. »Okay. Dann werde ich dich jetzt reinbringen«, sage ich und bemühe mich, mir meine Emotionen nicht anmerken zu lassen.

Nachdem Alfie mir gezeigt hat, wo er seinen Mantel aufhängt und mich stolz auf sein Kunstprojekt an der Klassenwand hingewiesen hat, kehre ich auf den Schulhof zurück. Dort entdecke ich eine Gruppe von Frauen. Ich erkenne sie sofort. Frankie sieht mich näher kommen, und der Kreis öffnet sich.

»Mark!«, ruft sie. »Schön, zur Abwechslung mal dich zu sehen.« Sie strahlt mich an, als ich den Kreis betrete. Er schließt sich um mich herum. Es ist, als würde ich von den Frauen verschluckt.

»Guten Morgen, meine Damen«, sage ich und erwidere das Lächeln. »Es ist noch so früh am Morgen, und ihr seht alle fantastisch aus. Wie bekommt ihr das nur hin?«

»Ach, *du.*« Willow läuft rot an und streicht mir über den Arm. »Was für ein Charmeur.«

Als wäre ich jetzt einer von ihnen, setzen sie ihr Gespräch fort, und wie erwartet, dreht es sich um Olivia. Um ihre Eltern, die am Boden zerstört sind. Und um ihre Tochter, die heute wieder in die Schule gekommen ist. Wie hart muss das für das kleine Mädchen sein! Ich denke, ich werde die Chance ergreifen, Olivias Armband beiläufig zu erwähnen. Vielleicht wissen die Frauen ja, ob sie es wirklich immer getragen hat.

»Wo ich jetzt schon mal die Aufmerksamkeit von Jens Freundinnen habe …«, wage ich mich vor. »Ich habe mich gefragt, ob ihr mir bei einem Geschenk für Jenny helfen könnt. Bald haben wir unseren Jahrestag, und ich dachte an ein Silberarmband, schlicht, aber mit Steinen oder Charms. So ähnlich wie das, das Olivia immer getragen hat.« Es ist ein armseliger Versuch, und ich fühle sofort, dass er Verdacht erregt. Ich spüre, wie ich rot anlaufe, als die Frauen mich offenen Mundes anstarren. Gott, wie komme ich hier wieder raus? »Aber vielleicht ist das nicht der richtige Zeitpunkt dafür«, murmele ich und wechsele rasch das Thema, um nach dem Paar, das vor uns in unserem Haus gelebt hat, zu fragen. Jetzt habe ich ja auch einen Namen.

»Wisst ihr eigentlich etwas über die Butternuts?« Mir wird bewusst, dass die Frage viel zu allgemein gehalten ist. Konkrete Informationen werde ich da wohl kaum bekommen. Also füge ich rasch hinzu: »Hat vielleicht eine Freundin oder eine Verwandte von euch mal bei ihnen gewohnt?« Ich muss mich konzentrieren, um zu bekommen, was ich will, nachdem ich die erste Gelegenheit versemmelt habe.

Die vier Frauen schauen nachdenklich drein, doch keine sagt etwas. Ich werde nachhaken müssen.

»Ich glaube, es hat mal jemand bei ihnen gelebt, die Jane hieß.«

»Hast du auch einen Nachnamen?«, fragt Rachel.

Aus irgendeinem Grund will ich ihnen nicht alles verraten, aber ein Nachname weckt vielleicht eher eine Erinnerung als einfach nur ›Jane‹. »Slater, glaube ich.« Ich hoffe, Erkennen in ihren Gesichtern zu sehen. Aber nichts.

»Nein. Tut mir leid. Ich kann mich nicht daran erinnern, da haben immer nur die beiden gewohnt. Sie haben ziemlich zurückgezogen gelebt«, sagt Willow.

»Ach, egal. Das wird schon jemand wissen.« Ich verabschiede mich, doch Zari hält mich am Ärmel zurück.

»Hast du mal gegoogelt?«, fragt sie.

»Oh. Ha! Daran habe ich gar nicht gedacht.«

»Du bist doch so ein Computernerd.« Sie kichert.

»Ich weiß. Wahnsinn. Aber ich bin direkt zum Dorforakel gegangen. Ich habe mir gedacht, Teresa weiß eh alles. Diese Art von Wissen ist häufig besser als jede Netzsuche.«

»Ja, das stimmt. Teresa weiß wirklich eine Menge. Und ich meine, es ist ja auch ein recht gewöhnlicher Name. Also nutzt Google da vermutlich nicht viel. Einen Versuch ist es aber wert. Was willst du überhaupt von dieser Jane?«

»Oh, ich habe da was im Haus gefunden, wovon ich glaube, dass es ihr gehört, und jetzt will ich es ihr zurückgeben«, antworte ich. Dann marschiere ich einfach los. Ich will endlich wieder allein sein, um mit der Suche zu beginnen.

Als ich im Auto sitze, hole ich mein Handy raus und scrolle durch eine ganze Reihe von Treffern.

Einer sticht heraus.

Mir wird plötzlich heiß, und Panik keimt in mir auf. Ich lockere meine Krawatte und versuche, wieder zu Atem zu kommen.

Dann werfe ich das Handy auf den Beifahrersitz, lege den ersten Gang ein und fahre heim.

Dort angekommen, lese ich noch einmal einen der Briefe im Licht meines neuen Wissens, und mir läuft ein Schauder über den Rücken.

Du glaubst mir vielleicht nicht, aber ich habe immer versucht, dich vor alldem zu beschützen.

Ich weiß, dass das nicht richtig war, aber ich hatte wirklich nur dein Wohlergehen im Sinn. Ich wollte nicht, dass du wegen des Menschen leidest, der ich war. Du bist doch meine kleine Prinzessin. Das warst du immer, und das wirst du auch immer sein, egal wie alt du bist. Die Zeit, die ich mit dir verbracht habe, war die schönste meines Lebens. Die Erinnerung daran hilft mir durch die finstersten Zeiten hier.

Ich habe nie von dir gesprochen, weil ich nicht will, dass irgendjemand das, was ich sage, gegen dich verwendet. Du bist das Einzige, was ich für mich behalten habe, egal wie sehr die Psychologen, meine Mitinsassen und die Journalisten mich unter Druck setzen. Sie versuchen mit allen Mitteln, mich dazu zu verführen, ihnen zu sagen, was wir zusammen getan haben, wie wir unsere Zeit verbracht haben. Sie wollen, dass ich ihnen sage, du hättest etwas gesehen, dass du irgendwie etwas damit zu tun hattest. Sie sind voller Hass. Egal, was ich sage, sie drehen mir die Worte im Mund um.

Kein Wunder, dass du unter Albträumen leidest. Meine arme Prinzessin. Es tut mir ja so, so leid. Ich wünschte, ich könnte dir helfen.

Wie immer in Liebe, Dad xx

Mit den Autoschlüsseln in der Hand zögere ich an der Haustür. Mein Blick wandert zu dem eingerahmten Familienfoto, und ich streiche mit den Fingerspitzen über die Gesichter von Ella und Alfie. Ihre wunderschönen unschuldigen Gesichter verschwimmen vor meinen Augen, und ein Schluchzen entweicht meinen Lippen. Wie ist es nur so weit gekommen? Bis jetzt konnte ich alles einfach ignorieren und so tun, als wäre es nicht real. Ich konnte es einfach verdrängen … genau wie ich es mit dem ›Streich‹ an der Uni gemacht habe, den Brett Hannah gespielt hat. Als er sie nachts in den Wald geführt hat, sollte das nur ein harmloser Spaß sein, eine Art Initiationsritus. Jetzt dreht sich mir der Magen um, wenn ich daran zurückdenke, wie unreif wir damals gewesen sind. Wie naiv vor allem *ich* gewesen bin. Wir haben ihr die Augen verbunden, die Hände gefesselt und sie in einem erbärmlichen Blinde-Kuh-Spiel durch den Wald stolpern lassen, wo sie uns finden sollte. Wobei Streich eine ziemlich harmlose Bezeichnung dafür ist. Ich erinnere mich daran, wie ich plötzlich ein schlechtes Gewissen bekommen habe, als mir klar geworden ist, wie gefährlich es war. Sofort habe ich einen Rückzieher gemacht. Doch dann habe ich gesehen, wie Brett Hannah zur Kante eines steilen Abgrunds lockte. Es ging dort mindestens zehn Fuß steil bergab. Ich war entsetzt, habe ihn einfach nur angestarrt. Ich hatte Angst, dass er sie tatsächlich fallen lassen würde. Erst in der allerletzten Sekunde habe ich gesehen, wie seine Hand vorschoss, um sie zu halten. Doch Hannah ist ausgerutscht. Hinterher hat Brett das natürlich heruntergespielt, es wäre alles nur ein Streich gewesen, der ein wenig aus dem Ruder gelaufen ist. Ein Unfall. Und ich habe mitgemacht.

Brett hat mir immer wieder unter die Nase gerieben, was für ein Schwächling ich damals gewesen bin, und er hatte recht. Ich habe ihn immer das Kommando übernehmen lassen und mir eingeredet, seine Spiele seien harmlos. Hannah habe doch nur einen gebrochenen Knochen und ein paar blaue Flecken gehabt, hat er gesagt. Himmel! Tatsächlich hatten wir verdammt viel Glück, dass sie sich nicht das Genick gebrochen hat. Hannah selbst hat das als Unfall betrachtet, doch irgendetwas tief in mir konnte das nie glauben, und seitdem lebe ich mit dieser Schuld. Doch diesmal werde ich ein anderer Mensch sein. Das kann ich nicht unter den Teppich kehren. *Diesmal* muss ich das Richtige tun und handeln, bevor es zu spät ist.

Ich blicke zu dem Paket auf dem Beifahrersitz, während ich die Nummer wähle. Und während ich warte, weine ich.

Nach einem kurzen Gespräch starte ich den Motor, wende, und die Reifen knirschen auf dem Kies. Am Ende der Einfahrt biege ich nach links ab, fahre den Hügel hinauf, hinaus aus Coleton Combe und in die Stadt.

Nach dem heutigen Tag wird alles anders sein. Ich verlasse unser Heim als die Person, die ich war, und werde als eine andere wieder zurückkehren.

Mir bleibt keine Wahl.

Kapitel 49

JENNY

Es klopft an der Tür meines Behandlungszimmers, und noch bevor ich die Chance habe, etwas zu sagen, kommt Abi herein. Ich höre auf mit dem, was ich gerade tue – es ist zum Glück nur eine Routineuntersuchung bei einem Chihuahua – und schaue sie fragend an.

»Bitte, entschuldige die Störung«, sagt sie. »Ich … Äh …« Sie blickt mich mit großen Augen an, als müsste ich Gedanken lesen können. »Du wirst gebraucht … Nur kurz … Am Empfang … Bitte.«

Ich runzele die Stirn. Abis Wangen sind rot, und sie wirkt verlegen. Was hat sie jetzt wieder gemacht. »Eine Sekunde«, sage ich. Ich hoffe wirklich, dass sie nicht schon wieder einen späten Termin gebucht hat. Ich muss heute pünktlich raus, denn ich will so viel Zeit allein mit den Kindern verbringen wie möglich, bevor Mark wieder nach Hause kommt. »Ich bin gleich wieder da, mein Kleiner«, sage ich zu Tony, dem Chihuahua, und kraule ihn hinter den Ohren. »Tut mir leid, Emily«, wende ich mich an Tonys Frauchen. »Können Sie hier drin bleiben, während ich das rasch kläre? Es dauert nicht lange. Dann mache ich den Rest, und Sie können sich wieder auf den Weg machen.«

»Klar«, sagt Emily, tritt an den Tisch und nimmt Tony.

Ich stoße die Doppeltür, die zum Empfang führt, ein wenig zu kräftig auf. Einer der Flügel knallt gegen die Wand, und ich zucke unwillkürlich zusammen. Dann sehe ich den Ausdruck auf Abis Gesicht und bemerke die beiden Detectives, die mit dem Rücken zu mir an der Theke stehen.

Kämpfen oder flüchten?

Den Bruchteil einer Sekunde lang denke ich darüber nach, mich zurückzuziehen und durch die Hintertür zu fliehen, doch dafür ist es bereits zu spät. Mein lauter Auftritt hat den Beamten mein Kommen verraten, und sie drehen sich gleichzeitig zu mir um.

»Ah«, sagt DS Davis. »Hallo, Jennifer. Bitte, entschuldigen Sie, dass wir Sie bei der Arbeit stören.« Sie schenkt mir ein Lächeln, doch das ist nicht freundlich und nur ansatzweise höflich. DC Bishop nickt lediglich knapp.

Ich traue meiner Stimme nicht. Mein Hals fühlt sich an, als würde nur ein Krächzen aus meiner Kehle kommen, wenn ich zu sprechen versuche. Aber ich kann auch nicht stumm rumstehen. Also entscheide ich mich für ein simples: »Hi.«

Davis fordert mich mit einem Nicken auf, ihr zu folgen. Ich schaue zu Bishop, um sicherzugehen, dass ich die Situation nicht falsch gedeutet habe.

»Wenn es Ihnen nichts ausmacht …«, sagt er, streckt den Arm aus und deutet ebenfalls zur Tür.

Ich schaue mich verstohlen im Wartebereich um. Zum Glück sehen das nur zwei Personen. Aber der Ausdruck von Sorge – oder ist das Neugier? – auf Abis Gesicht reicht, um mich in Panik zu versetzen. Haben die Detectives sie in die Mangel genommen, bevor sie mich geholt hat? Hat sie ihnen erlaubt, sich die Aufnahmen der Überwachungskamera anzusehen? Gott, ich wünschte, ich könnte mit ihr reden, bevor ich mit den beiden rausgehe. Ich versuche, Abi beruhigend zuzulächeln, als ich an ihr vorbeigehe, aber ich bezweifele, dass mir das gelungen ist. Dass die Detectives explizit nach mir gefragt haben, ist schlecht.

Meine Beine zittern, als ich Bishop folge. Die Sonne blendet mich, und ich hebe die Hand, um meine Augen zu schützen. Ich sehe Davis neben ihrem Auto stehen. Nonchalant lehnt sie mit dem Rücken daran. Okay, sie sieht entspannt aus. Das ist ein gutes Zeichen. Aber noch während ich das denke, öffnet sie die Tür zum Fond und winkt mir einzusteigen.

Was soll das?

Ich folge ihrer Anweisung, und kaum bin ich im Wagen, da fällt die Tür ins Schloss. Die beiden Beamten steigen vorne ein. Davis dreht sich auf dem Fahrersitz um und schaut mich an.

»Wir wollten an Ihrem Arbeitsplatz keinen Aufstand machen«, sagt sie. »Aber wir würden es sehr zu schätzen wissen, wenn Sie mit uns aufs Revier fahren, um uns bei unseren Ermittlungen zu helfen.«

Oh, mein Gott! Ich schlucke und kämpfe gegen die Tränen an, doch all die Emotionen drohen aus mir herauszubrechen. »Ich … Ich verstehe nicht.«

»Es gibt da ein paar Fragen. Ein paar Dinge, die wir …« Davis schaut nach rechts, als suchte sie nach dem richtigen Wort. »… die wir *klären* müssen«, sagt sie schließlich. Ich bin nicht sicher, ob das beabsichtigt ist, aber ihr Tonfall klingt wie eine Drohung.

Mein erster Gedanke ist, dass noch ein Patient im Behandlungszimmer ist – ein Patient, der auf meine Rückkehr wartet. Und Samir weiß noch nicht einmal, dass ich die Praxis verlassen habe. Allerdings nehme ich an, dass Abi ihm das inzwischen gesagt hat. Vermutlich hat sie es *allen* gesagt. Ich frage mich, ob Davis und Bishop Abi mitgeteilt haben, dass sie mich mit aufs Revier nehmen wollen. Womöglich hat Abi ja deswegen so besorgt dreingeschaut.

»Wenn wir auf dem Revier sind, können Sie gerne Ihren Anwalt anrufen, wenn Sie das wünschen und einen Rechtsbeistand haben wollen, während wir sie befragen.«

»Bin ich verhaftet?«

»Nein, Jennifer«, antwortet Bishop. »Diesmal nicht. Sie helfen uns freiwillig. Dennoch möchten wir Sie zur Vorsicht mahnen.« Er schaut Davis an, und ich sehe, wie seine Kollegin die Luft einzieht und sich bereitmacht. Mein Gesicht fällt förmlich in sich zusammen, als Davis die Worte ausspricht, die ich schon so oft im Fernsehen gehört habe. Sie erklärt, dass ich jederzeit gehen könne und das Recht auf einen unabhängigen Rechtsbeistand habe. Meine Gedanken überschlagen sich. Wen soll ich anrufen? Ich habe keinen Anwalt. Ich kaue auf der Unterlippe und versuche nachzudenken. Aber wenn ich nicht verhaftet bin, wozu dann ein Anwalt?

Dann kommt mir ein furchtbarer Gedanke. Wissen die Beamten, wer ich bin? Ich schaue Davis in die Augen. »Nein, nein. Alles gut«, sage ich selbstbewusst. »Ich brauche keinen Anwalt. Aber ich brauche jemanden, der meine Kinder von der Schule abholt, sollte das länger als eine Stunde dauern.«

»Ihr Mann wird die Kinder abholen. Also kein Grund zur Sorge an dieser Front.«

Mein Herz hämmert in meiner Brust.

An dieser Front vielleicht nicht, an jeder anderen aber schon.

Kapitel 50

JENNY

»Könnten Sie sich die bitte mal ansehen?« DS Davis schiebt drei Fotos über den Tisch zu mir. Wir sind auf dem Revier in der Stadt und sitzen in einem muffigen Raum, der dem Geruch nach zu urteilen nicht allzu oft genutzt wird. Davis und Bishop sitzen mir steif und ernst gegenüber. Ich tue es ihnen gleich. Meine Brust ist wie zugeschnürt, und meine Muskeln brennen, weil ich mich so verkrampfe.

Ich ziehe eines der Fotos näher heran und kneife die Augen zusammen. Es ist dunkel, körnig, aber mir ist sofort klar, was da wo aufgenommen worden ist. Stumm schaue ich mir auch die anderen beiden Bilder an und verschaffe mir so ein wenig Zeit zum Nachdenken. Die Stimme in meinem Kopf schreit: *Verlang einen Anwalt. Jetzt!*

Nachdem ich die Fotos so lange betrachtet habe, wie es natürlich erscheint, hebe ich den Blick und schaue DS Davis direkt in ihre dunkelbraunen Augen. Ich warte darauf, dass sie etwas sagt. Obwohl ich weiß, was die beiden Detectives damit im Schilde führen, werde ich nicht mitmachen – jedenfalls nicht, bevor ich ihre genauen Gedanken kenne.

»Können Sie mir sagen, was Sie auf diesen Fotos sehen?«, fragt DC Bishop.

Ich schaue weiter Davis an, als ich antworte: »Ich sehe ein dunkles Bild, auf dem nur wenige Einzelheiten zu erkennen sind.« Davis lächelt und nickt.

»Was ist mit der Person, die auf allen drei Bildern zu sehen ist?«, fragt sie.

»Was soll damit sein?«

Aus dem Augenwinkel heraus sehe ich Bishop auf seinem Stuhl herumrutschen. Davis bewegt sich jedoch keinen Millimeter.

»Es wäre wirklich hilfreich für unsere Ermittlungen, wenn Sie mit uns kooperieren, Jennifer«, sagt sie.

»Ich kooperiere doch. Ich bin mit Ihnen hergekommen, und ich schaue mir die Fotos an, die sie mir vorlegen. Ich verstehe nur nicht, was sie von mir wollen. Ich sehe da nichts.« Ich schiebe die Bilder zurück zu Davis. Kurz sehe ich Frust in ihrem Gesicht, doch dann macht sie weiter.

»Wir glauben, dass Sie das auf diesen Bildern sind, Jennifer.«

»Ich nicht«, erwidere ich.

»Schauen Sie noch mal hin.« Bishop nimmt die Fotos und knallt eines nach dem anderen zum zweiten Mal auf den Tisch. Ich tue, was er von mir will.

»Ich sehe es schlicht nicht. Ich sehe da nur eine Gestalt – ob männlich oder weiblich, weiß ich nicht –, die vor einem Haus steht, *mit dem Rücken zur Kamera.*«

DS Davis schürzt die Lippen und lässt sich auf ihrem Stuhl zurückfallen. »Die Analyse der Fotos hat ergeben, dass es sich bei dieser Gestalt um eine Frau handelt. Ihre Haarfarbe und ihre Frisur passen zu Ihnen. Und sie scheint einen Schlafanzug zu tragen.«

Auch wenn mein Herz wie wild in meiner Brust schlägt, bleibe ich ruhig und wiederhole in Gedanken immer wieder: *Sie haben nichts. Sie haben gar nichts.* Ich zucke mit den Schultern und schüttele leicht den Kopf. »Und?«

Bei dem Lächeln, das auf Davis' Gesicht erscheint, zieht sich mir der Magen zusammen. Ich bekomme den Eindruck, als habe sie noch ein As im Ärmel. Ich balle die Fäuste unter dem Tisch.

»Bei den Fotos handelt es sich um Standbilder aus einem Video, das in der Nacht des 12. Augusts aufgenommen wurde. Aber es ist noch mehr zu sehen.«

Ich muss schlucken. Aus irgendeinem Grund habe ich gar nicht daran gedacht, dass sie mir nur einen Teil des Videos zeigen. Natürlich könnten noch mehr Details auf dem Video zu sehen sein, auch wenn diese Bilder hier nicht allzu deutlich sind. Bin ich in die Falle getappt? Denn obwohl die Bilder so körnig sind, haben sie recht: Von hinten betrachtet sieht die Person wirklich wie ich aus, genau wie sie mir gestern gesagt haben. Marks Worte kommen mir wieder in den Sinn: ›Teresa hat erzählt, dass sie dich spät in der Nacht im Dorf gesehen hat. Im Pyjama.‹

Scheiße, Scheiße, Scheiße, Scheiße …

Bishop öffnet die Akte, die vor ihm auf dem Tisch liegt. Langsam zieht er ein Blatt Papier heraus. Gut. Wenigstens keine Fotos mehr. Er beugt sich über den Tisch und beginnt zu lesen.

»Ich habe Mrs Johnson mehrmals spät in der Nacht gesehen oder in den frühen Morgenstunden. Das war schon seltsam. Warum läuft jemand mitten in der Nacht allein und im Schlafanzug durch die Straßen?« Bishop schaut mich über das Papier hinweg an. »Da ist noch mehr, aber ich will Sie nicht langweilen«, sagt er.

»Der Zeuge lokalisiert Sie mitten im Dorfzentrum, und zwar in derselben Nacht, in der die Kamera Sie auch in Olivias Garten aufgenommen hat«, sagt DS Davis. Aus irgendeinem

Grund glaube ich nicht, dass dieser Zeuge Teresa ist. So redet sie nicht. Und wenn das stimmt, dann heißt das, dass mich auch andere Dorfbewohner gesehen haben.

»Worauf wollen Sie hinaus, DS Davis?«, frage ich.

»Wir glauben, dass Sie die Person im Garten des Opfers waren, und das nur wenige Tage vor der Entführung. Und wir würden gerne wissen, warum Sie dort waren. Was haben Sie da gemacht, Jennifer?«

Es ist so weit.

»Ich würde gerne meinen Anwalt sprechen.«

»Sind Sie sicher? Wir stellen Ihnen doch nur ein paar Fragen. Das wird das Ganze nur hinauszögern …«

»Sie haben mich ja schon darüber informiert, dass mein Mann die Kinder abholen wird. Also habe ich jede Menge Zeit. Danke.« Ich lächele Davis sarkastisch an. Das ist keine freundschaftliche Plauderei. Sie versuchen, mir alles in die Schuhe zu schieben. Mit ihrer gespielten Freundlichkeit werden sie mich nicht hinters Licht führen. Davis und Bishop stehen auf und bedeuten mir, ihnen aus dem Raum zu folgen. Im Eingangsbereich bitten sie mich zu warten. Bishop geht zu dem Diensthabenden und spricht leise mit ihm. Schließlich schaut er mich an und nickt Davis zu. Dann verschwinden Davis und Bishop in einem anderen Raum am Flur, und der Diensthabende ruft mich an seinen Tisch.

»Haben Sie die Nummer eines Anwalts? Oder sollen wir Ihnen einen stellen?«

Mein Kopf ist leer. Ich weiß nicht, wen ich anrufen soll. »Äh … Ich habe jemanden, aber ich kann mich nicht an die Nummer erinnern. Kann ich auch eine Person anrufen, die weiß, wie sie da dran kommt?«

»Klar.« Er gibt mir das Telefon.

Während ich wähle, bete ich, dass sie rangeht.

»Oh, Gott sei Dank. Roisin, ich brauche deine Hilfe. Hast du die Nummer von Harrys Anwalt?«

»Himmel, Jen! Warum brauchst du die?«

»Ich bin auf dem Polizeirevier in der Stadt. Ich bin nicht verhaftet, aber …«

»Okay. Du hast das Richtige getan. Warte kurz.«

Ein paar Augenblicke lang herrscht Schweigen am anderen Ende der Leitung. Dann höre ich Roisin atmen, und ihr Atmen ist schnell, als wäre sie gerannt. »Ich hab sie. Sie heißt Harper Underhill.« Roisin rasselt die Nummer herunter. »Ich werde Mark anrufen, und …«

»Er weiß es bereits. Er wird die Kinder abholen.«

»Okay. Soll ich sonst noch jemanden kontaktieren?«

»Samir, bitte. Er hat es vermutlich auch schon gehört, aber ich habe die Praxis Hals über Kopf verlassen. Also …«

»Natürlich, Darling. Es tut mir ja so leid. Versuch, dir keine Sorgen zu machen. Sie können nicht wissen … Du weißt schon …« Sie lässt den Satz unvollendet.

Roisin hat das mit meinem Vater also herausgefunden. Das war die Bestätigung. »Nein. Hoffentlich nicht.« Der Diensthabende wirft mir einen Blick zu, der sagt, ich solle mich beeilen. Ich beende den Anruf und teile ihm mit, dass ich die Nummer habe, die ich brauche.

Dann rufe ich Harper an.

Kapitel 51

JENNY

Die Art, wie Harper Underhill ins Revier schwebt, beruhigt mich sofort. Sie ist groß, elegant und trägt einen cremefarbenen Hosenanzug. Ohne darauf zu warten, angesprochen zu werden, geht sie zum diensthabenden Sergeant und verlangt, mit den Detectives zu sprechen. Dann richtet sie ihre Aufmerksamkeit auf mich, schenkt mir ein kühles, selbstbewusstes Lächeln und erklärt laut, sodass jeder sie hören kann: »Sie sind in zwei Minuten hier raus.«

DS Davis schlendert zu Harper. Ihr zusammengekniffenes Gesicht verrät, dass sie weiß, was jetzt kommt.

»Ist meine Mandantin freiwillig hier?«, verlangt Harper zu wissen, noch bevor Davis den Mund öffnen kann. Davis atmet tief durch.

»Ja.«

»Nun denn … Solange Sie sie nicht verhaften, wird sie jetzt gehen.« Harper wirbelt auf ihren Stilettos herum und scheucht mich zur Tür, während DS Davis hilflos zurückbleibt. Harper Underhill hat Wort gehalten: Das Ganze hat gerade einmal zwei Minuten gedauert.

*

Ich rufe ein Taxi, um wieder zur Praxis zurückzufahren und mein Auto zu holen. Ich bin erleichtert, nicht verhaftet worden zu sein, aber Harper hat mir erklärt, das könnte sich noch ändern. Ich bin jetzt eine ›Person von besonderem Interesse‹.

»Sie werden Sie aufmerksam im Auge behalten«, lauteten ihre Abschiedsworte an mich. Sie hat gesagt, dass die Polizei jetzt Beweise sammeln wird, um mich zu verhaften, denn es wäre offensichtlich, dass sie glauben, ich hätte etwas mit Olivias Entführung zu tun. Doch weder Davis noch Bishop haben meinen Vater angesprochen, und ich habe das Harper gegenüber auch nicht erwähnt. Trotzdem ist es möglich, dass sie davon wissen und es schlicht für ein späteres Verhör aufsparen. In jedem Fall sollte ich mich mental darauf vorbereiten.

Auch sollte ich die Briefe verschwinden lassen, die ich unter den Dielen im Schlafzimmer versteckt habe.

Gott, und das Armband und den letzten Tierkadaver in der Mülltonne! Wenn sie das finden …

Meine Nerven sind zum Zerreißen gespannt, als ich in unsere Einfahrt einbiege. Was wird Mark zu alldem sagen? Ich stelle mir sein Gesicht vor, voller Angst und Verzweiflung. Dass man mich zur Befragung aufs Revier gebracht hat, wird sein Misstrauen gegen mich noch erhöhen, und ich bin nicht sicher, ob ich das wieder zerstreuen kann. Wie soll ich ihn da von meiner Unschuld überzeugen?

Dabei weiß ja selbst ich noch nicht einmal, ob ich wirklich unschuldig bin!

Marks Auto steht nicht in der Einfahrt. Ich nehme an, er hat nicht gewusst, wie lange das dauern wird … oder ob ich heute Abend überhaupt wieder nach Hause komme. Vielleicht hat er die Kinder ja zum Essen ausgeführt, damit sie beschäftigt sind. Vielleicht will er so ja verhindern, dass sie unangenehme Fragen über Mommy stellen. Wenn ich schnell bin, kann ich die Briefe verschwinden lassen, bevor sie wieder da sind.

Ich stelle den Wagen einfach ab, gehe hinein und renne nach oben, wobei ich immer zwei Stufen auf einmal nehme.

Nachdem ich die Schere aus meinem Nachttisch geholt habe, gehe ich auf die Knie, ziehe an der Ecke des Teppichbodens und löse die Diele. Dann stecke ich die Hand in das Loch und taste herum. Mein Herz setzt einen Schlag lang aus. Ich finde das Bündel mit den Briefen nicht. Ich suche und suche, doch das Loch ist leer. Schließlich ziehe ich die Hand wieder heraus und breche neben dem Bett zusammen.

»Nein, nein, nein, nein …«

Nicht nur die Briefe sind verschwunden. Die Tüte mit dem Armband ist ebenfalls nicht mehr da. Ich schlage die Hände vor den Mund und unterdrücke einen Schrei. Wie konnte er? Wie konnte mein eigener Mann das tun?

Er hat das getan. Er ist mit den Briefen und dem Armband zur Polizei gegangen. Er muss das gewesen sein. Deshalb haben sie mich befragt. Und wenn ich jetzt so darüber nachdenke: Die Beamten haben mir sofort gesagt, dass alles okay ist, dass Mark die Kinder abholt, als ich mir Sorgen gemacht habe. Weil er es bereits gewusst hat! Er hat Davis und Bishop die ›Beweise‹ geliefert.

Aber warum haben sie mich dann nicht verhaftet? Die Briefe allein beweisen natürlich nicht, dass ich etwas mit der Entführung zu tun habe, das Armband aber schon.

Ich glaube, Harper hat recht gehabt. Sie warten nur, bis der Fall wasserdicht ist. Das könnte zum Beispiel heißen, dass sie auf die Bestätigung der Kriminaltechnik warten, dass es sich wirklich um Olivias Armband handelt … und dass sie bestätigen, dass da Fingerabdrücke dran sind. Wenn sie das haben, dann werden sie mich verhaften und meine Fingerabdrücke nehmen, um sie mit denen auf dem Armband zu vergleichen.

Und dann bin ich am Arsch.

Ich rappele mich auf und erreiche gerade noch rechtzeitig das Badezimmer, um mich ins Klo zu übergeben.

Kapitel 52

MARK

»Was hast du getan?«

Ihre Stimme ist ein Flüstern, aus dem der Schmerz und die Angst sprechen. Der Verrat. Ich bin nur froh, dass ich ihr Gesicht nicht sehen kann.

»Warum hast du mich angelogen?«, kontere ich, ohne die Frage zu beantworten. Ich habe getan, was ich tun musste. Also trage ich hier keine Schuld. Nicht diesmal.

»Warum hast du nicht zuerst mit mir geredet?«, zischt sie ins Telefon.

»Wo bist du?« Ich nehme an, sie ist nicht länger auf dem Revier. Ich frage mich, was passiert ist, wie es ausgegangen ist. DS Talia Davis hat mir erklärt, wie es vermutlich laufen würde. Zu diesem Zeitpunkt wollten sie Jen noch nicht verhaften. Sie wussten, dass sie sie spätestens nach vierundzwanzig Stunden wieder gehen lassen müssten, wenn sie bis dahin nicht genug Beweise für eine offizielle Anklage hätten, und damit rechneten sie offenbar nicht. Talia war jedoch fest davon überzeugt, dass sie diese Beweise noch bekommen würden. Allerdings hat sie mir nicht verraten, was sie bereits haben. Ich weiß nur, dass es Videoaufnahmen von einer Person gibt, die sich kurz vor der Entführung in Olivias Garten aufhält – einer Person, von der die Beamten glauben, dass es sich um Jenny handelt. Sie haben mich zu Jens Streit mit Olivia befragt, weil ihr Name während der Befragungen in der Nachbarschaft immer wieder gefallen ist. Vermutlich haben Olivias Nachbarn gehört, wie Jen sie angeschrien hat. Aber das seien alles bestenfalls Indizien, gab Talia zu. Daraufhin habe ich ihr das Armband und die Briefe gegeben.

Talia hat sich sichtlich darüber gefreut, ihre Augen strahlten. Als ich gegangen bin, hat spürbar Aufregung auf dem Revier geherrscht, als hätte ich ihnen ein Goldenes Ticket für Charlies Schokoladenfabrik geschenkt. Besonders interessiert war Talia an den Briefen von Jens Vater, dem Serienmörder. Sie hat mich gefragt, ob ich glauben würde, dass sie noch Kontakt zu ihm hat, denn die Briefe schienen alt zu sein. Aber dazu konnte ich ihr nichts sagen, denn bis heute habe ich ja noch nicht einmal von ihm gewusst. Als ich vom Revier weggefahren bin, spürte ich eine unglaubliche Last auf mir. Ich hatte den Beamten gerade meine Frau auf dem Silbertablett serviert.

Der Schock ist noch immer frisch. Ich bin wie betäubt.

»Mark? Bist du noch da?« Jens Stimme dringt durch meine Gedanken.

»Ja, ich bin noch da.«

Den Bruchteil einer Sekunde habe ich Angst, es ihr zu sagen. Himmel! Was wird sie tun? Mir folgen? Mich töten? Ich seufze. »Ich bin bei meinen Eltern.«

»Okay. Ich verstehe.«

Schweigen.

»Ich war nicht sicher … Du weißt schon … Wann du wieder zurück sein würdest.«

»Ob ich überhaupt zurückkommen würde«, ergänzt sie. »Ich nehme an, du bist davon ausgegangen, dass sie mich festnehmen.«

»Nein, nein. Das bin ich nicht. Ich wusste, dass sie dich nur befragen würden. Aber ich wusste nicht, wie lange das dauern würde, und ich wollte nicht, dass die Kinder sich Sorgen machen. Also habe ich sie hergebracht. Hier können Nanna und Opa sie verwöhnen.«

»Du hast meine Frage nicht beantwortet.« Ihre Stimme klingt leblos, kalt. »Warum hast du nicht mit mir geredet, bevor du zur Polizei gerannt bist?«

Meine Hand verkrampft sich um das Handy. »Du hast meine Frage auch nicht beantwortet. Warum hast du mich angelogen?«

»Ich habe dich *nie* angelogen, Mark. Ich habe dir immer gesagt, dass ich eine komplizierte, schlimme Kindheit hatte. Ich denke, das deckt so ziemlich alles ab, meinst du nicht? Dass ich dir gegenüber nicht erwähnt habe, dass mein Vater ein Serienmörder ist, macht mich noch lange nicht zu einer Lügnerin.«

»Aber auch nicht zu einem ehrlichen Menschen.«

»Sagt der Mann, der mich über seine Beziehung zu einer anderen Frau belogen und dann versucht hat, das alles zu vertuschen. Das ist derselbe Mann, der glaubt, seine Frau sei eine Kidnapperin und möglicherweise auch eine Mörderin; doch anstatt mit ihr darüber zu reden, ist er hinter ihrem Rücken zur Polizei gelaufen.«

»Touché«, sage ich. Ich weiß nicht, was ich sonst sagen soll. »Wir bleiben eine Zeit lang hier, Jen. Bis alles geklärt ist.«

»Geklärt? Du meinst, bis der Polizei klar geworden ist, dass ich nichts damit zu tun habe, und sie ihre Aufmerksamkeit auf eine andere Person richtet?«

»So was in der Art.«

»Ich will bei meinen Kindern sein. Du hast kein Recht, sie mir wegzunehmen.«

»Ich denke schon. Tut mir leid, Jen.«

Ich lege auf und wische mir die Tränen von den Wangen.

Kapitel 53

JENNY

»Aaaaahhh!«, schreie ich und schleudere das Handy quer durch den Raum. Es landet mit einem dumpfen Knall auf den Sofakissen. Dann renne ich durchs Wohnzimmer, schnappe mir jedes einzelne Kissen und dresche damit aufs Sofa. Wieder und wieder schlage ich mit den Fäusten darauf ein. Und ich schreie, bis ich vollkommen erschöpft zusammenbreche.

Das ist das erste Mal, dass ich allein in diesem Haus bin. Ich weiß nicht, was ich mit mir anfangen soll. Dann erinnere ich mich. Ich finde mein Handy unter den Kissen und gehe die Kontaktliste durch.

»Abi, hi«, sage ich.

»Oh, mein Gott! Bist du okay? Ich habe mir solche Sorgen gemacht. Wo bist du?«

»Wieder zu Hause. Es geht mir gut«, antworte ich. »Na ja, eigentlich nicht. Es geht mir sogar richtig mies.«

»Ich mache gerade gar nichts. Wie immer. Wenn du willst, kann ich rüberkommen. Oh … Tut mir leid … Das war dumm von mir. Ich bin sicher, nach so einem traumatischen Tag willst du lieber mit deinem Mann allein sein.«

»Eher nicht. Ich würde lieber ausgehen«, antworte ich. Ich will ihr nicht sagen, dass mein Mann einfach gegangen ist und unsere Kinder mitgenommen hat. »Hast du noch immer Lust auf den Pub?«

»Klar. Sicher. Wenn du dich danach fühlst.«

»Gut. Ich treffe dich dann da. In einer halben Stunde?«

»Hervorragend. Ich kann es gar nicht erwarten, dieser Hölle zu entkommen«, sagt sie.

Das war leicht, denke ich.

*

Ich bin schon seit Jahren nicht mehr allein in einen Pub gegangen, und ich kann mich kaum noch daran erinnern, wann ich zum letzten Mal in *diesem* Pub gewesen bin. Kaum öffne ich die Tür, da trifft mich der Geruch wie ein Schlag: eine Mischung aus schalem Bier und warmen Körpern. Ich schaue mich kurz um und sehe, dass Abi noch nicht da ist. Also gehe ich zum nächstbesten Tisch und setze mich. Ich will nicht durch den ganzen Schankraum gehen, vorbei an den Stammgästen, um mir einen anderen Tisch zu suchen. Nicht allzu weit von der Tür ist mir ganz recht. So sehe ich auch sofort, wenn Abi reinkommt. Mit dem Bestellen warte ich, bis sie da ist. Als ich reingekommen bin, haben sich ein paar Köpfe zu mir umgedreht, aber nach einem kurzen Nicken, haben die Leute sich wieder ihren eigenen Gesprächen und ihrem Bier zugewandt.

Ich zähle rasch, wie viele Leute hier sind. Auf dieser Seite des Pubs sehe ich zehn. Das leise Raunen aus dem Restaurant nebenan legt allerdings nahe, dass dort viel los ist. Ich frage mich, ob wohl an jedem Tisch über Olivia geredet wird, oder ob ihre Entführung schon Schnee von gestern ist.

»Du warst offenbar schneller als ich.« Die Stimme erschreckt mich.

»Oh! Hi, Abi. Wo kommst du denn her?« Sie hat sich chic gemacht, echte Ausgehklamotten. Sie trägt ein wunderbares geblümtes Kleid mit Glockenärmeln und tiefem Ausschnitt, und sie ist perfekt geschminkt. Damit ist sie das genaue Gegenteil von mir. Ich bin nur in eine Jeans geschlüpft, dazu ein Top mit Leopardenmuster, und mein Make-up beschränkt sich auf den erstbesten Lippenstift, den ich in meiner Handtasche gefunden habe.

»Ich musste direkt aufs Klo, als ich hier angekommen bin«, sagt sie und setzt sich. Doch sie springt sofort wieder auf, als sie sieht, dass nichts auf dem Tisch steht. »Ich hole die erste Runde, okay?«

»Nein, nein«, sage ich und stehe auf. »Das ist meine Runde. Was trinkst du?«

»Gin Tonic bitte … Slimline Tonic.«

Ich bestelle zwei doppelte Gin Tonic bei Ken an der Bar. Er sagt, es sei nett, zur Abwechslung mal mich zu sehen. »Sind Sie heute allein?«, fragt er. Ich bin nicht sicher, ob er sich wegen der Olivia-Sache Sorgen macht, oder ob er einfach nur neugierig ist.

»Ich bin mit einer Freundin hier«, antworte ich und deute hinter mich zu dem Tisch, an dem Abi sitzt.

»Ah, ja.« Er zwinkert. »Heute ist Mädelsabend, nehme ich an.«

Ich lächele. »So was in der Art.«

»Sie sind ja auch mal dran. Mark habe ich letzte Woche gesehen.«

»Ja. Irgendwann gehen wir sicher auch mal zusammen aus«, erwidere ich und lache gezwungen.

»Das sollten Sie auch! Der arme Kerl wurde von den Ladys geradezu gemobbt. Sie scheinen ihn echt zu mögen.«

»Hmmm. Er ist ja auch ein Charmeur.«

»Um ehrlich zu sein, muss er seinen Charme gar nicht spielen lassen. Selbst Olivia hat Loblieder auf ihn gesungen.«

»Ach, ja? Wann?« Meine Muskeln verspannen sich.

»In der Nacht, in der sie entführt worden ist. Ist es zu glauben? Das ist heute schon eine Woche her. Das arme Ding.« Ken schüttelt den Kopf. Mein Herz schlägt immer schneller. Ich habe gar nicht daran gedacht, dass es heute genau eine Woche her ist, seit Olivia entführt wurde, und das unmittelbar nachdem sie exakt diesen Pub verlassen hat. Kurz bin ich wie benommen, dann holt Kens Stimme mich wieder in die Gegenwart zurück. »Ich meine, ich will ja keine Gerüchte verbreiten oder so«, sagt er, »aber nun ja … Hier hört man so einiges, wissen Sie?«

Ja, das weiß ich. »Ich glaube, mir ist nicht ganz klar, worauf Sie hinauswollen, Ken.«

»Olivia hat erzählt, wie viel sie von Mark gehalten hat, bis …«

»Bis?«

»Sie hat gesagt, er sei gemein zu ihr gewesen. Er habe sie zurückgewiesen, als sie ihn um Hilfe gebeten hat, und sie als ›lästig‹ beschimpft. Ich will Ihrem Mann natürlich nicht zu nahe treten. Wie gesagt, habe ich selbst gesehen, wie die Frauen um ihn herumscharwenzeln. Ich bin sicher, er wollte nur Olivias Anmache beenden. Sie war nämlich … Nun, ja … Sie war bekannt dafür.«

»Bekannt dafür?«

Ken schaut sich rasch um; dann beugt er sich über den Tresen. »Sie hat ein paar Stammgäste angemacht«, flüstert er. »Einige Leute haben sie bereits als notgeil bezeichnet.«

»Das ist ja furchtbar«, sage ich. Auch wenn ich nicht gerade ein Fan von Olivia bin, es ist einfach falsch, wenn die Leute so einen Scheiß verbreiten. »Wenn jemand flirtet, dann ist er noch lange nicht notgeil, Ken. Wenn es ein Mann gewesen wäre, hätten die Leute so etwas ganz sicher nicht gesagt. Hab ich nicht recht? Ich meine, Mark hat auch geflirtet, und er ist ein … äh … ein verheirateter Mann. Und da hat niemand was gesagt.«

»Okay, okay.« Ken hebt die Hände. »Ich habe nur wiedergegeben, was ich gehört habe. Kein Grund, die feministischen Krallen auszufahren.«

Ich will das Gespräch weiterführen – oder eher den Streit – und herausfinden, ob er noch mehr weiß. Aber das werde ich mir aufsparen, bis ich zumindest ein wenig Zeit mit Abi verbracht habe. Ich kann sie ja schlecht allein am Tisch sitzen lassen, während ich auf Jagd nach Informationen gehe. »Ich komme später noch mal. Okay, Ken?«

»Klar, Liebes. Genießen Sie den Abend.« Er geht, um jemand anderen zu bedienen. Meine Reaktion scheint ihn nicht im Mindesten zu kümmern. Der hat wirklich eine Haut wie ein Elefant.

Ich setze mich wieder zu Abi, und wir machen ein wenig Small Talk, bevor wir uns ernsteren Themen zuwenden. Nachdem ich ihr eine zensierte Version meines Besuchs auf dem Revier erzählt habe und nachdem wir uns noch zwei Gin Tonic gegönnt haben, kommen wir auf das Thema Familie. Ich habe ihr nicht erzählt, dass Mark derjenige war, der der Polizei die Beweise geliefert hat, oder dass er die Kinder zu seinen Eltern gebracht hat. All das habe ich ausgelassen, und was meinem Vater betrifft, so sage ich ihr nicht, dass er im Gefängnis sitzt, sondern nur, dass er uns verlassen hat, als ich noch jung war – wegen einer anderen Frau, lüge ich.

»Wir haben ja so viel gemeinsam«, seufzt Abi. Ich runzele die Stirn und frage mich, wie sie zu diesem Schluss kommt.

Abgesehen von der Tatsache, dass wir beide offenbar Rabenmütter haben, sehe ich da keine Gemeinsamkeiten. Abi muss meine Verwirrung bemerkt haben, denn sie erklärt: »Wir kommen beide aus kaputten Familien. Es fällt uns beiden schwer, die Erwartungen anderer zu erfüllen, und doch sind wir getrieben. Wir wollen beide etwas in dieser Welt bewirken.«

Ich denke darüber nach. Sie hat tatsächlich recht. »Darauf trinke ich«, sage ich und stoße mit ihr an. »Noch einen?«

Nach mehreren Drinks entspanne ich mich allmählich, und die Schrecken des Tages verblassen nach und nach. Abi erzählt mir von ihrem Freund, mit dem sie schon seit der Schulzeit zusammen ist. Offenbar gehört er zu den wenigen, die sie mit ihren Erwartungen nicht unter Druck setzen. Bei ihm kann sie sie selbst sein. Es ist wunderbar, von einer Liebe zu hören, die auch funktioniert. Allerdings scheint sie traurig zu sein, weil er nicht in der Nähe lebt. Er ist nicht mit ihr nach Devon gezogen, aber ich frage nicht warum. Ich will ihr die Laune nicht verderben. Es wäre auch unfair, sie auf mein Niveau herunterzuziehen.

Mit Abi lässt sich gut plaudern. Es ist fast so, als wäre sie im gleichen Alter und nicht gut zwanzig Jahre jünger. Sie ist erwachsener, als mir klar war. Und bei Weitem aufmerksamer. Auch wenn sie auf der Arbeit eher ruhig ist und scheinbar nicht das geringste Interesse an irgendwelchen Gerüchten oder engeren Beziehungen zu ihren Kolleginnen hat, scheint sie alles in sich aufzunehmen. Und jetzt, nach mehreren Gin Tonic, öffnet sie sich und verrät mir ihre Meinung zu den jüngsten Problemen in der Praxis.

»Ich war wirklich schockiert, als Vanessa und Nisha sich plötzlich gestritten haben«, sagt sie. Ich hebe die Augenbrauen, schweige aber und lasse sie weiterreden. »Aber um ehrlich zu sein – und ohne mich einmischen zu wollen –, ich sehe das genau wie Vanessa.«

»Wirklich?« Ich bin überrascht, dass Abi sich auf eine Seite schlägt. Ich hätte sie eher so eingeschätzt, dass sie sich immer raushält und versucht, allen zu gefallen.

»Ja. Ich finde, seit Olivias Entführung verhält Nisha sich ziemlich seltsam. Es ist, als würde sie das alles genießen … genau wie Vanessa gesagt hat. Und sie scheint immer in Gedanken woanders zu sein.« Abi dreht ihr Glas zwischen den Fingern. »Aber das gilt wohl für uns alle. Vermutlich ist es nicht fair, sich da auf einen einzuschießen.«

»Was genau meinst du mit ›in Gedanken woanders‹?«, hake ich nach.

»Ich will ihr keine Probleme machen.«

»Ist schon okay. Das bleibt unter uns.« Ich winke ab. »Vermutlich habe ich morgen schon vergessen, was du mir erzählt hast. Nach ein paar Drinks bin ich nicht mehr zu gebrauchen.« Ich lache und versuche, Abi zu ermutigen, es mir zu verraten. Sie atmet tief durch.

»Zum Beispiel letztens … Da war sie ganz aufgeregt, weil es irgendeine Verwechslung gegeben hat, und sie wollte mir nicht sagen, was genau da los war. Aber die Patientin fragte sie nach den Arrangements für ihre verstorbene Katze. Erinnerst du dich? Die hübsche Tabby? Das arme Ding ist überfahren worden. Äußerlich sah sie zwar unverletzt aus, aber du hast gesagt, sie habe starke innere Blutungen gehabt.«

»Ja, ich erinnere mich.« Die Tabby. Ich spüre einen Stich in der Brust, und mein Herz schlägt immer schneller. Ich zermartere mir den Kopf. Passt das zeitlich zu dem Sack mit der Tabby vor meiner Haustür? Mir wird schlecht. Ich frage mich, ob Nisha wohl weiß, dass ich das Tier mitgenommen habe, und jetzt versucht sie, mich zu decken.

»Nun, Nisha konnte die Katze offenbar nicht finden. Sie hat gesagt, sie sei bereits ins Krematorium geschickt worden. Die Patientin hat sie daraufhin im Krematorium anrufen lassen, während ich dabei war, und Nisha hat gesagt, alles laufe wie geplant. Doch als ich sie hinterher danach gefragt habe, ist Nisha mir immer wieder ausgewichen. Also …« Abi schaut verlegen drein.

»Ist schon okay. Sprich weiter«, sage ich.

»Also habe ich selbst im Krematorium angerufen, als ich wieder allein am Empfang war. Die haben die Katze nie bekommen, Jenny. Ich glaube, Nisha hat sie mit dem falschen Etikett versehen oder so was in der Art, und dann hatte sie Angst, das zuzugeben.«

Ich erinnere mich wieder daran, wie Nisha die gelbe Tonne falsch ausgezeichnet hat. Außerdem, wenn sie wirklich wüsste, dass ich die Tiere genommen habe, warum hat sie dann nichts gesagt? Das erwähne ich Abi gegenüber aber nicht.

»Und die Patientin kam nicht zurück, um sich zu beschweren?«

»Noch nicht. Aber vielleicht hat sie ja noch keine Ahnung. Das war ja auch erst letzte Woche.«

»Das passt gar nicht zu Nisha.«

Die Gedanken überschlagen sich in meinem angetrunkenen Kopf. Nisha mag das mir gegenüber ja nicht erwähnt haben, aber was, wenn sie mit der Polizei gesprochen hat? »Als die Detectives heute gekommen sind … Ist Nisha da erschrocken? Haben sie überhaupt mit ihr gesprochen?«

»Jenny, sie ist jedem aus dem Weg gegangen. Sie hat kein Wort mit uns gesprochen, nachdem die Polizei mit dir weggefahren ist. Aber als wir alle Feierabend gemacht haben und gegangen sind, da wirkte sie vollkommen erschöpft. Mitgenommen.«

»Als hätte sie ein schlechtes Gewissen?«

»Also für mich sah das so aus.«

Kapitel 54

Paul hat sich nun endlich geöffnet und spricht auch über die Dinge, die mich eigentlich interessieren.

Ich wollte ihr nichts antun. Ich habe sie so sehr geliebt. Sie war doch meine Prinzessin.

Seine Worte hallen noch immer in meinem Kopf wider.

Ich kämpfe mit der Tatsache, dass er sie von ganzem Herzen geliebt hat, und doch hat es ihn damals nicht gestört, dass er ihr wehtut, zumindest psychisch. Sein Bedürfnis, jemandem seine ›Kunst‹ zu zeigen, der ihn bedingungslos liebt, der viel zu naiv war, um zu realisieren, worum es dabei ging – wie *böse* er wirklich ist –, war wichtiger als sein Gewissen.

Ich habe schon immer geglaubt, dass Jane bestimmte Dinge gesehen hat. Ihre Beziehung zu Paul war viel zu eng und intensiv. Da lag es auf der Hand, dass sie irgendwann in diesen Schrecken hineingezogen wurde. Als er das zum ersten Mal angedeutet hat, habe ich geglaubt, es wäre nur ein Versehen gewesen. Ich ging davon aus, dass er diese Information eigentlich nicht mit mir teilen wollte. Aber er hat ganz genau gewusst, was er sagte. Und ohne Zweifel hatte er auch geplant, *wie* er es mir sagen wollte. Er hat mir direkt in die Augen geschaut und geflüstert:

Ich habe meine Prinzessin zu dem Ort gebracht, wo ich die Frau lassen wollte. Die letzte hat zu diesem Zeitpunkt noch gelebt. Ich war noch nicht fertig mit ihr. Es hatte irgendwie etwas … et-

was Spirituelles. Ich habe eine tiefe Verbindung zu meinem kleinen Mädchen gefühlt. Und sie hat keine Angst gehabt, wissen Sie? Sie war nur neugierig.

Obwohl ich weiter nachgehakt habe, hat er mir nicht verraten, ob Jane auch in den letzten Augenblicken dabei gewesen ist … als er der Frau ihr Leben genommen hat. Daher denke ich, dass dem so war. Sie hat alles gesehen. Kein Wunder, dass sie unter Albträumen leidet. Auch Paul hat mir erzählt, dass sie das noch immer quält. Er hat mir von ihrer Posttraumatischen Belastungsstörung erzählt, unter der sie leidet, weil sie diese Dinge gesehen hat und als Folge der Nacht, in der er verhaftet wurde. In dieser Nacht sei sie zusammengebrochen, hat er gesagt. Claire hat ihn einige Wochen später über seinen Anwalt informiert, dass Jane einen Blackout hatte, dass sie schlafwandelte. Diese Episoden plagten sie auch noch als Teenager, und vermutlich ist das auch heute noch so. *Das ist der Preis, den man dafür zahlt, wenn man mich liebt*, hat er erklärt.

In Wahrheit jedoch zahlt seine Tochter einen wesentlich höheren Preis, als ihm klar ist.

Kapitel 55

JENNY

Mittwoch

Jane war kalt. Sie zitterte.

Sie zwang sich, die Augen zu öffnen, und sah eine schattenhafte Gestalt über sich.

»Schschsch …« Die Hand lag auf ihrem Mund. »Alles ist gut, Prinzessin. Alles ist gut. Daddy ist da.«

Mit beiden Händen zog sie an seiner. Sie versuchte, sie wegzureißen, denn sie wollte nur eins: Schreien. Seine Stimme war ruhig, als er ihr weiter ins Ohr flüsterte.

»Du hattest einen Schock. Das ist alles. Bitte, verzeih. Ich dachte, du wärst bereit.« Er lockerte leicht den Griff. »Ich werde jetzt die Hand wegnehmen, meine Süße. Bitte, sei still. Für Daddy. Das muss unser Geheimnis bleiben. Wenn du auch nur einen Ton von dir gibst, bekommt Daddy Ärger. Verstehst du das?«

Jane nickte, und die Tränen flossen über ihr Gesicht.

Er nahm Janes Hand. »Mach dir keine Sorgen um sie«, sagte er und blickte zu der Frau hinüber. »Ich werde sie besser machen.«

Jane wollte nicht wieder hinsehen, doch sie konnte nicht anders. Sie drehte den Kopf zu der Frau, als sie an ihr vorbeigingen. Sie saß aufrecht an einem Baum … wenn auch nicht ganz. Ihre Mitte sackte ein wenig durch, und sie schaute auf etwas in ihrem Schoß. Ihre Augen konnte Jane nicht mehr sehen. Die Frau war still. Reglos. »Wird sie wieder aufwachen?«

»Nein, Liebling. Nicht hier jedenfalls. Nicht in dieser Welt.«

Jane wusste nicht, was er damit meinte, und sie wollte ihn gerade danach fragen, als sie ihn entdeckte. »Ist das nicht einer dieser Schmetterlinge?«

»Ja«, antwortete ihr Daddy. Er klang glücklich, weil Jane das aufgefallen war, und er bückte sich, um ihn aufzuheben. »Das, meine Prinzessin, ist ein Distelfalter. Wenn ich sie besser mache …« Er deutete auf die reglose Frau. »… dann mache ich ihn an ihr fest.«

»Warum?«

Er strahlte Jane an. »Damit es alle wissen.«

Jane wartete darauf, dass er ihr sagte, was alle wissen sollten, doch das tat er nicht. Stattdessen legte er den Schmetterling neben die Frau. »Wann machst du sie denn besser, Daddy?«

»Wenn du im Bett liegst, gehe ich noch mal zurück und mache sie fertig.«

Jane nahm die Hand ihres Daddys, und sie gingen zwischen den Bäumen hindurch aus dem Wald. Und sie gingen lange. Jane konnte sich nicht daran erinnern, dass sie auch auf dem Hinweg so lang gegangen waren. Aus Angst, dass sie sich verirrt hatten, klammerte sie sich an die Hand ihres Daddys. Schließlich sah sie das Auto zwischen den Bäumen.

Und bevor Jane sichs versah, lag sie im Bett und konnte sich nicht mehr an die Heimfahrt erinnern. Sie war so müde, dass ihre Augen sich immer wieder schlossen.

»Gute Nacht, Prinzessin.«

»Nacht, Daddy«, flüsterte sie.

»Und vergiss nicht: Du darfst nie jemandem sagen, wo du heute Nacht gewesen bist. Nie! Das wird für immer unser Geheimnis bleiben.«

*

Um zwei Uhr morgens wache ich auf dem Küchenboden auf. Das Haus ist leer. Da ist niemand mehr, vor dem ich meinen Blackout verbergen muss. Meine Knochen schmerzen vor Kälte. Ich muss schon eine ganze Weile hier sein. Ich bin noch vor Mitternacht wieder nach Hause gekommen und direkt ins Bett gegangen. Deshalb ist es durchaus möglich, dass der Blackout zwei Stunden gedauert hat. Ich hoffe nur, dass ich nirgends war. Besonders nicht mit dem Auto. Es ist ja schon schlimm genug, dass ich während eines Blackouts auch Auto fahre, aber betrunken zu sein *und* schlafzuwandeln, kommt mir sogar noch schlimmer vor. Doppelt gefährlich. Obwohl es unwahrscheinlich ist, dass ich jetzt noch schlafen werde, schleppe ich mich ins Bett. Als ich an Ellas und Alfies Schlafzimmern vorbeikomme, spüre ich einen stechenden Schmerz in der Brust. Ohne sie bin ich nichts.

*

Als der Wecker klingelt, muss ich mich zwingen aufzustehen. Eine Mischung aus Erschöpfung, Kater und Verzweiflung versucht, mich in den Kissen festzuhalten. Ergibt es überhaupt noch einen Sinn aufzustehen? Wenn ich unter meiner warmen Decke bleibe, dann kann ich zumindest so tun, als wäre nichts passiert. Dann erinnere ich mich daran, was Abi letzte Nacht gesagt hat, und ich habe plötzlich wieder Kraft. Entweder weiß Nisha, was ich getan habe … oder sie ist diejenige, die mir die Kadaver vor die Tür legt. Auch wenn ich keinen Grund dafür erkennen kann. Wir sind immer hervorragend miteinander ausgekommen, auch Samir kennt sie gut. Oberflächlich betrachtet gibt es nichts, was mich vermuten ließe, dass sie zu so etwas fähig wäre. Und ich darf nicht vergessen: Es ist *mein* Auto, das auf den Überwachungsvideos der Praxis zu sehen ist. Vielleicht ist es also wirklich so, dass sie mich nur decken will.

Aber das fühlt sich auch nicht richtig an. Ich kann mir das nicht vorstellen. Wenn Nisha von so etwas Verstörendem wüsste, wenn ihr aufgefallen wäre, dass ich tote Tiere aus der Praxis stehle, dann würde sie mich darauf ansprechen … oder auch Samir. Offensichtlich genießt sie es einfach nur, im Mittelpunkt zu stehen.

Oder ist das vielleicht der Grund, warum Samir in letzter Zeit nicht er selbst zu sein scheint? Vielleicht hat sie ihm ja davon erzählt, und jetzt weiß er nicht, wie er das ansprechen soll. Aber was auch immer die Gründe sein mögen. Ich muss möglichst früh in die Praxis und ein paar Nachforschungen anstellen.

*

Die Sonne geht gerade erst auf, als ich auf den fast leeren Parkplatz der Praxis fahre. Ich habe noch gut eine Stunde, bis die anderen kommen. Meine erste Aufgabe ist die Überprüfung der Videoaufnahmen, wozu ich gestern nicht mehr gekommen bin.

Doch als ich die Praxis betrete, bleibe ich sofort stehen. Samir sitzt am Empfang.

»Oh«, sage ich und atme erst einmal tief aus. *Warum ist er schon so früh hier?* »Dich habe ich nicht erwartet.«

»Du musst mir endlich sagen, was los ist, Jen.« Sein Gesichtsausdruck ist ernst, und er wirkt ausgemergelt.

»Ich bin heute etwas früher gekommen, um noch ein paar Sachen zu erledigen«, sage ich, und es fällt mir schwer zu verbergen dass meine Stimme zittert.

»Du siehst furchtbar aus.«

»Danke.« Ich runzele die Stirn, als Samir sich vorbeugt, um mir ins Gesicht zu sehen.

»Die Polizei nimmt dich mit; du benimmst dich komisch … und du löschst Dateien der Überwachungskamera. Du weißt doch, dass ich von allen Kopien habe, oder? Das ist sinnlos.«

Panik keimt in mir auf. »W… Was?«

»Ein paar Beamte sind in die Praxis gekommen, nachdem die anderen dich mitgenommen haben. Sie wollten die Kameraaufnahmen sehen.«

»Und du hast sie ihnen gegeben? Ohne richterlichen Beschluss? Himmel!«

»Nun, Jen … Es ist ja nicht so, als hätten wir was zu verbergen, nicht wahr? Eine Frau ist entführt worden, und die Beamten nehmen an, die Aufnahmen könnten ihnen helfen. Warum hätte ich das ablehnen sollen? Es wäre schon ziemlich mies von mir gewesen, auf einem richterlichen Beschluss zu bestehen. In solchen Fällen ist Zeit von entscheidender Bedeutung. Es ist nun schon eine ganze verdammte Woche her, seit sie entführt worden ist. Ich wollte nur helfen.«

»Ja. Natürlich. Tut mir leid. Es ist nur …« Ich weiß nicht, wo ich beginnen soll, um das alles zu erklären. Ich bin so müde, habe keine Energie. »Ach, egal. Das ist schon okay.«

»Dann wirst du mir also sagen, was los ist, ja?«

»Du meinst abgesehen davon, dass mein Leben gerade auseinanderfällt?«

»Ist es wirklich so schlimm?«

»Jep. Um ehrlich zu sein, Samir, es könnte gar nicht schlimmer sein. Glaubst du, dass ich etwas mit Olivias …?«

»Natürlich nicht, verdammt! Aber irgendetwas verbirgst du vor mir.«

Ich beschließe, ihm die ganze Geschichte zu erzählen – abgesehen von dem Teil mit meinem Vater. »Wie wäre es, wenn wir uns was zu trinken machen? Dann erzähle ich dir alles.«

»Okay«, sagt er. »Klingt nach einem Plan.«

Bevor ich auch nur zwei Schritte machen kann, fliegt die Tür auf, und DS Davis und DC Bishop marschieren Schulter an Schulter herein. Das Herz schlägt mir bis zum Hals. Samir schaut mich argwöhnisch an, als die beiden Beamten auf mich zukommen.

»Jennifer Johnson, hiermit verhafte ich Sie wegen des Verdachts, Olivia Edwards entführt zu haben. Sie haben das Recht zu schweigen, doch es könnte sich nachteilig auf ihre Verteidigung auswirken, wenn sie während des Verhörs etwas verschweigen, auf das Sie sich vor Gericht berufen. Alles, was Sie sagen, kann wiederum vor Gericht gegen Sie verwendet werden …«

Als ich aus dem Gebäude geführt werde, sehe ich Samirs entsetzten Gesichtsausdruck. Ich drehe mich zu ihm um. »Tut mir leid. Es tut mir ja so leid. Sag Abi, sie soll meine Termine streichen. Ich rede später mit dir.«

»Das ist doch lächerlich, verdammt!«, ruft er mir hinterher. »Sie hat nichts getan! Sie verschwenden nur Ihre …!« Seine Worte verhallen, als die Polizisten die Tür zuknallen. Kaum hatte Samir erwähnt, dass die Polizei die Dateien vom Computer geholt hat, da wusste ich, dass das hier die unvermeidliche Folge sein würde. Auf dem Parkplatz steht neben dem Zivilfahrzeug von Davis und Bishop noch ein Streifenwagen, und ein uniformierter Beamter überwacht, wie mein Auto auf einen Abschleppwagen gehoben wird.

»Was … Warum nehmen Sie meinen Wagen mit?« Mir bleiben die Worte im Hals stecken.

»Wir haben einen richterlichen Beschluss, ihn zu beschlagnahmen. Gleiches gilt für bestimmte Dinge in Ihrem Haus«, sagt Davis und schiebt mich in den Fond ihres Wagens. Angst breitet sich in mir aus, als mir klar wird, wie tief ich wirklich in der Scheiße sitze. Und diesmal ist es mehr als unwahrscheinlich, dass ich mich da rausreden kann. Egal, was ich sage, es wird einfach nur verrückt klingen.

War's das jetzt? Werde ich meine Kinder je wiedersehen?

Es würde zumindest ein wenig helfen, wenn ich selbst davon überzeugt wäre, dass ich nichts mit Olivias Entführung zu tun habe. Dann würde ich wenigstens unschuldig wirken. Aber ich weiß einfach nicht sicher, dass das stimmt. Und ich muss zugeben, dass es ein Glück ist, dass Mark die Kinder zu seinen Eltern gebracht hat, und zum Glück bin ich in der Praxis verhaftet worden. Bei der Vorstellung, dass Ella und Alfie sehen müssen, wie man mich abführt, zieht sich mir der Magen zusammen. Ich möchte nicht, dass sie erleben, was ich erleben musste.

Ich hoffe nur, dass ich nicht angeklagt werde. Wenn ich ins Gefängnis muss, dann werden ihre Leben dem gleichen Pfad folgen wie meins, und mit dieser Schuld könnte ich nicht leben.

Beruhige dich. So weit kommt es schon nicht.

So häufig ich das im Kopf auch wiederhole, ein anderer furchtbarer Gedanke überlagert alles.

Sie werden Olivia finden … tot!

Immerhin bin ich die Tochter eines Serienmörders, und Mord liegt mir im Blut … oder?

Kapitel 56

MARK

Eine schwere Last droht meinen Brustkorb zu zerquetschen, als hätte sich eine Boa Constrictor darum geschlungen. Ich habe sicher einen Herzinfarkt. Ich greife an meinen Kragen. Das Hemd droht mich zu ersticken. Ich kauere über meinem Schreibtisch, stoße den Papierkram beiseite und zwinge mich, ruhig zu atmen. Ich sterbe nicht. Jedenfalls nicht durch einen Herzanfall. An schlechtem Gewissen schon eher.

Was habe ich getan? Wiederholt schlage ich mit dem Kopf auf die Plastikoberfläche des Tisches, und das dumpfe Knallen hallt durch den Raum. Sie ist verhaftet worden. Eingesperrt. Sie wird in einer Zelle sitzen. Und sie wird außer sich vor Wut sein.

Mein Handy klingelt neben meinem Kopf, und zuerst bete ich, dass es Jen ist, die mich anruft, um mir zu sagen, dass das alles nur ein großes Missverständnis war und dass man sie entlassen hat, ohne Anklage zu erheben. Aber was würde ich ihr sagen, wenn sie das wirklich wäre? »Oh. Hi, Liebes. Wie geht's? Tut mir leid, dass sie dich aufs Revier gebracht haben, Darling. Ich hatte ja keine Ahnung, dass sie dich wirklich verhaften würden. Bitte, verzeih mir, ja?« So bin ich dann zumindest ein wenig erleichtert, als ich Bretts Namen auf dem Display sehe.

»Dich bekommt man ja wirklich schwer an den Apparat, mein Freund! Wo hast du dich denn versteckt?«, fragt er auf seine typisch barsche Art.

»In letzter Zeit war es … schwer«, antworte ich in nüchternem Ton.

»Ach ja? Noch mehr Probleme mit der Missus?«

Dass er sofort an Jen denkt, regt mich auf. Dabei ist alles meine Schuld. Ich war so besoffen bei Bretts letztem Besuch, dass ich ihm offenbar mehr erzählt habe, als ich ihm hätte erzählen sollen. »Nein! Warum sollte das auch so sein?« Es gelingt mir nicht, die Entrüstung in meiner Stimme zu verbergen.

»Ah, tut mir leid. Da habe ich wohl einen Nerv getroffen. Ich dachte nur … weil du mir beim letzten Mal so einiges erzählt hast. Und ihr … na ja … ihr Benehmen, als ich letztens da war … Du weißt schon. Irgendetwas hat offensichtlich nicht zwischen euch gestimmt. Das war nicht nur ein Schlagloch, wie du es genannt hast.«

Mein Gesicht brennt vor Scham. Ich habe nicht die Absicht gehabt, irgendjemandem von Jens Blackouts zu erzählen, ganz zu schweigen von allem anderen. Brett hat bemerkt, dass wir tiefergehende Probleme haben, ich hätte aufmerksamer sein sollen, was unsere Ehe betrifft. Aber wenn ich ehrlich bin: In Wahrheit wusste ich es längst. Ich habe es gefühlt, die Veränderung. Ich wusste, dass Jen immer häufiger unter Blackouts litt und dass sie etwas vor mir verbarg. Aber ich habe es ignoriert. Ich habe es unter den Teppich gekehrt, anstatt mich dem zu stellen.

Feigling.

»Ja. Nun. Ich nehme an, da du es ohnehin herausfinden wirst, kann ich es dir genauso gut erzählen.«

»Scheiße! Habt ihr euch getrennt? Das tut mir leid, Kumpel. Wirklich.«

»So einfach ist das unglücklicherweise nicht.« Ich gebe

Brett eine Zusammenfassung der Situation und rede dabei so leidenschaftslos wie bei einer PowerPoint-Präsentation. Als ich fertig bin, muss ich erst einmal nachfragen, ob er überhaupt noch am Apparat ist.

»Jaja … Ich bin da … Verdammt! Ich weiß nicht, was ich sagen soll.«

Brett so weit zu bringen, dass es ihm die Sprache verschlägt, ist nicht so leicht. »Und? Habe ich das Richtige getan?«

»Du hast gehandelt, und das ist das Wichtigste. Du hast dich nicht einfach zurückgelehnt und das Handeln anderen überlassen. Das ist ein Fortschritt. Du hast an deine Kids gedacht, Mann. Ehrenhafter geht's nicht. Sie hätte das auch gewollt. Klar, jetzt hasst sie dich dafür, aber später …«

Ja, sie hasst mich. Da hat er wohl recht.

»Sie hätte es dir sagen sollen, Kumpel. So einfach ist das. Eine Ehe, die auf Lügen beruht, führt zu nichts Gutem.« Brett scheint mit seinen weisen Worten zufrieden zu sein, und wir plaudern noch ein wenig länger. Als ich schließlich auflege, fühle ich mich schon besser. Brett hat recht. Ich habe getan, was ich tun musste. Für meine Kinder. Und das ist genau, was Jen von mir erwartet hätte. Sie würde das genauso machen, wären die Rollen umgekehrt.

Ich ignoriere Jens Stimme in meinem Kopf, die schreit: »Ja, klar! Aber warum hast du mir keine Gelegenheit gegeben, es zu erklären?« Dann versuche ich, die Antwort so gut ich kann zu verdrängen.

Kapitel 57

JENNY

Ich ziehe die Ärmel über meine Hände, um sie warm zu halten. Obwohl es nicht Winter ist, scheinen in dem Raum Minusgrade zu herrschen. Vielleicht liegt es ja an der eisigen Atmosphäre, die Harper geschaffen hat, als sie den Beamten meine vorbereitete Aussage vorgelesen hat. Der Verhörraum ist ganz anders als der, in dem sie mich gestern befragt haben. Irgendwie wirkt hier alles … offizieller. Es ist, als wollten sie mich wissen lassen, dass hier die echten Kriminellen befragt werden. Er ist bedrückend dunkel und die Luft ist stickig. Sie wollen, dass ich mich so unwohl wie möglich fühle.

Und ihr Wunsch geht in Erfüllung.

Ich rutsche auf dem harten Stuhl herum, und mein Hintern ist taub. Es ist mindestens eine Stunde her, seit man mich hier reingezerrt hat, mit Harper im Schlepptau. Nun, da ich verhaftet worden bin, werde ich ganz sicher kein Wort mehr ohne sie sagen. Entspannt sitzt Harper neben mir und funkelt die Detectives an. Wenn die Atmosphäre nicht so angespannt wäre, würde ich laut lachen. Harper strahlt ein Selbstbewusstsein aus, das schon an Arroganz grenzt, und das gefällt mir. Zu Anfang habe ich die Fragen der Beamten kurz und knapp beantwortet, wobei Davis ihr Bestes gegeben hat, um so viel wie möglich aus mir herauszubekommen. Aber irgendwann wurde ich von Harper aufgefordert, die Aussage weitestgehend zu verweigern. Und schließlich hat sie das Verhör unterbrochen, um den Fall mit mir im Licht der neuen Beweise zu ›diskutieren‹. Wir sind in einen anderen Raum gegangen und haben dort meine Aussage vorbereitet.

Seitdem haben Davis und Bishop abwechselnd ›guter Bulle, böser Bulle‹ gespielt, und ich habe jedes Mal in aller Ruhe mit ›kein Kommentar‹ geantwortet. Nun, nachdem Davis noch einmal gefragt hat, wie ich in den Besitz von Olivias Armband gelangt sei – wenn auch auf andere Art –, hebt Harper plötzlich die Hand und lächelt mich kurz an, bevor sie sich vorbeugt und all ihre Aufmerksamkeit auf DS Davis richtet.

»Moment mal«, sagt sie. »Ist es nicht ein netter Zufall, dass ausgerechnet der Ehemann meiner Mandantin, der selbst eine Verbindung zum Opfer gehabt hat, Ihnen das Armband übergeben hat? Meiner Kenntnis nach den einzigen echten Beweis?« Harper reißt die Augen auf. »Sie haben nur sein Wort, was die Umstände dieses ›Fundes‹ betrifft.« DS Talia Davis wird kreidebleich. Ich sehe das und Harper auch. Sofort setzt sie nach. »Und ich denke, die Tatsache, dass sich die Fingerabdrücke meiner Mandantin auf dem Armband befinden, haben wir bereits in unserer vorbereiteten Aussage ausreichend erklärt. Bei einem Termin in der Tierarztpraxis hat der Hund des Opfers Angst bekommen und versuchte, zu entwischen. Das Opfer und meine Mandantin haben mit dem Tier gerungen, und dabei hat meine Mandantin auch auf den Unterarm des Opfers gegriffen. Sie erinnert sich daran, weil sie dabei bemerkt hat, wie hübsch das Armband ist, und die beiden Frauen haben kurz darüber gesprochen. Das erklärt die verschmierten Fingerabdrücke meiner Mandantin auf dem Beweisstück.«

Harper grinst triumphierend. Dann nimmt sie ihr Notizbuch und ihren Aktenkoffer und steht auf. »Wenn das alles ist, was Sie haben, Detectives, dann möchte ich Sie freundlich bitten, meine Mandantin gegen Kaution freizulassen, solange Ihre Ermittlungen andauern.«

Davis stößt den Stuhl zurück und schaut zu Bishop. Bishop beugt sich vor. »Das Verhör wird um 11:36 Uhr beendet«, sagt er in gelangweiltem Ton in das Aufnahmegerät und drückt auf ›Stopp‹. Die Stühle knarren, als Davis und Bishop sich anschicken, den Raum zu verlassen.

»Bleiben Sie, wo Sie sind«, sagt Davis dann. Sie schaut keinen von uns an, als sie und Bishop zur Tür gehen. »Wir sind in einer Sekunde wieder da.«

Harper dreht sich zu mir um. Ein breites Grinsen enthüllt ihre strahlend weißen Zähne. »Halten Sie sich von Ihrem Mann fern.«

»Warum?«

»Ich glaube, dank uns ist er jetzt ein Verdächtiger.«

Eine halbe Stunde später sitze ich in einem Taxi und fahre heim.

Kapitel 58

JENNY

Allein die Größe des Hauses ist beängstigend. Hier allein zu sein, nur mit den Echos meiner Familie, droht mich zu zerbrechen. Ich liege auf Ellas Bett und überlege, was ich als Nächstes tun soll. Ich würde gerne glauben, dass Mark so unschuldig ist, wie er sagt. Tief in meinem Herzen glaube ich auch, dass er Olivia genauso wenig etwas antun könnte wie ich. Aber wenn man bis an seine Grenzen getrieben wird, wenn die Dinge, die man am meisten liebt, bedroht werden … Dann kann alles passieren. Jeder ist in der Lage, einen anderen Menschen zu verletzen oder gar zu töten, zumindest unter bestimmten Umständen. Selbst die liebsten, freundlichsten und gütigsten Menschen wie Mark. Wenn die Kinder in Gefahr sind, würde er zum Beispiel handeln. Dann würde er kämpfen. Er würde für sie töten. Daran hege ich nicht den geringsten Zweifel. Die Tatsache, dass er sie mir weggenommen hat, aus unserem Zuhause, weil er mir nicht mehr vertraut, ist zwar das Schlimmste, was ich mir vorstellen kann, aber auch das Beste.

Ein Vater, der für seine Kinder töten würde … Das ist doch ein guter Vater, oder?

Nur weiß ich, dass das nicht ganz stimmt. Mein Vater hat nicht gemordet, um mich zu beschützen. Er hat das nur für sich selbst getan. Er ist einfach seiner Lust gefolgt. Er wollte sich gut fühlen. Seine Taten waren purer Egoismus. Doch auf seine Art hat er auch getötet, um sicherzustellen, dass er in unserer Gegenwart nicht die Kontrolle verlor, und dadurch hat er meine Mutter und mich vor seiner bösen Seite beschützt. In seiner Vorstellung war er ein guter Vater.

Und als Kind habe ich das auch gedacht. So stand es in seinen Briefen, die ich zunächst gar nicht erhalten habe. Die ersten Briefe hat Claire vermutlich vernichtet. Doch später hat er sie direkt an mich adressiert. Lange blieben sie ungeöffnet, zusammengebunden mit einem rosa Band, bis schließlich die Neugier die Oberhand gewann. Und als ich erst einmal begonnen hatte, sie zu lesen, da habe ich sie immer und immer wieder hervorgekramt. Dann habe ich so getan, als würde ich ein persönliches Gespräch mit ihm führen, und ich habe auf seine Worte laut geantwortet. Das tue ich noch immer. Das ist meine Art, wieder eine Verbindung zu dem Vater aufzubauen, den ich einst geliebt habe. Als Kind habe ich so viel Zeit mit ihm verbracht, ich war jedes Mal ganz aufgeregt, wenn er nach Hause kam und diese Worte ausgesprochen hat: »Möchtest du auf ein Abenteuer mit mir gehen?« Erst sehr viel später habe ich mich auch an die Angst erinnert, die mit diesen Worten einhergegangen ist. Erst später habe ich in meinen Träumen wieder die finsteren Orte besucht und noch einmal die Schrecken erlebt, die mein Vater als ›Abenteuer‹ bezeichnet hat.

*

Er hält Janes Hand, als sie durch das Feld gehen. Mit der freien Hand streicht Jane über das Korn, die Ähren kitzeln an ihren Handflächen. Als sie das Areal erreichen, das ihr Vater ›den Ort‹ nennt, ist es dunkel wie die Nacht. Jane schaut in den Himmel hinauf, aber sie sieht nur die Schatten der Wipfel. Sie sind wie eine Decke, die sie schützt und unsichtbar macht. Janes Herz schlägt immer schneller. Sie weiß, dass ihr Daddy ihr eines seiner Geheimnisse zeigen wird.

Da ist eine Hütte vor ihnen, die aussieht, als würde sie gleich zusammenfallen. Daddy erklärt, dass das der beste Ort ist. Hier ist es so friedlich, und niemand wird ihn stören. Die Hütte steht nicht weit von einem Steinbruch, doch die Lichtung ist wunderschön. Sie ist voller Schmetterlinge – Distelfalter, sagt Daddy. Es ist ein besonderer Ort. Aber es ist noch mehr als das. Hier, sagt er, fühle er sich wohl in seiner Haut. Jane fragt ihn, was er damit meint. Er hat ja nur eine Haut. Wie kann er sich in der dann unwohl fühlen? Daddy winkt ab. Dann hebt er Jane auf die Arme und sagt, sie solle die Augen schließen. Sie spürt eine Bewegung und hört das Knirschen des Laubs, als Daddy über die Lichtung geht. Dann fällt sie.

Als sie wieder aufwacht, ist sie nicht länger in dem dunklen Wald. Da sind Dinge in der Hütte. Jane hat sie schon einmal gesehen. Sie sind ihr vertraut.

Und dann ist *sie* hier.

Sie war noch nie hier.

*

Das Klingeln an der Tür reißt mich aus einem Traum. Ich setze mich auf und taste wie wild nach irgendwas, das mich wieder in die Realität zurückholen kann. Ich sitze auf Ellas Bett. Ich muss eingenickt sein. Ich kann einfach nicht glauben, dass ich eine Zeit lang so ruhig geschlafen habe. Ich verbringe die Hälfte meiner Nächte damit, nicht in Trance zu versinken, aber ich schaffe es nicht. Aber jetzt, da mein ganzes Leben auf den Kopf gestellt ist, schlafe ich den Schlaf der Gerechten. Es klingelt erneut. Dann hämmert jemand mit der Faust an die

Tür. Ich fahre mir mit den Fingern durchs Haar und laufe die Treppe hinunter. Ich bete, dass es Mark mit den Kindern ist und nicht wieder die Polizei.

Nichts von beidem ist richtig.

Nisha steht auf der Schwelle, und ich kann ihren Blick nicht deuten. »Können wir reden?«, fragt sie aufgeregt.

Ich antworte nicht, sondern öffne einfach nur die Tür, um sie reinzubitten.

»Kaffee?«, frage ich und schalte die Maschine ein. »Ich nehme an, das wird kein kurzer Besuch.«

»Ja, bitte. Danke.« Nisha setzt sich und lässt ihren Blick durch die Küche wandern. »Nettes Haus.«

»Danke. Warst du nicht schon mal hier?«

»Nein.« Sie beäugt mich misstrauisch. »Das ist das erste Mal.«

Die Art, wie sie mich anschaut, als sie das sagt, verrät mir, dass es einen Grund für diese Bemerkung gibt. Sie kann doch unmöglich wissen, dass ich sie verdächtige, diejenige zu sein, die mir die Tierkadaver vor die Tür legt, oder? Und doch fühlt es sich so an, als wisse sie etwas. Warum sonst sollte sie das so betonen? Ich beschließe, direkt auf den Punkt zu kommen. Was habe ich schon zu verlieren.

»Nisha. Gestern, als wir im Kühlraum miteinander gesprochen haben und du die gelbe Tonne …«

»Ich habe mich nur kurz nicht richtig konzentriert. Das ist alles. Es ist ja auch nichts passiert.«

»Das stimmt. Aber hast du das schon mal gemacht?«

»Was? Das falsche Etikett aufgeklebt?«

»Hast du … Hast du Abfälle absichtlich falsch ausgezeichnet?«

»Gott, nein! Wie kommst du darauf?« Sie lehnt sich zurück und öffnet ungläubig den Mund. Dann kneift sie die Augen zusammen. »Das war Abi, nicht wahr? Sie hat dir erzählt, was passiert ist.« Nisha springt auf und beginnt, hin und her zu laufen. »Ich wusste doch, dass sie hinter meinem Rücken quatscht.«

Die plötzliche Veränderung in der Atmosphäre ist beängstigend. Ein in die Enge getriebenes Tier kann aggressiv werden, bösartig sogar. Es kann zu dem Schluss kommen, dass Angriff die beste Verteidigung ist. Genau so verhält sich Nisha gerade. Ich muss die Wogen glätten. »Oh … Nun … Nein … So war das nicht gemeint, Nisha«, sage ich. »Niemand hat hinter deinem Rücken irgendwas gesagt oder versucht, dich in Schwierigkeiten zu bringen.«

»Aber sie hat dir von der Tabby erzählt, die nicht im Krematorium angekommen ist, nicht wahr?«

Ich lege den Kopf auf die Seite. Nisha ist knallrot, aber sie ist jetzt nicht mehr wütend, sondern verletzt, und sie sieht aus, als würde sie gleich in Tränen ausbrechen. »Sie hat erwähnt, dass es da ein Problem gab …«, wage ich mich vorsichtig vor.

»Das war nicht meine Schuld. Ich schwöre. Ich habe keine Ahnung, wie sie verschwunden ist!«

»Dann ist die tote Katze also einfach verloren gegangen?«

Nisha schaut verlegen drein. »Irgendetwas ist schiefgelaufen. Ich habe überall gesucht.«

»Du könntest sie falsch etikettiert haben, so wie die Tonne.« Ich spreche so sanft wie möglich. Nisha ist derart angespannt, dass sie jeden Augenblick einen Wutausbruch bekommen kann.

»Nein! Da bin ich sicher. Sie ist einfach … verschwunden. Ich dachte, *du* hättest sie vielleicht.«

Es ist wieder so weit. Das ist der Punkt, an dem ich reinen

Tisch machen sollte. Ich bitte Nisha, sich wieder zu setzen und sich zu entspannen. Dann erzähle ich ihr von den ›Geschenken‹ vor meiner Haustür. Sie ist ehrlich entsetzt und besteht darauf, dass sie nichts damit zu tun hat. Sie scheint aber auch nicht auf die Idee gekommen zu sein, dass ich nach Feierabend noch mal in der Praxis gewesen bin. Damit hat sich meine Theorie zerschlagen, dass sie versucht, mich zu decken, nachdem sie die Aufnahmen der Überwachungskamera gesehen hat. Trotzdem stimmt hier irgendwas nicht. Spielt Nisha ein Spiel mit mir? In jedem Fall habe ich mich ablenken lassen. Ich habe sie noch nicht einmal gefragt, warum sie hier ist.

»Nun, wir scheinen da nicht wirklich weiterzukommen. Nebenbei … Weshalb bist du überhaupt gekommen, Nisha? Bis jetzt habe ja hauptsächlich ich geredet.«

»Ich habe mir Sorgen gemacht. Die Detectives haben dich gestern aus der Praxis geholt, und dann war Samir heute Morgen vollkommen von der Rolle, weil sie dich verhaftet haben. Ich wollte nur nachsehen, ob du in Ordnung bist.«

»Woher wusstest du, dass ich hier bin? Ich meine, du wusstest doch, dass sie mich verhaftet haben.«

»Oh, ich war zuerst auf dem Revier …«

»Du warst *wo*? Warum?«

»Weil ich ihnen sagen wollte, dass sie die falsche Person haben.«

»Wie kannst du dir da so sicher sein?«

»Ach, komm schon, Jen! Warum solltest du jemandem etwas antun? Du hast immer nur Gutes getan. Du bist immer die Erste, wenn es darum geht, anderen zu helfen. Du passt einfach nicht ins Profil.«

Fast hätte ich laut aufgelacht, aber ich will Nisha nicht verärgern, und außerdem, wenn sie wirklich nichts mit den ›Geschenken‹ zu tun hat, dann brauche ich alle Hilfe und Unterstützung, die ich bekommen kann.

»Okay. Aber was genau meinst du mit ›Profil‹? Ist das so was Ähnliches wie deine Liste von Verdächtigen, die du uns letzte Woche vorgetragen hast?«

Nisha zuckt mit den Schultern. »Irgendwie schon. Aber seit das passiert ist, habe ich jede Menge Nachforschungen angestellt, und ich habe ein paar interessante Theorien über Olivias Entführer. Vielleicht hat das auch etwas mit den Tierkadavern zu tun. Vielleicht ist es ja ein und dieselbe Person.«

Nisha fährt fort, mir einige Dinge zu erzählen, die man direkt mit mir in Verbindung bringen kann, mit meinem Vater. Und die Art, wie sie mich mit ihren dunklen Augen anschaut, beunruhigt mich. Ich kann das Gefühl noch immer nicht abschütteln, dass sie mehr weiß, als sie sagt. Ist sie bei ihren Internetrecherchen vielleicht zufällig auf meine Vergangenheit gestoßen? Und hält sie das jetzt als Trumpf zurück?

Plötzlich werde ich nervös. Ich habe sie in mein Haus gebeten, aber was, wenn sie diejenige ist, die mich quält? Ich kann nicht behaupten, viel über Nisha oder ihre Familie zu wissen. Wie auch immer … Im Moment will ich einfach nur, dass sie mein Haus verlässt. Ich sollte ihr nicht vertrauen. Tatsächlich sollte ich niemandem vertrauen.

Als Nisha weg ist, lasse ich mich aufs Sofa fallen. Ich bin zwar gegen Kaution frei, aber definitiv noch Davis' Verdächtige Nummer eins. Vielleicht sollte ich die Aufmerksamkeit der Beamten einfach in eine andere Richtung lenken. Harper hat schon gute Arbeit geleistet, als sie Zweifel an Mark gesät hat, aber wenn es mir gelingt, meine Vorbehalte gegen Nisha ins Scheinwerferlicht zu rücken, dann könnte das uns beiden ein wenig Raum zum Atmen verschaffen. Ich möchte nicht, dass man Mark zum Verhör aufs Revier holt. Ich will nicht, dass er darin verstrickt wird – unserer Kinder wegen. Sollte Nisha wirklich herausgefunden haben, wer ich bin, dann könnte das auch anderen gelingen. Verwandte der Opfer meines Vaters könnten mich gefunden haben. Und was, wenn diese Leute Rache wollen?

Als ich die Wahrheit über die Taten meines Vaters herausgefunden habe, da habe ich alles darüber gelesen, was ich finden konnte, um das alles verstehen zu können. Und auch wenn ich es wieder verdrängt habe, ich kenne die damaligen Gerüchte darüber, dass mein Vater mich zu seinen Taten mitgenommen hat. Ich habe diese Erinnerungen verdrängt. Nur in meinen Albträumen kommen sie wieder nach oben. Aber wie auch immer … In jedem Fall hatten diese Leute recht. Ich habe tatsächlich mehr gesehen, als ich jemals zugegeben habe. Mehr, als ich mir eingestehen will. Aber ich will schlicht nicht mehr daran denken.

Irgendwie spüre ich ganz genau, dass ich hier nicht länger bleiben kann, dass ich nicht einfach nur herumsitzen kann. Nur wenn ich etwas tue, komme ich aus diesem Loch heraus. Also rufe ich ein Taxi. Die Polizei hat nicht nur mein Auto beschlagnahmt, sondern auch meinen Laptop und meinen PC. Also muss ich in die Bücherei, wenn ich ins Internet will, um wirklich recherchieren zu können. Roisin wohnt viel zu weit weg. Zu ihr zu fahren, würde mich Zeit kosten, die ich schlicht nicht habe. Ich muss noch einmal in die Verbrechen meines Vaters eintauchen. Da ist etwas in meinen Erinnerungen, das an mir nagt, aber ich bekomme es einfach nicht zu fassen.

*

In der Bücherei kämpfe ich mich durch den riesigen Katalog von Artikeln und anderen Quellen zu Paul Slater. Allein seinen Namen gedruckt zu sehen, löst körperliche Schmerzen bei mir aus. Ich finde jeden der fünf Morde und gehe alle Einzelheiten durch. Vielleicht springt mir ja was ins Auge. Nach gut einer halben Stunde glaube ich, etwas gefunden zu haben.

Wer auch immer für Olivias Entführung verantwortlich ist, ob ich selbst, jemand aus meiner Umgebung oder der Verwandte eines Opfers, ich glaube, er oder sie folgt dem Modus Operandi meines Vaters.

Olivias Entführung ist die Tat eines Nachahmungstäters.

Kapitel 59

Ich lege das Handy hin und spiele die Aufnahmen von unserem Treffen ab. Wie wild mache ich mir Notizen, während meine Stimme, schnell und ein wenig verzerrt, aus dem Handy ertönt. Als ich fertig bin, lehne ich mich zurück und stelle mir vor, Paul gegenüberzusitzen. Ich entspanne mich und rufe mir noch mal alles von meinem letzten Besuch ins Gedächtnis zurück. Das ist ein wichtiger Teil meiner Arbeit, denn in dem Moment, da die Gefängnistore sich hinter mir schließen, spreche ich alles, woran ich mich erinnern kann, in mein Handy. Aber mein Adrenalinspiegel ist jedes Mal viel zu hoch, und oft vergesse ich etwas. Erst, wenn ich mich wieder beruhigt habe, fallen mir die Feinheiten wieder ein. Paul war heute in guter Form. Er wollte unbedingt über Jane reden. Solange es vertraulich bleibe, hat er gesagt. Nur zwischen uns.

Ich habe ihm versprochen, nur über das zu schreiben, was er abgesegnet hat. Und ich hatte kein schlechtes Gewissen, obwohl ich ihm dabei offen ins Gesicht gelogen habe. In Wahrheit wird nichts von dem, was er mir erzählt, je gedruckt werden … jedenfalls nicht so, wie er glaubt. Ich frage mich, was er wohl tun wird, wenn er merkt, dass ich ihn zum Narren gehalten habe. Wie wird er sich dann fühlen? Ich hoffe dumm. Gedemütigt. Verraten. Bedeutungslos. Gewöhnlich. Genau wie ich mich auch fühle.

»Die Zeitungen haben darüber berichtet, wo man die Opfer gefunden hat, aber die Polizei hat den eigentlichen Tatort nie entdeckt, den Ort, an dem ich ihnen das Leben genommen habe«, sagte er mit einem Grinsen. »Als sie mir immer näher kamen, da haben sie herausgefunden, dass ich mir ein Stück Land gekauft hatte. Ich habe zugeschaut, wie sie es durchkämmt haben, und ich habe gelacht, weil sie noch nicht einmal in die Nähe des Ortes gekommen sind. Noch nicht einmal die Hunde haben eine Spur aufgenommen.«

»Das haben Sie sicher genossen. Ich meine, Sie waren ihnen immer einen Schritt voraus.«

»Es war sehr befriedigend. Ja.«

»Sie wollten, dass sie die toten Frauen finden, wenn Sie mit ihnen fertig waren. Sie wollten, dass andere wertschätzen, was Sie mit ihnen gemacht haben, aber Sie wollten nicht, dass sie Ihren besonderen Ort finden?«

»Genau das ist der Grund. Denn das war *mein* besonderer Ort. Meiner und Janes. Ich wollte nicht, dass andere da rumtrampeln.«

»Jane war da? An dem Ort, an dem Sie sie umgebracht haben?«

Er zögerte und starrte mich lange an, bevor er antwortete: »Ich habe sie ein paarmal mitgenommen. Sie wusste nicht genau, wo wir waren. Ich durfte auch nicht riskieren, dass sie das erfährt. Sie hätten versucht, es aus ihr rauszubekommen. Das wusste ich. Also musste ich sie beschützen.«

»Glauben Sie, sie erinnert sich noch daran?«

»Unterbewusst vielleicht. Das kann ich mir vorstellen.«

»Und glauben Sie, dass sie je an diesen Ort zurückkehren wird?«

»Ich weiß nicht, aber ich bezweifele es. Vermutlich ist da

ohnehin alles verfallen. Das ist immerhin über zwanzig Jahre her.«

»Verfallen?«

*

An diesem Punkt änderte sich die Atmosphäre. Es war, als würde Paul mit sich selbst kämpfen. Sollte er mir mehr sagen oder nicht? Er hat sich gefragt, ob er mir wirklich vertrauen kann. Ich war vorsichtig und habe ihn nicht gedrängt. Paul hätte sofort einen Rückzieher gemacht, wenn er bemerkt hätte, dass ich das unbedingt wissen wollte. Ich schob meine Hände unter die Beine, damit sie nicht zitterten, und lächelte ermutigend. Nach ein paar Sekunden fuhr er fort.

Und er hat es mir erzählt. Jackpot! Zu diesem Zeitpunkt hätte ich einfach gehen können. Ich hatte alles, was ich von ihm haben wollte. Dann müsste ich ihn nie wieder besuchen und ihm in sein verdammtes, selbstgefälliges Gesicht schauen. Aber irgendetwas schien in diesem Moment Klick in seinem Hirn zu machen, und er warf mir einen Blick zu, der mir einen kalten Schauder über den Rücken jagte.

»Sie scheinen sehr an Jane interessiert zu sein«, hat er gesagt, und sein Blick hat sich in meine Augen gebohrt. »Ich dachte, Sie seien meinetwegen hier.«

»Ich bin wohl ein wenig eifersüchtig, nehme ich an.«

»Ach, ja? Eifersüchtig auf was?«

»Darauf, wie sehr Sie sie lieben. Und wie sehr Claire Jane liebt. Offenbar hat sie nie aufgehört, nach ihr zu suchen.«

»Claire hat dieses Kind erstickt. Als Mutter war sie vollkommen ungeeignet. Sie hat nicht den Instinkt. Das hat jeder gesehen. Es überrascht mich nicht, dass Jane sie so schnell wie möglich verlassen hat. Ich war derjenige, der dafür gesorgt hat, das sie eine befriedigende Beziehung hatten. Aber als ich weg war, da hat niemand meinen Platz einnehmen können. Ich wette, Claire hat ihr das Leben zur Hölle gemacht.«

»Vielleicht irren Sie sich ja. Für mich sah es so aus, als habe Claire Ihre Tochter sehr geliebt. Als Sie weg waren, hat sie alles für Jane getan. Sie war alles, was sie hatte. Können Sie Ihrer Frau wirklich zum Vorwurf machen, dass sie sich an das einzig Gute in ihrem Leben geklammert hat?«

»Vermutlich nicht. Aber zu viel Liebe kann auch schädlich sein. Meinen Sie nicht?«

»Ich habe keine Ahnung.«

*

Ich stehe auf, gehe in die Küche und öffne den Kühlschrank. Ich trinke einen kräftigen Schluck kalten Wein aus der Flasche. Dabei weiß ich nur allzu gut, dass es den Schmerz nicht lindern wird, wenn ich mich betrinke. Es ist bitter zu wissen, wie sehr sie geliebt wird, wie besonders sie war und noch immer ist. Es hat mich all meine Beherrschung gekostet, ruhig zu bleiben, als Paul von ihr erzählt hat. Am liebsten hätte ich ihm in sein dämliches Gesicht geschrien. Womit hat sie das alles verdient? Das war ihr doch alles egal. Sie hat ihn nie besucht. Sie hatte nichts mit dem Fallout ihrer Entscheidung zu tun, allem den Rücken zuzukehren und vor ihrer Vergangenheit zu fliehen. All die Liebe, und sie hat sie einfach ignoriert. Sie hat entschieden, das alles hinter sich zu lassen. Die Familien der Opfer waren ihr scheißegal, genau wie das Trauma, dem sie sich Tag für Tag stellen mussten. Sie musste nicht hinschauen, denn sie hat neu angefangen … und so getan, als wäre das alles nie passiert.

Aber jetzt weiß ich, wovor sie wirklich weggelaufen ist. Was sie ihr ganzes Leben lang verborgen hat. Und ich wette, außer ihr und Paul bin ich die einzige Person, die das weiß.

Jennifer Johnson war am Tatort der Morde ihres Vaters. Und ich weiß ganz genau, was ich mit dieser Information anfangen werde.

Kapitel 60

JENNY

Meine Gedanken drehen sich im Kreis, als ich auf dem Weg nach Hause aus dem Heckfenster des Taxis schaue. Bilder und Erinnerungen kollidieren miteinander und explodieren wie ein Feuerwerk in meinem Kopf. Ich bin nicht sicher, wo ich als Nächstes hin will, an wen ich mich wenden soll. Da ich schon so viel mit Roisin geteilt habe, ergibt es durchaus Sinn, auch über meine neuesten Erkenntnisse mit ihr zu sprechen. Außerdem sollte ich ihr von der Verhaftung erzählen. Ich richte meine Aufmerksamkeit auf mein Handy, tippe Roisins Namen ein und lausche dem Klingeln.

»Komm schon, komm schon«, murmele ich. Meine Hand krallt sich um das Handy, während ich stumm bete, dass sie endlich rangeht. Ich will ihr keine Nachricht hinterlassen.

»Jen! Gutes Timing«, keucht Roisin völlig außer Atem. »Ich wollte … Ich wollte dich ohnehin gerade anrufen.«

Ich warte, bis ihre Atmung sich wieder beruhigt hat, bevor ich etwas sage. Der Fahrer telefoniert selbst. Eine weibliche Stimme plärrt aus der Freisprechanlage. Also wird er mir hoffentlich nicht zuhören. »Ich war schneller. Das war heute die Mutter aller Tage. Können wir uns treffen?«

»Ja, definitiv. Ich habe noch ein paar Ermittlungen angestellt. Und da gibt es etwas, das du sehen solltest. Ich muss noch mal raus, aber kannst du um sieben hier sein? Das heißt, wenn Mark sich um die Kinder kümmern kann.«

Ich schnaube laut ins Handy. »Er ist mit den Kindern bei seinen Eltern. Wenn wir uns sehen, erkläre ich dir alles.«

»Oha! Das klingt unheilvoll. Okay, Liebes, ich sehe dich dann.« Es folgt eine kurze Pause; dann fügt sie hinzu: »Pass auf dich auf, Jen.« Und sie ist weg. Ich schaue auf die Uhr. Mir bleiben noch gut zwei Stunden, genug Zeit, um nach Hause zu fahren, die Briefe noch mal zu lesen – die, die Mark und die Polizei *nicht* gefunden haben – und einen Plan zu schmieden.

Der Fahrer setzt mich an meiner Einfahrt ab, und ich lege meine Karte auf das Lesegerät, um ihn zu bezahlen.

»Kann ich Sie für ungefähr halb sieben wieder buchen?«

»Dafür müssen Sie in der Zentrale anrufen. Aber machen Sie das so früh wie möglich. Um diese Zeit ist immer viel los.«

»Okay. Danke«, sage ich und steige aus. Ich gehe nicht ins Haus. Stattdessen laufe ich zum Schuppen, gehe hinein, nehme die Schaufel von der Wand und marschiere wieder raus und hinter den Schuppen … und beginne zu graben. Es dauert nicht lange, bis die Schaufel auf etwas Hartes trifft. Es kümmert mich nicht, dass ich dreckig werde, ich knie mich hin und grabe mit den Händen weiter. Ein fauliger Geruch steigt mir in die Nase, und ich zucke zurück und halte mir die Hand vors Gesicht.

»Oh, Gott!« Einen Augenblick lang bin ich vollkommen verwirrt von dem Gestank. Dann erkenne ich, was das ist.

Ich verstehe es nicht.

Da liegt ein halb geöffneter Müllsack in dem Loch, das *ich* gegraben hatte, als wir hier eingezogen sind. Ich bin sicher, außer mir weiß niemand davon. Also muss *ich* diesen Müllsack vergraben haben. Aber wann?

Ich halte die Luft an, ziehe den Müllsack vorsichtig heraus

und lege ihn neben die Erde, die ich ausgehoben habe. Dann hole ich die Metallkiste aus ihrem Grab und stelle sie ab. Es ist ein Jahr her, seit ich diese Kiste zuletzt herausgeholt habe, um die Briefe darin zu lesen. Der Müllsack lag auf der Kiste, und als ich hineinschaue, sehe ich, dass der Kadaver des Hasen noch verhältnismäßig frisch ist. Der muss erst in den letzten zwei Wochen hier vergraben worden sein – höchstens.

Wenn ich das war, dann muss ich das während eines Blackouts getan haben, denn ich kann mich nicht daran erinnern.

Könnte das in der Nacht von Olivias Entführung gewesen sein? Als ich kalt und verdreckt aufgewacht bin, mein Pyjama voller feuchter Erde und mit Dreck unter den Fingernägeln? Habe ich da das verstümmelte Tier vergraben? Auch wenn es absolut keinen Sinn ergibt, dass ich den Hasen vergraben haben soll, den ich selbst vor meiner Tür gefunden habe. Unwahrscheinlicher ist nur, dass ich ihn ausgerechnet hier vergraben haben soll, an meinem besonderen Ort, wo ich die Dinge verwahre, die niemand sehen darf. Es sei denn, ich wusste selbst in meiner Trance, dass ich ihn hier irgendwann finden würde. Habe ich unbewusst eine Spur für mein bewusstes Ich hinterlassen?

Und wenn ich es nicht war, warum war ich dann jedes Mal nachts in der Praxis, bevor ich diese ›Geschenke‹ gefunden habe? Auf den Aufnahmen der Überwachungskamera habe ich gesehen, wie ich aus meinem Wagen gestiegen bin. Ich muss es also gewesen sein.

Mein Herz setzt einen Schlag lang aus.

Ich schließe fest die Augen, während ich die Aufnahmen in Gedanken noch mal durchgehe. Ich habe gesehen, wie mein Wagen auf den Parkplatz gefahren ist, aber die Tür auf der Fahrerseite war nicht zu sehen. Der Wagen hat sich bewegt, als eine Person ausstieg, und daraus habe ich sofort geschlossen, dass ich es gewesen sein muss. Aber ich habe mich nie wirklich gesehen.

Was, wenn eine andere Person den Wagen gefahren hat?

Kapitel 61

JENNY

Die ganze Zeit hat mich die Vorstellung belastet, dass ich es gewesen sein könnte. Und das war ja auch naheliegend, denn es war mein Auto, was ich gesehen habe. Aber Mark hatte auch Zugang dazu. Er hätte es in jener Nacht problemlos fahren können, während ich einen Blackout hatte. Und wieder verdächtige ich meinen Mann, etwas damit zu tun zu haben, und da bin ich nicht die Einzige. Harper hatte offensichtlich denselben Gedanken gehabt.

Ich kehre jedoch immer wieder zu derselben Frage zurück. *Warum* sollte er das tun? Außer meinem ursprünglichen, lächerlichen Gedanken, dass er und Olivia gemeinsame Sache gemacht haben, fällt mir kein plausibler Grund ein. Immer mit der Ruhe. Ich brauche einen klaren Kopf. Außer Mark kann niemand meine Wagenschlüssel genommen haben … es sei denn, der- oder diejenige hätte eine Kopie. Aber kann man einen Autoschlüssel genauso einfach nachmachen wie einen Hausschlüssel? Jedenfalls hätte jede Person, die Zugriff auf den Volvo hatte, ihn auch dazu verwenden können, Olivia zu entführen. Dann würde man ihre DNA im Auto finden, und ich könnte nicht beweisen, dass ich nichts damit zu tun habe. Mir bleibt also nur ein Ausweg: Ich muss diese Person selber finden.

Plötzlich habe ich einen Flashback, eine Erinnerung an eine Szene während eines der Morde, die mein Vater begangen hat.

Das ist keine Hütte, wo ich da bin.

Die Erkenntnis bricht über mich herein wie eine Welle. Als ich das erste Mal dort gewesen bin, war ich bewusstlos. Deshalb erinnere mich auch nicht an Details. Dann, beim zweiten Mal, hat Dad mir die Augen verbunden und mich hineingetragen.

Dann runter.

Mein Gott! Wir waren *unter der Erde*!

Ich bin wie er! Ich verstecke Dinge in einem Schuppen und vergrabe Geheimnisse. Oder zumindest habe ich mir das ein oder andere unbewusst von ihm abgeschaut. Je näher ich der Wahrheit komme, desto mehr Angst habe ich. Ich glaube, das alles ist ein abgekartetes Spiel. Wer auch immer hierfür verantwortlich ist, der Trittbrettfahrer, will, dass ich glaube, ich könnte es gewesen sein … und mit Sicherheit will er auch, dass die Polizei das denkt. Ich muss herausfinden, was wirklich los ist, bevor Davis und Bishop weitere Beweise gegen mich in der Hand haben. Ich nehme an, dass man meine Kaution auch jederzeit widerrufen kann, wenn man zu dem Schluss kommt, dass von mir eine unmittelbare Gefahr ausgeht. Mir bleibt vielleicht nicht viel Zeit, meine Unschuld zu beweisen und den Beamten einen anderen Verdächtigen zu geben.

Wenn die Person mich durchschaut hat, die mir die toten Tiere vor die Tür legt, wenn sie weiß, wer ich bin, dann weiß sie auch noch mehr über mich, meinen Vater und über die Verbrechen, die er begangen hat, und es ist sehr wahrscheinlich, dass diese Person auch Olivia entführt hat. Das ist alles miteinander verbunden, genau wie Nisha gesagt hat. Und ein echter Nachahmungstäter würde so viel von den ursprünglichen Verbrechen replizieren wie möglich. All die Jahre habe ich versucht, so gut es geht zu vergessen, was ich gesehen habe, und das ist mir auch ganz gut gelungen, glaube ich. Deshalb kann ich mich jetzt auch nicht an alle Einzelheiten erinnern, und das trotz des Flashbacks. Ich habe nicht die geringste Ahnung, wo ich mit der Suche nach Olivia beginnen soll.

Die Briefe.

Ich suche den letzten Brief heraus, den er mit geschickt hat, und lese ihn aufmerksam. Das Land, auf dem man die Leichen der Frauen gefunden hat, es gehörte ihm. Er hat es gekauft, kurz nachdem er und Mom geheiratet haben, denn er wusste, dass er sein ›Hobby‹ weiter betreiben würde, und das möglichst unentdeckt. Deshalb fühlte er sich dort auch sicher. Aber er ist auch kein unnötiges Risiko eingegangen. Ein gutes Stück von der Stelle entfernt, wo man die Opfer gefunden hat, hat er sich in die Erde gegraben und eine Höhle gebaut.

So … Wo also würde der Nachahmungstäter Olivia hinbringen?

Dann dämmert es mir. Das Land, auf dem die Praxis steht, gehört mir und Samir. Es sind gut fünfzig Morgen, größtenteils Wald. Auf den umliegenden Feldern war viel Polizei, aber ich wette, sie haben nicht *unter* der Erde gesucht. Warum auch? Die ursprüngliche Suche hat sich darauf konzentriert, ob jemand Olivia gesehen hatte, lebend oder tot, vielleicht auch ihre Kleidung. Ich schaudere. Wenn es wirklich ein Nachahmungstäter ist, dann würde die Person mit Sicherheit auch den Ort kopieren wollen. Ist alles schon zu spät? Ist Olivia bereits tot?

Nein. So hat mein Vater nicht gearbeitet. Er hat zuerst mit ihnen gespielt. In den Zeitungsartikeln, die ich in der Bücherei gefunden habe, stand, dass die Opfer erst nach neun Tagen gefunden wurden. Erst nachdem sie ›perfekt‹ waren, hat mein Vater die Leichen vom Tatort an einen anderen Ort in der

Nähe gebracht. Er wollte den Ruhm. Deshalb hat er die Toten auch so platziert, dass sie leicht zu finden waren. Da Olivia jedoch nicht entdeckt worden ist, hoffe ich, dass das ein gutes Zeichen ist.

Die Person ist noch nicht fertig.

Aber mir läuft die Zeit davon.

Kapitel 62

JENNY

Das Blut rauscht durch meine Adern und pocht in meinen Ohren. Ich gehe ein großes Risiko ein, aber es ist alles, was mir dazu einfällt. Als ich in Ellas Zimmer eile, überkommt mich Panik, und ich bleibe unvermittelt stehen. Was, wenn ich meine Kinder nie wiedersehe? Was, wenn ich meine Unschuld nicht beweisen kann und das gleiche Schicksal erleide wie mein Vater? Ich verbanne den Gedanken aus meinem Kopf und hole Ellas Rucksack unter dem Bett hervor. Dann kippe ich den Inhalt aufs Bett und laufe mit dem leeren Ding die Treppe runter.

Ich stecke eine Taschenlampe ein, einen Hut und ein Paar Handschuhe; dann gehe ich wieder in den Schuppen zurück, nehme eine Kelle von der Wand und packe auch die ein. Die Kelle ist zwar nicht wirklich das geeignete Werkzeug, aber sie ist besser als nichts und nicht so auffällig wie ein Spaten. Ich zögere. Meine Zähne klappern, aber nicht vor Kälte. Mein Plan ist, zur Praxis zu fahren und über das Feld zum Wald zu gehen, dorthin, wo er am dichtesten ist. Allerdings ist es ein großes Areal, und ich habe keine Ahnung, wo ich anfangen soll. Ich könnte stundenlang suchen, ohne etwas zu finden. Ich brauche Hilfe. Nicht nur ein weiteres Paar Augen, sondern jemanden, der mir auch ein gewisses Maß an Sicherheit geben kann. Allein zu gehen, wäre unverantwortlich. Sollte mir etwas passieren, dann würde ich meine Kinder zurücklassen.

Ich treffe eine der schnellsten Entscheidungen meines Lebens. Es gibt nur eine Person, der ich vertraue und von der ich weiß, dass sie mir so schnell helfen wird.

»Hey«, sage ich ins Telefon. »Du hast doch gesagt, dass du jede Möglichkeit ergreifen würdest, um aus deiner Wohnung zu kommen.«

»Jaaa«, erwidert Abi vorsichtig.

»Nun, wie wäre es, wenn du mich auf ein kleines … Abenteuer begleiten würdest?«, frage ich. Noch während die Worte meinen Mund verlassen, schließt sich eine kalte Faust um mein Herz. Mein Vater hat diese Formulierung auch immer benutzt. Ich schüttele das beklemmende Gefühl ab und sage Abi, sie solle sich warm anziehen und Wanderschuhe und eine Taschenlampe mitbringen. Ich würde sie in zwanzig Minuten an der Praxis treffen.

»Okay. Bis dann.« Sie legt auf. Adrenalin strömt in meine Adern. Endlich kann ich etwas tun. Ich will mich nicht einfach nur zurücklehnen und warten. Ich muss die Kontrolle wiedererlangen.

Ich hole mein Fahrrad aus der Garage und gehe damit die Einfahrt hinunter. Dann fahre ich mit dem Rucksack auf dem Rücken den Hügel hinauf. Nach nur zehn Minuten bin ich auf dem Parkplatz der Praxis. Ich stelle mein Fahrrad an das Mäuerchen, das unser Grundstück begrenzt, springe hinauf, setze mich und warte auf Abi. Mir kommt der Gedanke, dass ich mit dem Feuer spiele. Wenn mir etwas passiert, dann wird niemand wissen, wo ich bin. Außerdem bringe ich auch Abi in Gefahr. Mein Verlangen, etwas zu tun, und zwar sofort, ist reiner Egoismus, geboren aus einem Überlebensinstinkt. Ich denke darüber nach, Abi wieder zurückzupfeifen und ihr zu sagen, es sei nur Zeitverschwendung. Wir sollten lieber einen trinken gehen. Doch ein anderer Teil von mir wischt diese Sorgen schlicht beiseite.

Dann fällt mir ein, dass ich eigentlich zu Roisin fahren wollte. Ich schaue auf die Uhr. Das werde ich nicht mehr schaffen. Ich will sie gerade anrufen, als ich Abi um die Ecke kommen sehe. Sie trägt einen Dufflecoat und dazu einen schrulligen Bubble Hat. Und sie hat sich Wanderschuhe angezogen. Gut. Sie hat meine Anweisungen also befolgt und sich entsprechend gekleidet. Ich springe von der Mauer, werfe mir den Rucksack über die Schulter und gehe zu ihr.

»Danke, dass du so spontan gekommen bist. Wo ist dein Auto?«

»Ich habe ein Taxi genommen. Ich dachte, wenn ich nachts hier parke, sieht das seltsam aus.«

»Daran habe ich gar nicht gedacht. Schau mal, ich weiß, dass es hier in letzter Zeit ziemlich … ziemlich verrückt zugegangen ist. Das tut mir wirklich leid, Abi. Du fragst dich sicher, in was zum Teufel du da reingeraten bist.«

»Ehrlich? Das ist das Aufregendste, was ich je erlebt habe. Also los!« Sie hakt sich bei mir unter und zieht mich zum Feld.

»Oh … Moment … Ich weiß nicht, wo genau …«

»Da bist du doch auch beim letzten Mal langgegangen«, sagt Abi und kneift die Augen zusammen. »Du weißt schon … Als du mitten in der Nacht hierhin gefahren bist?«

Kurz schaue ich sie aus leeren Augen an. Dann wird mir klar, dass sie die Kameraaufnahmen auch gesehen hat. Deshalb hat sie vermutlich auch geglaubt, es könnte seltsam aussehen, wenn sie hier parkt, und ist mit dem Taxi gekommen. »Jaja«, sage ich. Es ist sinnlos, ihr zu sagen, dass ich vermute, jemand anderes hätte den Wagen in dieser Nacht gefahren. Also marschieren wir entschlossenen Schrittes in Richtung Wald.

Kapitel 63

MARK

Die Kinder sind ungewöhnlich ruhig. Sie wissen, dass irgendwas nicht stimmt. Ich kann sie nicht belügen. Das ist nicht fair. Zusammen mit meinen Eltern sitzen wir im Wohnzimmer, und ich sage ihnen, dass wir noch eine Weile hierbleiben müssen, bis die Polizei Mommys Hilfe nicht mehr braucht. Sollte es zum Schlimmsten kommen und Jen für Olivias Entführung verurteilt werden oder sogar wegen Mordes – und daran will ich gar nicht denken, auch wenn es mir nicht aus dem Kopf geht –, dann muss ich mir noch mal überlegen, was ich ihnen sagen soll.

Nachdem sie gebadet haben und im Bett sind, ruft Roisin mich an. Sie hat ohne Zweifel von Jens Verhaftung gehört.

»Mark«, sagt sie. »Ich kann Jen nicht erreichen. Dabei sollte sie eigentlich um sieben bei mir sein. Ist alles okay mit ihr?«

»Tut mir leid, Roisin. Ich hätte dich anrufen sollen. Jen ist verhaftet worden.«

»Was? Schon wieder?«

»Die Detectives waren heute Morgen in der Praxis, und …«

»Nein, nein. Ich habe erst heute Nachmittag mit ihr gesprochen, Mark. Sie hat sich mit mir verabredet. Was ist hier los?«

Ich stottere verwirrt und bringe keinen zusammenhängenden Satz heraus. Wenn sie sie freigelassen haben, warum hat Talia Davis mich dann nicht informiert? Ich atme zitternd ein.

»Ich … Ich bin nicht sicher, was los ist, Roisin.« Ich lasse mich auf den Stuhl fallen und versuche, dem Ganzen einen Sinn zu verleihen. »Alles ist irgendwie aus dem Ruder gelaufen. Ich bin mit den Kindern weg, zumindest für den Augenblick, bis …«

»Ich weiß. Das hat sie mir erzählt.« Ich höre Roisin seufzen. »Mark, warum?«

»Ich kann ihr nicht vertrauen. Ich meine, verdammt noch mal … Ich habe so viel herausgefunden, was sie vor mir verborgen hat, und das unsere ganze verdammte Ehe lang. Hast du es gewusst, Roisin? Bin ich der Einzige, der nicht weiß, wer meine Frau wirklich ist?«

»Sie ist die, die sie schon immer gewesen ist, Mark. Und nein, sie hat mir das nie gesagt – jedenfalls nicht direkt. Damit habe ich aber auch kein Problem. Ihre Kindheit ist Vergangenheit. Sie bestimmt nicht, wer sie ist. Die Taten ihres Vaters sind nicht ihre.«

»Da bin ich nicht so sicher.«

»Kennt die Polizei denn deine Geschichte, Mark?« Mir klappt der Mund auf. Ich weiß nicht, ob das einfach nur eine rhetorische Frage ist, oder ob da etwas dahintersteckt. Roisin kann doch unmöglich wissen, was an der Uni passiert ist, von diesem dämlichen Fehler, den ich begangen habe … von Bretts bescheuertem Streich, der so schiefgelaufen ist. Aber Roisin hat natürlich auch nicht ganz unrecht. Ich habe nie darüber gesprochen. Brett ist der Einzige, der davon weiß. Jen gegenüber habe ich das nie erwähnt, und der Polizei gegenüber ganz sicher nicht. Als hätte sie meine Gedanken gelesen, fährt Roisin fort: »Hast du nicht auch Dinge getan, die du lieber vergessen willst? Jen hat nichts falsch gemacht. Sie ist einfach nur schlecht behandelt worden. Missbraucht. Aber sie ist diesem

Leben entkommen, um sich ein besseres aufzubauen. Sie ist eine gute Mutter, und sie war auch eine gute Ehefrau, bis du sie betrogen hast.«

»Ich habe das nicht mit Absicht getan.«

»Ah, ja … Es ist einfach so passiert. Ich weiß.« Roisins herablassender Tonfall hallt in meinen Ohren wider. »Du hast gesagt, es wäre nur ein One-Night-Stand gewesen, aber du hattest eine Beziehung mit Olivia, nicht wahr? Um das herauszufinden, muss man kein Genie sein. Und Jen hat mir erzählt, dass sie in der Nacht von Olivias Entführung ins Bett gegangen ist, während du unten geblieben bist. Du hattest getrunken. Sie hat das der Polizei nicht erzählt. Sie war loyal. Vergiss das nicht.«

Ich weiß, dass ich diese Standpauke verdient habe, und ich lehne mich zurück und lasse sie über mich ergehen. Mein schlechtes Gewissen wiegt immer schwerer.

»Ich muss zugeben, dass ich mich nicht mit Sicherheit daran erinnern kann, was ich oder Jen in dieser Nacht getan haben. Aber du hast recht. Sie hat mich nicht fallengelassen, ich sie aber schon.«

»Jetzt kannst du das wiedergutmachen. Wir müssen sie finden, denn ich habe das üble Gefühl, dass sie die Sache selbst in die Hand genommen hat.«

Kapitel 64

JENNY

Wir sind über Zäune geklettert, haben uns durch Gatter gezwängt und sind über die Felder marschiert, doch bis jetzt habe ich nichts gesehen, was ein Nachahmungstäter als Versteck für Olivia benutzen würde.

»Es ist fast zehn«, sage ich. »Vielleicht sollten wir es für heute lassen. Es ist viel zu dunkel.«

»Ich glaube nicht, dass wir schon aufgeben sollten. Du hast gesagt, dir läuft die Zeit davon und dass Olivia in Gefahr ist.« Ich habe Abi auf dem Weg kurz von den Verbrechen meines Vaters erzählt. Sie war zwar schockiert, hat aber nicht die Fassung verloren. Eigentlich habe ich sogar den Eindruck, sie findet es ziemlich cool, dass ich einen Serienmörder zum Vater habe.

»Vielleicht sollte ich das lieber der Polizei überlassen«, sage ich.

»Nur dass die bis jetzt keinen guten Job gemacht hat, oder? Ich meine, bis jetzt haben sie nur eine unschuldige Frau verhaftet und eine andere nicht gefunden.«

Ich weiß Abis Loyalität zu schätzen, ihren unerschütterlichen Glauben an mich und daran, dass ich nichts mit Olivias Entführung zu tun habe. Aber ich kann nicht anders, als mich zu fragen, ob sie auch so sicher wäre, wenn sie alle Fakten kennen würde. Ich kann jedoch nach wie vor jede Hilfe brauchen, die ich bekommen kann. Also sage ich mir, dass es nicht der richtige Zeitpunkt ist, ihr diese Fakten preiszugeben. »Das stimmt«, sage ich. »Sie haben nicht gerade Vertrauen bei den Leuten geweckt. Was muss da erst Olivias Familie durchmachen? Das muss Folter für sie sein.«

»Ich bekomme das noch immer nicht aus dem Kopf.«

»Was?«

»Dass Nisha gesagt hat, Olivias Dad würde sich komisch verhalten. Dass er etwas damit zu tun haben muss. Der arme Kerl. Wer würde sich denn nicht komisch verhalten, wenn seine Tochter vermisst wird und vielleicht tot ist?«

»Na ja. Aber lass uns nicht darüber reden, dass sie tot sein könnte, okay?« Mir läuft ein Schauder über den Rücken, und ich reibe mir den Nacken.

»Aber du weißt doch, dass es eher unwahrscheinlich ist, dass man sie noch lebend finden wird, oder?«

Ich schlucke, doch mein Hals ist wie zugeschnürt und ich kann nicht antworten.

Schweigend gehen wir kurz weiter über den unebenen Untergrund. Wir nähern uns dem hinteren Teil unseres Grundstücks, das an den alten Steinbruch grenzt. Ich halte es für sinnlos, dahinter weiterzusuchen. Wenn der Nachahmungstäter das Vorgehen meines Vaters imitiert, dann wird er sich nicht auf Land begeben, das mir nicht gehört. Wenn die Person mir die Schuld in die Schuhe schieben will, dann muss Olivias Leiche hier zu finden sein. Aber Tatsache ist auch, dass es mir den Schweiß auf die Stirn treibt, dass direkt nebenan ein alter Steinbruch liegt. Ich erinnere mich daran, dass sich auch neben dem persönlichen Ort meines Vaters, an den er mich damals geführt hat, ein Steinbruch befunden hat. Nicht weit von der Stelle entfernt, an der seine Opfer waren. Auch dieses Detail ist in mehreren Zeitungsartikeln erwähnt worden. Und dort gab es auch eine Lichtung. Ich erinnere mich nicht nur daran, sie überquert zu haben, sondern auch, dass Dad mir erzählt hat, auf solchen Lichtungen würden Distelfalter leben. Ich leuchte umher. Das Licht reicht nicht weit, aber zumindest bis zum nächsten Feld.

Vielleicht sind wir ja nicht mehr weit weg.

»Ich denke, du solltest jetzt wieder nach Hause gehen, Abi. Ich habe dich schon viel zu tief da reingezogen. Ich gehe jetzt jedenfalls. Morgen können wir ja noch einmal herkommen. Dann haben wir wenigstens das Licht auf unserer Seite.«

»Ich werde hier nicht allein rausgehen, Jenny. Das ist viel zu gefährlich.«

»Ich lasse dich doch nicht allein. Mir tut nur leid, dass ich dich bei der Kälte hergeführt habe.«

»Es war jedenfalls nicht umsonst.« Abi bleibt einfach stehen und dreht sich zu mir um. Sie leuchtet sich selbst ins Gesicht, sodass ich sie sehen kann. »Immerhin geht es hier um Leben und Tod, Jenny.«

Die Eindringlichkeit ihrer Worte triff mich wie ein Schlag, und ihr unheimliches, bleiches Gesicht, das im Licht der Taschenlampe aufscheint, macht mich nervös. Vor einem Augenblick war sie noch fest davon überzeugt, dass wir nach einer Leiche suchen, aber das spreche ich nicht an. Ich will positiv denken. Ich muss. Ich will einfach nicht darüber nachdenken, dass Olivia nicht mehr leben könnte.

»Gehen wir tiefer in den Wald?«, reißt Abi mich aus meinen Gedanken. »Oder sollen wir da lang?« Sie deutet zu einem Areal, das aussieht, als gäbe es dort einen Trampelpfad. Dann setzt sie sich in diese Richtung in Bewegung. Ich schaue ihr hinterher und dann zu dem dichten Wald hinüber, den sie zuerst angeleuchtet hat. Ich denke nach.

»Ich glaube, wir sollten auf dem Weg zurückgehen, den wir gekommen sind«, sage ich. »Ich habe Angst, dass wir uns hier verirren, Abi. Dann werden drei Frauen vermisst. Ich glaube nicht, dass das der Polizei gefallen würde.«

Abi schaut mich enttäuscht an. Dann zuckt sie mit den Schultern. »Okay. Du hast vermutlich recht. Schade nur, dass wir nichts gefunden haben. Dabei hatte ich ein gutes Gefühl.« Sie schaut zu den Bäumen, und das Licht ihrer Taschenlampe fällt auf einen Igel, der im Laub raschelt. Eine Eule schreit. Wir zucken beide unwillkürlich zusammen, und der Lichtstrahl tanzt herum, bis er sich wieder auf den Boden senkt.

Ich kneife die Augen zusammen und glaube, etwas zu sehen, doch Abi richtet die Taschenlampe auf den Weg, den wir gekommen sind. »Verdammt. Okay. Dann lass uns gehen.« Wir lachen über unsere eigene Nervosität. Wenn uns schon zwei Nachttiere so erschrecken können, was würde dann wohl passieren, wenn wir wirklich eine Leiche finden? Ein Bild erscheint vor meinem geistigen Auge: bleiche Haut und tote Augen, die mich anstarren. Purpurfarbene Hände liegen reglos auf dem Boden. Ich habe schon mit Leichen zu tun gehabt. Ich sollte wissen, was mich erwartet. Wäre ich also wirklich schockiert, Olivia zu sehen?

Ich hoffe es.

Kapitel 65

Mit Pauls Hilfe habe ich alles zusammengesetzt. Ich vertraue darauf, mit dem, was ich inzwischen weiß, das perfekte Verbrechen begehen zu können. Aber natürlich gibt es noch einiges zu tun. Das ist nur die Hintergrundrecherche. Nur ein winziger Teil des Plans. Zu Beginn glaubte ich, das wäre das Schwierigste. Ich musste zu Paul Slater und so tun, als würde ich mich für seine Geschichte interessieren, für ihn, und das war eine Herausforderung. Aber dann habe ich erkannt, dass die eigentliche Arbeit erst noch beginnt, ich würde mein Wissen nutzen müssen, um an Jane, alias Jennifer, heranzukommen. Das Timing ist kompliziert. Alles muss perfekt zusammenpassen, damit die Beweise gegen sie unumstößlich sind.

Ich darf diesen Teil nicht überstürzen. Geduld ist alles.

»Rom ist auch nicht an einem Tag erbaut worden«, wie meine Mutter immer sagt.

Kapitel 66

JENNY

Es ist schon nach elf, als wir wieder auf dem Parkplatz der Praxis ankommen. Abi ruft sich ein Taxi. Ich warte mit ihr, bis es da ist. Ich will sichergehen, dass sie gefahren ist, bevor ich wieder zurückgehe.

»Danke, Abi. Ich kann dir gar nicht sagen, wie viel es mir bedeutet, dass du mir hierbei hilfst. Obwohl ich die Hauptverdächtige bin!«

»Oh, Gott, Jenny! Du denkst doch nicht, dass ich diesen Unsinn glaube, oder?«

»Nun, ja«, antworte ich und ziehe die Luft ein. »Du hast die Aufnahmen der Überwachungskamera gesehen …«

»Ja, aber du bist nicht die Einzige, die sich seltsam verhält. Auch andere sind ein wenig … *daneben.*« Sie hebt die Augenbrauen. Ich nehme an, sie spielt auf Nisha an.

»Vermutlich hat die Sache alle mitgenommen. Alle könnten schuldig erscheinen. Nisha … Nisha interessiert sich einfach nur ein wenig mehr für den Fall. Das ist alles. Vermutlich, weil sie als Nachbarin der Edwards näher dran ist als alle anderen.« Ich weiß nicht, ob ich Abi überzeugen will oder mich selbst.

»Vielleicht.«

Aber ganz offensichtlich habe ich Abi nicht von Nishas Unschuld überzeugt. Aber wenn Abi weiß, dass mein Wagen in den frühen Morgenstunden hier war, warum verdächtigt sie mich dann nicht genauso wie Nisha? Ich will sie das gerade fragen, als das Taxi an der Einfahrt hält.

»Das ist meine Mitfahrgelegenheit«, sagt Abi.

»Danke noch mal. Versuch, ein wenig zu schlafen.«

»Ich bezweifele, dass mir das gelingen wird. Ich bin viel zu aufgedreht. Vielleicht recherchiere ich ja noch ein wenig. Womöglich finde ich ja was.«

»Okay. Danke. Halt mich auf dem Laufenden. Ich werde auch nicht viel schlafen.«

Abi umarmt mich kurz und geht dann zu dem wartenden Fahrzeug.

Kaum ist ihr Taxi außer Sicht- und Hörweite, hole ich meine Taschenlampe aus dem Rucksack und gehe wieder in den Wald. Als Abi an der Stelle, an der wir zuletzt gestanden haben, erschrocken mit der Lampe herumgewedelt hat, glaubte ich, etwas gesehen zu haben. Mein Verlangen nachzusehen ist größer, als der Wunsch heimzugehen. Auch wenn Abi gesagt hat, es mache ihr nichts aus, und obwohl sie so enttäuscht war, nichts gefunden zu haben, bin ich der Meinung, dass der Anblick einer Leiche doch zu viel für sie gewesen wäre. Ich habe eine Zwanzigjährige auf diese Suche mitgenommen, ich habe Abis Leben in Gefahr gebracht. Mein geistiger Zustand lässt ganz offensichtlich zu wünschen übrig. Den nächsten Schritt muss ich auf alle Fälle alleine gehen.

Ich folge der Kante des Steinbruchs, direkt entlang der Grenze unseres Grundstücks, bis ich die Stelle erreiche, wo wir umgekehrt sind. Abi hat vorgeschlagen, eher dem Trampelpfad zu folgen, als tiefer in den Wald zu gehen, und ich bin jetzt genau an der Stelle, an der Abis Licht auf die Bäume gefallen ist. Meine Beine schmerzen vom Radfahren und Laufen, meine Muskeln zittern heftig, als ich mir einen Weg über den unebenen Untergrund suche, und meine Füße bleiben immer wieder an Wurzeln, Ranken und schleimigem Laub hängen. Ich bin erschöpft.

Ich stolpere und taumele vorwärts, als mein Fuß auf etwas Hartes trifft. Erschrocken schreie ich auf und pralle gegen einen Baum. Worüber bin ich da gestolpert? Ich reiße mich zusammen, wische Rinde vom Mantel und richte die Taschenlampe auf den Boden. Kurz verschlägt es mir den Atem. Ich bücke mich und strecke zitternd die Hand nach einer Art Rohr aus, das aus dem Boden ragt.

Das ist der Ort. Das fühle ich.

Ich hole die Kelle aus meinem Rucksack und grabe. Ich entferne das Laub und lockere die Erde, bis ein großer Ring zum Vorschein kommt. Er ist an einer Falltür befestigt. Das Adrenalin brennt in meinen Adern. Ist das ein alter Luftschutzbunker? Im Laufe der Jahre hat man viele derartige Gebilde in der Gegend gefunden, aber mir war nicht bewusst, dass es so etwas auch in diesem Wald gibt. Oder hat es irgendetwas mit dem Steinbruch zu tun? Aber ich habe auf keiner Landkarte etwas verzeichnet gesehen. Woher sollte also irgendjemand davon wissen? Doch noch während ich darüber nachdenke, wie unwahrscheinlich das ist, weiß ich tief in meinem Herzen, dass Olivia hier ist.

Lebt sie noch?

Mein Instinkt sagt mir, ich sollte direkt zur Polizei gehen und sie über meinen Fund informieren. Denn wenn ich weitergehe, die Falltür öffne und herunterklettere, dann bringe ich nicht nur mein Leben in Gefahr, ich könnte auch der Hoffnung ein Ende machen, dass Olivia lebend da rauskommt.

Am liebsten würde ich mit der Faust auf die Falltür hämmern und in das Rohr hineinschreien, vermutlich eine Luftzufuhr, die Olivia mit Sauerstoff versorgt. Aber wenn dort in diesem Augenblick jemand bei ihr ist, dann würde jedes Geräusch verraten, dass ich hier bin, und das wäre eine Katastrophe. Ich muss genau nachdenken. Wenn ich dort hineinstürme, dann wäre meine DNA überall, und ich kann wirklich keine weiteren ›Beweise‹ gegen mich brauchen.

Also gehe ich wieder zurück. Als ich fast am Parkplatz angekommen bin, rufe ich DS Davis an und bitte sie, mich hier zu treffen. Ich höre eine Mischung aus Aufregung und Zögern in ihrer Stimme, als ich ihr erkläre, was ich glaube, gefunden zu haben, und dass ich auch glaube, jemand hält Olivia hier auf dem Land versteckt, um mir die Sache in die Schuhe zu schieben. DS Davis antwortet sofort, sie sei schon auf dem Weg und bringe Verstärkung mit.

Was auch immer da unter der Erde ist, ich brauche die Polizei an meiner Seite, um es aufzuklären.

Kapitel 67

JENNY

Die Verstärkung besteht aus einer ganzen Reihe von Streifenwagen, einem Feuerwehrtruck und einem Krankenwagen. Schweigend schaue ich zu, wie der Praxisparkplatz sich immer mehr füllt. Dann steigt Talia Davis aus und kommt auf mich zu. Sie ist passend gekleidet: eine dicke, wattierte Jacke, Stiefel und in der Hand eine Taschenlampe. Von Bishop ist keine Spur zu sehen.

»Okay«, sagt sie, als sie mich erreicht. »Ich will, dass alles so unauffällig wie möglich läuft.«

Ich reiße die Augen auf. Also, wenn das hier unauffällig ist, was ist dann auffällig? »Klar«, sage ich. »Danke, dass Sie gekommen sind, Detective Sergeant Davis.« Ich trete von einem Fuß auf den anderen. DS Davis schaut mich misstrauisch an, und mir wird klar, dass ich so rüberkomme, als hätte ich ein schlechtes Gewissen. Also zwinge ich meine Füße still zu stehen. »Es ist kalt, nicht wahr?«, sage ich und huste nervös. DS Davis erwidert nichts darauf. Stattdessen überprüft sie, ob ihr Funkgerät funktioniert. Dann schaltet sie ihre Taschenlampe mehrmals an und aus.

»Egal, was wir finden – falls wir überhaupt was finden –, ich will nicht zu viel Aufmerksamkeit erregen. Deshalb auch kein Blaulicht und keine Hubschrauber. Vor allem die Presse kann ich nicht gebrauchen«, erklärt sie, und ihre Augen funkeln. »Ich nehme an, Sie haben nur uns von Ihrem Fund erzählt.«

Den Bruchteil einer Sekunde lang gerate ich in Panik. Sollte ich erwähnen, dass auch Abi hier war? Aber Abi weiß nichts davon. Also ist das wohl in Ordnung. »Ja. Ich habe nur Ihnen etwas gesagt, Detective Sergeant«, erkläre ich selbstbewusst.

»Gut. Oh, und nennen Sie mich heute Nacht einfach Talia. Das ist leichter.«

»Okay.« Ich nicke und schaue mich auf dem Parkplatz um. »Wie kommt es, dass Detective Bishop nicht hier ist?«

»Ich brauche ihn hier erst mal nicht. Ich will zunächst nur wissen, womit wir es zu tun haben.«

Mich lässt das Gefühl nicht los, dass sie mir etwas verschweigt. Ich frage mich, ob Bishop sich vielleicht um einen anderen Verdächtigen kümmern soll. Gott, das hoffe ich zumindest. Ich muss endlich aus dieser Nummer rauskommen.

»Okay«, sage ich. »Der Untergrund ist an einigen Stellen ziemlich uneben, und es ist dunkel.«

Talia schaut zum Himmel hinauf. »Wenigstens haben wir Vollmond«, sagt sie und hebt die Augenbrauen. »Das passt«, fügt sie leise hinzu. Dann dreht sie sich zu einem uniformierten Beamten um, der auf sie zukommt. Die beiden wechseln ein paar Worte. Schließlich sagt Talia mir, dass PC Jordain der einzige Beamte sein wird, der uns begleitet. Ich nicke. Jordain steht breitbeinig da, beide Daumen in der Weste und lächelt mich kurz an. Mir dreht sich mein ohnehin nervöser Magen um.

Mit dem Funkgerät an der Jacke folgt Talia mir über die Felder und durch den Wald. PC Jordain bleibt ein gutes Stück hinter uns. Das Licht unserer Taschenlampen tanzt über den Boden, der Vollmond scheint und wir kommen recht gut voran. Mein vorsichtig wieder aufkeimendes Selbstvertrauen, das mir Talias Nähe spendet, gerät sofort wieder ins Wanken, als wir uns der Stelle nähern, von der ich glaube, dass Olivia dort festgehalten wird. Was, wenn ich mich irre? Wenn das wirklich nur ein alter, leerer Luftschutzbunker ist, dann habe ich nichts, keinerlei belastbare Spuren, die zur Lösung des Falles führen könnten. Nur mein Bauchgefühl und eine Menge Eventualitäten. Es wird ganz sicherlich nicht gut ankommen, Talia Davis und die Rettungsdienste hier grundlos rausgeschleppt zu haben. Und schlimmer noch, es würde vermutlich den Verdacht gegen mich verstärken.

Die Dunkelheit ist bedrückend, als wir die Stelle erreichen, an der ich über das Rohr gestolpert bin. Die Baumkronen lassen das Mondlicht kaum durch. Ich erkläre Talia, wie ich den Lüftungsschacht gefunden habe, und wie das mit der Vorgehensweise meines Vaters zusammenhängt.

Talia legt das Ohr an das Lüftungsrohr. Dann geht sie zu der Falltür. Mit einer raschen Bewegung wischt sie die letzten Blätter weg, die noch darauf liegen. Anschließend legt sie das Ohr ans Holz und lauscht. Ich halte den Atem an.

»Bitte, treten Sie zurück«, sagt Talia. Das tue ich und schaue mich nach Officer Jordain um, der sich erst in einiger Entfernung allmählich durch den Wald nähert. Ich verstehe natürlich, dass Talia nicht will, dass Beweise vernichtet werden. Trotzdem hätte ich erwartet, dass Jordain und der Rest des Teams nicht allzu weit hinter uns sein würden … nur für den Fall.

Ich drehe mich wieder zu Talia um. Sie zieht sich gerade ein Paar Gummihandschuhe an. Dann greift sie nach dem Metallring und zieht. Die Falltür gibt nicht nach, und ich würde ihr am liebsten helfen.

»Äh … Kann ich wenigstens …?«

Talia reckt den Hals, um zu sehen, wo ihr Kollege ist. Dann

macht sie eisern und entschlossen weiter. Jordain steht offenbar so weit abseits, dass er nicht sehen kann, dass Hilfe gebraucht wird.

»Okay«, sagt sie mit zusammengebissenen Zähnen und vor Anstrengung angespanntem Rücken. »Vielleicht können Sie doch kurz mit anfassen.« Sie muss mich nicht zweimal bitten. Vorsichtig gehe ich zur Falltür. Talia hört auf zu ziehen, richtet sich wieder auf und öffnet den Reißverschluss ihrer Tasche.

»Hier«, sagt sie und gibt mir ein Paar Handschuhe. Meine Finger zittern so sehr, dass es mir kaum gelingt, sie überzustreifen. Als Talia wieder ihre Position einnimmt, bücke ich mich und stecke meine Finger zwischen Holz und Erde und ziehe. Ein Luftzug schlägt mir ins Gesicht, und ich zucke unwillkürlich zusammen. Es riecht muffig, unangenehm.

»Okay. Sie können jetzt wieder da rübergehen.« Sie deutet mit der Taschenlampe zur Baumlinie, wo inzwischen auch Jordain steht. Jeder meiner Muskeln ist verspannt. Ich habe das Gefühl auseinanderzufallen.

»Sie wollen doch nicht allein da runter, oder?«, frage ich. »Officer Jordain sollte Sie begleiten.«

Talia schüttelt den Kopf. »Ich komme schon zurecht. Bitte, Jenny … Bleiben Sie zurück, ja? Ich weiß, was ich tue.«

»Alles klar.« Mit zitternden Beinen weiche ich ein paar Schritte zurück. Meine Ferse bleibt an einer Wurzel hängen, und fast wäre ich gestürzt. Ich bin immer noch nah genug, um im Notfall schnell bei Talia zu sein. Als ich zu Jordain schaue, sehe ich, dass er mit seiner Taschenlampe beschäftigt ist. Der Lichtstrahl flackert wie ein Blitz. Er murmelt irgendetwas vor sich hin und klopft dann ein paarmal auf die Lampe. Das unstete Licht fällt auf die Bäume und erzeugt unheimliche Schatten. Ich schaudere und schlinge die Arme um die Brust.

»Hallo? Ist da unten jemand?«, ruft Talia ins Nichts. Alles bleibt stillt. Auch als sie ein zweites Mal ruft, keine Bewegung. Talia dreht sich in meinen Lichtstrahl, und ich sehe, wie sie die Stirn runzelt und die Lippen aufeinanderpresst. Sie glaubt, ich habe sie sinnlos in den Wald geschleppt.

»Könnte sie bewusstlos sein?«, flüstere ich. Den eigentlichen Gedanken – *Könnte sie tot sein?* – wage ich nicht auszusprechen.

»Ich gehe jetzt runter«, erklärt Talia in nüchternem Ton. Dann seufzt sie. »Wenn Sie mir versprechen zu tun, was ich sage, und mehr nicht, dann können Sie herkommen und die Klappe für mich aufhalten.«

Sofort gehe ich zu ihr und halte die Klappe mit festem Griff. Stumm bete ich, dass Olivia nicht nur da unten, sondern auch noch am Leben ist. Talia dreht sich wieder zu mir um. »Schaffen Sie es, die Klappe offen zu halten?«

Ich ziehe sie so weit zurück, wie es geht. Sie würde auch von alleine offen bleiben, aber um sicherzugehen, hole ich einen Ast, um sie damit zu verkeilen. Talia nickt anerkennend, schwingt dann ihre Beine ins Loch und leuchtet nach unten. »Da sind Stufen«, sagt sie und springt hinunter. Mein Herz setzt einen Schlag lang aus, als ich mir vorstelle, wie sie fällt. Doch kaum ist sie verschwunden, ruft sie hoch: »Hier unten ist etwas!«

Dann herrscht eine gefühlte Ewigkeit Stille.

Schließlich höre ich ein Knistern. Talias Funkgerät. Sie gibt irgendwelche Anweisungen. Plötzlich taucht Talias Kopf wieder auf. Sie atmet flach und schnell.

Scheiße, Scheiße, Scheiße.

Sie hat Olivias Leiche gefunden.

»Was ist? Ist sie da? Lebt sie?«

Als Talia sich aus dem Loch wuchtet, schüttelt sie den Kopf. »Gehen Sie zurück, Jenny. Das ist jetzt offiziell ein Tatort. Sie dürfen sich hier nicht mehr aufhalten. Danke, dass Sie mich hierher geführt haben. Die anderen sind unterwegs. Einer von ihnen wird Sie zum Parkplatz zurückbegleiten.«

»Sie … Sie müssen es mir sagen …« Mir bleiben die Worte im Hals stecken. Ich kann nicht schlucken.

Talia legt mir die Hände auf die Schultern und schiebt mich sanft zurück. »Überlassen Sie das ab jetzt uns.« Sie wendet sich von mir ab und schwenkt die Taschenlampe, um den nachrückenden Beamten zu zeigen, wo wir sind.

Plötzlich strömt Adrenalin in mein Blut, und ich renne los. Es ist mir vollkommen egal, ob ich einen Tatort zerstöre. Ich muss es selbst sehen. Ich höre Talias erboste Stimme. »Nein!«, aber ich bin schon drin.

Es ist tatsächlich eine Art Bunker. Ich habe wohl recht damit gehabt, dass es sich um einen alten Luftschutzkeller handelt. Das Licht meiner Taschenlampe enthüllt kahle, blasse Wände.

Olivia sitzt aufrecht an einer der Wände, gefesselt, geknebelt und den Kopf nach vorne gekippt.

Leblos.

»Oh, Gott! Nein!«

Talia stürzt sich auf mich und packt mich an den Armen. »Sie dürfen hier nicht sein!«

»Ich bin zu spät«, keuche ich, und mir treten die Tränen in die Augen. Ich kann kaum noch etwas sehen. »Ich habe es nicht früh genug durchschaut.« Meine eigene Stimme klingt fremd in meinen Ohren: weit entfernt und verzerrt, wie unter Wasser. Es ist, als würde eine andere sprechen. Plötzlich erscheint ein Bild vor meinem geistigen Auge: fleckige Haut, ein Körper, aufrecht sitzend, aber in der Mitte durchgesackt, das Haar schlaff nach vorne hängend. Meine Knie geben nach, und ich spüre Talias Hände unter meinen Armen, die verhindern, dass ich falle.

»Um Gottes willen«, murmelt sie. »Ich brauche Hilfe hier!« Ich höre sie rufen, doch das Brummen in meinen Ohren wird rasch lauter, und schließlich ist alles schwarz.

Kapitel 68

JENNY

Als ich wieder aufwache, liege ich auf dem Rücksitz eines Streifenwagens, um mich eine Decke.

Meine Augenlider sind schwer, und mein Kopf nach meinem Ohnmachtsanfall wie benommen. Oder war das ein Blackout? Ich bin mir nicht sicher, aber plötzlich war ich wieder mit meinem Dad in seinem unterirdischen Versteck. Der überwältigende Druck in meinem Kopf, die Schwere in meinen Beinen, der Geruch … Alles hat mich daran erinnert.

»Mir ist schlecht«, keuche ich und halte mich an der Autotür fest. »Schnell!« Ein Polizeibeamter springt vorne raus und öffnet gerade noch rechtzeitig die Tür, sodass ich mich nach draußen übergeben kann. Galle brennt in meinem Hals. So viele Fragen surren in meinem Kopf herum, aber ich würge viel zu sehr, um auch nur eine davon stellen zu können. Der Polizist, jung und offenbar unerfahren, wendet sich höflich ab, während ich weiter grüne Flüssigkeit auf den Kies des Parkplatzes spucke. Er bleibt jedoch in meiner Nähe, als hätte er die Verantwortung für mich. Bin ich verhaftet? In jedem Fall befinde ich mich auf der Rückbank eines Streifenwagens, nachdem Olivias Leiche entdeckt worden ist, und ich werde ganz sicher immer noch verdächtigt. Ich hebe die Fingerspitzen an meine brennenden Augenlider und drücke zu, um die Tränen zurückzuhalten. Wird dieser Albtraum denn niemals enden?

Ich wische mir den Mund mit einer Ecke der Decke ab und lehne mich im Auto zurück.

»Wollen Sie vielleicht etwas Wasser?«, fragt der junge Polizist und dreht sich wieder zu mir um.

»Ja, bitte«, krächze ich. Er schließt die Tür, setzt sich wieder auf den Fahrersitz und holt eine Flasche aus dem Handschuhfach.

»Bitte sehr.« Er gibt mir die Flasche. »Das muss ein Schock gewesen sein …«

»Ein Schock? Das kann man wohl sagen. Ich habe wirklich gedacht, ich wäre noch rechtzeitig …« Ich nippe an dem Wasser. Wenn ich zu viel trinke, werde ich mich wieder übergeben müssen.

»Was meinen Sie?«, fragt der Polizist und runzelt die Stirn.

»Ich dachte, ich hätte alles noch rechtzeitig durchschaut, um sie zu retten. Bin ich verhaftet?«

Er starrt mich an. Sein Gesichtsausdruck ist nicht zu durchschauen. Frust keimt in mir auf, aber mir fehlt die Kraft, ihn weiter unter Druck zu setzen. Aber wenn ich keine Fragen stelle, kann ich das Unvermeidliche vielleicht noch ein wenig hinauszögern. Mein Kopf ist schwer, und ich lasse ihn gegen das Fenster fallen. Dabei bemerke ich eine Bewegung. Ich setze mich sofort auf, und die Übelkeit ist weg.

»Ist das … Ist sie das?« Ich starre mit großen Augen aus dem Fenster zu einem Rettungswagen, in den gerade eine Trage geschoben wird. Und es liegt kein Leichensack darauf! »Aber ich habe sie gesehen. Sie war tot. Talia hat gesagt …«

»DS Davis hat auch das Schlimmste vermutet, als sie sich der Frau genähert hat, aber ihre Ängste haben sich nicht bestätigt. Sie müssen das nicht mehr mitbekommen haben … wegen Ihrer Ohnmacht und so.«

»Oh, Gott sei Dank!« Ich lasse mich wieder aufs Leder fallen und schließe die Augen. Olivia lebt. Wir haben es geschafft. Wir haben sie gefunden. Pure Erleichterung macht sich in mir breit, und der letzte Rest Kraft verlässt mich. Den Bruchteil einer Sekunde lang keimt die Hoffnung in mir auf, dass nun endlich alles wieder normal wird. Dann erinnere ich mich. Nichts wird nach alldem noch so sein wie früher, auch wenn Olivia lebend gefunden worden ist. Die Stimme des Polizisten reißt mich aus meinen Gedanken, als er sagt, DS Davis komme rüber.

Talia öffnet meine Tür und steckt den Kopf in den Wagen.

»Wie geht es Ihnen?«

»Besser. Danke. Vor allem, da ich nun weiß, dass Olivia okay ist.«

»Sie ist allerdings noch bewusstlos. Wir können also noch nichts Abschließendes sagen«, erwidert Talia und verdreht die Augen. Ich lächele halbherzig, doch das Lächeln verschwindet sofort wieder, als mir klar wird, was das heißt. Wenn Olivia der Polizei nicht genau erzählen kann, was passiert ist, dann ist das alles noch nicht einmal ansatzweise vorbei.

»Ich dachte wirklich, sie wäre tot. Sie so zu sehen … Sie sah genauso aus wie …« Im letzten Moment halte ich inne und schaue Talia ins Gesicht. Ihre sonst so glänzende, olivfarbene Haut wirkt wie ausgewaschen, und ihre Augen sind schwer. Der Adrenalinrausch ist vorbei, und das bleibt nicht ohne Wirkung.

»Damit waren Sie nicht allein«, sagt sie.

Meine Beine und mein Bauch scheinen wieder zu funktionieren, also steige ich aus und lasse die Decke auf dem Rücksitz. Talia sagt mir, dass es fast ihr ganzes Team gebraucht habe, um Olivia aus dem Bunker zu holen, und während ich zuschaue, wie einer der Sanitäter die Tür des Rettungswagens zuwirft, kann ich nicht anders, als mich zu fragen, wie eine Person das alles allein geschafft haben soll. Wenn der Plan darin bestand, Olivia dort unten zu töten, dann wäre es verdammt schwer gewesen, die Leiche alleine wieder nach oben zu bringen. Doch mein Dad hat das auch geschafft. In diesem Fall hier haben sie jedoch eine lebende Frau transportiert, und mit Sicherheit wollten die Rettungskräfte sicherstellen, dass es ihr gut ging. Mein Vater hingegen musste sein Opfer nicht pfleglich behandeln. Wer auch immer das getan hat, hat sich darüber vermutlich auch nicht den Kopf zerbrochen, vor allem nicht, wenn Olivias Tod fest eingeplant war.

Ich gehe über den Parkplatz. Talia folgt mir dichtauf. Schließlich lehne ich mich an die Wand des Praxisgebäudes. Wir schauen beide dem Rettungswagen hinterher, der langsam auf die Straße rollt.

»Es ist schon seltsam, nicht wahr?«, seufzt Talia.

»Was meinen Sie?«

»Dass Sie sie gefunden haben, während wir alle daran gescheitert sind«, antwortet Talia. Sie schürzt die Lippen und lässt die Worte zwischen uns in der Luft hängen. Ich hätte mir denken können, dass mein Fund sie misstrauisch macht. Das ist definitiv ein Zufall zu viel. Aber glaubt sie nach alldem wirklich noch immer, dass ich die Täterin bin? Vielleicht glaubt sie ja, ich hätte gedacht, Olivia wäre bereits tot, und dass ich sie deshalb an diesen Ort geführt habe. Talia beäugt mich misstrauisch. Mein Mund ist wie ausgetrocknet, und ich wünschte, ich hätte die Wasserflasche mitgenommen. Ich habe nicht die Kraft, ihr alles zu erzählen, aber ich weiß, dass ich das muss.

»Ich bin der Spur meines Vaters gefolgt«, sage ich.

»Er ist im Knast, Jenny. Es ist ja nicht so, als hätte er das tun können, oder?«

»Nein. Aber jemand kopiert seine Verbrechen. Das hat mich hierher geführt.«

Talia starrt mich einen Moment lang an. Ich fühle förmlich, wie sie mich neu einschätzt. Sie überlegt, ob ich diese Nachahmungstäterin bin. Bis Olivia aufwacht und ihnen genau erzählen kann, was passiert ist, bin ich nicht besser dran als zuvor. Ich stehe immer noch ganz oben auf der Liste der Verdächtigen. Aber wenigstens lebt Olivia. Ihre Familie wird sie wieder zurückbekommen. Das ist der bestmögliche Ausgang, und so, wie es gelaufen ist, auch ein verdammt glücklicher.

»Es ist vermutlich eine gute Idee, das erst einmal für uns zu behalten«, sagt Talia. »Ich will das noch nicht an die Öffentlichkeit geben. Deshalb würde ich es auch sehr zu schätzen wissen, wenn Sie die Ereignisse dieser Nacht für sich behalten. Kein Wort zu niemandem. Verstanden? Die Welt soll noch nicht erfahren, dass Olivia lebend gefunden wurde, besonders nicht dieser Nachahmungstäter. Wir könnten das zu unserem Vorteil nutzen.«

»Wie kommen Sie auf die Idee, dass es die Person aus der Deckung locken würde? Vielleicht sollte sie dort ja einfach sterben. Dann wird auch niemand zurückkehren.«

»Ja. Das ist durchaus möglich.« Talia legt die Stirn in Falten und fügt hinzu: »Wenn jemand sicherstellen wollte, dass Sie dafür in den Knast gehen, dann wird die Person es vermutlich nicht riskieren, wieder zu dem Bunker zurückzukehren.« Sie legt mir die Hand auf den Arm und führt mich sanft zu meinem Fahrrad. »Aber wie auch immer … Ich werde Sie zu Hause absetzen, bevor ich ins Krankenhaus fahre.«

»Nein. Ist schon okay. Ich kann fahren. Außerdem brauche ich mein Rad. Ich habe ja schließlich kein Auto mehr.«

»Wirklich? Nach allem, was heute Nacht passiert ist?« Talia lächelt mich schief an. Sie ist noch immer vorsichtig. Ich stelle mir vor, wie ihr Polizistenhirn absolut alle Möglichkeiten durchgeht, nicht nur die, bei denen mir die Tat in die Schuhe geschoben werden soll.

»Es geht nur bergab. Außerdem habe ich auf der Fahrt Zeit, alles erst mal zu verarbeiten.«

»Wenn Sie sicher sind. Da unten im Bunker hat es Sie immerhin umgehauen. Sollten Sie da wirklich so ein Risiko eingehen?«

»Ich denke, wir wissen beide, dass ich das tun werde.«

Talia schaut mich wissend an, aber sie schweigt. Ich schaue ihr hinterher, als sie zu ihrem Team geht, und höre zu, wie sie in ihr Funkgerät spricht. Sie informiert jemandem darüber, was passiert ist. Als ich an ihr vorbeifahre, nicke ich ihr noch einmal zu. Ich fühle Blicke in meinem Rücken, als ich langsam vom Parkplatz rolle. Unter anderem höre ich das Wort ›Überwachung‹. Man wird mich also wohl genau beobachten.

Kapitel 69

JENNY

Donnerstag

»Wo warst du, verdammt noch mal? Danke, dass du mir Bescheid gesagt hast, dass unsere Verabredung ins Wasser fällt. Ich habe mir ja nur einen ganzen Abend lang Sorgen gemacht und mir vorgestellt, wie du tot in irgendeiner Gasse liegst«, brüllt Roisin wütend in den Hörer. Ich halte mein Handy ein Stück von mir entfernt, um mein Trommelfell zu schonen. »Warum hast du mir nicht gesagt, was du vorhast, verdammt?«

»Tut mir leid, Ro. Wirklich. Ich hätte dich schon früher anrufen sollen. Ich wollte nicht, dass du dir Sorgen machst. Es ist nur … Alles ging viel zu schnell, und ich habe schlicht nicht mehr daran gedacht.« Ich fasse kurz für sie zusammen, was in den letzten Stunden passiert ist. Und auch, wenn Talia mir befohlen hat, keiner Seele etwas davon zu sagen, erzähle ich Ro, dass wir Olivia gefunden haben. »Das darfst du aber nicht weitersagen. Sonst werde ich bei Sonnenaufgang an die Wand gestellt.«

»Gott sei Dank«, seufzt Roisin. Kurz schweigt sie, dann: »Ich komme zu dir. Bleib, wo du bist.«

Ich öffne den Mund, um ihr zu widersprechen, denn es ist schon nach Mitternacht, aber sie hat längst aufgelegt.

Das Haus ist hell erleuchtet. Ich habe jede einzelne Lampe eingeschaltet, in der Hoffnung, dass ich mich dann sicherer fühle. Trotzdem fühlt sich alles irgendwie falsch an. Schließlich bin ich immer noch allein. Allerdings ist die Einsamkeit tatsächlich nicht mehr ganz so schlimm, wenn alles strahlt wie in einem Lampengeschäft.

Ich denke, dass jetzt keine ›Geschenke‹ mehr kommen werden. Sie haben ihren Zweck erfüllt. Ihr Ziel war es, den Anschein zu erwecken, dass ich hinter Olivias Entführung stecke. Allerdings heißt das nicht, dass die Person, die dafür verantwortlich war, nicht mehr hierherkommt. Sie könnte mich in eben diesem Moment beobachten. In den Schatten warten. Ich schaudere. Ich schaue aus dem großen Fenster im ersten Stock und lasse meinen Blick über die unmittelbare Umgebung schweifen. Dann trete ich vom Fenster zurück. Ich kann nichts mehr sehen, während ich selbst dank des Lichts im Raum mit Sicherheit gut zu erkennen bin. Ich stapfe durch den Flur zu meinem Schlafzimmer. Als ich das unberührte Bett sehe, fühle ich Reue. Tatsächlich droht mich eine ganze Welle von Gefühlen zu überwältigen. Ich streiche mit der Hand über die Tagesdecke und lasse mich dann darauffallen. Dass Olivia lebend gefunden wurde, ist das Beste, worauf ich hoffen konnte. Doch der Plan, mir Olivias Entführung in die Schuhe zu schieben, könnte immer noch aufgehen.

Meine Erklärung hat Talia nicht überzeugt, ganz sicher glaubt sie immer noch, ich hätte sie nur zu dem Bunker führen können, weil ich diejenige war, die Olivia dort hingebracht hat. Ich sollte glauben, sie hätten per Funk Verstärkung angefordert, um beim Bunker auf die Rückkehr der Person zu warten, die für die Tat verantwortlich ist.

Aber ich bin sicher, in Wahrheit bin ich es, die überwacht werden soll.

Hoffentlich wird Olivia ihnen schon bald die wahre Geschichte erzählen können, auch wenn sie jetzt noch bewusstlos ist. Ich wette allerdings, dass Talia mich bis dahin beobachten lassen wird, um sicherzugehen, dass ich nicht fliehe. Oder schlimmer noch … Glaubt sie womöglich, dass ich versuchen könnte, Olivia im Krankenhaus zu erledigen, bevor sie aufwachen und aussagen kann? Meine Schläfe pocht, und ich reibe mir die Stirn, als könnte ich so diesen letzten Gedanken vertreiben.

Das Geräusch der Türklingel hallt durchs Haus, und ich springe aus dem Bett, ignoriere das Blut, das durch meine Adern schießt, und renne die Treppe hinunter, um Roisin die Tür zu öffnen. Ich schlinge so fest die Arme um sie, dass sie um Luft ringt.

»Tut mir leid«, sage ich und lasse sie wieder los. »Ich habe mich noch nie so sehr gefreut, dich zu sehen.«

Tränen, aufgestaute Emotionen, Erleichterung … Einfach alles platzt aus mir heraus. Roisin führt mich ins Wohnzimmer, und ich lasse mich aufs Sofa fallen. Ich weine und weine, und Roisin schaut mich besorgt an.

»Oh, Liebes«, murmelt sie, als sie den Raum verlässt. Sie kehrt mit einem Getränk wieder zurück, und ich halte den Becher mit beiden Händen, während mein Körper vor Schluchzen bebt. Roisin wartet geduldig.

»Bitte entschuldige, dass ich dich angeschrien habe«, sagt sie, als ich schließlich aufhöre zu weinen. »Du hast mir einen furchtbaren Schrecken eingejagt. Mir und Mark.«

Ich reiße den Kopf hoch und starre sie an. »Mark?« Ein Brennen breitet sich in meinem Magen aus. »Wie kann er es wagen, sich Sorgen zu machen? Himmel! Er war doch derjenige, der mir die ganze Scheiße erst eingebrockt hat!«

»Als du nicht aufgetaucht bist, da habe ich ihn angerufen, Jen. Er hat mir alles erzählt.«

»Wirklich alles? Hat er dir auch erzählt, dass er seine Frau der Polizei auf einem verdammten Silberteller serviert hat?«

»Ja, das hat er. Mach dir keine Sorgen. Ich habe ihn so richtig zusammengestaucht.« Roisin lächelt. »Er weiß, dass er Mist gebaut hat.«

»Das kommt ein wenig spät. Er hat mir meine Kinder weggenommen, Roisin.« Fast hätte ich wieder zu weinen begonnen, aber ich muss mich zusammenreißen.

»Ich weiß, Liebes. Es tut mir leid. Aber das wird sich schon bald alles aufklären, und dein Leben wird wieder in normalen Bahnen verlaufen.« Sie spricht mit einer Überzeugung in der Stimme, die ich für nicht gerechtfertigt halte. Trotzdem bin ich ihr für ihren Optimismus dankbar.

»Ich weiß es sehr zu schätzen, dass du so spät noch gekommen bist«, sage ich. »Oder … Na ja …« Ich schaue auf die Uhr. »So früh. Worüber wolltest du eigentlich mit mir reden?«

»Ah, ja. Es gab da eine interessante Entwicklung«, sagt Roisin und greift nach ihrer Handtasche. »Ich weiß, du hast mich nicht darum gebeten, aber ich habe meine ›Ermittlungen‹ weitergeführt«, sagt sie und malt mit den Fingern Anführungszeichen in die Luft. »Ich habe deine Mutter weiter aus der Ferne beobachtet.«

»Oh, Ro … Ich hätte dich da nicht reinziehen sollen …«

»Nein, nein. Es lag sowieso auf meinem Weg. Ich hatte jede Menge Meetings im Norden. Also war das kein Problem. Ich habe sogar Harrys beste Kamera benutzt, um ein paar ordentliche Fotos aus größerer Entfernung machen zu können. Meine Handykamera reicht dafür nicht. Ich habe mich wie eine dieser Schnüfflerinnen bei *Rosemary & Thyme* gefühlt.« Sie lacht.

»Ist schon okay, Roisin. Du darfst ruhig ein wenig Spaß

haben. Ich hätte mich vielleicht nur für eine jüngere Ermittlerin entscheiden sollen, wie Nancy Drew zum Beispiel.« Ich lächele.

»Wie auch immer … Ich bin in den Park gegangen, wo ich Claire schon mal gesehen hatte, und dort hat sie sich tatsächlich wieder mit dieser Frau getroffen.« Sie hält mir ein Foto hin. »Das ist das beste Bild, das ich bekommen konnte. Keine Ahnung, ob das was zu bedeuten hat, aber ich bin der Frau aus dem Park gefolgt, während Claire in die entgegengesetzte Richtung gegangen ist. Die geheimnisvolle Frau stieg in ein Auto, auf der Beifahrerseite, und der Wagen fuhr los. Ich fürchte, ich hatte keine Zeit, mir das Nummernschild zu notieren, aber …«

Roisins Stimme verhallt, als ich das Foto von ihr entgegennehme. Ich weiß natürlich, dass sie noch redet, aber die Worte dringen nicht mehr zu mir durch. Ich sehe nur noch das Bild.

»Jen, hörst du mir noch zu?«

»Äh … Jaja … Entschuldige.«

Ich schüttele den Kopf. Alles verschwimmt.

»Wie gesagt könnte das gar nichts zu bedeuten haben. Vielleicht war es ja nur ein wenig Small Talk im Park. Eine kleine Plauderei. Aber andererseits … Vielleicht kannst du ja etwas damit anfangen.«

Ich presse die Lippen aufeinander und atme tief durch die Nase. Ein paar Sekunden lang schaue ich mir das Foto an; dann gebe ich es wieder zurück. »Nein«, sage ich. »Leider kann ich das nicht.«

»Du weißt wirklich nicht, wer das ist?«

»Ich erkenne sie zumindest nicht«, seufze ich und stehe auf. Aber ich stolpere und stoße an den Kaffeetisch. Die Kraft in den Beinen verlässt mich, dann die Kraft im ganzen Körper.

»Pass auf! Was machst du da?«, ruft Roisin.

»Ich glaube, ich muss mich erst mal hinlegen, Ro.«

»Bist du okay? Was ist denn?«

»Ich bin einfach nur erschöpft.« Ich reibe mir die Augen und gähne. »Ich weiß, dass du den ganzen weiten Weg hierher gefahren bist, aber würde es dir etwas ausmachen, wenn ich jetzt einfach ins Bett gehe?«

Roisin hebt die rechte Augenbraue und schaut mich misstrauisch an.

»Bist du sicher, dass du diese Frau noch nie gesehen hast? Sie könnte diejenige sein, die dir die toten Tiere vor die Tür gelegt hat.«

Ich zucke mit den Schultern. »Ich weiß es wirklich nicht«, antworte ich und schüttele den Kopf. »Kann ich das Foto behalten? Ich gebe es der Polizei. Sollen die sich darum kümmern.«

Ro lächelt, als sie mir das Foto wiedergibt. Dann schlingt sie die Arme um mich und drückt mich so fest, dass sie mir die Luft aus der Lunge presst. »Das ist das Vernünftigste, was du je gesagt hast.« Sie lässt mich wieder los und mustert mich aufmerksam.

»Das passiert … manchmal«, sage ich und versuche mich an einem Lachen, doch sie lässt sich nicht täuschen. Roisins Augen sind voller Sorge, und ich lege ihr die Hand auf die Wange. »Du bist fantastisch, Ro. Weißt du das?«

Roisin rümpft die Nase und atmet tief durch.

»Jen … Ich glaube nicht, dass ich dich allein lassen sollte.«

»Ich komme schon zurecht. Ehrlich.« Ich meide ihren Blick.

Kurz schweigt Roisin, als sie darüber nachdenkt, aber mehr kann sie nicht tun, und ich danke ihr noch mal für ihre Hilfe, dafür, dass sie meine Freundin ist und an mich glaubt. Dann dränge ich sie zur Tür.

Nachdem sie gegangen ist, telefoniere ich kurz und schnappe mir dann meine Jacke.

Kapitel 70

JENNY

Ich habe ein schlechtes Gewissen, als ich das Haus verlasse und nach hinten gehe, um mein Fahrrad zu holen. Es ist schrecklich für mich, dass ich Roisin belogen habe, besonders nachdem sie mich so bedingungslos unterstützt hat. Aber ich kann nicht zulassen, dass sie noch tiefer in die Sache hineingerät. Sie hat wirklich schon genug getan.

Ich zögere, hole das Foto aus der Tasche und schaue es mir noch mal an. Die beiden Frauen auf der Bank blicken sich an. Sie sind in ein Gespräch vertieft.

Ich streiche mit der Fingerspitze über das Gesicht der Frau, die dort bei meiner Mutter sitzt, und eine mächtige Mischung aus Wut und Adrenalin strömt durch meine Adern. Diese zwei Frauen so zusammen zu sehen, ergibt einfach keinen Sinn.

Es war jedoch nicht nötig, mit Roisin darüber zu sprechen. Vielleicht habe ich ja einfach nur den falschen Schluss gezogen. Ein Treffen im Park heißt noch lange nicht, dass die Frauen etwas mit den toten Tieren zu tun haben, oder dass sie für Olivias Entführung verantwortlich sind. Aber ich muss das selbst überprüfen. Ich habe Mark dafür verflucht, dass er direkt zur Polizei gelaufen ist, ohne mich vorher zur Rede zu stellen. Ich selbst werde auf keinen Fall so handeln, aber genau das hat Roisin von mir verlangt. Und um ehrlich zu sein, will ich auch eine Erklärung von Angesicht zu Angesicht, und zwar ohne die Polizei einzuschalten.

Ich seufze, stecke das Foto wieder ein und steige aufs Rad.

Tiefe Dunkelheit umhüllt mich, als ich wieder durch die Straßen zur Praxis fahre, aber ich schalte das Fahrradlicht nicht ein. Das Mondlicht reicht gerade so. Ich will die Polizei, die mit Sicherheit noch im Wald ist, nicht auf mich aufmerksam machen. Ich nehme an, sie warten nach wie vor beim Bunker. Ich will ihnen nicht geben, was sie haben wollen, und mich wieder ins Scheinwerferlicht rücken … falls ich dort nicht sowieso immer noch stehe. Ich hebe mein Rad übers Tor, stelle es an die Hecke und gehe zu Fuß zur Rückseite des Praxis. Selbst wenn die Polizei sich an dem Ort versteckt hat, an dem wir Olivia gefunden haben, sollten sie mich nicht sehen können.

Als ich fast am Gebäude bin, zögere ich. Es sind keine Polizeifahrzeuge zu sehen, aber vielleicht liegt das auch daran, dass die Beamten sich an strategischen Punkten versteckt haben und warten – oder ich habe einfach nur viel zu viele Krimis gesehen. Erst als ich sicher bin, dass mir tatsächlich niemand gefolgt ist oder mich beobachtet, verlasse ich meine Deckung und betrete die Praxis durch die Hintertür. Ich schließe die Tür nicht wieder ab. Ich habe sie gebeten, ebenfalls diesen Eingang zu benutzen.

Drinnen öffne ich die große Doppeltür, stelle sie fest und warte im OP. Das Licht des Notausgangs brennt immer, und nachdem meine Augen sich an das Zwielicht gewöhnt haben, kann ich auch alles deutlicher erkennen. Als ich ein Geräusch am Empfang höre, schlägt mir das Herz bis zum Hals. Verdammt, ich habe ihr doch gesagt, sie solle hinten reinkommen. Ich laufe raus. Hoffentlich ist sie nicht einfach vorne reingegangen. Ich wollte ein wenig Zeit mit ihr alleine haben, bevor die Polizei dazukommt.

»Oh, mein Gott! Hast du mich erschreckt, Jenny!« Sie weicht einen Schritt zurück und schlägt die Hand vor die Brust.

»Das beruht auf Gegenseitigkeit«, erwidere ich atemlos. Einen Augenblick lang bin ich wie vor den Kopf geschlagen. Ich bringe kein Wort mehr heraus und starre sie einfach nur mit offenem Mund an.

»Was machst du denn hier?« Ihre Stimme klingt unnatürlich hoch, und ich kann nur den Finger auf die Lippen legen, um sie zu warnen, leise zu sein. Sie scheint sofort zu verstehen und flüstert: »Hast du was gefunden?«

Ich bin nicht sicher, wie ich darauf reagieren soll. »Das habe ich tatsächlich.« Mein Mund ist wie ausgetrocknet, und die Worte kleben an meiner Zunge.

»Ich auch«, sagt sie mit großen Augen.

»Wir müssen reden, Nisha. Und zwar schnell.«

Kapitel 71

Claire hat mir die Besuche bei Paul ermöglicht. Sie war diejenige, die mich da reingebracht hat, auch wenn ihr nicht klar war, dass ich sie manipuliert habe. Es war aber auch an der Zeit, den Spieß umzudrehen. Zuerst hatte ich Angst, dass Paul mich erkennen würde, auch wenn wir uns nie getroffen haben. Er könnte durchaus Fotos gesehen haben. Ich wusste es nicht. Aber als ich sah, dass dem nicht so war – es sei denn, er hatte das beste Pokerface der Welt –, da wusste ich, dass ich meinen Plan sicher weiterführen konnte.

Ich bin jetzt mehrere Monate nicht mehr bei Paul gewesen. Ich habe mich auf jede nur erdenkliche Weise dafür entschuldigt, warum ich nicht mehr gekommen bin, aber am ehesten hat ihn überzeugt, dass ich ihm berichtet habe, wie eifrig ich an seinem Buch arbeite. Ich habe ihm gesagt, dass mein Verleger sich den ersten Entwurf schon angesehen hätte und begeistert gewesen wäre. Meine neueste Ausrede ist, dass ich recherchieren muss und dafür viel unterwegs bin. Und das stimmt auch. Das ist die Wahrheit. Ich brauche Zeit, um den richtigen Ort zu finden. Der Tatort muss perfekt sein. Auf dem Land, das Jenny gehört, damit es zu Pauls Vorgehensweise passt. Ein Nachahmungstäter muss jedes Detail akkurat nachstellen, und Paul hat mir alles gegeben, was ich brauche, um mit dem nächsten Teil des Plans zu beginnen.

Ich sehe Claire noch immer regelmäßig. Sie hat nach wie

vor einen Nutzen für mich. Zwischen uns hat sich nichts geändert … noch nicht.

Aber das wird es.

Bald.

Kapitel 72

JENNY

»Geh du zuerst«, sage ich. »Aber mach schnell.« Ich schaue auf mein Handy. Wie spät ist es? Wir haben nicht mehr lange Zeit.

»Ich habe Lichter gesehen, einen ganzen Konvoi, von meinem Schlafzimmer aus. So viel Aktivität um diese Zeit ist ziemlich ungewöhnlich. Da dachte ich mir, dass es vermutlich die Polizei ist und dass sie was gefunden haben. Natürlich musste ich da nachsehen.«

So viel zum Thema ›unauffällig‹. »Okay. Und was hast du herausgefunden? Dass die Polizei hier irgendwo ist?«

»Nein, Jen. Und ich weiß nicht, wie ich dir das sagen soll …« Nisha senkt den Blick. Ich weiß, was jetzt kommt. Am liebsten hätte ich es rausgeschrien, aber ich will ihren Moment nicht ruinieren.

»Sprich es einfach aus, Nisha. Wir haben im wahrsten Sinne des Wortes keine Zeit zu verlieren.«

»Es ist Abi.« Nisha nimmt meine Hände. »Sie ist nicht die, als die sie sich ausgibt.«

»Nein, das ist sie nicht«, seufze ich. »Es tut mir leid, Nisha. Sie hat die Saat …«

»Das ist schon okay. Wirklich. Ich weiß. Sie hat uns von Anfang an manipuliert. Ich habe nur noch nicht herausgefunden, warum. Ich hatte gehofft, hier etwas zu finden.«

»Mach dir darüber keine Sorgen. Ich habe ebenfalls die

feste Absicht, das herauszufinden. Aber hör zu, Nisha: Ich weiß, dass du dieses Zeug liebst, aber du musst jetzt etwas für mich tun.«

»Und was?«

»Sie wird jeden Augenblick hier sein. Ich habe sie zu einem Gespräch gebeten. Wir waren vorhin im Wald – das ist eine lange Geschichte –, und ich vermute, dass die Polizei das Gebiet dort noch immer beobachtet.« Ich sehe Nishas verwirrten Gesichtsausdruck, aber ich rede einfach weiter. Jetzt ist nicht die Zeit für ausführliche Erklärungen. »Du musst weg. Ich werde dich nicht in Gefahr bringen, hörst du?«

Ihre Enttäuschung ist Nisha deutlich anzusehen. »Du solltest hier nicht allein mit ihr sein, Jen. Sie ist eine Psychopathin.«

»Ich werde schon mit ihr fertig. Alles ist gut. Und die Polizei ist ja nicht weit weg. Sollte es Probleme geben, schreie ich alles zusammen.«

»Soll ich ihnen dann Bescheid geben? Ihnen erzählen, was wir herausgefunden haben?«

»Ich weiß nicht, ob wir schon genug haben, um ihr Entführung und versuchten Mord nachzuweisen. Sie hat das alles verdammt gut geplant, und sie hat es so aussehen lassen, als würde ich dahinterstecken. Ich werde unser Gespräch aufzeichnen und sie dazu bringen, alles zu gestehen.«

»Okay. Aber ich werde nicht nach Hause fahren.«

»Doch, das wirst du, Nisha. Denn, sollte dir etwas passieren, dann werde ich mir das nie verzeihen. Fahr wieder heim und such alles zusammen, was du hast. Dann können wir direkt zu DS Davis gehen, sobald ich hier fertig bin. Wir werden das alles zusammenfügen. Wenn ich die Aufnahme habe, dann komme ich zu dir.«

»Sie wird sofort wissen, was du im Schilde führst. Sie wird dich nicht einfach gehen lassen.«

»Sollte es hart auf hart kommen, dann werde ich einige der Fähigkeiten einsetzen, derer man mich verdächtigt.« Ich stelle mir vor, wie ich Abi niederringe, ihr ein Betäubungsmittel spritze und sie im Röntgenzimmer einsperre. Das ist der sicherste Raum im Gebäude.

»Geh«, sage ich. »Ich muss noch ein paar Sachen zusammensuchen.«

Nisha nickt, und ich scheuche sie zur Hintertür. »Die Polizei wird den Haupteingang vielleicht beobachten. Also geh lieber da raus«, sage ich. »Aber beeil dich.« Ich will nicht, dass Nisha mit Abi zusammenstößt. Ich frage mich, ob Abi wieder ein Taxi ruft. Roisin hat gesehen, wie Abi nach dem Gespräch mit meiner Mutter in ein Auto gestiegen ist. Vielleicht war das ja der Wagen ihres Freundes. Vielleicht hilft er ihr ja sogar. In jedem Fall würde das mehr Sinn ergeben als die Vorstellung, dass Abi Olivia allein verschleppt hat. Dafür ist Abi viel zu klein und schmächtig.

Wenige Minuten, nachdem Nisha gegangen ist, höre ich, wie sich die Hintertür öffnet. Angespannt stehe ich in der Tür meines Untersuchungszimmers, und ich bete, dass sie allein ist.

»Jenny?«

»Hier drin«, sage ich. Meine Stimme ist laut, auch wenn ich versuche, leise zu sein. Ich gehe ins Zimmer und stelle mich auf die andere Seite des Untersuchungstischs. Mein Handy liegt halb versteckt auf dem Schreibtisch und nimmt alles auf.

»Was ist denn? Hast du was gefunden?« Abis Gesicht ist voller Sorge, doch nach allem, was ich jetzt weiß, ist mir klar, dass sie mich die ganze Nacht manipuliert hat. Sie wollte nicht, dass ich Olivia finde, in Wahrheit hat sie alles dafür getan, dass mir genau das nicht gelingt. Sie wusste, dass wir im richtigen Gebiet waren, und dann hat sie diskret versucht, mich in eine andere Richtung zu lenken.

»*Warum*, Abi?«

Sie runzelt die Stirn. »Äh … Du hast mich angerufen und mich gebeten, hierherzukommen.«

»Das habe ich nicht gemeint. Warum hast du mir das angetan? Ich verstehe das nicht.«

»Schau, Jenny. Das war eine lange Nacht. Du bist müde. Du redest sinnloses Zeug. Vielleicht solltest du lieber nach Hause fahren und erst mal schlafen.«

Ich lache. »Guter Versuch. Weißt du? Ich habe das wirklich nicht kommen sehen. Nichts davon. Ich habe dich nicht ein einziges Mal verdächtigt.«

»Mich verdächtigt? Oh, mein Gott, Jenny! Was redest du denn da?«

»Du kannst jetzt aufhören, die süße, unschuldige Abi zu spielen, Liebes«, sage ich. Wut keimt in mir auf, und ich drücke beide Hände auf die Tischplatte, um das Zittern zu verbergen. »Wer bist du wirklich?«

Egal, ob sie nun weiß, dass es nicht länger Sinn ergibt, mir etwas vorzuspielen, oder ob sie das Spiel ohnehin beenden wollte, in jedem Fall lässt Abi die Maske fallen und grinst mich verschlagen an. Sie zuckt mit den Schultern. »Nun ja, ich könnte dir die gleiche Frage stellen«, sagt sie und versucht noch nicht einmal, sich zu rechtfertigen.

»Ja, das könntest du. Nur dass ich dir keine Entführung in die Schuhe schieben wollte.«

»Eine Entführung?« Ein Ausdruck echter Verwirrung erscheint auf Abis Gesicht.

Den Bruchteil einer Sekunde lang glaube ich, dass ich mich geirrt habe. Vielleicht hat sie mir ja nur die toten Tiere vor die Tür gelegt, sonst aber nichts getan.

»Du meinst den Mord«, sagt sie. »Du hast Olivia entführt und sie auf die gleiche Art getötet wie dein Vater jedes seiner fünf bekannten Opfer.«

Mir ist egal, wie sie von seinen fünf bekannten Opfern spricht, als gäbe es da noch mehr, die nur noch nicht gefunden worden sind. Zugegebenermaßen habe ich jahrelang das Gleiche gedacht, als ich herausgefunden habe, was er getan hat, doch die Psychologen waren fest davon überzeugt, dass es tatsächlich nur fünf gegeben hat. Das läge an seinem Modus Operandi haben sie gesagt. Er hat es geliebt, wenn die Leute sahen, was er tat. Er wollte, dass die toten Frauen gefunden werden. Nichts hat je darauf hingedeutet, dass es noch unbekannte Opfer gibt. Aber sein letzter Mord hat die Profiler vermuten lassen, dass es eine Veränderung in seinem Modus Operandi, gab. Dass er eine Metamorphose durchgemacht hat, genau wie einer seiner verdammten Schmetterlinge.

Darüber kann ich jetzt jedoch nicht nachdenken. Ich darf nicht zulassen, dass Abi mich vom Hier und Jetzt ablenkt – und damit von ihren eigenen Taten. Ich nehme an, es ist genau, wie Nisha gesagt hat. Abi geht davon aus, dass ich alles aufnehme. Also wird sie nicht so leicht aufgeben. Auch wenn Roisin und Nisha nachweisen können, dass sie gelogen hat, was ihre Identität betrifft, und dass sie in der Öffentlichkeit mit meiner Mutter geredet hat, beweist das noch lange nicht, dass sie sich auch des versuchten Mordes schuldig gemacht hat. Ich bin noch immer die Verdächtige Nummer eins. Irgendwie muss ich sie dazu bringen, die Tat zu gestehen.

Aber vielleicht habe ich ja auch die Oberhand. Abi weiß

nicht, dass Olivia gefunden wurde. Sie muss geplant haben, Olivia zu ermorden, wenn sie es so aussehen lassen wollte, dass ich in die Fußstapfen meines Vaters getreten bin. Wenn ich vorsichtig bin, dann kann ich sie dazu bringen, ihre Absichten zu gestehen, und dann kann ich sie in Panik versetzen, indem ich ihr erkläre, dass ihr die Zeit davonläuft, weil ich die Polizei gerufen habe. Vielleicht geht sie dann zum Bunker zurück, um sicherzustellen, dass Olivia verdurstet ist, oder um sie schnell zu erledigen, bevor sie ihren Entführer identifizieren kann. Sie wird sich selbst belasten, indem sie zum Tatort zurückkehrt, und ich habe unumstößliche Beweise für den Fall, dass sie erklärt, sie habe mich früher am Abend dort gesehen und habe nur nachschauen wollen, warum ich dort war.

»Gierst du wirklich so sehr nach Aufmerksamkeit, dass du die Arbeit meines Vaters fortsetzen musst, Abi?«

»Ich weiß nicht, was du meinst, Jenny. Ich weiß noch nicht einmal, wer dein Vater ist. Du hast ja nie von ihm gesprochen.« Sie lächelt und schaut sich dann um. Aber es ist viel zu dunkel, um irgendwas zu sehen. Mein Handy bleibt versteckt.

»Du weißt doch, dass er geschnappt werden wollte, oder?« Ich bleibe bei meinem Vater und hoffe, sie damit zu verleiten, mir die Wahrheit zu sagen. »Er hat diese Frauen im Geheimen getötet, aber er hat ihre Leichen öffentlich zur Schau gestellt, sodass man sie leicht finden konnte.«

»Willst du das auch so machen, Jenny?«

Sie schluckt meinen Köder nicht. Ich muss ihre Achillesferse finden. Ich erinnere mich daran, wie sie sich immer gefühlt hat, weil sie die vielen Erwartungen so sehr belastet haben. Sie hat erzählt, wie schwierig die Beziehung zu ihrer Mutter war, genau wie bei mir und meiner Mutter. Das könnte natürlich alles nur erfunden gewesen sein, ihre Taktik, um eine Verbindung zu mir aufzubauen. Vermutlich hat sie die Informationen über mich von Claire bekommen, über meine Kindheit, und damit hat sie sich mir dann genähert. Aber im Moment ist das alles, was ich habe.

»Glaubst du wirklich, dass deine Mom endlich stolz auf dich ist, wenn du jemanden tötest?«, frage ich. »Was für eine Art von Erwartung wolltest du damit denn erfüllen, Abi?«

»Ha!« Abi wirft den Kopf zurück und stößt ein spöttisches Lachen aus. »Du hältst dich wohl für sehr klug, dass du mir jetzt mit meiner Mutter kommst.«

»Nein. Ich halte mich überhaupt nicht für klug. Wäre ich das, dann hätte ich das schon längst herausgefunden. Du musst dir verdammt viel Mühe gegeben haben, all diese Informationen über mich zusammenzutragen. Tatsächlich bist du die Einzige, die je herausgefunden hat, wer ich wirklich bin. Du bist die Einzige, die mich je gefunden hat. Du bist die Schlaue hier, Abi.« Aufmerksam beobachte ich ihr Gesicht, das mir so nahe ist, als ich das sage. Ihre Mundwinkel zucken. Dann lächelt sie. Und es ist ein strahlendes Lächeln, kein spöttisches. Sie freut sich, dass ich sie schlau genannt habe. Vielleicht muss ich ja meine Bewunderung für sie zeigen, um ihr ein Gefühl der Überlegenheit zu vermitteln. »Ich bin beeindruckt. Du hast meine Praxis infiltriert und eine Verbindung zu mir aufgebaut. Ich habe dich wirklich gemocht und wollte dich unter meine Fittiche nehmen. Du bist so talentiert, Abi. Ich wollte das Beste für dich, besonders da das deine Mutter nie interessiert hat. Das muss schwer gewesen sein. Ich weiß, wie sich das anfühlt.«

»Du weißt *gar nichts*!«, spuckt sie und fletscht die Zähne wie ein Hund, kurz bevor er angreift. »Du hattest das perfekte Leben.«

»Oh, jetzt mach mal halblang!«, falle ich ihr ins Wort. Ich kann nicht anders. »Du weißt, dass das vollkommener Blödsinn ist. Meine Mutter war ein manipulativer Kontrollfreak und mein Vater ein Mörder. Was bitte schön ist daran perfekt?«

»Du wurdest geliebt, Jane. Verhätschelt.«

»Woher willst du das denn wissen? Himmel, du bist doch noch ein Kind! Du hast mit meiner Mutter gesprochen. Das weiß ich, ich habe Beweise dafür. Sie hat dir ein Märchen erzählt. Wie kommst du dazu, auch nur ein Wort aus dem Mund dieser verlogenen Hexe zu glauben?«

Abi atmet schwer und tief, während sie versucht, meine Worte zu verarbeiten. Endlich habe ich einen Nerv getroffen, und ich setze nach. »Sie hat mich nie geliebt. Mein Vater hat mich nie geliebt. Sie haben mich *besessen*. Du magst deine eigene Mutter ja hassen, aber vertrau mir: Sie ist nicht mal ansatzweise so schlimm wie meine. Und was meinen Vater betrifft, er war sogar noch schlimmer als sie. Sie hätten nie ein Kind bekommen sollen. Dafür sind sie viel zu selbstsüchtig.«

»Du warst seine Prinzessin«, sagt Abi und kneift die Augen zusammen. »Du warst alles für ihn.«

»Woher willst du das wissen?«

»Ich weiß alles über Paul Slater«, antwortet sie. »Und alle hatten zwar eine Ahnung, dass du seine Verbrechen gesehen hast, aber er hat das stets geheim gehalten. All die Jahre hinter Gittern hat er den Mund gehalten. Um *dich* zu schützen. Dass das Liebe ist, ist doch völlig offensichtlich.«

Ich schüttele den Kopf. Ich kann einfach nicht glauben, was ich da höre. »Was auch immer meine Mutter dir über Paul Slater erzählt hat, es sind alles Lügen, da kannst du sicher sein. Das hat sie von Anfang an getan: lügen. Die Frau würde die

Wahrheit noch nicht einmal erkennen, wenn sie ihr mit dem Arsch ins Gesicht springt!«

»Oh, da stimme ich dir zu«, sagt Abi. »Ich würde ihren Worten auch nicht vertrauen. In gewisser Hinsicht muss sie einem aber auch leidtun.«

»Ach, wirklich?«, schnaube ich verächtlich. »Warum? Weil sie mit einem Serienmörder verheiratet war?«

»Deshalb und weil sie das erste Opfer deines Vaters war.«

Ihre Worte treffen mich unvorbereitet, und ich ziehe zischend die Luft ein. »Wovon redest du da?«

»Oh. Stimmt ja«, sagt Abi mit großen Augen. »Ich weiß zwar, dass sie eine große Lügnerin ist, aber ich glaube nicht, dass sie auch nur eine Ahnung davon hatte, dass sie Pauls Testlauf war … die, mit der alles angefangen hat. Vermutlich kann man sie auch glücklich nennen, denn er hat sie nicht getötet. Aber vielleicht hatte sie auch Pech, denn stattdessen hat sie sich in ihn verliebt. So musste sie jahrelang leiden.«

Ich starre Abi mit offenem Mund an. Mir dreht sich der Kopf, doch dann schüttele ich die Gedanken ab. Abi kann das alles unmöglich wissen. Sie versucht nur, mich aus der Fassung zu bringen. »Schau mal, Abi. Genug mit diesem Scheiß. Ich bin nicht hier, um mir deine Lügen anzuhören.« Abi zuckt mit den Schultern, schaut mich trotzig an, und einen kurzen Moment gestatte ich ihren absurden Gedanken, Wurzeln in meinem Kopf zu schlagen. Könnte das wirklich stimmen? Rasch schüttele ich die Gedanken wieder ab. Nein. Ich werde mir die dämlichen Theorien dieses *Mädchens* nicht länger anhören. Und selbst, wenn es wahr sein sollte, dass meine Mutter ihre eigenen Entscheidungen getroffen hat, als mein Vater hinter Gittern saß, ich weigere mich, ihr für irgendeine dieser Entscheidungen zu verzeihen, egal, was für einen Scheiß mir Abi auftischt.

»Ich lüge nicht, Jane.« Abi grinst mich böse an, und ihre Pupillen sind so groß, dass ihre Augen schwarz wirken. »Aber wie auch immer … Claire hatte ihren Nutzen, als ich nach dir gesucht habe, und alles, was ich über dich als Teenager weiß, das weiß ich von ihr. Aber für alles wirklich Wichtige musste ich an deinen Vater rankommen.«

»Du musstest an ihn rankommen?« Ich schlucke. In Gedanken bin ich schon einen Schritt weiter, und mir gefällt ganz und gar nicht, worauf das hinausläuft.

»Ich wollte wissen, was genau er getan hat. Aber vor allem musste ich wissen, was *du* gesehen hast. Und das war gar nicht so schwer. Ich musste nur so tun, als wäre ich an ihm interessiert. Nach einem ganzen Leben im Knast sehnen viele Männer sich nach Aufmerksamkeit. Es ist ein Kick für sie, wenn sie von einer hübschen Frau besucht werden. So hat das alles angefangen.«

Mir kommt die Galle hoch. Abi hat meinen Vater im Knast besucht. Sie hat sich sein Vertrauen erschlichen und Informationen über seine Taten und mich bekommen. Was hat sie sonst noch alles gemacht? Fast bin ich beeindruckt … In jedem Fall hat sie ihre Hausaufgaben gemacht. So schwer es auch sein mag, sich das anzuhören, wenigstens öffnet sie sich allmählich. Das hilft mir. Kurz hält Abi inne, und ich frage mich, ob sie realisiert, dass sie schon zu viel gesagt hat. Ein Stups in die richtige Richtung wird sie vielleicht dazu bringen weiterzureden.

»Ich kann mir beim besten Willen nicht vorstellen, dass er dir etwas anderes erzählt hat als das, was eh schon öffentlich bekannt ist. Warum sollte er seine Geheimnisse auch preisgeben? Nach all der Zeit?«

»Das war leichter als du denkst. Sein Ego ist aufgeblasener als eine Hüpfburg. Ich musste es nur ein wenig streicheln.«

»Ja, klar«, sage ich. »Wie streichelt man denn das Ego eines Serienmörders?« Ich hoffe, jetzt wird sie mir endlich sagen, wie sie geplant hat, seine Verbrechen zu kopieren.

»Ich habe ihm gesagt, dass ich ein Buch über ihn schreiben will. Er hat immer versucht, seine Opfer zu etwas Besonderem zu machen. Ja, er hat versucht, sich selbst zu etwas Besonderem zu machen. Er wollte Bewunderung. Er brauchte das. Ich habe ihm versprochen, ihm Tonnen davon zu verschaffen, und als er erst einmal begonnen hatte zu reden, da hat er gequiekt wie ein Schwein und mir alles gegeben, was ich gebraucht habe, um dich fertigzumachen.«

Abis Lachen geht mir durch Mark und Bein. Es ist wie ein Schlag in die Magengrube. Mein Vater hat ihr das erzählt. Dieser Psychopath hat ihr von mir erzählt. Nach all dem Gerede, dass er mich nur beschützen wollte, dass er nie einer Seele von seiner geliebten Tochter erzählt hätte, und dann hat er dieser Zwanzigjährigen, diesem *Kind*, alles verraten? Ich balle die Fäuste. Erneut hat mein Vater mich verraten. Ich zwinge mich, diesen Gedanken zu verdrängen, als mir klar wird, dass Abi es getan hat. Sie hat gesagt, was ich wissen wollte, und ich seufze erleichtert. Plötzlich sehe ich, welche Ironie darin liegt. Nach allem, was sie über meinen Vater gesagt hat, wird mir klar, dass sie genauso ist. Jetzt muss sie es nur noch gestehen. Sie wollte mir die Schuld in die Schuhe schieben. Ich bin sicher, dass ich rehabilitiert werde … sobald Talia Davis und ihr Team die Aufnahme hören.

»Und da willst du mir erzählen, dass er mich geliebt und mich als seine Prinzessin betrachtet hat. Dabei hat es offenbar nicht viel gebraucht, um mich den Wölfen zum Fraß vorzuwerfen.«

»Oh, ihm war gar nicht klar, was er getan hat. Es hat Wochen gedauert, unzählige Besuche, um ihm diese Informationen subtil zu entlocken. Ich habe sehr viel Geduld gehabt, und das hat sich ausgezahlt. Angesichts der Geschichte des Mannes – angesichts seiner Besessenheit von Frauen, die er für Huren hielt – musste ich nur das richtige Opfer finden. Eine Frau, die mit dir in Verbindung steht.«

»Er wusste doch gar nicht, wo ich lebe. Das wusste niemand. Wie hast du mich gefunden?«

»Claire hat im Laufe der Jahre viel unternommen, um dich zu finden, und sie hat mir genug Informationen gegeben, um das schlussendlich auch zu schaffen. Sie war zwar schon weit gekommen, aber sie hatte nicht dieselben Ressourcen wie ich. Tatsächlich musste ich nicht mehr viel tun. Und nachdem ich dich gefunden hatte, habe ich mir erst einmal dein Leben hier in Coleton Combe angeschaut. Ich wusste, dass du es verdient hattest, geoutet zu werden. Warum sollte es dir auch gestattet sein, weiter in Frieden und ohne Sorgen zu leben, wenn die, die du zurückgelassen hast, weiter unter dem Erbe deines Vaters leiden? Du und dein perfektes Leben, mit deinem perfekten Mann, dem perfekten Haus und mit den kleinen, perfekten Kindern … Mehr hättest du dir nie erträumen können. Ich hätte fast gekotzt.«

»Das hättest du auch haben können, Abi, wenn du dich nur bemüht hättest. Du kannst dem Griff deiner Mutter immer noch entkommen und dir ein gutes Leben aufbauen …«

»Hör auf! Du hast wirklich keine Ahnung, nicht wahr?«

»Na ja, du weißt, dass das nicht stimmt.«

»Und du glaubst, du hättest das geschafft? Du wärst Claires Krallen entkommen, um dir ein gutes Leben aufzubauen? Du hast sie vielleicht physisch hinter dir gelassen, aber sie hat dich noch immer im Griff. Als ich angefangen habe zu graben, da wurde mir rasch klar, dass dein neues Leben in Wahrheit alles andere als perfekt war. Überall waren Risse zu sehen. Du hast herausgefunden, dass dein Mann eine Affäre hatte. Du hast deine wahre Identität vor ihm und allen anderen im Dorf verborgen. Das war so falsch von dir. Es war richtig aufregend, dich zu Fall zu bringen. Und während ich dich langsam in den Wahnsinn getrieben habe, waren die Entführung von Olivia und das Kopieren von Pauls Vorgehensweise die Kirsche auf der Torte. Ich wusste, dass mein Auge fürs Detail Paul beeindrucken würde.«

»Du warst also auch diejenige, die die Tierkadaver aus der Praxis geholt und mir vor die Tür gelegt hat.«

»Jep. Hier sind alle ziemlich schlampig. Da war es einfach brillant, als du Nisha dabei erwischt hast, wie sie die gelbe Tonne falsch etikettiert hat. Damit hatte ich den perfekten Sündenbock. Du hast sofort geglaubt, dass deine langjährige, loyale Mitarbeiterin dir die Kadaver vor die Tür legt.«

»Und du hast auch meinen Wagen genommen.« Ich schüttele den Kopf. Wenn ich daran denke, dass ich sogar mich selbst verdächtigt habe … und schließlich Mark!

»Du hast keine Ahnung, was du während eines Blackouts machst. Da war es nicht weit hergeholt, dass du in dem Zustand auch Auto fährst. Und damit du das auch so siehst, habe ich dafür gesorgt, dass dein Auto auf den Kamerabildern auftaucht. Ich habe es immer so geparkt, dass der Fahrer nicht zu sehen war. Schließlich hast du es auch geglaubt, und da wusste ich, dass ich dich dazu bringen konnte, alles infrage zu stellen. Dass ich dir dann auch noch Olivias Armband untergejubelt habe, war doch eine nette Idee, findest du nicht?«

»Du hast mich wirklich an der Nase herumgeführt, Abi. Gut gemacht«, schnaube ich. »Und was jetzt?«

Das Geräusch einer Sirene hallt durch die Nacht. Abi reißt den Kopf herum. Angst zeichnet sich auf ihrem Gesicht ab.

»So nett unser kleines Rendezvous auch ist, ich muss es jetzt beenden.« Sie stürmt davon.

»Das glaube ich nicht«, sage ich, springe vor und versuche, ihr Handgelenk zu packen. Aber sie ist zu schnell. Bevor ich zugreifen kann, weicht sie aus. Ich renne um den Tisch und erwische die Kapuze ihres Mantels. Ich reiße sie zurück. Arme fliegen, Fingernägel zerkratzen mein Gesicht. Ich kratze zurück. Wenn ich hier nicht lebend rauskomme, dann will ich wenigstens Abis DNA unter meinen Fingernägeln haben. Ich werde in die Doppeltür gestoßen, verliere das Gleichgewicht und stürze zu Boden. Ich spüre Abis Gewicht auf mir. Es treibt mir die Luft aus der Lunge. Bevor ich sie wieder packen kann, ist sie aufgesprungen und rennt in den OP. Ich bin zu langsam, bekomme kaum Luft, aber ich folge ihr. Im OP ist es stockdunkel. Ich schlage auf den Lichtschalter, und das helle OP-Licht blendet mich. Es ist nur der Bruchteil einer Sekunde, doch das reicht Abi zum Angriff.

Ein stechender Schmerz raubt mir den Atem, und ich drücke die Hand auf die Seite. Es ist feucht. Ich blute. Als Abi den Arm hebt, funkelt Licht auf Metall. Sie hat sich mit einem Skalpell bewaffnet. Ich fühle mich schwach, benommen. Scheiße. Jetzt wünschte ich, ich wäre ehrlich zu Roisin gewesen und hätte sie mitgebracht. Oder dass ich Nisha erlaubt hätte zu bleiben. Gemeinsam hätten wir Abi zu Fall gebracht.

Doch stattdessen wird es schwarz um mich herum, und mir wird klar, dass sie gewinnen wird.

Kapitel 73

JENNY

»Du musst einfach alles ruinieren, nicht wahr?«, höre ich Abi sagen, als ich zu Boden sacke. Oh, Gott … Ich darf nicht aufgeben. Ich darf nicht zulassen, dass sie mir einfach so das Licht ausknipst. Ich muss mich wehren. Das OP-Licht geht plötzlich wieder aus, und im selben Moment sehe ich Ellas und Alfies Gesichter vor meinem geistigen Auge, und das verleiht mir Kraft. Ich versuche, mich zu konzentrieren, das schwache rötliche Licht aus dem Flur muss reichen. Ich will aufstehen, doch mir ist schwindelig, und meine Füße rutschen weg. Vermutlich ist es mein eigenes Blut. Ich drücke meine Hand fest auf die Wunde in meiner Seite und versuche Abi in der Dunkelheit auszumachen.

Links von mir bewegt sich etwas. Ein Schatten fliegt an mir vorbei.

Ohne zu wissen, was ich tue, schwinge ich das Bein zur Seite. Schmerz schießt durch meinen Körper, und ich schreie. Aber es gelingt mir, Abis Knöchel zu treffen, und sie stolpert. Ich höre, wie sie gegen einen Rollwagen aus Metall stürzt.

Das ist der Wagen, auf den ich die Spritze mit dem Betäubungsmittel gelegt habe.

Mein Kopf fühlt sich an wie ein Schwamm, ich bin völlig benommen und meine Fähigkeit, mich zu konzentrieren, lässt immer mehr nach. Ich will einfach nur schlafen. Aber ich verliere Blut. Ich habe keine Zeit. Unter großer Kraftanstrengung stürze ich mich auf den umgefallenen Rollwagen und strecke die Hand aus, um nach der Spritze zu suchen. Abi erkennt, was ich da tue, und sie versucht, mir zuvorzukommen. Meine Finger finden die Spritze jedoch zuerst, und just, als Abi nach unten greift, ramme ich sie ihr in den Arm und drücke den Kolben herunter. Ich höre sie nach Luft schnappen. Gut. Ich habe es geschafft. Ich lege mich zurück, und alle Kraft verlässt meinen Körper.

»W… Was hast du getan?« Panik liegt in Abis Stimme. »Du bist wohl doch wie er.«

Sie sagt noch etwas, das ich jedoch nicht verstehe. Meine Augenlider flattern und schließen sich.

Dumpf höre ich Stimmen im Gebäude. Leute brüllen, aber ich liege unter einer dicken, schweren Decke, die alles verschluckt.

Vage wird mir bewusst, dass Talia Davis da ist. Ihre Stimme ist die lauteste. Sie platzt in den Raum.

Es herrscht Aufruhr, und Handschellen klicken an Handgelenken. Abi sagt: »Sie war das. Sie! Sie hat Olivia entführt!« Dann schweigt sie. Talia ruft Hilfe. Sanitäter. Für sie oder für mich?

Egal. Ich bin jetzt wohl sicher.

Gut. Dann kann ich schlafen. Endlich.

Kapitel 74

JENNY

Als ich die Augen öffne, fühle ich mich zum ersten Mal seit Jahren erholt. Es ist, als hätte ich endlich einmal gut geschlafen. Ich bin nicht ein einziges Mal aufgewacht, und bemerkenswerterweise liege ich in einem Bett und nicht dreckverschmiert auf einem kalten Boden. Allerdings habe ich Schmerzen am ganzen Leib.

Vorsichtig hebe ich den Kopf und sehe, dass ich nicht allein bin.

»Ah, sehr gut. Willkommen im Land der Lebenden«, sagt DS Talia Davis. Steif und offiziell steht sie neben DC Bishop.

»Ich weiß nicht, ob das besser ist als die Alternative«, krächze ich. »Wie lange …?«

»Sie waren zwölf Stunden außer Gefecht. Die Wunde an ihrer Seite wurde unter Narkose versorgt und genäht. Deshalb sind Sie auch noch benommen.«

»Also eigentlich bin ich überraschend klar«, sage ich.

»Na dann … können Sie ja mit uns reden?« Talia wartet nicht auf eine Antwort, sondern beginnt sofort, mir zu erklären, was in der Praxis und in der Zeit davor geschehen ist. »Wir haben die DNA-Spuren, die wir im Bunker gefunden haben, so schnell wie möglich untersuchen lassen …« Sie hält kurz inne und kneift leicht die Augen zusammen. Ich spüre einen Druck in den Schläfen. »Und sie zeigen eine Teilübereinstimmung mit Ihrer DNA, Jenny«, sagt Talia. Erschrocken reiße ich die Augen auf. Ist Abi doch noch mit allem durchgekommen?

»Die muss sie da platziert haben«, erwidere ich rasch. »Sie hat mich reingelegt. Das sehen Sie doch, oder?« Ich richte mich auf, stütze mich auf die Ellbogen, doch als ich versuche, mich hinzusetzen, zucke ich vor Schmerz zusammen und falle wieder zurück aufs Bett.

»Ganz ruhig, Jenny. Sie sind genäht worden. Sie wollen doch nicht, dass die Fäden wieder aufgehen?«

»Haben Sie meine Aufnahme gefunden?«, frage ich. Das ist der einzige Beweis, den ich habe.

»Ihre Aufnahme?«

Mir ist eiskalt. Ist es Abi irgendwie gelungen, mein Handy verschwinden zu lassen, bevor Talia gekommen ist? Werde ich ohne ihr Geständnis doch noch angeklagt? Ich schlucke die Tränen hinunter.

»Ich habe mein Handy auf den Schreibtisch im Untersuchungszimmer gelegt. Es … Es hat unser Gespräch aufgenommen. Sie hat alles zugegeben.«

Talia dreht sich zu Bishop um. »Hat jemand das Handy gefunden?«

»Ich werde das überprüfen«, antwortet Bishop, zieht den Vorhang zurück und verschwindet.

»Bitte, Gott … Das kann doch nicht sein.«

»Machen Sie sich keine Sorgen. Das wird dem Fall zwar zusätzliches Gewicht verleihen, aber Abi ist auch so in Haft, und sie redet. Abi ist übrigens nicht ihr richtiger Name.«

»Oh, das weiß ich«, schnaube ich. »Sie war die ganze Zeit unter falschem Namen unterwegs.«

»Das haben Sie dann wohl gemeinsam.« Talia legt den Kopf auf die Seite und schaut mich fragend an.

»Nun … ja«, gestehe ich. »Okay. Ich gebe zu, dass ich meinen Namen und meine Herkunft auch verborgen habe. Aber ich denke, Sie werden herausfinden, dass Abis Absichten krimineller Natur waren, meine aber nicht.« Ich bin so froh zu hören, dass Talia über Abi Bescheid weiß. Selbst wenn Abi mein Handy irgendwie beseitigt hat, ich werde offenbar auch so nicht zu Unrecht beschuldigt werden.

»Das ist aber nicht das Einzige, was Sie gemeinsam haben.« Talia zieht einen Plastikstuhl heran und setzt sich neben das Bett.

»Wirklich? Was denn sonst noch?« Ich warte darauf, dass Talia mir jetzt irgendeine Herzschmerzstory erzählt, die davon handelt, dass Abi eine schlimme Kindheit gehabt hat, dass sie ohne Vater aufgewachsen ist und die herausfordernde Beziehung zu ihrer Mutter zu einem schlechten Selbstwertgefühl geführt hat, blablabla …

»Ich denke, es ist ganz gut, dass Sie liegen«, sagt Talia. Ich atme tief durch und bereite mich auf schlechte Neuigkeiten vor. »Wie gesagt haben wir DNA gefunden, die zumindest teilweise mit Ihrer übereinstimmt.«

Plötzlich lässt das Wort ›teilweise‹ Hoffnung in mir aufkeimen. Vielleicht können sie ja niemanden anklagen, wenn sie keine exakte Übereinstimmung haben. Doch dann trifft mich die Erkenntnis wie ein Schlag.

»Nein«, sage ich. »Das kann nicht sein.«

»Leider doch. Abi – alias Jaime – ist Ihre Halbschwester.«

Meine Gedanken überschlagen sich, und plötzlich fühle ich mich wie schwerelos, als hätte ich gerade die Kuppe einer Achterbahn überquert. »Aber sie ist doch erst knapp zwanzig oder so«, sage ich.

»So ist es.« Talia zuckt mit den Schultern, atmet tief ein

und fährt dann fort: »Nachdem Sie von zu Hause weggelaufen sind, hat Claire Slater noch ein Kind bekommen. Offenbar hat sie versucht, Sie zu ersetzen. Sie hat ihrer neuen Tochter sogar einen ähnlich klingenden Namen gegeben. Allerdings ist Ihre Mutter laut Jaime nie über den Verlust ihrer geliebten Jane hinweggekommen. Sie hat alles versucht, um Sie zu finden und wieder nach Hause zu holen. Jaime war doch nicht der Ersatz, den Ihre Mutter sich vorgestellt hat. Sie war nie gut genug. Und Jaime hat ihr ganzes Leben lang versucht, mit Ihnen gleichzuziehen – oder zumindest mit den Erinnerungen Ihrer Mutter an Sie.«

Mir fällt mein Gespräch mit Abi über ihre Mutter wieder ein. So ist die Verbindung zwischen uns überhaupt erst entstanden. Ich hatte so viel Mitleid mit ihr, weil ihre Mutter meiner so sehr ähnelte. Nicht eine Sekunde lang habe ich daran gedacht, dass wir von derselben Frau gesprochen haben. »Jetzt tut sie mir fast leid«, sage ich.

»Wir haben Gegenstände in der Wohnung gefunden, die sie sich mit ihrem Freund geteilt hat. So sind uns ein paar Dinge noch klarer geworden.« Talia schaut hinter den Vorhang und richtet ihre Aufmerksamkeit dann wieder auf mich. »Zu diesem Zeitpunkt sollte ich eigentlich nicht auf Details eingehen. Vor Gericht wird alles auf den Tisch kommen, aber ich möchte Ihnen gerne jetzt schon sagen, wir wissen, dass Sie nichts mit Olivias Entführung zu tun hatten. Die Beweise gegen Jaime sind eindeutig …« Talia senkt die Stimme zu einem Flüstern. »Unter anderem haben wir eine kupferrote Perücke gefunden. Wir glauben, sie hat sich verkleidet und sich in Olivias Garten mit dem Rücken zur Kamera positioniert, damit es aussah, als wären Sie dort gewesen.«

»Aber warum wollte sie *mich* bestrafen? Wenn Sie mit

Claire zusammengelebt hat, dann muss sie doch wissen, was ich durchgemacht habe.«

»Sie hat sich das Ganze ausgedacht, um Claire zu beweisen, dass Sie nicht die perfekte Tochter sind, für die Ihre Mutter Sie die ganze Zeit über gehalten hat. Sie wollte genauso geliebt werden. Sie wollte nicht ewig in Ihrem Schatten stehen. Sie war sicher, dass es reichen würde, Ihnen ein totes Tier vor die Tür zu legen, an dem ein Schmetterling befestigt war, um Ihre Paranoia zu wecken.«

»Und damit hat sie auch recht gehabt. Ich habe meinen eigenen Verstand infrage gestellt.«

»Wir waren wohl auch nicht gerade hilfreich. Bitte, entschuldigen Sie. Wir mussten einfach den Spuren folgen. Ich hoffe, das verstehen Sie.«

»Ja. Ich bin nur dankbar dafür, dass es endlich vorbei ist. Das ist es doch, oder? Geht es Olivia gut?«

»Sie werden natürlich eine Aussage machen müssen, sowohl bei uns als auch vor Gericht. Es ist also nicht wirklich vorbei. Jedenfalls nicht endgültig. Aber ja, Olivia ist wieder bei Bewusstsein, und wir sind davon überzeugt, dass sie uns ausführlich erzählen kann, was wirklich passiert ist, aber was Ihre Rolle in dem Fall angeht, so hat sich das wohl bereits erledigt.«

»Und auch was Mark betrifft, nehme ich an.«

»Ja. Auch was Mark betrifft. Mir ist natürlich klar, dass diese Pille schwer zu schlucken ist. Dass er mit dem, was er hatte, zu mir gekommen ist …«

»Ja, daran werde ich wohl noch lange zu knabbern haben«, erwidere ich und wende mich ab, damit Talia nicht sieht, wie verletzt ich wirklich bin. Außerdem will ich jetzt nicht darüber nachdenken. Ich leide auch so schon genug. »Wie auch immer … Ich freue mich, dass es Olivia wieder besser geht.

Ihre Familie ist sicher erleichtert.« Und ich auch. Aber ehrlich gesagt bin ich vor allem erleichtert, dass es *mir* gut geht. Ich war das nicht. Ich hatte nicht das Geringste damit zu tun. »Aber wie? Ich meine, alles war so gut getimed. Woher hat sie gewusst, wann ich einen Blackout hatte, damit ich nicht beweisen konnte, wo ich in der Nacht von Olivias Entführung gewesen bin?«

»Jaime hat uns alles erzählt – gegen den Rat ihres Anwalts natürlich. Wir haben mehrere Stunden Aufnahmen, in denen sie in allen Einzelheiten erzählt, wie sie das Ganze geplant und durchgezogen hat, alles mit der Hilfe von Claire und Paul. So konnte sie auch Ihre Krankheit gegen Sie einsetzen. Sie hat gesagt, sie habe gewusst, dass die Blackouts etwas mit Stress zu tun haben. Also musste sie nur genug Stress generieren und sie dann aufmerksam im Auge behalten, um zu wissen, wann sie zuschlagen konnte. Sie hat sie schon eine ganze Weile beobachtet, Jenny.«

»Ja, sie hat mir schon gesagt, dass sie geduldig ist.«

»Jaime ist eine sehr kreative junge Frau. Es ist wahrlich eine Schande, dass sie das nicht besser genutzt hat. Sie hätte die Liebe und Aufmerksamkeit, nach der sie sich so sehr gesehnt hat, auch erreichen können, indem sie ihr eigenes Ding durchgezogen hätte.«

»Talia«, sage ich und hebe die Augenbrauen. »Ich bezweifele stark, dass ihre … *unsere* Mutter überhaupt irgendetwas je beeindruckt hätte.«

Aber ohne Zweifel wird mein Vater von Abis Genie beeindruckt sein. Allerdings habe ich auch das Gefühl, dass sie nicht mehr lebend aus dem Gefängnis herausgekommen wäre, hätte er bemerkt, dass sie seine Prinzessin fertigmachen wollte.

Kapitel 75

JENNY

»Jetzt schau dich einmal an, Nancy Drew«, sagt Roisin. Ihr Gesicht ist teilweise hinter dem riesigen Blumenstrauß verborgen, den sie in der Hand hält. Sie beugt sich vor, um die Blumen auf den Tisch zu stellen. Die Krankenschwester, die mir gerade für die Entlassung die Infusionsnadel gezogen hat, schaut sie streng an. »Ich weiß, ich weiß«, sagt Roisin. »Keine Sorge. Ich bin nur hier, um Jenny abzuholen. Die Blumen nehme ich wieder mit.« Sie verdreht die Augen, als die Schwester geht.

»Du hast die Regeln ja schon immer gern gebrochen«, bemerke ich.

»Das sagt die Richtige. Ich kann einfach nicht glauben, was du getan hast.« Roisin setzt sich ans Fußende des Bettes, und ich sehe dunkle Ringe unter ihren Augen. »Du hättest mich nicht anlügen sollen, Jen.«

»Ich weiß. Und rückblickend …« Ich seufze und lächele entschuldigend. »Es tut mir wirklich leid. Ich wollte dich nicht wissentlich in Gefahr bringen. Schließlich bist du die einzige Freundin, die ich habe.«

Roisins Gesicht entspannt sich. »Ja, das stimmt.« Ihre Lippen formen ein Lächeln. »Und ich bin stolz auf dich. Wie ich gehört habe, hast du einen tollen Job gemacht – abgesehen von der Tatsache natürlich, dass du dich hast abstechen lassen.«

»Wärst du nicht gewesen, dann hätte ich die Verbindung

niemals hergestellt. Olivia wäre getötet worden, und ohne ein Geständnis wäre ich die Hauptverdächtige geblieben.«

»Ich bin nur froh, dass es vorbei ist, Jen. Ich kann mir gar nicht vorstellen, wie hart das gewesen sein muss. Willst du vielleicht deinen Dad besuchen und ihm sagen, dass er eine Psychopathin – noch eine! – in dein Leben gelassen hat? Dass er dabei geholfen hat, dass du fast auch im Knast gelandet wärst?« Auch wenn ihr Tonfall sarkastisch ist, deutlich höre ich die Wut dahinter.

»Keine Sorge. Ich werde ihn nie wieder in mein Leben lassen, Ro. Egal in welcher Form. Aber ich hoffe, dass Claire ihm alles erzählt. Ich hoffe, er bekommt Schuldgefühle, weil er Abi all die Insiderinformationen gegeben hat, mit deren Hilfe sie an mich rangekommen ist. Und da habe ich immer geglaubt, dass er sich um seine Prinzessin kümmern würde.«

»Menschen wie er und Abi kümmern sich nur um sich selbst, Jen. Alles, was sie tun, tun sie für sich. Tatsächlich habe ich gedacht, Abi wäre nicht nur das Kind von Claire, sondern auch von ihm. Schließlich sah es so aus, als hätte sie sein Mörder-Gen geerbt.«

»Sein *Mörder-Gen*? Himmel! Roisin! Das klingt ja furchtbar.«

»Das habe ich mir grad ausgedacht«, erklärt Roisin, lächelt, steht auf und schiebt einen Rollstuhl neben mein Bett. »Ich betrachte das wie einen Film. Aber da ist definitiv auch etwas Wahres dran, an diesen genetischen Faktoren und so.«

»Jaja«, sage ich ein wenig beunruhigt.

Roisin wird kreidebleich. »Ich meine, bei dir ist das offensichtlich nicht der Fall. Ich wollte damit nicht sagen …«

»Schon okay. Ich weiß, was du gemeint hast. Aber vielleicht solltest du diese Theorie noch mal überdenken, wenn du wirklich vorhast, mich in das Ding da zu bugsieren.« Ich deute auf den Rollstuhl. »Ich lasse mich hier bestimmt nicht rausrollen.«

Roisin lacht und schiebt den Rollstuhl wieder weg. »Sie sind wirklich stur, Mrs Johnson.«

Sie meinen Namen sagen zu hören, den Namen, den ich die letzten elf Jahre getragen habe, erfüllt mich mit Traurigkeit. »Ich bin nicht sicher, ob ich noch lange Mrs Johnson sein werde.«

»Ach, Liebes. Was Mark getan hat, tut mir leid, aber du weißt doch, dass er nur das Beste wollte. Er liebt die Kinder.«

»Ja, und das gilt auch für mich.«

»Hat er dich schon besucht?«

»Nein. Er hat sich wie immer für den Weg der Feigheit entschieden.«

»Ich werde mit ihm reden, Jen. Die Detectives haben mir gesagt, dass sie ihn über die jüngsten Entwicklungen in Kenntnis gesetzt haben. Er weiß, dass du nichts mit alldem zu tun hattest.«

»Aber der Schaden ist angerichtet, nicht wahr? Ich will einfach nur meine Kinder zurück. Sie gehören zu mir, und jetzt ist bewiesen, dass ich keine Gefahr für sie darstelle. Solange Ella und Alfie wieder nach Hause kommen, ist mir alles andere egal. Der Rest kann warten.«

»Okay. Dann lass uns jetzt nach Hause gehen.«

Roisin hakt sich bei mir unter, und gemeinsam verlassen wir das Krankenhaus.

Kapitel 76

Eine Woche später

Mark bleibt auf der Schwelle der Haustür stehen, während Ella und Alfie reinstürmen. Mein Mann wirkt verändert: kleiner vielleicht, als hätten die Ereignisse der letzten Woche ihn schrumpfen lassen. Seine dunklen Augen sind noch dunkler geworden. Ihr Licht ist erloschen. Ich wende mich rasch von ihm ab. Ich will ihn nicht weiter anschauen, denn ich will nicht, dass er mir leidtut. Er hat seinen Weg gewählt und mich verraten … zum zweiten Mal.

»Seid vorsichtig mit Mommy, Kids«, sagt er, als Ella und Alfie sich auf mich werfen. »Vergesst nicht, dass sie operiert worden ist.« Er versucht, sie von mir wegzuziehen, aber ich halte ihn auf. Es ist schon viel zu lange her, seit ich zum letzten Mal mit so viel Liebe überschüttet worden bin.

»Ich bin okay«, sage ich. »Und ich brauche jetzt dringend eine Ella-und-Alfie-Umarmung.« Sie umarmen mich, und trotz der Schmerzen ist es das beste Gefühl der Welt. »Mommy hat euch vermisst.« Vor lauter Tränen kann ich nicht mehr deutlich sehen. Dann löse ich mich wieder von ihnen. »Seid ihr zwei okay?«

Alfie nickt. »Wir waren bei Nanna. Sie hat uns jeden Abend Zuckerkuchen gegeben«, berichtet er mit großen Augen. »Da war Konkonsnuss drin.«

»*Kokos*nuss, Alfie. Das habe ich dir doch zigmal gesagt.« Ella schüttelt den Kopf. »Keine Sorge, Mom. Ich habe dafür gesorgt, dass wir uns immer die Zähne putzen. Das war sooo viel Zucker. Ich glaube, meine Zähne wackeln.«

»Du bist wirklich lustig, Ella.« Ich schaue zur offenen Tür, zu Mark, der noch immer verlegen dort steht, die Arme schlaff an der Seite. »Okay, ihr zwei. Wollt ihr euch nicht von Daddy verabschieden, eure Taschen aufs Zimmer bringen und auspacken?«

Sie küssen Mark und schleppen ihre Sachen die Stufen hinauf. Ich warte, bis sie verschwunden sind, bevor ich mich zu dem gebrochenen Mann in der Tür umdrehe. Zu dem Mann den ich geliebt und geheiratet habe … und den ich in Wahrheit noch immer liebe.

»Es tut mir ja so leid, Jen«, sagt er, bevor ich etwas sagen kann. »Ich habe so richtig Scheiße gebaut.«

Ich nicke. »Ja, Mark. Das hast du.« Es fällt mir schwer, ihm in die Augen zu schauen. Der Schmerz ist schlicht zu groß. Dabei weiß ich, dass es eigentlich nicht seine Schuld war. »Wir haben beide nur eine Rolle gespielt«, sage ich und schaue ihn schließlich an. »Ich hätte dir alles schon vor langer Zeit erzählen sollen.«

»Ja, aber das entschuldigt nicht, was ich getan habe. Ich bin in Panik geraten, Jen. Als ich dieses Zeug gefunden habe, bin ich einfach durchgedreht. Verzeihst du mir?«

Darüber denke ich nun schon seit einer Woche nach. Immer und immer wieder bin ich im Kopf durchgegangen, was mit unserer Beziehung passiert ist und wie es jetzt weitergehen soll. Ich habe versucht herauszufinden, wie wir das erfolgreich hinter uns lassen können, um gemeinsam weiterzumachen. Und ich dachte, ich hätte für meinen Teil eine Entscheidung getroffen. Doch nun, da Mark vor mir steht, fällt alles auseinander. Pro und Contra abzuwägen ist leicht, wenn die Person, die das betrifft, nicht anwesend ist, wenn du nicht aus diesen braunen Augen angeschaut und an die Dinge erinnert wirst, die du am meisten an ihm liebst. Davon darf ich mich jedoch nicht beeinflussen lassen. Ich muss fair zu uns sein.

»Ich glaube ehrlich gesagt nicht, dass das möglich ist, Mark.«

Er nickt wissend. Ich nehme an, er hat mit der gleichen Pro-und-Contra-Liste gekämpft wie ich.

»Es tut mir leid. Ich habe nur getan, was ich zu der Zeit für das Richtige gehalten habe.«

»Ich weiß, dass es ein Fehler war, meine Vergangenheit nicht mit dir zu teilen«, sage ich. »Aber schlussendlich hättest du einfach an mich glauben sollen. Du wusstest zwar nichts über meine Vergangenheit, aber du kanntest mich. Du wusstest, wer ich bin. Mich einfach so auszuliefern …« Mir bricht die Stimme, und ich atme tief durch. »Du hast mich tief verletzt, Mark. Wieder einmal. Aber dass du mir dann auch noch die Kinder weggenommen hast …!« Jetzt liegt Wut in meinen Worten, die ich durch zusammengebissene Zähne hervorspucke. »Das war unverzeihlich. Mein Vertrauen ist verbraucht.«

»Ich nehme an, nach allem, was ich getan habe, war dieses Vertrauen ohnehin schon längst dahin.« Er starrt auf seine Füße.

»Nun, es hat zumindest nicht geholfen. Es ist mir schon immer schwergefallen, Menschen zu vertrauen, einen Teil von mir gebe ich niemals preis, er ist nur für mich bestimmt. Trotzdem hätten wir unsere Ehe retten können. Auch nach deiner Affäre mit Olivia hätten wir noch glücklich sein können. Wir vier hätten auch weiterhin ein gutes Leben haben können, wenn du mir nur zur Seite gestanden hättest.«

Die Wucht dieser Worte scheint Mark aus dem Gleichgewicht zu bringen. Er taumelt einen Schritt zurück, und die

Tränen treten ihm in die Augen. »Wir haben zwei fantastische Kinder. Etwas haben wir also doch richtig gemacht«, sagt er und wischt die Tränen weg.

»Ja.« Auch ich bin den Tränen nahe, doch ich bleibe stark, meine Stimme fest. »Was auch immer passiert, wir werden beide dafür sorgen, dass ihre Kindheit nicht von unseren Entscheidungen beeinträchtigt wird. Okay?«

Mark schnieft und strafft die Schultern. »Okay«, sagt er. Der Moment der Unsicherheit ist vorbei. »Ich werde ein paar Wochen bei Brett bleiben, um das Geschäftliche zu regeln. Wie es aussieht, werden wir Partner. Vielleicht können wir mit ein wenig Abstand ja wieder miteinander reden? In jedem Fall müssen wir eine Lösung finden. Für die Kinder.«

»Klingt vernünftig.« Die Tatsache, dass Mark Hilfe von Brett annimmt, spricht Bände. Aber hat er sich, nach allem, was passiert ist, wirklich verändert? Oder lässt er sich immer noch einfach in Dinge hineinziehen, nur weil er glaubt, nicht Nein sagen zu können? Ich denke jedenfalls, die Sache mit Brett ist ein Fehler. Ja, ich habe mich geirrt, als ich annahm, Brett wüsste, wer ich bin, und könnte etwas mit all dem zu tun haben. Aber eines ist auch so sicher: Er wird Mark über den Tisch ziehen.

»Ich liebe dich. Das weißt du. Ich wollte dich nie verraten.«

Marks Worte überraschen mich. Ich presse die Lippen aufeinander und atme tief durch die Nase, um nicht in Tränen auszubrechen. Mark streckt die Hand nach mir aus, doch rasch weiche ich einen Schritt zurück. Wenn er mich berührt, werden meine Gefühle mit mir durchgehen.

»Bye, Mark«, sage ich, ohne ihn anzuschauen. Ich schließe die Tür, lege den Kopf ans Holz und lausche seinen langsamen Schritten auf dem Kies der Einfahrt. Als ich schließlich den

Wagen nicht mehr höre, gehe ich zurück. Mark ist weg, aber ich bin nicht länger allein in diesem Haus.

Ich höre Kreischen von oben, gefolgt von schnellen Schritten.

»Gib das zurück, Alfie! Sonst …!«

Ich höre, wie Ella Alfie durch den Flur jagt. Alles ist wieder normal.

Ich kann mir ein Lächeln nicht verkneifen.

Meine Ehe mag vorbei sein, aber ich bin diesem Albtraum entkommen. Ich bin endlich frei und habe meine Kinder. Und dafür bin ich wirklich dankbar, denn jetzt habe ich wieder eine Zukunft. Die haben wir alle. Und Gott sei Dank werden weder meine Mutter noch mein Vater ein Teil davon sein.

Endlich kann ich meine Vergangenheit in der Familie eines Serienmörders hinter mir lassen.

Für immer.

Epilog

Der feine, zerbrechliche Flügel löst sich mit einem kurzen Ruck.

Ich schaue zu. Ich sehe die pinkfarbene Spitze ihrer Zunge durch die Lücke in ihren Schneidezähnen. Daumen und Zeigefinger der rechten Hand halten das wehrlose Insekt auf dem hölzernen Picknicktisch fest, während die Finger der anderen Hand beginnen, den zuckenden Schmetterling auseinanderzunehmen.

Sanft spreizt sie den oberen rechten Flügel – die zwei schwarzen Punkte wie leere, tote Augen –, bevor sie auch den unteren rechten Flügel abreißt. Sie ist völlig konzentriert. Ihr Blick löst sich nicht eine Sekunde von dem Schmetterling, als sie die rechte Hand hebt, um die gefangene Kreatur loszulassen. Sie schaut zu, wie das Tier mit den verbliebenen Flügeln flattert, erst wild, dann immer langsamer.

Der Schmetterling gibt auf.

Eine sanfte Brise erfasst einen der gelösten Flügel, und er fliegt über den Tisch. Ich wäre am liebsten zu ihr gerannt, um sie aufzuhalten. Aber ich rühre mich nicht. Ich atme kaum. Ich muss sehen, was sie als Nächstes tut. Sie schlägt mit der Hand auf den Schmetterling, bevor er fliehen kann, und ein weißes Pulver stäubt zwischen ihren Fingern auf. Dann zuckt sie enttäuscht mit den Schultern.

Selbst von meiner Position am Küchenfenster aus kann ich

ihre Wut spüren. Angst gemischt mit einem Gefühl der Unausweichlichkeit breitet sich in meinem Magen aus. Ich kenne dieses Verhalten. Immerhin habe ich es schon aus erster Hand gesehen.

Oh, Gott, bitte nein!

Wiederholt die Geschichte sich?

Ist es möglich, dass das Mörder-Gen eine Generation übersprungen hat?

Ich muss Ella von nun an gut im Auge behalten und jede psychologische Auffälligkeit im Keim ersticken. Ich darf nicht zulassen, dass meine Tochter zu etwas heranwächst, das ihrem Großvater auch nur ansatzweise ähnlich ist.

Ich muss sie um jeden Preis beschützen.

Danksagung

Ich würde gerne dem fabelhaften Team bei Avon, HarperCollins für ihre harte Arbeit danken. So viel passiert dort im Hintergrund, und sie machen einen fantastischen Job. Besonderer Dank gilt Helen Huthwaite und Thorne Ryan für ihren Input, als ich *Die Tochter des Serienkillers* geschrieben habe. Vor allem weiß ich Thornes Auge für Details zu schätzen sowie seine unbezahlbaren Fähigkeiten als Redakteur, die diesem Roman seine endgültige Form verliehen haben.

Ich danke auch meiner Agentin, Anne, für ihre Unterstützung und ihre Fähigkeit, die nicht ganz so unterhaltsamen Aspekte meines Jobs erträglich zu machen. Ich danke meiner wunderbaren Familie und meinen Freunden, die alles tun, was sie können, damit ich nicht den Verstand verliere. Mein Dank gilt auch Kathy O'Neill, die mir bei Fragen zum Alltag in einer Tierarztpraxis geholfen hat. Alle Fehler und künstlerischen Freiheiten gehen auf meine Kappe. Und meine Autorenfreunde … Ich bin wahrlich dankbar dafür, euch in meinem Leben zu haben.

Großer Dank gilt auch den Rezensenten und Bloggern, die mich dabei unterstützt haben, dass mein letztes Buch, *Die Frau des Serienkillers*, zu einem solch riesigen Erfolg werden konnte, sie haben dem Buch all ihre Liebe geschenkt. Ich kann meinen Dank gar nicht in Worte fassen. Eure Unterstützung und Freundlichkeit hat mich förmlich weggefegt, und ich bin sicher, dass das auch bei der *Tochter des Serienkillers* so sein wird. Ich hoffe, seine Leser genießen es genauso wie den ersten Band.

Wenn Ihnen DIE TOCHTER DES SERIENKILLERS gefallen hat: Es gibt noch mehr geheimnisvolle Familien mit Serienkillern zu entdecken.

Freuen Sie sich auf Alice Hunters nächsten hochspannenden Thriller:

DIE SCHWESTER DES SERIENKILLERS

Der Band erscheint am 28.03.2025.

Hier finden Sie eine erste Leseprobe.

Prolog

»Müssen wir wirklich reingehen?« Der Junge ist klein für seine acht Jahre. Er bleibt stehen, bevor sie das Tor mit der abblätternden grünen Farbe erreichen, und schaut zu seiner Schwester hinauf. Seine großen braunen Augen flehen sie förmlich an.

»Wir sind auch so schon spät dran. Du willst doch nicht schon wieder einen hintendauf bekommen, oder?«

»Nein.« Seine Unterlippe bebt, und das Mädchen seufzt, dreht sich zu ihm um und stellt den Rucksack auf den Bürgersteig. Mit beiden Händen packt es den Jungen fest an den Schultern und bückt sich, um ihm in die Augen zu sehen.

»Komm schon. Ich werde dich reinschmuggeln, und dann ab die Treppe rauf! Dann mach ich uns ein paar Dairylea-Sandwiches.«

»Können wir die in deinem geheimen Zelt essen?« Als er das fragt, nickt er mit dem Kopf, und ein Büschel sandfarbenes Haar fällt ihm über das rechte Auge. Es liegen nur ein Jahr und elf Monate zwischen den beiden, aber das Mädchen ist schon viel erwachsener. Das muss es auch sein.

»Natürlich«, antwortet das Mädchen.

Da lächelt der Junge und atmet tief ein. »Ich bin froh, dass ich dich habe.«

»Und ich bin auch froh, dass ich dich habe«, erwidert seine Schwester, und das meint sie auch so.

*

Der Gestank von kalten Kippen, Alkohol und, so glaubt sie, Pisse trifft sie wie ein Schlag, als sie die Haustür öffnet und den Kopf hineinsteckt, um sich zu vergewissern, dass die Luft rein ist. Sie hat darüber nachgedacht, die Hintertür zu benutzen, doch die braucht dringend einen Spritzer WD-40. Das Ding quiekt wie hundert Mäuse. Da hätten sie sich nie an *ihm* vorbeischleichen können, egal wie betrunken er heute auch sein mochte. Er fühlt es immer irgendwie, wenn sie zu Hause sind. Er riecht sie wie der Riese in *Jack und die Bohnenstange*.

Diesmal ist es jedoch nicht *er*, den das Mädchen vor sich sieht, und sie atmet erst einmal mit einem leisen Zischen aus. Vielleicht kommen sie ja diesmal damit durch. Die Frau vor ihr trägt ein schmuddeliges, übergroßes T-Shirt, und ihre dünnen Beine stecken in fleckigen, grauen Leggins. Sie liegt rücklings auf einem schmutzigen, beigen Sofa. Ein Arm hängt herunter; die Hand ist offen, und daneben steht eine leere Weinflasche. Zerquetschte Bierdosen liegen überall auf dem Boden verstreut. Es sind so viele, dass man den Teppich darunter kaum noch sehen kann. Ein Übelkeit erregender Gestank hängt in der Luft, und das Mädchen rümpft die Nase, bevor sie sie sich mit Daumen und Zeigefinger zuhält. Ihr fallen Klumpen von unverdautem Essen in einer dicken Flüssigkeit neben dem Gesicht ihrer Mutter auf. Sie reichen bis zum Rand des Sofas.

Sie scheint nicht zu atmen. Ist sie tot? Das Mädchen versperrt ihrem Bruder die Sicht. Er soll das nicht sehen. »Geh«, flüstert sie, legt ihm die Hand in den Rücken und schiebt ihn zur Treppe.

Der Junge hat gerade erst den Fuß auf die erste Stufe gestellt, als er das Bellen hört.

»Wo zum Teufel wart ihr zwei?« Er steht oben an der Treppe. Er muss auf dem Klo gewesen sein. Das Mädchen zieht den Jungen zu sich, und beide weichen zurück, bis sie gegen die Wand prallen. Könnten sie darin verschwinden, sie hätten es getan. »Ihr solltet besser mein Zeug haben.«

Als er herunterkommt, nimmt das Mädchen den Rucksack von der Schulter, öffnet ihn und greift mit zitternden Händen hinein. Der Mann springt vor und reißt ihr den Rucksack aus der Hand. Er holt eine Flasche Whisky heraus und wirft dem Mädchen den Rucksack wieder zu. Der metallene Reißverschluss trifft sie mitten ins Gesicht. Der Mann schnaubt verächtlich und drängt sich an den Kindern vorbei. Doch als sie schon glauben, das Schlimmste überstanden zu haben, wirbelt er noch einmal herum und stürzt sich auf den Jungen.

»Du erbärmlicher Schwächling! Ich wette, du hast deine Schwester überredet, das zu stehlen.« Er knallt dem Jungen die Flasche vor die Brust. »Als ich in deinem Alter war, habe ich meinem alten Herrn alles besorgt, worauf er Bock hatte. Keine Fragen. Und eine große Schwester hatte ich auch nicht. Bekomm endlich mal Eier.« Er greift nach dem Jungen, packt ihn zwischen den Beinen und drückt hart zu. Der Junge schreit. Der Mann lacht. »Genau, wie ich gedacht habe. Keine Eier.«

Dem Jungen laufen die Tränen über die Wangen, doch das lässt den Mann nur noch lauter lachen.

Das Mädchen stürzt sich auf den Mann und schlägt ihm auf den Arm. »Lass ihn in Ruhe!«, schreit sie. »Oder ich rufe die Polizei!«

»Ach, ja? Wo kommt das denn her, Kleine? Wie alt bist du? Sieben?«

»Nein, ich bin zehn, und du bist nicht unser Dad. Du gehörst gar nicht hierher.« Das beengende Gefühl, das seinen

Ursprung in ihrem Bauch hat, wird immer größer und heißer. Es steigt auf, bis es aus ihrem Mund explodiert wie ein Feuerwerk: ein flackerndes, Funken schlagendes Feuerrad, das sich in einem hohen Kreischen manifestiert. Der Junge hält sich die Ohren zu und kauert sich in die Ecke, während das Mädchen immer weiter schreit und schreit.

Erst als die Haustür auffliegt und das Holz birst, als hätten Kugeln es zerfetzt, verstummt das Schreien.

Und sie sind gerettet.

*

Die große hölzerne Doppeltür des Finley Hall Kinderheims schwingt auf wie das Tor zu einem Zauberschloss. Einen hoffnungsvollen Augenblick lang stehen sie mit offenen Mündern staunend da, als sie nach oben an die reich geschmückte Decke blicken.

Doch dieser Bruchteil einer Sekunde Optimismus – das Gefühl, dass sie ihrem schrecklichen Leben entronnen sind und endlich einen sicheren Ort gefunden haben, wo sie in Frieden aufwachsen können – endet abrupt mit einem hohen Schrei. Kreidebleich schauen sie zu, wie ein Mann einen Jungen vor ihnen durch die Halle schleppt. Die Füße des Kindes berühren kaum den Boden, finden keinen Halt.

»Worauf wartet ihr noch? Herkommen!« Eine von Kopf bis Fuß in Schwarz gekleidete Frau mit wildem strohigem Haar kommt rechts von ihnen aus einem Raum. »Kümmert euch nicht um Frank. Wenn ihr tut, was man euch sagt, werdet ihr ihn gar nicht kennenlernen.« Sie macht auf dem Absatz kehrt und marschiert in ihr Büro. Der Name *Miss Graves* steht in Schwarz auf einer silbernen Plakette an der Tür.

Das Mädchen schluckt seine Angst hinunter, dreht sich zu ihrem Bruder um und setzt ein Lächeln auf. »Es bleibt, wie es ist. Es gibt nur dich und mich, okay?«

»Schwörst du?«, fragt der Junge mit zitternder Stimme.

»Bei meinem Leben.« Rasch macht das Mädchen mit dem Zeigefinger ein Kreuz auf ihrer Brust. Der Junge tritt vor sie, sodass sie sich nicht bewegen kann.

»Und wenn du dein Wort brichst, dann stichst du dir eine Nadel ins Auge«, sagt er kalt.

Das Mädchen seufzt, schaut zu ihrem Bruder hinunter und erklärt: »Und wenn ich mein Wort breche, dann steche ich mir eine Nadel ins Auge.«

Dann nimmt sie die Hand ihres Bruders, und gemeinsam betreten sie ihr neues Heim.

9. Mai

NOCH VIER TAGE

Kapitel 1

Der Gestank von Rauch dringt mir in die Nase und brennt in meiner Kehle, aber ich atme tief ein und aus, als ich mich auf die Glasbalustrade des Balkons lehne und beobachte, wie die Möwen über die Dächer in Richtung Meer fliegen. Mein Seidennachthemd flattert sanft in der Brise und verschafft meinen Schenkeln eine gewisse Kühle, die mit der Morgensonne in Wettstreit liegt, deren Strahlen mein Gesicht wärmen. Ich schließe die Augen und genieße den Augenblick.

»Seeluft zu atmen, wäre sicher besser.« Ross tritt hinter mich. Ich kann die Kippe einfach nicht vor ihm verbergen. Vermutlich hat er sie schon unten gerochen. Seit über einem Jahr habe ich keine mehr geraucht, aber ich habe noch ein paar versteckt – natürlich nur für den Notfall.

»Erwischt.« Ich drehe mich nicht um. Ich habe keine Lust, die Enttäuschung auf seinem Gesicht zu sehen.

»Erinnerst du dich noch daran, wie wir kurz nach unserem Einzug Stunden auf diesem Balkon verbracht und auf Ness Cove geschaut haben? Wie wir vom Rauschen der Wellen wie hypnotisiert waren?«, fragt er und schlingt die Arme um meine Hüfte.

»Ja, und ich liebe das noch immer. Aber heute kann die salzige Luft auf meinen Lippen es nicht mit dem hier aufnehmen.« Ich halte die Zigarette hoch. »Nikotin ist besser für meine Nerven.«

»Aaah … Jaja. Heute kommen die Prüfungsergebnisse, nicht wahr?« Er lässt mich wieder los.

»Jep«, sage ich, drücke die Zigarette aus und stecke die Kippe in einen Topf mit Stiefmütterchen. Eine ordentliche Reihe von Blumentöpfen aus Terrakotta und anderen Pflanzbehältern aus Aluminium läuft den ganzen Balkon entlang. Das ist der einzige ›Garten‹, den wir haben. Zumindest ist er leicht zu pflegen. »Ich weiß, das ist nicht das erste Mal, dass die mich prüfen, aber …«

»Aber jedes Mal zweifelt man von Neuem an sich selbst«, beendet Ross den Satz. »Ich weiß. Ich erinnere mich noch sehr gut daran, dass du beim letzten Mal genauso gewesen bist.«

Diesmal, in der Nacht vor dem Prüfungsbericht, hat Ross mich ein wenig abgelenkt, indem er mich zu einem Überraschungsessen bei unserem Lieblingsitaliener in Teignmouth ausgeführt hat. Im *Colosseum* feiern wir jedes Jahr unseren Hochzeitstag, und die Eigentümer waren immer so warmherzig und freundlich zu uns, dass ich mich da richtig wohlfühle, vor allem, wenn mir alles zu viel wird. Vermutlich hätte ich vorhersehen können, wie gestresst ich auch diesmal sein würde, und da hätte ich natürlich auch selbst einen Tisch buchen können.

»Tut mir leid«, sage ich. »Ich weiß, es ist nicht leicht mit mir, wenn ich eine Prüfung über mich ergehen lassen muss.«

»Sei doch nicht albern«, erwidert Ross. »Das ist doch nur so, weil der Job dir so am Herzen liegt. Ich würde mir eher Sorgen machen, wenn die Prüfung dich *nicht* kümmern würde.«

Ross hat natürlich recht. Ich habe hart für diese Lehrerstelle gearbeitet. Sie ist an einer Privatschule in Staverton, einem Dorf in der Nähe, und anfangs hatte ich ein schlechtes

Gewissen, weil ich da mit Kindern arbeite, deren Eltern sich den Luxus einer privaten, exklusiven Bildung leisten können, ganz anders als die Erziehung, die ich gehabt habe. Dabei hatte ich mir fest vorgenommen, etwas für benachteiligte Kinder zu tun. Ich wollte einen Unterschied in ihrem Leben machen, genau wie ich es mir immer für meinen Bruder und mich erhofft hatte. Doch dann schlichen sich Zweifel in meinen Kopf wie Gift, und die schreckliche Angst zu versagen drohte mich zu überwältigen. Konnte ich es wirklich riskieren, ein anderes Kind eventuell so furchtbar im Stich zu lassen, wie ich im Stich gelassen worden bin? Die Vorstellung, dass ich die Einzige sein könnte, die zwischen Elend und glücklicher Zukunft eines Kindes steht, war einfach viel zu viel für mich. Wenn ich das nicht hinbekäme, dann könnte ich mir nie verzeihen. Die Verantwortung würde mich schlichtweg erdrücken.

Dann lernte ich Serena kennen, eine Lehrerin an der Seabrook Prep School, und das genau zur rechten Zeit. Sie hat mir einen Weg aufgezeigt, wie ich als Lehrerin einen Unterschied machen und mir das Leben gleichzeitig erleichtern kann.

Ross schlingt wieder die Arme um mich, und ich entspanne mich und lasse mich an seine Brust fallen.

»Du hast nicht den geringsten Grund, nervös zu sein. Du bist eine fantastische Lehrerin. Die Kinder können von Glück sagen, dass sie dich haben.«

»Das hoffe ich. Ich liebe sie wie meine eigenen …« Ich höre abrupt auf zu reden, als ich spüre, wie Ross sich verspannt – leicht zwar, aber genug, um es zu bemerken. Ich kneife die Augen zu und zucke innerlich zusammen. Einen unangenehmen Augenblick lang erwarte ich, dass er etwas sagt, doch dann schmiegt er das Gesicht in meinen Nacken, atmet meinen Duft ein, küsst mich, und meine gerade noch aufkeimende Panik verfliegt wieder.

»Ich mache dir einen Kaffee«, sagt er und löst sich von mir. »Oder hättest du lieber einen Wodka?« Sein tiefes, kehliges Lachen versichert mir, dass er sich meine flapsige Bemerkung nicht zu Herzen genommen hat. Ich will das Thema ›Kinder‹ nicht wieder aufwärmen, vor allem nicht, nachdem wir es letztes Jahr begraben haben.

»Ein Kaffee reicht. Danke. Das harte Zeug spare ich mir für heute Abend.«

Nach einem letzten Blick zur Ness Cove verlasse ich den Balkon und schließe die Tür hinter mir, nachdem ich dem Universum wie immer für alles gedankt habe, was ich besitze. Das ist nämlich weit weg von dem, was ich als Kind hatte, und sogar noch weiter entfernt von der Zukunft, die mir drohte – von der einzigen Zukunft, von der ich sicher war, dass ich sie verdiente.

Ich brauche mehrere Versuche, um meine Ärmel zuzuknöpfen, doch nach ein paar rasselnden Atemzügen, um mich zu beruhigen, trete ich schließlich einen Schritt zurück und überprüfe mein Erscheinungsbild im Spiegel. Smart, chic und elegant. Ein Drittel davon stimmt sogar. Wenigstens bin ich smart. Der Rest könnte eine Illusion sein, eine Verzerrung der Realität. Aber solange es das ist, was die Eltern, Mr Beaumont, der Direktor und die Schulinspektoren glauben, dann habe ich meinen Job gut gemacht. Seit meinem zehnten Lebensjahr bin ich dem ›Durch Schein zum Sein‹-Prinzip gefolgt, und es hat mich nie wirklich auf den falschen Weg geführt. Jetzt lächele ich mein Spiegelbild an, zupfe einen losen roten Faden von meinem Top und streiche schließlich mit beiden Händen meinen Nadelstreifenrock glatt. Ross hat recht: Alles andere als eine gute Bewertung ist unmöglich.

»Wie wär's mit ein paar Verlorenen Eiern?«, fragt Ross, als ich die Küche betrete. Sein Anzugjackett hängt über einer Stuhllehne, und die Ärmel seines weißen Hemdes hat er hochgekrempelt, während er Eier aufschlägt und in kochendes Wasser fallen lässt. Ich schüttele den Kopf. Allein bei der Vorstellung wird mir schon schlecht.

»Danke. Aber auf dem Weg zur Arbeit hole ich mir einen Bagel aus der Bäckerei.« Das werde ich natürlich nicht tun, aber das muss Ross ja nicht wissen. Er schaut mich mit zusammengekniffenen Augen an, und das verrät mir, dass er meine Lüge durchschaut hat. Ich lache leise. »Wow! Dir kann ich heute wohl gar nichts vormachen.«

»Kannst du das je?« Da ist ein scharfer Unterton in seiner Stimme, und ich runzele die Stirn. Ich will gerade näher darauf eingehen, als es an der Tür klingelt. Ich schaue Ross fragend an.

»Das könnte Yasmin sein«, sagt er. »Sie hat irgendwas gesagt von wegen, sie wolle mir heute Morgen ein neues Immobilienportfolio vorbeibringen, damit ich nicht extra ins Büro muss.« Ross verlässt die Küche, und ich höre, wie die Haustür geöffnet wird. Eine Männerstimme hallt durch den Flur. Das ist also nicht Yasmin. Ross' Immobilienfirma, *The Right Price*, liegt in Shaldon. Dort arbeiten nur vier Angestellte, und zwei davon kenne ich: Oscar, den stillen Partner, und Yasmin, die Bürohilfe. Die beiden anderen sind Makler, die Ross mir noch vorstellen muss. Ich beuge mich vor, um meinen Becher in die Spülmaschine zu stopfen, und ich schnappe unwillkürlich nach Luft, als ich mich wieder aufrichte und plötzlich einen großen, kräftigen Mann sehe. Er trägt einen Anzug, in dem er tatsächlich wie ein Makler aussieht.

»Oh … Hi … Sie sind doch sicher einer von Ross' Kollegen.«

Mir fällt Ross' angespannter Gesichtsausdruck auf, als er hinter dem Mann hervorlugt, und mir ist sofort klar, dass unser Besuch *kein* Kollege ist.

»Guten Morgen, Mrs Price. Ich bin Detective Inspector Walker von der Kriminalpolizei von Devon und Cornwall.« Er duckt sich unter einem der Deckenbalken hindurch, streckt die Hand aus und präsentiert mir ein Ledermäppchen mit seiner Dienstmarke. Ich starre das Ding an. Dann schüttele ich die angebotene Hand. Sie ist groß wie eine Schaufel, und meine Finger verschwinden fast vollständig darin. Mein Herz setzt einen Schlag lang aus, als wolle es mich vor dem warnen, was da kommt.

»Stimmt etwas nicht?«, frage ich. Mein Puls rast. Der Detective Inspector schaut gezielt mich an, nicht Ross. Aber, so schließe ich, wäre jemand verletzt worden oder gar gestorben, dann wären sie zu zweit gekommen. Zumindest läuft das im Fernsehen so. Außerdem ist Ross mein einziger naher Verwandter, und Ross geht es definitiv gut. Dann kribbeln meine Beine.

Nein, da gibt es noch jemanden …

»Können wir uns setzen, Mrs Price?« DI Walkers Tonfall ist befehlsgewohnt, seine Worte nicht wirklich eine Frage, sondern mehr eine Anweisung.

Dann setzt Ross sich wieder in Bewegung. Auch er war durch den unerwarteten Besuch kurz wie benommen.

»Kommt Ihre Kollegin auch rein?«, fragt Ross, und wieder setzt mein Herz einen Schlag lang aus. Wenn da zwei von denen sind, hat meine Theorie keinen Bestand mehr. Ich schaue durch den Flur, sehe aber niemanden. Dann bemerke ich aus dem Augenwinkel heraus eine Bewegung, und ich schaue aus dem Küchenfenster. Menschen in Schwarz und Gelb gehen dort vorbei. Ein paar Augenblicke lang läuft alles wie in Zeitlupe, bis ich erkenne, dass das Polizisten sind. Es dauert ein wenig, das zu verarbeiten, und schließlich überkommt mich eine Mischung aus Faszination und Misstrauen.

»Nein«, antwortet DI Walker. »Sie geht mit dem Rest des Teams von Tür zu Tür und führt Befragungen durch.«

»Natürlich.« Ross schaut zu mir und verzieht das Gesicht, bevor er einen Stuhl zurückzieht, damit DI Walker sich an den Küchentisch setzen kann. Ich hingegen bin wie angewurzelt, während meine Gedanken auf Wanderschaft gehen. *Befragungen von Tür zu Tür*. Okay, das ist gar nicht so schlimm. Vielleicht ist DI Walker ja nur hier, weil es in der Gegend einen Einbruch gegeben hat oder so. Die Stimme in meinem Kopf kauft mir das jedoch nicht ab. Die Copper würden sicher keinen derart hochrangigen Detective schicken, wenn es sich nur um einen Einbruch handeln würde, oder? Auch die Aktivität draußen deutet auf etwas Größeres hin. Ich schlucke den Kloß in meinem Hals hinunter und atme tief durch, als ich mir das Gesicht des Mannes noch einmal anschaue und dann ohne nachzudenken sage:

»Sind Sie nicht ein wenig jung für einen Detective Inspector?«

Ross funkelt mich mit großen Augen an, während DI Walker mir ein schmallippiges Lächeln schenkt. Dabei bilden sich auch ein paar Fältchen in seinen Augenwinkeln, die sein wahres Alter verraten.

»Das bekomme ich oft zu hören. Wenn Ärzte heutzutage schon wie Teenager aussehen, warum dann nicht auch Polizisten?«, erwidert er trocken. Im Geiste trete ich mir selbst vors

Knie. Den Mann zu beleidigen, ist vermutlich keine gute Idee. Dabei bin ich sicher, dass er hart gearbeitet hat, um so weit zu kommen, und wenn andere diese Leistung dann infrage stellen, ärgert ihn das.

»Tut mir leid«, sage ich. »Ich schaue wohl einfach zu viele Krimis.« Ich zwinge meine Muskeln, sich zu bewegen, und setze mich neben Ross, DI Walker gegenüber. Doch sofort springe ich wieder auf. »Oh! Tut mir leid. Ich habe Ihnen ja gar nichts zu trinken angeboten. Tee? Kaffee?« Ich spüre deutlich Ross' Blick auf mir, schaue ihn aber nicht an.

DI Walker streckt den Arm aus, bis eine Armbanduhr unter seiner Manschette zum Vorschein kommt.

»Für mich nicht. Danke.« Er legt ein kleines, elektronisches Notizbuch auf den Tisch, räuspert sich und bereitet sich darauf vor, uns den Grund seines Erscheinens zu nennen. Ich lasse mich wieder auf den Stuhl fallen. Ich habe ein flaues Gefühl im Magen, und das zusammen mit meinem rasenden Puls lässt immer mehr Adrenalin durch meinen Körper strömen. Ich schiebe die Hände unter die Schenkel, um ihr Zittern zu verbergen.

»Was können wir für Sie tun, Detective Walker?« Ich lächele.

Walker schaut mich mit seinen azurblauen Augen an, und sein Blick ist so intensiv, dass ich instinktiv den Kopf senke und ein komisches Gefühl verspüre. Was will er uns sagen? Der Raum wird immer kleiner, während ich warte und den Atem anhalte.

»Wir versuchen nun schon eine ganze Weile, Sie aufzuspüren, Mrs Price.«

Mein Mund ist wie ausgetrocknet. Ist es so weit? Ist das der Augenblick, vor dem ich mich die ganze Zeit gefürchtet habe? Aber warum ist die Polizei direkt mit einem ganzen Team angerückt? Ich schlucke schmerzhaft.

»Oh! Wirklich?« Aus dem Augenwinkel heraus sehe ich, wie Ross angespannt die Schultern strafft. Ich wünschte, er wäre schon zur Arbeit gefahren, bevor die Polizei gekommen ist.

»Ihr Name ist doch Anna Price, geborene Lincoln, nicht wahr?«

Das Blut pocht in meinen Ohren. »Ja, das stimmt.« Ich starre DI Walker ohne zu blinzeln an.

»Tut mir leid, aber ich muss Sie darüber informieren …« DI Walkers Augen huschen von mir zu Ross und wieder zurück, und ich schlucke den Frust zusammen mit den Worten herunter: *Jetzt machen Sie schon! Sagen Sie mir, dass er tot ist!* »Ihr Bruder, Henry Lincoln …«, DI Walkers Gesicht verschwimmt vor meinen Augen. Mein Blutdruck ist viel zu hoch, »… ist zur Fahndung ausgeschrieben …«, – also *nicht* tot –, »… und zwar wegen des Mordes an mehreren Frauen.«

»Was?« Ich stoße mich vom Tisch ab und springe so plötzlich auf, dass der Stuhl umkippt und mit lautem Krachen auf den Fliesen landet. Ross springt ebenfalls auf, wenn auch nicht ganz so heftig, und hebt den Stuhl wieder auf. Dann legt er mir die Hand auf die Schulter.

»Anna, atme«, höre ich ihn sagen. Und das tue ich. Meine Brust hebt und senkt sich, während ich nach Luft schnappe.

»Das muss ein ziemlicher Schock für Sie sein. Tut mir leid.« DI Walker schaut mich besorgt an. »Brauchen Sie einen Moment für sich? Oder vielleicht können wir uns auch irgendwo hinsetzen, wo Sie sich wohler fühlen.«

»Ins Wohnzimmer«, sagt Ross. »Ich denke, das wäre besser.«

Ross lenkt mich zum Sofa, wo ich mich einfach fallen lasse. DI Walker hat mir vollkommen den Wind aus den Segeln genommen. Ich war auf *Tod* vorbereitet, nicht auf *Mord*.

Henry? Ein Mörder? Das kann nicht wahr sein.